BASTEI
LÜBBE
TASCHENBUCH

Weitere Titel des Autors:

Noah
Die Blutschule (als Max Rhode)

Titel auch als Hörbuch erhältlich

Sebastian Fitzek

DAS
JOSHUA
PROFIL

Thriller

BASTEI
LÜBBE
TASCHENBUCH

BASTEI LÜBBE TASCHENBUCH
Band 17501

Dieser Titel ist auch als Hörbuch und E-Book erschienen

Vollständige Taschenbuchausgabe
der im Gustav Lübbe Verlag erschienenen Hardcoverausgabe

Sebastian Fitzek wird vertreten von der AVA international GmbH
www.ava-international.de

Copyright © 2015 by Bastei Lübbe AG, Köln
Titelillustration: © Arcangel Images/Sally Mundy
Umschlaggestaltung: Pauline Schimmelpennick Büro für Gestaltung, Berlin
Satz: Dörlemann Satz, Lemförde
Gesetzt aus der Adobe Garamond Pro
Druck und Einband: GGP Media GmbH, Pößneck
Printed in Germany
ISBN 978-3-404-17501-7

4 5

Sie finden uns im Internet unter www.luebbe.de
Bitte beachten Sie auch: www.lesejury.de

Für Roman Hocke

Now I'm not looking for absolution
Forgiveness for the things I do
But before you come to any conclusions
Try walking in my shoes
Depeche Mode

Es sah aus wie in einem Klassenzimmer. Wie in einem *ärmlichen* Klassenzimmer, denn die ockerfarbenen Stühle mit den unzerstörbaren Metallkufen sowie die dazu passenden Pulte wirkten wie vom Flohmarkt zusammengekauft. Von Generationen von Schülern zerkratzt und abgewetzt und eigentlich längst ausrangiert, standen sie hier völlig fehl am Platz.

»Setzt euch«, befahl uns Papa und schritt zum Kopfende des Raumes; dorthin, wo er tatsächlich eine Tafel aufgestellt hatte, auf der mit weißer Kreide stand: »Non scholae sed vitae discimus.«

»Wo sind wir hier?« Mark flüsterte, aber nicht leise genug. Papa schnellte an der Tafel herum. »Wo wir sind?«, bellte er. Der Anflug eines düsteren Lächelns zeigte sich auf seinen Lippen. Er quetschte seine Finger so laut, dass es knackte.

»WO WIR HIER SIND?«

Er verdrehte die Augen und schlug mit beiden flachen Händen auf das Lehrerpult direkt vor ihm. Bei den nächsten Worten schien er sich wieder beruhigt zu haben, jedenfalls sprach er sie deutlich leiser. Nur das Flackern in seinem Blick war noch da, als würde hinter seinen Pupillen eine Kerze im Wind stehen.

»Wonach sieht es denn aus?«

»Nach einer Schule«, sagte Mark.

»Genau. Aber es ist nicht *eine* Schule. Schon gar nicht *irgendeine*, sondern DIE Schule. Die einzige, die wirklich zählt.«

Papa befahl uns ein zweites Mal, uns zu setzen, und diesmal gehorchten wir ihm. Wir ließen uns in der mittleren der Dreierreihe nieder, Mark rechts und ich links von meinem Vater, der sich wie unser alter Lateinlehrer Schmidt in die Mitte des Ganges gestellt hatte. Nur, dass er keine Vokabeln abfragte, sondern einen irren Monolog hielt.

»Dort, wo ihr bisher hingegangen seid, hat man euch verarscht«, sagte er. »Man hat euch Lesen, Schreiben und Rechnen beigebracht. Ihr könnt jetzt englische Texte verstehen, wisst, was das Säugetier vom Reptil unterscheidet und wieso der Mond nicht auf die Erde fällt, zumindest hoffe ich, dass ihr das wisst, weil ihr während des Unterrichts wenigstens ab und zu mal aufgehört habt, darüber nachzudenken, in welches Höschen ihr eure dreckigen Finger als Nächstes schieben könnt.«

Ich wurde rot. Noch nie hatte mein Vater so vulgär mit uns geredet. Am liebsten wäre ich vor Scham im Boden versunken. Ich sah zu Mark und spürte, dass es ihm ähnlich erging.

»Man sagt euch, ihr müsstet aus der Geschichte lernen, zeigt euch Atlanten, um die Welt zu verstehen, und das Periodensystem mit den Elementen, aus denen sich das Universum zusammensetzen soll, aber das Wichtigste, das lehrt man euch nicht. Wisst ihr, wovon ich rede?«

Wir schüttelten den Kopf.

»Nein. Ihr wisst nichts. Und damit zitiere ich nicht den Kinderficker Sokrates. Ihr wisst weniger als nichts, aber das ist nicht eure Schuld. Es ist die Schuld dieser unfähigen sogenannten Pädagogen, die euch das wichtigste Fach vorenthalten. Das einzige Fach, nein, sogar das ERSTE Fach, das auf diesem Planeten je unterrichtet wurde und ohne das unsere menschliche Spezies längst ausgestorben wäre. Na, wovon rede ich? Wer sagt es mir?«

Ich spürte eine Hitzewallung meinen Körper fluten, wie immer, wenn ich in der Schule Angst vor einer Klausur hatte, für die ich nicht gelernt hatte. Nur, dass ich diesmal das Gefühl hatte, noch nie zuvor im Leben so ungenügend auf eine Prüfung vorbereitet gewesen zu sein.

»Keiner?«

Ein schneller Seitenblick zu Mark zeigte mir, dass auch er den Kopf gesenkt hielt. Ich merkte, dass ich dringend auf die Toilette musste, traute mich aber nicht, etwas zu sagen.

»Na schön, dann will ich euch mal auf die Sprünge helfen«, hörte ich Papa murmeln, als würde er zu sich selbst sprechen. Ich hob den Kopf und sah, wie er an seinem Gürtel herumfummelte. Plötzlich blitzte es vor meinen Augen auf. Licht reflektierte auf dem Metall.

»Was machst du?«, fragte ich meinen Vater, starr vor Angst. Noch nie zuvor hatte ich einen derart entrückten Blick in seinen Augen gesehen. Und noch nie zuvor dieses lange, gezackte Messer in seiner Hand.

»Denkt nach, welches Fach meine ich wohl?«, fragte er und richtete seinen Blick jetzt auf Mark, der sich noch immer nicht traute, ihm in die Augen zu schauen, was vermutlich der Auslöser dafür war, dass er sich für ihn entschied.

Mit zwei schnellen Schritten war er bei ihm, riss seinen Kopf an den Haaren hoch und setzte ihm die Klinge an die Kehle.

»Papa!«, schrie ich und sprang vom Stuhl auf.

»Bleib, wo du bist!« Die Blicke meines Vaters durchbohrten mich, es war, als ob er mit seinen Augen zwei weitere Messer führte. Zu meinem Bruder, dem der Schweiß von der Stirn perlte, sagte er: »Denk nach, Kleiner. Worin werde ich euch unterrichten?«

Mark zitterte. Alle seine Muskeln schienen bis zum Bersten gespannt, als hätte er einen Ganzkörperkrampf.

Ich sah die Furcht in seinem Gesicht, sah, wie er feucht wurde zwischen den Beinen, und in dem Moment, in dem ich die Todesangst riechen konnte, wusste ich die Antwort, die mein Vater verlangte, so verrückt und schrecklich sie auch war.

»Töten«, sagte ich und erlöste damit meinen Bruder.

»Töten?« Vater drehte sich zu mir. Erst nach einer weiteren Sekunde nahm er die Klinge von Marks Hals und lächelte zufrieden.

»Sehr gut. Das gibt ein Sternchen ins Klassenbuch.«

Ohne auch nur einen Hauch von Ironie in seiner Stimme lobte er mich für meine Antwort und nickte mir anerkennend zu.

»Es stimmt. Ihr habt nie gelernt zu töten. Niemand hat es euch beigebracht. Aber keine Sorge, dieses Versäumnis werden wir jetzt nachholen.«

Max Rhode, »Die Blutschule«, Kapitel 24, S. 135–139

Gott würfelt nicht!
Albert Einstein

Und selbst wenn Gott würfeln sollte – wir sind ihm auf der Spur.
Rudi Klausnitzer, Das Ende des Zufalls

1. Kapitel

Dreizehn Leichen, elf vergewaltigte Frauen, sieben Verstümmelungen, ebenso viele Entführungen und zwei an ein Heizungsrohr angekettete Schwestern, die qualvoll verhungern würden, sollte man sie nicht rechtzeitig finden. Ich war zufrieden mit meiner bisherigen Bilanz, und eigentlich hätte ich ihr heute Nachmittag noch einen weiteren Mord hinzugefügt, wenn ich nicht um 15.32 Uhr gestört worden wäre, als ich gerade mit einem wehrlosen Opfer auf dem Weg in die Berliner Kanalisation war.

Zuerst hatte ich versucht, das Klingeln zu ignorieren; normalerweise schaltete ich mein Handy während der Arbeit ab, aber heute war Montag, und montags war ich mit dem Fahrdienst für unsere zehnjährige Tochter an der Reihe, selbst wenn meine Frau ausnahmsweise mal im Lande war, was wegen ihres Jobs als Langstrecken-Pilotin leider nur sehr unregelmäßig vorkam.

Zwar kannte ich die Nummer im Display nicht, doch es war ungefähr die richtige Uhrzeit. Jolas Schwimmtraining musste gerade vorbei sein, und vielleicht rief sie ja mit dem Telefon einer Freundin an. Ich entschied mich, den Anruf besser nicht auf die Mailbox laufen zu lassen, auch auf die Gefahr hin, gleich einen Callcenter-Agenten am Ohr zu haben, der mir eine Zahnzusatzversicherung oder ein Pay-TV-Abo aufschwatzen wollte und den es nicht im Geringsten kümmerte, dass ich seit Monaten mit dem Dispo im Minus hing.

Und so hatte ich entnervt mit der Zunge geschnalzt, das Kapitel des Thrillers, an dem ich gerade arbeitete, mitten im Satz zwischengespeichert und nach dem surrenden Handy auf meinem Schreibtisch gegriffen. Was, um es kurz zu machen, der Grund dafür war, weshalb ich jetzt im Stau auf der Avus Höhe Hüttenweg stand und von meiner Tochter fünf Euro verlangte.

»Die zahl ich nicht.« Jola schüttelte den Kopf und schaute trotzig aus dem heruntergekurbelten Seitenfenster in Richtung der S-Bahn-Gleise, die hier parallel zur Stadtautobahn verliefen. Es war Mitte August, wir standen in der prallen Sonne, vor uns flimmerte die Luft über den Dächern der Blechlawine, und ich hatte das Gefühl, in einem Schnellkochtopf und nicht in meinem alten VW Käfer zu sitzen.

»Wir haben eine Abmachung«, erinnerte ich sie.

Fünf Euro für jedes Mal, wenn ich zu einem »Elterngespräch« gebeten wurde, weil sie wieder etwas angestellt hatte.

»Ich dachte, das gilt nur für die Schule. Nicht für die Freizeit.«

»Du vergisst, dass Herr Steiner nicht nur dein privater Schwimm-, sondern auch dein offizieller Sportlehrer ist. Also her mit dem Geld!«

Sie sah mich an, als hätte ich sie gezwungen, ihre dunklen Locken abzuschneiden, das Einzige an ihrem Körper, worauf sie stolz war. Ansonsten hasste sie ihre schiefe Nase, die dünnen Lippen, den viel zu langen Hals, ihre »Krüppelfüße« (der kleine Zeh hatte ihrer Ansicht nach einen viel zu kleinen Nagel) und den zarten Leberfleck auf ihrer Wange. Ganz besonders den Leberfleck, den sie an Tagen, an denen sie schlecht drauf war, mit einem Pflaster abdeckte.

»Das ist unfair«, maulte sie.

»Unfair ist, was du mit Sophia gemacht hast.«

Ich bemühte mich, nicht zu grinsen, denn eigentlich fand ich es gar nicht so schlimm, verglichen mit dem, was ich so alles angestellt hatte, als ich in ihrem Alter war. Die Erinnerung an das unangenehme Gespräch im Büro des Trainers half mir dabei, verärgert zu wirken.

»*Ich weiß, Jola ist mit Abstand die Beste im Team, und ich lass ihr wirklich vieles durchgehen*«, hatte Schwimm-Steiner mir zum Abschied mit auf den Weg gegeben. »*Aber sollte sie sich noch so ein Ding leisten, schmeiß ich sie aus der Mannschaft.*«

»Sophia hat mich einen Bastard genannt«, versuchte Jola sich zu rechtfertigen.

»Und deshalb hast du ihr Spülmittel in die Shampooflasche gefüllt?«

Ihre Mannschaftskameradin hatte einen Heulkrampf unter der Dusche bekommen, als die Haare nicht aufhören wollten zu schäumen, egal wie lange sie unter der Brause stand. Der Schaum musste den gesamten Waschraum bis in die Umkleide gefüllt haben.

»Ich hab ihr nur den Kopf gewaschen.« Jola grinste, fingerte aber einen zerknitterten Fünfeuroschein aus der Vordertasche ihres Rucksacks, wo sie ihren iPod und das Taschengeld aufbewahrte.

»Du weißt schon, dass man einen Streit besser mit Worten löst?«, fragte ich sie.

»Klar, so wie in deinen Büchern.«

Eins zu null für sie.

Jola wedelte mit dem Geldschein.

»Leg ihn ins Handschuhfach«, bat ich sie und rollte zwei Meter weiter. Irgendwo am Funkturm musste es gekracht haben. Der Verkehrsreport brachte natürlich noch nichts, aber seit zehn Minuten ging es nur in Trippelschritten voran.

»Hey, Chips, wie geil.«

Sie nahm die Tüte heraus, die ich in das kleine Handschuhfach gestopft hatte, und ich konnte in letzter Sekunde verhindern, dass sie die Verpackung aufriss.

»Halt, nein! Das ist ein Geschenk für Mama!«

Sie warf mir einen skeptischen Blick zu. »Wie bitte?«

»Ja. Nächste Woche, zum Hochzeitstag.«

»Kartoffelchips?« Jola musste mir keinen Vogel zeigen, damit ich sah, was sie dachte.

»Nicht irgendwelche Kartoffelchips.« Ich deutete auf das Logo der Packung. »Das sind Peng-Chips.«

»Aha.«

»Ja, die gibt es gar nicht mehr. Die Produktion wurde vor Jahren eingestellt. Hab ich dir nicht erzählt, wie Mama und ich unser erstes Date hatten?«

»Nur etwa tausend Mal!« Jola rollte mit den Augen und begann die wesentlichen Eckpfeiler der Geschichte aufzuzählen.

»Ihr wolltet ins Autokino. Du hattest den Käfer beim Aldi um die Ecke geparkt, doch als ihr losfahren wolltet, war Aldi schon zu und der Parkplatz gesperrt.«

Ich nickte und ergänzte: »Also haben wir es uns mit Peng-Chips und Cherry-Cola gemütlich gemacht, durch die Windschutzscheibe auf den leeren Discounter gestarrt und so getan, als würden wir *Jurassic Park* sehen.«

Wie immer, wenn ich daran zurückdachte, machte sich ein leicht dämliches, weil selbstvergessenes Grinsen auf meinem Gesicht breit. Wie Kim und ich eng umschlungen auf den Vordersitzen kuschelten und ich ihr in schillernden Farben die Geschichte eines Films erzählte, den ich mir in dieser Sekunde gerade ausdachte, zählte zu den schönsten Erinnerungen in meinem Leben. Abgesehen von dem Tag vor zehn Jahren natürlich, an dem das Amt uns Jola als Pflegekind anvertraute.

»Deine Mutter ist damals voll auf diese pfeffrigen Peng-Teile abgefahren«, sagte ich und rollte wieder ein Stück nach vorne. »Am Tag, an dem sie aus dem Sortiment genommen wurden, ging eine Welt für sie unter.«

»Muss echt schlimm für sie gewesen sein.«

Wir grinsten beide.

»Ja. Also hab ich den Hersteller bei Bahlsen ausfindig gemacht und ihn davon überzeugen können, für mich noch einmal eine einzige Packung herzustellen. Mama wird ausrasten, wenn sie die sieht.«

»Ganz bestimmt«, sagte Jola wenig euphorisch, stopfte den Fünfer in das Handschuhfach und schloss es wieder.

»Das wird sicher ausreichen, um sie umzustimmen.«

Ich wollte Jola fragen, wie sie das meinte, aber ich war kurzfristig abgelenkt, weil ein Vollidiot in einem SUV neben uns versuchte, die Spur zu wechseln, als würde der Stau sich dadurch schneller auflösen. Außerdem war mir ohnehin klar, dass Jola sehr viel mehr mitbekam, als sie sollte. Sie war so unglaublich sensibel, da konnten wir uns noch so sehr bemühen, nicht in ihrer Gegenwart zu streiten. Zwar hatten Kim und ich, auch wenn wir alleine waren, das Thema Trennung nie offen angesprochen, aber die subtilen Zeichen der Entfremdung konnten Jola nicht entgangen sein.

»Fahren wir jetzt wie versprochen Pizza essen?«

Bevor ich Jola erklären konnte, dass sie sich das eigentlich nicht verdient hatte, klingelte mein Handy zum zweiten Mal an diesem Tag. Ich nahm es aus der Ablage und sah auf die Nummer. Schon wieder ein unbekannter Teilnehmer.

Jola öffnete das Handschuhfach und nahm sich ihr Geld wieder heraus.

»Wieso *das* denn?«, fragte ich in einer Klingelpause.

»Handy beim Fahren«, erinnerte sie mich an den zweiten Teil unserer – zugegeben etwas merkwürdigen – Taschengeldvereinbarung. Wann immer ich fluchte, etwas Verbotenes tat oder eine Verabredung verschob, hatte sie Anspruch auf eine Zahlung.

»Wir stehen«, protestierte ich und deutete auf die Kolonne vor uns.

»Aber der Motor läuft«, entgegnete Jola und steckte die fünf

Euro wieder ein. Kopfschüttelnd, aber amüsiert nahm ich den Anruf entgegen.

Mein Grinsen verschwand mit dem ersten Wort, das der unbekannte Teilnehmer sagte.

»Hallo?«

Schmerz. Der erste Gedanke, der mir durch den Kopf schoss. *Dieser Mann hat Schmerzen.*

»Wer ist denn da?«

Ich hörte ein elektronisches Warnsignal im Hintergrund, als würde ein Wecker klingeln, dann gab es eine längere Pause, und ich dachte schon, die Verbindung wäre wieder getrennt.

»Hallo?«

Nichts. Nur ein kurzes, statisches Rauschen. Dann, als ich gerade wieder auflegen wollte, sagte der Mann: »Ich liege im Westend auf der Intensivstation. Kommen Sie schnell. Mir bleibt nicht mehr viel Zeit.«

Ich kniff die Augen zusammen, weil sich etwas Schweiß von meinen Brauen gelöst hatte und auf die Wimpern tropfen wollte. Neben mir fächelte sich Jola Luft mit einem Werbeprospekt zu, den sie im Fußraum gefunden hatte.

»Kann es sein, dass Sie sich verwählt haben?«, fragte ich den Mann mit der brüchigen Stimme.

»Das glaube ich kaum, Herr Rhode.«

Na schön, er kennt also meinen Namen.

»Mit wem spreche ich denn bitte?«, fragte ich ihn noch einmal, jetzt schon etwas ungeduldiger.

Der Mann hustete, dann, kurz bevor er auflegte, sagte er nach einem lang gezogenen, gequälten Stöhnen:

»Sie reden mit einem Mann, der eine Frau, vier Kinder, sechs Enkel, aber nur noch Kraft für einen einzigen Anruf hat, bevor er in wenigen Minuten stirbt. Wollen Sie nicht wissen, weshalb ich ihn ausgerechnet an Sie verschwende?«

2. Kapitel

Eine alte englische Redensart lautet: »Neugier ist der Katze Tod.«

Der von Autoren vermutlich auch. Zumindest Autoren wie mir.

Eine halbe Stunde, nachdem der Stau sich aufgelöst hatte, stand ich im Büro des Oberarztes der Intensivmedizin im Klinikum Westend und fragte mich, ob ich den Verstand verloren hatte.

Vermutlich würde sich kein normal denkender Familienvater mit einem anonymen Anrufer treffen, der einen an sein Sterbebett zitiert, aber ich hatte nicht ohne Grund vor sechs Jahren meine Stelle als Gerichtsreporter bei einem privaten Radiosender aufgegeben. Es war die Neugierde auf Menschen und ihre Geheimnisse, die mich an den Schreibtisch getrieben und aus mir einen Schriftsteller gemacht hatte, wenn auch keinen besonders erfolgreichen; von meinem ersten Thriller einmal abgesehen. »Die Blutschule«, streng genommen dem Horrorgenre zuzuordnen, hatte sich knapp achtzigtausendmal verkauft. Der erste von insgesamt fünf Romanen. Und mit Platz zwölf auf der Paperback-Liste mein einziger Bestseller. Schon für die Fortsetzung interessierte sich nur noch die Hälfte der Leser, und mein letzter Band hatte nicht einmal mehr den Vorschuss eingespielt. Bis auf meinen Erstling waren meine Werke schon heute nicht mehr lieferbar. Würde es jetzt zur Scheidung kommen, wäre meine Frau diejenige, die mir Unterhalt zahlen müsste.

Peinlich, aber wahr.

Leider musste ich davon ausgehen, dass auch mein nächster Thriller, dessen Abgabetermin nur noch wenige Monate entfernt lag, ein Flop werden würde. Ich hatte schon hundertzweiundzwanzig Seiten zu Papier gebracht und noch immer keinen

Zugang zu den handelnden Personen gefunden. Normalerweise entwickelten sie spätestens nach dem ersten Akt ein Eigenleben und degradierten mich zu einem Beobachter, der selbst darauf gespannt war, was seine Helden als Nächstes tun würden. Doch jetzt hatte ich bereits vierzehn Kapitel getippt, und die Figuren taten noch immer genau das, was ich im Exposé für sie vorhergesagt hatte. Kein gutes Zeichen. Und wahrscheinlich der Hauptgrund, weshalb ich den Ausflug in die Klinik als willkommene Ablenkung betrachtete, der weitaus mehr Aufregung versprach als das, was ich mir am heimischen Schreibtisch aus den Fingern zu saugen versuchte.

»Der Patient durchlebt gerade eine paradoxe Phase«, klärte mich Dr. Anselm Grabow auf, kaum dass ich sein Büro betreten hatte; eine mit Akten und Lehrbüchern vollgestopfte Kammer, viel kleiner, als ich es in einem meiner Romane beschrieben hätte.

Der vollbärtige Arzt, dem mein Kommen augenscheinlich angekündigt worden war, machte sich nicht die Mühe, mir einen Platz anzubieten, und kam gleich zur Sache: »Noch ist der Patient ansprechbar und reagiert. Das ist nicht unüblich bei Verbrennungen dieser Art. Über achtzig Prozent der Haut sind betroffen, fast alle Zonen dritten, manche sogar vierten Grades.« Damit hatte sich die Nachfrage nach einer Prognose erübrigt.

Er popelte nervös an dem Knopfloch seines fleckigen Kittels und sah mich aus blutunterlaufenen Augen an, so feuerrot, als hätte der Mediziner den Kopf mit weit aufgerissenen Lidern in ein Aquarium voller Quallen getaucht. Entweder war er hundemüde, hatte eine Bindehautentzündung oder litt an Heuschnupfen.

»Eigentlich hätten wir ihn längst intubiert und in ein künstliches Koma versetzt, aber das hat der Patient uns ausdrücklich untersagt. In dieser paradoxen Phase, in der er sich jetzt befindet, ist sein Kreislauf relativ stabil, doch das wird sich sehr bald ändern. Wir gehen davon aus, dass sein Körper bald kollabieren wird und ein multiples Organversagen einsetzt.«

»Wie heißt er?«, wollte ich wissen. »Ich meine, wer ist der Mann, und wieso will er ausgerechnet mit mir sprechen?« Dr. Grabow zog die Mundwinkel nach unten und sah mich an, als wäre er gerade in einen Hundehaufen getreten. »Ich bin nicht befugt, Ihnen das zu sagen«, sagte er und schob, bevor ich protestieren konnte, hinterher: »Mein Patient hat mir ausdrückliche und unmissverständliche Anweisungen erteilt, was den Informationsfluss anbelangt. Ich bin von ihm nur insoweit von der ärztlichen Schweigepflicht befreit, als dass ich Ihnen sagen darf, dass er vor etwa sechs Stunden nach einem Suizidversuch mit schweren Brandtraumata bei uns eingeliefert wurde …«

»Selbstmord?«

»Nach eigener Aussage, ja.«

Da der Arzt keinen Zweifel daran ließ, dass er mir keine weiteren Informationen anvertrauen wollte, hatte ich keine Lust, kostbare Zeit und damit die paradoxe Phase des Patienten zu vergeuden. Zumal ich Jola unten im Wagen auf dem Besucherparkplatz hatte sitzen lassen, was mich weitere fünf Euro kostete, weil sich dadurch unser verabredetes Pizzaessen verzögerte.

Dr. Grabow ließ mich von einer südländisch aussehenden Krankenschwester auf die Intensivstation führen, wo ich mit einem polizeigrünen OP-Einwegoverall, Mundschutz und Gummihandschuhen ausstaffiert wurde. »Vorschrift ist Vorschrift«, sagte die Schwester, bevor sie die Tür zum Krankenzimmer hinter mir schloss und ich mich einem Mann gegenübersah, der – im Gegensatz zu den fiktiven Figuren in meinen Romanen – tatsächlich im Begriff stand, in wenigen Stunden oder gar Minuten eines qualvollen Todes zu sterben.

Am Telefon hatte ich mich über seine schmerzverzerrte, brüchige Stimme gewundert. Jetzt, eine Dreiviertelstunde später, während ich vor seinem hydraulisch verstellbaren Krankenbett stand, fragte ich mich, wie der sterbende Unbekannte auf der himmelblauen Kunststoffmatratze es überhaupt geschafft hatte, zum Hörer zu greifen.

Der Mann sah aus, als wäre er von einem geisteskranken Chirurgen bei lebendigem Leib präpariert worden; als atmendes Studienobjekt für Anatomiestudenten. Neben dem rechten Auge fehlten dem Gesicht die obersten Hautschichten. Sie waren wie mit einer Schleifmaschine abgetragen. Statt Stirn, Wangen, Kinn und Schläfen betrachtete ich eine verbrühte Wunde, durchzogen von milchigen Sehnen und pulsierenden Blutgefäßen. Der gesamte Körper, von den Füßen bis zum Hals, war mit sterilen Verbänden bedeckt, abgesehen von den Stellen, wo sich die Zugänge für den Morphiumtropf und die Elektrolytlösung befanden, aber ansonsten war der Mann nahezu vollständig mumifiziert, was den Schluss nahelegte, dass er unter den Verbänden nicht anders aussah als im Gesicht.

Was für ein Glück, dass Jola unten im Auto wartete. Ich hatte ihr erzählt, dass ich nur rasch einen befreundeten Arzt besuchte, den ich anfangs wegen der schlechten Verbindung nicht an der Stimme erkannt habe und der mir für meine Recherche wichtige Unterlagen geben wolle. Ich schwindelte Jola nur sehr ungern an, aber angesichts des grauenhaften Anblicks, der sich mir hier bot, war ich froh, zu dieser Notlüge gegriffen zu haben.

So, und jetzt?

Die Tür hinter mir war mittlerweile gut zwei Minuten geschlossen. Zwei Minuten, in denen ich nicht wusste, wohin ich schauen und was ich sagen sollte. Ich räusperte mich verlegen, nachdem das Brandopfer, abgesehen von einem schwachen Zucken, keinerlei Regung zeigte.

»Entschuldigung?«, fragte ich und fühlte mich dabei selbst in einer paradoxen Phase gefangen, wenn auch gewiss nicht in einer so schmerzhaften wie die, in der der Todgeweihte gerade steckte. Ich kam mir vor wie ein Eindringling. Die Tatsache, dass ich ausdrücklich einbestellt worden war, machte das Gefühl nicht besser, solange ich nicht wusste, aus welchem Grund.

»Können Sie mich hören?«

Der Mann, der mit dem verbliebenen Auge unverwandt zur Zimmerdecke starrte, nickte. Ein pfeifendes Geräusch entwich dem Loch in seinem Gesicht, dort, wo sich früher einmal der Mund befunden haben musste. Das Geräusch mischte sich mit dem Rauschen der Atemunterstützung, die in den verkrusteten Löchern seines Nasenstumpfs steckte. Ich räusperte mich erneut, verlegen und unwissend, was ich als Nächstes tun sollte. Mein Overall raschelte bei jeder Bewegung. Es roch nach Desinfektionsmitteln, nach verbrannter Haut und Benzin, wobei meine Sinne mir bei Letzterem vermutlich einen makabren Streich spielten. Ich hasste den Geruch von Benzin. Seit meiner Kindheit hatte ich Angst vor dieser Flüssigkeit, eine regelrechte Phobie, die Tankstellen nicht gerade zu meinen beliebtesten Aufenthaltsorten machte.

Vermutlich bildete ich mir den »Duft der Angst«, wie ich ihn heimlich nannte, nur ein. Ganz sicher aber war es unerträglich heiß auf der Station. Draußen herrschten einunddreißig Grad, hier drinnen war es vielleicht etwas kühler, aber dafür wehte kein Wind. Ich spürte, wie mir der Schweiß den Rücken hinablief, und fragte mich, ob ein Verbrennungsopfer überhaupt noch Hitze fühlen konnte.

»Sie wollten mich sprechen?«, sagte ich und klang dabei nicht nur dem Wortlaut nach wie ein Butler, der auf das Läuten seines Dienstherrn parierte. Ein weiteres Nicken. Ein weiterer Pfeifton. Ich wollte mich kratzen. Die Gummischlaufen des Mundschutzes kitzelten mich hinter den Ohren, aber aus irgendeinem

Grund wollte ich mich nicht bewegen. Nicht, bevor der Unbekannte mir nicht den Grund meiner Anwesenheit verraten hatte.

»Kommen Sie«, sagte der Mann erstaunlich klar.

»Wohin?«

»Hier. Zu mir.« Er klopfte mit der bandagierten Hand auf die Decke.

Alles, nur das nicht.

Ich würde mich nicht zu ihm auf die Bettkante setzen. So weit ging die Neugierde nun doch nicht. Wohl aber so weit, dass ich mich hinabbeugte.

»Es tut mir leid …«, flüsterte der Sterbende, als ich dicht genug bei ihm war, um seinen Atem an meiner Wange zu spüren, »… aber Joshua hat Sie auserwählt!«

3. Kapitel

Jola hatte nicht bemerkt, dass sich jemand dem Auto näherte. Mit Biffy Clyro in den Ohren und der Lautstärke des iPods im roten Bereich hätte ein Hubschrauber hinter dem Käfer landen können, und sie hätte sich nur über das Laub gewundert, das auf einmal um sie herum hochwirbelte. Deshalb blieb ihr fast das Herz stehen, als plötzlich eine Hand durch das geöffnete Seitenfenster griff und sie an der Schulter berührte.

»Verdammt, haben Sie mich erschreckt.«

Sie riss sich die Stöpsel aus den Ohren und stoppte ihre aktuelle Lieblingsband. Blut schoss ihr in die Wangen, ein Gefühl, das sie hasste, weil ihr das oft passierte, wenn sie sich aufregte, und ihr dann jeder ansehen konnte, was für ein schreckhaftes Häschen sie war.

»Sorry, tut mir sehr leid. Bist du Jola?«

Sie nickte und kniff die Augen zusammen, denn die Sonne reflektierte ungünstig auf dem Plastikschild an dem weißen Kittel, zudem war der Name darauf so klein, dass sie ihn kaum entziffern konnte.

Westend. Station 6, Dr. Schmidt, Schmied – oder Schmitz?

»Dein Vater schickt mich.«

»Mein Vater?«

»Ja, ich soll dich zu ihm bringen.«

»Ach so? Wieso denn?«

»Krieg jetzt keinen Schreck, aber es geht ihm nicht so gut. Du sollst bei ihm warten, bis deine Mutter da ist.«

»Oh, okay.«

Die Sorge um Papa ließ ihren Puls wieder auf das Tempo des Rocksongs hochschnellen, den sie gerade gehört hatte.

»Was ist denn passiert?«

»Ganz dumme Sache. Er wollte seinem Freund, unserem Oberarzt, einen Kickbox-Trick zeigen, dabei ist er gestolpert und hat sich wohl das Bein gebrochen.«

»Echt?« Jola schüttelte den Kopf. *Kann man ihn denn keine Sekunde aus den Augen lassen?*

So viel zum Thema »Das mit der Pizza holen wir gleich nach«.

Manchmal fragte sie sich, wer von ihnen beiden das Kind, und wer der Erwachsene war.

»Also schön, wo ist er denn jetzt?«, fragte Jola und griff sich ihren Rucksack. Den Wagen konnte sie offen lassen. Das einzig Wertvolle in dieser Rostlaube waren die Peng-Chips im Handschuhfach, und die waren für einen Dieb wohl kaum von Interesse.

»Komm mit, ich bring dich zu ihm«, sagte Dr. Schmidt, Schmied oder Schmitz und nahm ihre Hand.

Jola war das etwas unangenehm, auch weil die Hand sich so feucht und beinahe glitschig anfühlte, aber sie wollte nicht unhöflich sein, und bei dem Wetter schwitzte man nun mal, also erwiderte sie das Lächeln und hoffte, dass der Weg, den sie in Richtung Park einschlugen, nicht allzu lange dauern würde.

4. Kapitel

Joshua hat mich auserwählt?

Ich fühlte mich wie ein Idiot, jetzt, da der Alte auf der Intensivstation seinen ersten vollständigen Satz gesagt hatte. Irgendwie ging ich davon aus, dass der Mann *alt* war, wahrscheinlich, weil man unbewusst immer darauf hofft, niemals mit Sterbenden konfrontiert zu werden, die gleichaltrig sind oder gar jünger als man selbst.

Joshua! Na toll.

Ein Bibelspinner!

Ich murmelte eine Entschuldigung, ohne zu wissen wofür, und drehte mich um, als der Mann hinter mir zu brüllen begann:

»Halt. Hiergeblieben!« Ich sah zurück. Die verbrannte Haut im Gesicht des Sterbenden schien noch einmal dunkler geworden zu sein.

»Sie müssen fliehen, bevor es zu spät ist«, sagte er mit erstaunlich fester Stimme. »Joshua hat Sie auserwählt, und Joshua irrt nicht.«

Ich schüttelte den Kopf.

»Wer, zum Teufel, ist Joshua? Meinen Sie den biblischen Propheten?«

Und wer, zum Teufel, sind Sie?

»Dafür haben wir keine Zeit. Bitte, hören Sie auf mich. Sie dürfen sich nicht strafbar machen. Unter keinen Umständen!«

Der Mann hustete, Speichel lief ihm übers Kinn. Ich näherte mich ihm wieder.

»Wieso vermuten Sie, dass ich etwas Verbotenes tun sollte?« Ich fragte mich, ob er mich vielleicht mit einem anderen, polizeibekannten Rhode verwechselte. Im Gegensatz zu meinem Bruder Cosmo war ich jedoch noch nie mit dem Gesetz in Konflikt geraten.

»Ich vermute gar nichts«, sagte das Brandopfer. »Ich *weiß*, dass Sie sich strafbar machen werden. Joshua kennt Sie besser als Sie sich selbst.« Ein weiteres Husten, gefolgt von einem weiteren Pfeifton.

Im ersten Impuls hatte ich lachen wollen, es mir dann aber verkniffen angesichts des jämmerlichen Zustands, in dem sich mein merkwürdiger Gesprächspartner befand, weswegen ich jetzt lediglich einen knappen, kehligen Laut ausstieß. »Hören Sie, es tut mir sehr leid, dass es Ihnen so schlecht geht, aber …«

Der Mann packte meine Hand. Ich zuckte zusammen. Einerseits, weil ich mit dieser Berührung nicht gerechnet hatte, andererseits, weil der Griff des Fremden so unerwartet fest war. Trotz der flexiblen Bandage, in der seine Finger steckten.

»Ich weiß, Sie kennen mich nicht. Aber ich kenne Sie. Sie sind Maximilian Rhode, achtunddreißig Jahre alt, Steuernummer 11/2557819. Mit neunzehn Jahren Boxprofi im Halbschwergewicht, bis eine Knieverletzung Ihre Karriere beendete, Ex-Reporter bei 105 Punkt Null und so, wie es aussieht, bald ein Ex-Schriftsteller mit einem Netto-Einkommen im letzten Jahr von 18224 Euro und 63 Cent …«

»Moment mal …«, versuchte ich den Redeschwall des Alten zu unterbrechen. Mit jedem Wort hatte er einen Treffer gelandet. Und jeder einzelne Treffer hatte mich bis ins Mark erschüttert.

Und die Einschläge kamen noch näher.

»… verheiratet mit Kim Rhode, geborene Staffelt, zwei Jahre älter, Lufthansa-Pilotin, zeugungsunfähig von Geburt an, weswegen Sie keine leiblichen Kinder haben, dafür aber ein Pflege-kind, Jola Maria, zehn Jahre alt, die als Baby von ihren crack-süchtigen Eltern auf einer öffentlichen Toilette zum Verkauf angeboten worden war und die Sie gerne adoptiert hätten, was aber wegen Ihres pädophilen Bruders immer wieder abgelehnt wurde ...«

Ein Hustenfall hinderte ihn daran, noch weitere Fakten auf-zuzählen. Als er wieder normal atmete, stand mein Mund immer noch offen. Ich war so schockiert, dass ich eine Weile brauchte, um meine Stimme wiederzufinden.

»Woher ... ich meine wie ... woher zum Teufel wissen Sie das alles?«

Gut, einiges war im Internet zu finden, aber vieles davon, ins-besondere Jolas Vergangenheit, waren gut gehütete Geheim-nisse, vor allem, dass sie als Baby hatte »verkauft« werden sollen. Wer oder was auch immer dieser Mann war, er hatte ebenso eindrucksvoll wie furchteinflößend unter Beweis gestellt, dass er kein Spinner war, der meine Nummer zufällig aus dem Telefon-buch gewählt hatte.

Ich entzog ihm die Hand. Die Ansprache schien seine letzten Kräfte verbraucht zu haben. Er war noch weiter in sich zusam-mengesunken, seine Stimme klang nun nicht einmal mehr halb so laut.

»Was wollen Sie von mir?«, fragte ich, und zum ersten Mal, seit ich im Westend angekommen war, hatte ich Angst davor, eine Antwort auf eine meiner Fragen zu bekommen.

»Ich will Sie warnen. Verlassen Sie noch heute die Stadt! Erzählen Sie niemandem, wo Sie hingehen! Weder Frau noch Tochter. Kommen Sie nicht zurück! Wenigstens ein Jahr nicht, haben Sie verstanden?«

Ich schüttelte ungläubig den Kopf. »Weil sonst *was* passiert?«

Der Mann seufzte. Eine Träne trat in sein verbliebenes Auge.

Erst jetzt fiel mir auf, dass der Sterbende nicht blinzelte, da ihm das Lid dafür fehlte.

»Sonst enden Sie so wie ich«, hauchte er. Dann begann er plötzlich zu piepen.

Ich glaubte im ersten Moment tatsächlich, der Laut würde wie das Pfeifgeräusch zuvor aus seinem lippenlosen Mundloch strömen. Ich bemerkte die Nulllinie auf dem Kontrollmonitor erst, als die Tür aufgerissen und eine Schwester, dann ein Arzt und schließlich noch zwei Pfleger in den Raum schossen, mich zur Seite drängten, jedoch keine Wiederbelebungsmaßnahmen einleiteten. Entweder, weil der Patient es so verfügt hatte.

Oder weil es ohnehin sinnlos war.

Der namenlose Unbekannte war bereits tot.

5. Kapitel

Auf meinem Weg aus dem Neubau des Klinikums kam ich an einem Getränkeautomaten vorbei und zog uns zwei Cola. Am Kiosk kaufte ich Jola noch eine Bravo. Dann setzte ich mich kurz auf eine Parkbank, um einen klaren Kopf zu bekommen, bevor ich meiner Tochter unter die Augen trat.

Ich war kein guter Schauspieler, und gerade Jola erkannte oft auf einen Blick, wie ich mich fühlte. Ich wollte auf keinen Fall, dass sie mir ansah, wie sehr mich die morbide Begegnung gerade eben mitgenommen hatte. Allerdings wollte ich sie nun auch nicht zu lange warten lassen, weshalb ich mich nach einer kurzen Atempause auf dem schnellsten Weg zum Besucherparkplatz machte, wo ich das Auto verlassen vorfand.

Ich hätte vielleicht auch mal auf die Toilette gehen sollen, dachte ich und öffnete die unverschlossene Fahrertür. Mein Blick fiel auf das offen stehende Handschuhfach, und ich wunderte mich etwas, dass Jola noch einmal die Chipstüte herausgeholt und auf den Beifahrersitz gelegt hatte. Immerhin wusste sie, dass es nur noch ein Exemplar davon auf der Welt gab.

Über den Sitz gelehnt versuchte ich, die Tüte wieder in das Handschuhfach zu stopfen, doch in dem lag auf einmal ein kleiner Kosmetikbeutel. Eine jener mausgrauen Plastiktaschen, wie sie auf Nachtflügen den Passagieren in der Businessclass ausgeteilt wurden und die Kim hin und wieder von ihren Reisen mitbrachte.

Wie kommt das Ding denn auf einmal hierher?

Während ich mit meinem Handy Jolas Nummer wählte, um zu fragen, wie lange sie noch brauchte, öffnete ich den Reißverschluss und warf einen Blick in das Etui. Es enthielt ein kleines braunes Fläschchen mit weißem Sicherheitsverschluss, wie es Apotheker verwenden, um selbst hergestellte Arzneien abzufüllen. Ohne Etikett konnte ich mir nicht sicher sein, aber die Flasche kam mir bekannt vor, was mich beunruhigte. So wie die Tatsache, dass es nun schon zum vierten Mal klingelte und Jola nicht abnahm.

Ich öffnete den Deckel und roch an der Flüssigkeit.

Bitter. Stechend. Scharf.

Ich sah meinen Verdacht bestätigt, und mit einem Mal wurde mir schlecht vor Sorge.

Jola!, dachte ich, nun gar nicht mehr davon überzeugt, dass sie nur kurz aufs Klo gegangen war. Ich trat vom Wagen weg und sah mich um. Trotz der drückenden Hitze hatte ich Gänsehaut auf den Unterarmen und fröstelte. Und dann wurde es noch kälter, als am anderen Ende endlich abgenommen wurde und ich nicht Jola, sondern eine Männerstimme hörte.

»Hallo? Wer ist da?«

Rau. Kehlig. Aber auch nervös.

Ich sah mich in allen Richtungen um, in der abwegigen Hoffnung, irgendwo einen Mann mit einem Handy am Ohr zu sehen, der mich beobachtete. Selbstverständlich sah ich ihn nicht.

»Wo ist meine Tochter?«, fragte ich.

»Wer spricht da?«, wollte der Fremde wissen.

Ich spürte, wie sich ein Teil meiner Sorge in Wut verwandelte.

»Ich bin ihr Vater, und Sie sagen mir jetzt sofort, wer Sie sind und was Sie mit Jola gemacht haben.«

Die Antwort des Fremden riss mir den Boden unter den Füßen weg und ließ mich taumeln, obwohl ich mich keinen Zentimeter bewegte. Die Welt drehte sich ohne mich, für eine kurze Weile zumindest, bis ich entschied, dass das alles ein großer Irrtum sein musste. Ein schlechter Scherz. Oder einfach nur ein ganz fürchterliches Missverständnis.

Also riss ich mich zusammen und machte mich auf den Weg in die Pathologie.

6. Kapitel

»Hast du deinen gottverdammten Verstand verloren, Max?«

Noch hielt Kim die Stimme gesenkt und weinte nicht, aber es war nur eine Frage der Zeit, bis sich das ändern und sie mir unter Tränen ihre aufgestaute Wut ins Gesicht brüllen würde, zumal wir diese Unterhaltung heute in verschiedenen Variationen schon öfter geführt hatten.

»Ich hab sie nur kurz alleine gelassen«, sagte ich nicht zum ersten Mal und folgte ihr in Jolas Zimmer, wo Kim die oberste Schublade einer Kommode aufriss.

»Kurz?« Sie drehte sich so rasch zu mir herum, dass ihr langer blonder Zopf wie ein Pendel nach vorne schlug. Kim hatte meinen Hilferuf heute Nachmittag auf dem Laufband im Fitnesscenter erhalten und war sofort ins Krankenhaus gehetzt. Jetzt, kurz vor Mitternacht, trug sie immer noch einen eng anliegenden schwarzen Jogginganzug und die Laufschuhe, mit denen sie die Treppen der Notaufnahme hochgesprintet war.

»Über eine Stunde hast du sie warten lassen.«

Sie stopfte wahllos Unterwäsche, Socken und einen Schlafanzug in die Sporttasche, dann schob sie sich an mir wieder vorbei in den Flur. Ihr nächstes Ziel war das Badezimmer, wohin ich ihr ebenfalls folgte.

»Wie konnte das denn nur passieren?«

Ich schüttelte den Kopf. Zuckte mit den Achseln, weil ich mir auch keinen Reim darauf machen konnte. Im Spiegel des Badezimmerschränkchens sah ich selbst, wie hilflos meine Reaktion wirkte. Und wie alt ich auf einmal aussah. Als hätte ich seit der Grundschule Kette geraucht und den schlechten Geschmack am Morgen mit Whiskey runtergespült. Meine Wangen hatten die Farbe von eingelegtem Sushi-Ingwer, und die Schatten unter meinen Augen sahen aus, als hätte ein untalentierter Maskenbildner versucht, seinen ersten Zombie zu gestalten.

Kims ungeschminktes, von jugendlichen Sommersprossen verziertes Gesicht hingegen erinnerte an ein Werbeversprechen einer Beautyfarm. In einer Bar wäre sie nach dem Ausweis und ich danach gefragt worden, weshalb ich mit meiner Tochter ausging. Aber in eine Bar würden wir so schnell nicht wieder gemeinsam gehen wollen, so viel war klar.

»Es war ein Krankenhausparkplatz. Ich hab sie nicht zwischen Junkies und Dealern auf einer Bank im Görlitzer Park ausgesetzt!«

Kim atmete tief ein und aus, doch es gelang ihr nicht, ihre Stimme zu beruhigen. »Darum geht es doch gar nicht, Max. Die Frage ist, wie du so blöd sein konntest, dieses Teufelszeug in deinem Auto zu lagern!«

»Das hab ich doch gar nicht.«

»Ach nein?«

Sie hatte sich Jolas Zahnbürste vom Waschbeckenrand gegriffen und stocherte mit ihr drohend in meine Richtung. »Dann sind die K. o.-Tropfen also ganz alleine aus dem Arbeitszimmer in dein Handschuhfach geflogen, damit Jola sich mit ihnen vergiften kann?«

Zwei Schwestern hatten sie während ihrer Raucherpause regund bewusstlos im Eingang ihrer Station gefunden, ausgerechnet vor der Pathologie! Die Ärzte hatten zunächst auf Alkoholmissbrauch oder Drogen getippt. Später ergab die Laboranalyse, dass Jola Gammahydroxybuttersäure, kurz GHB, im Blut hatte. Eine sogenannte Date-Rape-Droge, die Vergewaltiger ihren potenziellen, meist weiblichen Opfern in einem unbeobachteten

Moment in die Getränke schütten. Je nach Dosierung verlieren einige schon nach zehn Minuten das Bewusstsein und können sich nach dem Aufwachen an nichts mehr erinnern. So offenbar auch Jola.

Nach Stunden des Bangens war sie gegen Mitternacht endlich wieder kurz zu sich gekommen, körperlich unversehrt, aber ohne die geringste Erinnerung, weshalb sie den Wagen verlassen hatte und was danach mit ihr geschehen war. Das Letzte, was sie wusste, war, dass ich sie von ihrem Schwimmtraining abholte. Danach Filmriss.

Eine typische Folge der Einnahme von GHB.

Ich kannte mich mit dem Stoff gut aus, da er in meinem aktuellen Roman eine zentrale Rolle spielte. Deshalb hatte ich mir von einem befreundeten Apotheker auch ein kleines Fläschchen geben lassen, den Selbstversuch an mir bislang allerdings nie gewagt.

»Ich hab es bei dir auf dem Schreibtisch gesehen«, sagte Kim.

»Ja, in meinem Arbeitszimmer. Und das schließe ich immer gut ab. Nur du und ich haben einen Schlüssel! Glaubst du ernsthaft, ich reiße das Etikett von der Flasche und fahre mit K. o.-Tropfen spazieren?«

Ich hob ein Handtuch auf, das ihr heruntergefallen war.

»Und selbst wenn ich das getan haben sollte, dann denk doch bitte einen Schritt weiter und sag mir, ob du unsere Tochter wirklich für so dämlich hältst, einen Schluck aus einer nach Säure stinkenden Pulle zu nehmen?«

»Jola ist nicht dämlich. Jola ist zehn. Sie ist ein Kind. So etwas gehört nicht in ihre Nähe. Verdammt, sie gehört auch nicht auf den Parkplatz eines Krankenhauses. Was, zum Teufel, hattest du da überhaupt zu suchen?«

Ich seufzte.

»Du warst doch dabei, als die Polizei mich vernommen hat. Dieser Selbstmörder hat mich angerufen …«

»Ja, ja. Das weiß ich.«

Zum Glück hatte Dr. Grabow den Beamten meine Geschichte bestätigen können. Da er sich nach dem Tod seines Patienten nicht mehr so umfassend an seine Schweigepflicht gebunden fühlte, erfuhr ich auch, dass es sich bei dem Verbrennungsopfer um einen verschrobenen Wissenschaftler handelte, der vermutlich an Depressionen litt und sich in seiner Doppelgarage in Köpenick mit Benzin übergoss und anzündete. Wegen des eindeutig erklärten Suizidwillens gab es wohl keine weiteren Ermittlungen. Zudem hatten die Schwestern im Nachttisch mehrere Ausgaben meiner Bücher gefunden, viele mit handschriftlichen Notizen. Die Vermutung lag nahe, dass es sich um einen geistig verwirrten »Fan« handelte. Ein Literatur-Stalker, dem sein sterbendes Hirn in den letzten Minuten seines Lebens einen Streich gespielt hatte, wobei mir natürlich immer noch nicht klar war, wie er an so viele Informationen über mich gekommen sein konnte, aber das war mir im Augenblick völlig egal.

»Was ich mich frage, ist, wieso du Jola da mit reinziehen musstest? Jeder andere normale Vater wäre wie verabredet in die Pizzeria gefahren.«

»Normale Väter verdienen ihren Lebensunterhalt auch nicht mit dem Schreiben von Thrillern.«

»Ach, tust du das neuerdings wieder? Geld verdienen?«

Treffer. Tiefschlag und versenkt.

Über Kims Gesicht wanderte ein Schatten, und sie wirkte ehrlich betroffen, als sie den Blick senkte und leise sagte: »Hör zu, es tut mir leid. Das ist mir rausgerutscht, okay?«

Sie sah wieder auf. Ich hielt den Mund und wartete auf das unvermeidliche *»Aber«*.

»Aber du lebst in deiner eigenen Welt, Max. Du denkst nicht nach, oder wenn, dann immer über die nächste Geschichte, die du schreiben willst. Manchmal sitze ich vor dir am Esstisch und wiederhole einen Satz dreimal, bis du mir endlich antwortest, weil du mal wieder in Gedanken bei deinen Psychopathen und Serienmördern bist, aber nicht hier bei uns zu Hause. Dann frage ich mich, ob du überhaupt noch zwischen deinen Geschichten und der Realität unterscheiden kannst. Vermutlich hast du gar nicht mitbekommen, wie du die Tropfen eingesteckt hast.«

Sie weinte, und auch mir kamen die Tränen bei dem Gedanken, was alles hätte passieren können. Jola war weder missbraucht noch misshandelt worden, und die Konzentration in ihrem Blut würde keine Langzeitschäden hinterlassen. Doch hätte sie mehr GHB zu sich genommen, würde sie jetzt nicht ihren Rausch im Westend ausschlafen, sondern an Beatmungsgeräten hängen. An das Schlimmste, was hätte passieren können, wagte ich nicht zu denken.

Kim hatte alle Kosmetik- und Hygieneartikel, die sie für Jolas Krankenhaustasche einsammeln wollte, gefunden und verließ das Bad.

Wir gingen zur Haustür, wo ich meine Jacke von der Garderobe nahm.

»Nicht«, sagte sie und schüttelte den Kopf. Sie blinzelte erschöpft, müde der Diskussion, die sie erwartete.

»Wieso?«, fragte ich. »Jola wird sich freuen, mich zu sehen, wenn sie aufwacht.«

»Ja, Jola schon.«

Aber du nicht.

Verstehe.

Ich hob die Hand, unschlüssig, was ich mit ihr vorhatte. Vermutlich wollte ich Kim berühren, ihr sagen, dass es mir leidtat, dass es meine Schuld war und ich mir den Fehler ewig nicht würde verzeihen können, auch wenn ich mich nicht daran erinnerte, die Flasche aus dem Arbeitszimmer genommen zu haben, und mir keinen Reim darauf machen konnte, wie sie in das Auto gelangt war. Doch Kim kam mir zuvor und sagte: »In einem Roman ist es vielleicht eine amüsante Idee, wenn der starke Held seine kluge Tochter mit in ein Abenteuer zieht. Aber in der Realität ist das eine ganz große Dummheit.«

Ich weiß.

»Ich würde Jola niemals in Gefahr bringen«, sagte ich.

»Nicht absichtlich, keine Frage. Du würdest für sie töten und sterben, und du bist immer für sie da, wenn es drauf ankommt.«

Ich nickte.

»Aber *nur*, wenn es drauf ankommt. Verstehst du? Das ist das Problem. Jola braucht keine Feuerwehr, sondern einen Vater. Und ich brauche schon lange keinen Traumtänzer mehr, der mich mit Peng-Chips füttert und sich Geschichten ausdenkt, sondern einen Ehemann, der mit beiden Beinen auf dem Boden steht.«

Sie sah mich traurig an und schulterte Jolas Sporttasche.

Merkwürdigerweise schmerzte ihr darauf folgender Abschiedssatz weitaus weniger als der zuvor:

»Ich weiß, das Timing könnte nicht schlechter sein, aber ich hab jemanden kennengelernt, Max.«

Vermutlich, weil ich schon lange damit gerechnet hatte, ihn irgendwann zu hören.

Zwei Monate später

7. Kapitel

Ein schlechtes Zeugnis. Die Faust meines Vaters. Der metallische Geschmack im Mund.

Blut.

Kindheitserinnerungen, die ich zu verdrängen versuchte, als ich mich in Jolas Klassenzimmer umsah.

Noch hatte ich keine Ahnung, was sie dieses Mal wieder angestellt hatte, aber so wie die Biolehrerin aussah, auf deren Veranlassung das »Elterngespräch« einberufen worden war, würde meine Tochter heute wohl nicht mit einer Fünf-Euro-Strafe davonkommen.

»Es gibt wahrlich keine Entschuldigung für Jolas Verhalten«, empörte sich Frau Jasper, eine früh ergraute und damit vom Alter her schwer zu bestimmende Frau mit einem Gesichtsausdruck wie eine zusammengeballte Faust. Wie fast alle Grundschullehrer meiner Tochter war auch sie ein vornamenloses Wesen. In keinem anderen Berufszweig habe ich es bislang erlebt, dass sich mir Fremde konsequent nur mit dem Nachnamen vorstellten. Frau *Irgendwer* Jasper unterrichtete Jola in Biologie und Englisch und war erst seit einem Jahr an der Wald-Grundschule, anders als Frau Fischer, Jolas Klassenlehrerin, die im nächsten Jahr als Schulrektorin in Pension gehen würde.

Sie hatte mich vor der Schule abgefangen und »wegen der jüngsten Vorfälle« zu dieser Unterredung gebeten, deretwegen ich jetzt meinen Einzeltermin bei der Paarberatung versäumte, die Kim und ich seit sechs Wochen aufsuchten.

»Worum geht es denn?«, fragte ich mit einer Mischung aus Neugierde und Ungeduld. Wir saßen auf viel zu kleinen Stühlen und bildeten ein Dreieck vor der frisch geputzten Tafel, und ich hatte große Mühe, mich zu konzentrieren. Der allgegenwärtige Geruchsmix aus Terpentin, Wachsmalfarben, nassen Schuhen, Staub und Kreide versetzte mich in eine Zeit, in der meine größten Probleme noch vor mir gelegen hatten und an die ich dennoch nicht gerne zurückdachte. Schulräume erzeugten in mir immer ein Gefühl der Beklemmung, gerade jetzt, in der ersten Heizperiode im Oktober, wenn die Luft so trocken und der Sauerstoff nach einem langen Unterrichtstag verbraucht war. Vermutlich war ich der Einzige, der den Diesel riechen konnte, mit dem die Heizöltanks der Schule kürzlich aufgefüllt worden waren, aber ich hatte schon immer eine bessere Nase gehabt, als mir in manchen Situationen lieb war, und der »Duft der Angst« sorgte wieder einmal dafür, dass ich mich in diesem Klassenzimmer nicht besonders heimisch fühlte.

»Damit hat sie nach mir geworfen!«

Frau Jasper zog aus den Untiefen ihrer Hosentasche einen kinderfaustgroßen Stein, den sie mit zusammengekniffenen Lippen auf die an ihrem Stuhl befestigte Schreibunterlage legte.

»Mit einem Alkalifeldspat?«, entfuhr es mir. Nicht, dass ich mich großartig mit Steinen auskannte, aber Jola war fasziniert von den Dingern, die sie beinahe täglich von ihren Spaziergängen mit nach Hause schleppte. Quarze, Minerale, Kristalle, egal was, Hauptsache ungewöhnlich. Sie wusch, sortierte und kategorisierte die Steine, für die sich in der Vitrine in ihrem Zimmer schon lange kein Platz mehr fand, weshalb unser halbes Wohnzimmer mit Granitgneisen, Tigeraugen oder Migmatitbrocken vollgepflastert war. Oder mit einem grünlich schimmernden Alkalifeldspat wie jenem, den sie mir heute Morgen beim Frühstück stolz präsentiert hatte. Es verging kein Tag, an dem sie sich nicht einen ihrer Steine aussuchte, um ihn mit in die Schule zu nehmen. Als Glücksbringer – und offensichtlich hin und wieder auch als Wurfgeschoss.

»Sie hat ihn mir an den Kopf geschmissen.« Frau Jasper verzog das Gesicht, als würde sie in diesem Moment noch einmal getroffen. »Mit voller Absicht.« Sie drehte sich mit wütendem Blick zur Direktorin, und mir fiel eine Kreuz-Tätowierung hinter ihrer rechten Ohrmuschel auf, die so gar nicht zu ihrem konservativen Modegeschmack passen wollte – schlichte Schnürstiefel, einen unvorteilhaft sitzenden Hosenanzug Marke »Bundeskanzlerin«, dazu ein farblich passendes rotes Haarband.

»Weshalb?«, fragte ich. Nach meiner Klassifizierung des Steins die zweite unpassende Bemerkung in den Augen der Biologielehrerin.

»Können Sie sich auch nur einen einzigen, entschuldbaren Grund vorstellen, der es rechtfertigen würde, einen Pflasterstein nach seiner Lehrerin zu werfen?«, zischte sie.

Feldspat, nicht Pflaster, hörte ich Jola in Gedanken korrigieren.

»Nein, aber ebenso wenig kann ich mir vorstellen, dass meine Tochter völlig grundlos einem anderen Menschen wehtut. So ist sie nicht.«

»Mit Verlaub, vielleicht kennen Sie sie ja nicht so gut. Sie ist ja nur …«

»Nur was?«, fuhr ich Frau Ja-leck-mich-doch-Jasper an. Drei Sätze nur, und die Frau hatte es geschafft, dass ich am liebsten vom Stuhl hochgesprungen wäre. »Sprechen Sie es aus«, forderte ich sie auf. »Sagen Sie, was Sie denken.«

Dass Jola nur ein Pflegekind ist. Und ich nicht der leibliche Vater.

»Ich denke, dass es nichts bringt, wenn wir uns streiten«, schaltete sich Frau Fischer in die Runde, und in ihrer gewohnt ruhigen Art sagte sie mit warmer Stimme: »Lassen Sie uns bitte sachlich bleiben und gemeinsam eine Lösung finden.«

Frau Jasper räusperte sich.

»Ich wollte nur sagen, dass Sie nicht wissen, wie Jola sich in der Schule benimmt.«

Hm. Klar. Und deshalb hast du deinen letzten Satz mit »Sie ist ja nur …« eingeleitet. Dumme Kuh.

»Was genau ist passiert?«, fragte ich. Die Biolehrerin atmete schwer aus wie jemand, der kurz davorsteht, von einer schweren Enttäuschung zu berichten.

»Wie Sie ja wissen dürften, behandeln wir im Unterricht gerade das Thema Sexualkunde.«

Ich nickte und wusste es tatsächlich.

Nachdem die polizeilichen Ermittlungen eingestellt worden waren – ich war mit einer Ermahnung davongekommen –, hatte ich meinen Verlag darüber informiert, dass sich der Abgabetermin verschieben würde. Um mehr Zeit für Jola, aber auch für die Rettung meiner Ehe zu haben, verlor ich mich nicht länger in abenteuerlichen Recherchen und nächtelangen Schreibklausuren. Stattdessen arbeitete ich nur noch, wenn Jola in der Schule war, half ihr bei den Hausaufgaben und hielt jede getroffene Familienverabredung ein, bei denen ich fortan nicht nur körperlich, sondern auch geistig anwesend war. So schaltete ich beispielsweise mein Handy beim Abendessen aus, um nicht – wie früher – schnell mal was für meinen neuen Roman zu googeln, anstatt mich am Gespräch zu beteiligen. Als Kim mir signalisierte, diesen ominösen »Mr. Escape«, wie sie ihn nannte und mit dem angeblich noch nichts gelaufen war, vorerst nicht zu sehen, gab ich meine Vorbehalte bezüglich einer Paartherapie auf. Was man halt so macht, wenn es eigentlich schon zu spät ist.

»Offensichtlich ist das Thema noch zu früh für sie«, erklärte Frau Jasper unterdessen. »Es ging um die Benutzung des Kondoms. Jola benahm sich sehr unreif, lärmte, störte den Unterricht durch wiederholtes Zwischenrufen. Und mit einem Mal warf sie mir den Stein an die Stirn.« Sie griff nach ihrem Pflaster. »Ein Glück, dass die Wunde nicht genäht werden musste!«

Ich dachte einen Moment nach, dann stand ich auf. Die Direktorin hob erstaunt die Augenbrauen, während Frau Jasper anfing zu stottern: »Was ist … also … wo wollen Sie denn hin?«

»Ich würde nur gerne die andere Version hören.«

»Welche *andere* Version?«, fragte die Biologielehrerin entrüstet.

»Die meiner Tochter«, sagte ich, öffnete die Tür und bat Jola herein.

Es dauerte eine Weile, bis sie von der Heizungsverkleidung, auf der sie im Schneidersitz gehockt hatte, heruntergesprungen war und mit trotzigem Schritt ins Klassenzimmer stapfte. An dem roten Rand des Leberflecks auf ihrer Wange erkannte ich, dass sie in den vergangenen Minuten wild an ihm herumgekratzt haben musste.

»Okay, ich will jetzt die Wahrheit hören«, sagte ich und führte sie zu den Stühlen, auf denen Frau Fischer und Frau Jasper mit eng aneinandergedrückten Knien saßen.

Jola trug enge Jeans, die in neongelben Regenstiefeln irgendeiner Luxusmarke steckten. Ich vermutete, dass sie die nur trug, um ihrer Mutter einen Gefallen zu tun, denn eigentlich passten sie nicht zu ihrem »Ich spiel lieber mit den Jungs«-Stil. Doch ich konnte Kim verstehen. Wäre ich so oft unterwegs gewesen wie sie, hätte ich meine Tochter vermutlich auch mit Duty-free-Geschenken zugeschüttet. Und immerhin passten die Stiefel, die Jola schon längst mit einem Edding »verschönert« hatte, zu dem grau-regnerischen Schmuddelherbst, den Berlin gerade erlebte.

»Wieso hast du das getan?«, fragte ich sie streng. Ich rechnete mit ihrer Allzweck-Antwort, mit der sie mich immer abspeiste, wenn sie keine Lust hatte zu reden. Ein gleichgültiges Achselzucken, das je nach Sachlage »Keine Ahnung«, »Lass mich in

Ruhe!« oder »Kann dir doch egal sein« heißen konnte. Stattdessen verblüffte sie mich mit einem ganzen Satz:

»Sie hat was gegen Schwule.« Jola deutete mit dem Zeigefinger auf Frau Jasper.

»Bitte?«, fragte ich irritiert.

Die Biolehrerin machte eine »Halb so wild«-Fuchtelbewegung und rollte mit den Augen. »Blödsinn. Ich habe nur die Bibel zitiert, in der gleichgeschlechtliche Liebe als Sünde dargestellt wird, 3. Buch Mose 18, 22.«

Ich legte mir eine Hand ans Ohr. Aus dem Augenwinkel heraus sah ich, dass Frau Fischer ebenfalls glaubte, sich verhört zu haben.

»Sie haben was …?«, setzte ich an, bevor Jola dafür sorgte, dass die Unterhaltung noch bizarrer wurde.

»Und ich habe Sie lediglich bestraft, weil Sie diese hässliche Kleidung tragen, Frau Jasper.« Jola zeigte auf den Hosenanzug der Biolehrerin. Mit einer Mischung aus Verärgerung und Triumph in der Stimme stand Frau Jasper auf und rief:

»Ha, da hören Sie ja selbst, wie unverschämt Ihre Tochter ist! Sie beleidigt mich sogar in Ihrer Gegenwart, Herr Rhode.«

»Moment mal, der Reihe nach«, versuchte die Direktorin, die Kontrolle über die Diskussion wieder an sich zu reißen, doch vergeblich. Ich war stinksauer.

»Hab ich das richtig verstanden? Sie haben meiner Tochter erzählt, dass Homosexualität eine Sünde ist?«

»Nun. Was auch immer die liberalen Medien heutzutage behaupten, die Bibel ist eindeutig und verbietet …«

»… von Gott nicht geduldete Kleider. Levitikus, 19, 19.«

Ich hatte gerade Frau Jasper fragen wollen, ob sie den Verstand verloren hatte, solche reaktionären Ansichten gegenüber Grundschülern zu predigen, doch nun schwenkte mein Kopf zu Jola, die für mich in Rätseln sprach.

»Wer zum Geier ist Levitikus?«, wollte ich von ihr wissen.

»Auch das 3. Buch Mose«, antwortete sie.

Meine Verblüffung steigerte sich, als Frau Jasper zustimmend nickte. »Da hat sie recht, aber da steht ja wohl kaum drin, dass man Pädagogen mit Steinen bewerfen soll, wenn …«

»… wenn diese Kleider tragen, die aus zwei verschiedenen Stoffen genäht sind, doch. Ihr Anzug, Frau Jasper, besteht aus Polyester und Baumwolle. Gemäß Levitikus 19,19 ist das verboten, und der Sünder muss von der Dorfgemeinschaft gesteinigt werden.«

Rums.

Jola hätte keinen größeren Effekt erzielen können, wenn sie eine Waffe gezogen hätte. Alle Münder standen offen. Meiner, der von Frau Fischer, am weitesten aber der der bibelfesten Biolehrerin. Jolas Worte hingen für eine Weile wie Schwebeteilchen im Klassenzimmer, und nach einer kurzen Pause, in der keiner ein Wort verlor, konnte ich mich nicht mehr halten. Ich fing an zu lachen. Erst leise kichernd, dann lauter, prustend, bis das Klassenzimmer vor meinen tränenden Augen Schleier zog.

8. Kapitel

»Das hast du dir ausgedacht, oder?«, fragte ich Jola eine Viertelstunde später, als sie auf dem Rücksitz des Käfers stur durch die Scheibe in den Regen starrte. Sie aus Sicherheitsgründen in dem alten, airbaglosen Käfer nicht mehr vorne sitzen zu lassen, war eine weitere Maßnahme aus meinem »Ich will ein verantwortungsbewussterer Vater und Ehemann werden«-Katalog. Etwas, was ihr verständlicherweise gar nicht schmeckte.

Wortlos und ohne nach vorne zu sehen, reichte sie mir einen Fünfeuroschein.

»Den kannst du behalten, wenn du mir vernünftige Antworten auf meine Fragen gibst.«

Wir fuhren die Eichkampstraße hinunter Richtung Auerbacher Tunnel, meine Lieblingsabkürzung zwischen Westend und Grunewald. Nach meinem Lachanfall hatte Frau Jasper entrüstet den Raum verlassen, und Frau Fischer, die mit dem Gesprächsverlauf etwas überfordert gewesen war, hatte die weise Entscheidung getroffen, erst einmal ein Einzelgespräch mit der Biologielehrerin zu suchen, bevor es ein weiteres Zusammentreffen in der großen Runde gab; am besten zu einem Zeitpunkt, an dem auch Kim mit von der Partie sein konnte. Aktuell stieg sie gerade in Newark in ihr Cockpit, laut dem Notizzettel am Kühlschrank wollte sie ab morgen für drei Tage wieder bei uns sein.

»Du hast nicht wirklich das Alte Testament gelesen?«

»Nicht das ganze«, antwortete Jola, die mich meines Wissens noch niemals angelogen hatte, und verblüffte mich bestimmt zum tausendsten Mal in meinem Leben. »Die Jasper wirft ständig mit so bescheuerten Zitaten um sich, ich hab mir auch einfach welche gegoogelt.« Schon als wir sie als Baby bei uns in der

Familie aufnahmen, hatten Kim und ich gespürt, dass Jola etwas Besonderes war. Ich weiß, so etwas behaupten alle Eltern von ihren Kindern, aber bei mir besteht keine Eigenlob-Gefahr, da mein genetisches Material bei der Herstellung nicht berücksichtigt wurde. Es stimmt einfach. Schon mit einem Jahr konnte Jola Drei-Wort-Sätze bilden, mit zwei Jahren schwimmen, und noch vor der Einschulung sah sie ihre Lieblingszeichentrickfilme lieber auf Englisch als auf Deutsch. Sie war kein Genie, keine Inselbegabte, aber mit einer so messerscharfen Intelligenz ausgestattet, dass es einem unheimlich werden konnte, zumal wenn man wusste, unter welchen Bedingungen sie auf die Welt gekommen war – von zwei Crackjunkies gezeugt, auf einer versifften Matratze zwischen Spritzen und Bettwanzen geboren. Die ersten zwei Monate hatte sie als Frühchen einen Drogenentzug im Brutkasten durchstehen müssen. Manchmal, wenn ich sie schlafend betrachtete und dabei an all die Erfolge dachte, die sie in ihrem jungen Leben schon gefeiert hatte (vom ersten Preis im Vorlesewettbewerb über einen veröffentlichten Leserbrief zum Thema Kinderwahlrecht in einem Frauenmagazin bis hin zum braunen Karategürtel) fragte ich mich, was wohl unter normalen Umständen aus ihr geworden wäre. Oder ob ich bei der nächsten Schreibblockade nicht auch mal einen Zug aus der Crackpfeife versuchen sollte, wenn das dazu führte, dass sich meine Synapsen besser verknoteten.

»Außerdem hat sie ›*Setz dich hin, gottverdammt*‹ zu mir gesagt«, sagte Jola. »Laut Levitikus 24, 14 bis 16 hätte ich die gotteslästerliche Flucherin schon dafür steinigen dürfen.« Ihre Oberlippe bebte sanft, ein verräterisches Zeichen dafür, dass sie ein Lächeln zu unterdrücken versuchte. So wie ich.

Die Fontanestraße schraubte sich einen kleinen Hügel zum Hagenplatz hoch.

Als wir die Schule verlassen hatten, hatte es nur genieselt.

Jetzt platterten Regentropfen, so groß wie Erbsen, auf die Windschutzscheibe. Ich bemerkte, dass es Zeit war, die Wischer mal wieder auszutauschen. Die Herbst-Kombination aus dichtem Regen und spärlicher Straßenbeleuchtung war nicht gerade ideal, wenn die Wischblätter schon auf dem Zahnfleisch putzten.

»Das mag ja sein, aber ich finde, egal, was die Bibel sagt, und egal, ob man im Recht ist oder nicht: Gewalt ist keine Lösung«, begann ich etwas lahm. Dieser Teil der Unterhaltung erinnerte mich an Jolas Spüli-Attacke, und sie hatte ja recht mit dem, was sie damals gesagt hatte. Angesichts des Blutzolls in meinen Büchern war ich für einen Vortrag zum Thema Pazifismus und Sanftmut nicht gerade prädestiniert.

Die Ampel schaltete auf Grün, ich bog nach rechts und griff nach meiner Fernbedienung in der Ablage, mit der ich das elektrische Einfahrtstor öffnen konnte. Normalerweise parkte ich nicht in der Garage, doch der Wetterdienst hatte heute Nacht vor Sturm und herabfallenden Ästen gewarnt, und ich verspürte keine Lust, morgen mit eingeschlagener Scheibe dazustehen. Außerdem stand der ockerfarbene Kombi des Studenten, der unter uns wohnte, auf meinem Stammplatz.

»Und ich finde, Frau Jasper muss sich mal entscheiden, ob sie nun an die Bibel glaubt oder nicht, Papa«, erwiderte Jola trotzig. »Wenn Schwule Sünder sind, dann darf ich ihr einen Stein an den Kopf schmeißen. So einfach ist das.«

»Nein, ganz so einfach ist es nicht, junges Mädchen. So wie Frau Jasper aussieht, wird sie auf einen Schulverweis be… heeeeee!«

Ich trat auf die Bremse. So scharf, dass Jola mit dem Kopf nach vorne schnellte und sich ihr Gurt in den Hals schnitt. Wir schrien auf. Gleichzeitig. Sie, vor Schmerz und weil sie nicht wusste, weshalb ich den Wagen so abrupt zum Stehen gebracht hatte, und ich, weil mir klar wurde, dass ich es nicht rechtzeitig geschafft hatte.

»Scheiße«, fluchte ich ein in der Gegenwart meiner Tochter verbotenes Wort, aber das war jetzt auch egal. Ich löste den Gurt, öffnete die Tür und sprang in den Regen, ohne den Motor abzustellen.

Der Mann, den ich angefahren hatte, lag direkt in der Einfahrt.

Verdammt.

Was hatte der hinter dem Tor zu suchen?

Und wie hatte ich ihn bloß übersehen können?

»Hallo, können Sie mich hören?«, rief ich, die Hand bereits an meinem Handy, um Hilfe zu holen. Der Kerl trug schwarze Klamotten, ein weiterer Grund, weshalb ich nicht bemerkt hatte, dass er mir wie aus dem Nichts direkt vor die Kofferraumhaube gesprungen war. Ich beugte mich zu ihm hinunter, und da er sich nicht bewegte, rechnete ich mit dem Schlimmsten, auch wenn ich bestimmt auf Schritttempo runtergebremst hatte. Mit offenen Brüchen oder gar einem eingedrückten Schädeldach – aber auf den Anblick, der sich mir bot, als ich in das Gesicht des Mannes blickte, war ich nicht vorbereitet.

»Du?«, fragte ich und wich zurück, als hätte ich den Antichrist gesehen. Ich sah zu Jola, ein Reflex, um zu überprüfen, ob sie in Sicherheit war.

Das ist unmöglich. Das darf nicht sein.

Vor mir, auf dem Asphalt, lag ein Mann, der in seiner Jugend weitaus Schlimmeres getan hatte, als mit Steinen zu werfen. Er pfählte Katzen, schmiss Molotowcocktails in offen stehende Fenster, und neben Tierquälerei und Zündeln hätten sicher auch die nassen Laken, die seine Mutter jeden Morgen wechseln musste, einen eindeutigen Hinweis auf die psychopathische Zukunft des Heranwachsenden geliefert. Wenn er denn Eltern gehabt hätte, denen es nicht gleichgültig gewesen war, dass aus ihrem Jungen ein psychopathischer Kindervergewaltiger wurde.

»Hallo, Bruderherz«, sagte Cosmo und rappelte sich auf. »Ist ja 'ne nette Art, mich nach so langer Zeit wieder zu begrüßen.«

9. Kapitel

»Freigang?« Ich überlegte, ob ich meinem Bruder ein Taschentuch reichen sollte, aber der Regen hatte bereits einen Großteil des Bluts von der Stirn gewischt. Bis auf eine Wunde am Kopf schien er keine Verletzung davongetragen zu haben.

»Eigentlich heißt es Ausgang, gelockerte Sicherheitsmaßnahmen sind Teil meiner Therapie. Zurzeit darf ich täglich von zwölf bis sechs raus«, sagte er.

Wir standen einen Schritt vom Käfer entfernt, unter einem großen Ahorn, dessen Äste über die Einfahrt reichten und dank der Blätter etwas Schutz vor dem Wetter boten.

»Und danke der Nachfrage, nein, ich habe mir nichts gebrochen«, sagte Cosmo mit der Hand im Nacken. Er ließ den Kopf kreisen, wie früher, wenn er mich ärgern wollte, da ich das Geräusch knackender Wirbel nicht ausstehen konnte.

»Was soll das bedeuten?«, fragte ich entsetzt, nachdem ich meine Sprache wiedergefunden hatte. Vor mir stand ein Mann, der in einer geschlossenen Anstalt in Brandenburg an der Havel sitzen sollte, mit Medikamenten in der Blutbahn, die ihn ruhigstellten, und jeder Menge Stahltüren, bewaffneter Wachen und stacheldrahtbewehrter Zäune zwischen sich und der Allgemeinheit. Und selbst wenn er die Wahrheit sagte, selbst wenn es irgendeinen verantwortungslosen Chefarzt gab, der bei meinem Bruder eine Lockerung der Vollzugsregeln befürwortet hatte, selbst dann erklärte das nicht, weshalb er sich vor mein Auto warf.

»Ich hab auf dich gewartet«, sagte er. »Mann, bist du blind, oder was? Ich wollte dir nur einen Schreck einjagen, so wie früher, erinnerst du dich? Als ich mich hinter dem Baum vor unserem Haus versteckt habe und dir vors Fahrrad gesprungen bin?«

»Was willst du von mir?«

»Scheiße, hast du damals geschrien – wie ein Mädchen.« Cosmo lächelte verschlagen. Ein Schneidezahn war abgesplittert, ein unterer Eckzahn fehlte, aber diese Verletzungen schienen älter zu sein. »Himmel. Du fährst ja immer noch den alten Käfer.« Er trat mit seinem Turnschuh gegen einen der Vorderreifen.

Ich griff nach meinem Handy und wählte Jolas Nummer.

»Was?«, fragte sie knapp, hör- und sichtbar verwirrt, dass ich sie anrief, anstatt den kleinen Schritt zu ihr zum Wagen zu kommen. »Verriegle die Türen. Sofort!«, sagte ich, und Jola, vielleicht beeindruckt von meinem schroffen Tonfall, gehorchte ausnahmsweise mal aufs Wort.

»Wer ist das, Papa?«

Cosmo neben mir begann zu kichern.

»Mein Bruder, ich erklär dir alles später. Was immer auch geschieht, du steigst auf gar keinen Fall aus, hörst du?« Sie nickte stumm. Cosmos Lachen war dafür umso lauter.

»Oh Mann, Alter, du bist mir echt eine Type.« Er löste sich von der Stelle und wanderte im Uhrzeigersinn um den Käfer. »Ist das meine leckere Nichte, die du da versteckst?«, fragte er und zeigte auf den Rücksitz. Er winkte ihr zu: »Huhu, Jola. Ich bin's. Dein böser Onkel Cosmo.«

Jola, die meinen Bruder aus Erzählungen kannte, zeigte ihm den Mittelfinger.

Cosmo das schwarze Schaf meiner Familie zu nennen wäre so, als würde man eine Axt im Rücken als unangenehm bezeichnen. Vor sechs Jahren hatte er einen Nachbarsjungen entführt und den Siebenjährigen in einem Abrisshaus an ein Metallbett gekettet. Nackt. Hilflos. Ausgeliefert. Der Junge konnte bis heute selbst mit seinem Psychiater kaum darüber reden, was Cosmo ihm alles angetan hatte, bevor ein Landstreicher ihn aus purem Zufall fand, als er auf der Suche nach einer Bleibe für den Winter gewesen war.

»Inneren Druck« hatte mein großer Bruder später als Tatmotiv angegeben. Vor fünf Jahren war er in die psychiatrische Sicherheitsverwahrung einer Landesklinik in Brandenburg gesteckt worden. Diagnose: pädophiler Psychopath. Prognose: unheilbar.

»Verpiss dich, oder ich rufe die Polizei«, drohte ich ihm.

»Ach ja?« Cosmo drehte sich zu mir. Seine schwarzen Haare glänzten im Regen wie frischer Teer. Immer noch brachte er das Kunststück fertig, verschlagen und gleichzeitig hilflos auszusehen, wie ein Raubtier mit kuschligem Fell. Er war der ideale Kandidat für einsame Hausfrauen mit Helfersyndrom; die Sorte, die Todeskandidaten Liebesbriefe in ihre Zelle schickte. Dass Menschen sagten, wir würden einander ähnlich sehen, konnte mich immer wieder auf die Palme bringen.

»Und was willst du den Bullen erzählen, wenn sie da sind? Huhu, Herr Wachtmeister, ich hab solche Angst vor meinem Besuch?«

»Lass das mal meine Sorge sein. Vielleicht zeige ich ihnen einfach nur die Briefe.«

»Du hast sie aufgehoben?«, fragte Cosmo überrascht. Er trat wieder unter den Baum.

»Natürlich.«

Kurz nach Beginn seiner Einzelhaft, in den ersten Wochen der Therapie, hatte Cosmo Jola mehrere Briefe geschrieben, in denen er detailliert schilderte, was er mit ihr tun würde, sollte er jemals aus der Anstalt kommen. Phantasien, in denen Klammern und Handschellen noch die harmlosesten »Spielzeuge« waren.

Cosmo atmete schwer ein und wieder aus.

»Das ist Jahre her. Ich war ein anderer Mensch, als ich das schrieb. Ich hab mich verändert, Max.«

»Wow!« Ich senkte meine Stimme etwas, damit Jola mich nicht hören konnte, gleichzeitig öffnete ich die Arme, als wollte ich Cosmo an meine Brust drücken. »Wieso hast du das denn nicht gleich gesagt? Du hast dich verändert? Mann, und ich dachte, du würdest immer noch viermal am Tag auf Bilder nackter Kinder onanieren. Da bin ich jetzt aber erleichtert.«

Er nickte, als wollte er mir zustimmen, und breitete jetzt selbst die Arme vor mir aus.

»Schau mich an. Bitte. Du kannst es sehen, oder? Ich bin ein anderer Mensch geworden!«

Ich zuckte lakonisch mit den Achseln, wollte mich mit ihm auf keine Diskussion einlassen.

»Äußerlich, ja.«

Und das stimmte. Ob es die Medikamente, die Haft, schlechtes Essen, mangelnde Bewegung oder von allem etwas war – mein Bruder war nur noch ein windschiefer Schatten seiner selbst. Ausgezehrt und ausgemergelt, die einst so funkelnden Augen stumpf wie altes Silber.

Früher in der Schule hatten wir einander so sehr geähnelt, dass die Lehrer uns die Rhode-Zwillinge nannten, obwohl Cosmo eine Klasse über mir war. Wir beide trugen dieselbe Golfrasen-Frisur, die uns Mama mit der Maschine einmal alle zwei Wochen in der Küche verpasste. Schon mit zwölf und dreizehn hatten wir die Eins-fünfundachtzig-Marke gesprengt. Wir waren schlaksige Außenseiter auf dem Pausenhof. Käsegesichtige Bohnenstangen mit dicken Lippen und dünnen Beinchen. Beim Völkerball im Sport waren wir immer die Letzten, die in die Mannschaft gewählt wurden, und beim Fußball diejenigen, die auf der Bank saßen. Zielscheibe des Spotts unserer Klassenkameraden.

Einmal fiel unserem Sportlehrer Karl »Kalle« Meinert ein sattes Veilchen um Cosmos Auge auf. Nach dem Unterricht befahl er ihm, in der Halle zu bleiben.

Daraufhin zeigte er ihm die Schlaghaltung beim Boxen und wie man sich richtig hinstellte, um bei einem Kampf nicht das Gleichgewicht zu verlieren. Mein Verhältnis zu Cosmo war zu jener Zeit schon in diese typische »jüngerer Bruder/älterer Bruder«-Hierarchie gekippt. Ein Jahr zuvor waren wir noch unzertrennlich gewesen, jetzt gingen wir uns immer öfter aus dem Weg. Trotzdem bestand Kalle darauf, uns gemeinsam zu trainieren, und nach einem Monat privater Boxstunden, dreimal die Woche, hatte er uns so weit, dass wir uns bei Prügeleien nicht mehr ängstlich wegducken mussten. Ein weiterer Monat, und Kalle lobte uns mit den Worten: *»So, jetzt seid ihr keine Pausenhof-Opfer mehr«*, womit er recht behalten sollte. Nachdem Cosmo dem wildesten Schulschläger die Nase gebrochen hatte, als dieser ihm auf dem Parkplatz seine Turnschuhe abziehen wollte, war er berühmt, und der Ruhm meines großen Bruders färbte schnell auf mich ab. Mit einem Mal waren *wir* die Coolen, die darüber bestimmten, wer in der Schule anerkannt war und wessen Hefter man ins Klo schmiss. Kalle machte sich später große Vorwürfe, dass er die Gewaltbereitschaft von Cosmo nicht erkannt hatte. Er dachte, er könne seine Aggressionen kanalisieren, statt sie zu verstärken. Auf einem Klassentreffen gestand er mir, dass er sich mitschuldig an all den Verbrechen fühlte, die Cosmo am Ende ins Gefängnis brachten. Ich erklärte ihm, dass er sich irrte, so wie er sich damals schon geirrt hatte, als er zum ersten Mal das blaue Auge meines Bruders sah. Es war ihm nicht auf dem Pausenhof beigebracht worden, sondern zu Hause. Von unserem Vater. Er versuchte es noch fast ein ganzes Jahr nach Beginn des Trainings, aber dann, als wir vierzehn und fünfzehn waren, traute Papa sich nicht mehr, uns anzufassen. Endlich.

»Was willst du von mir?«, fragte ich Cosmo wütend. »Geld?«

Er schüttelte den Kopf. Tropfen perlten von einer Haarsträhne auf seine lichter gewordenen Augenbrauen.

»Oh Mann, Alter. Was hältst du denn von mir?«

»Willst du das wirklich wissen?«

Er nickte. »Okay, okay. Kann ich verstehen. Wirklich. Ich bin dir auch nicht böse, ich versteh dich.«

»Super, danke! Das bedeutet mir echt viel.«

»Nein, ehrlich. Das geht schon klar, deine Wut und der Sarkasmus und so. Du kannst ja nicht wissen, was sie mit mir gemacht haben.« Er schob den Ärmel seiner schwarzen Fleecejacke bis über den Ellenbogen und streckte mir den rechten Arm wie zur Blutabnahme entgegen. Die Armbeuge war ein einziger Bluterguss.

»Chemische Kastration«, sagte er. »Eine Depotspritze jeden Monat, die letzte wurde mir, wie du siehst, von einer nicht sehr fähigen Schwester gesetzt, aber egal. Das Teufelszeug wirkt. In den Siebzigern hätten sie mir dazu noch Drahtelektroden ins Zwischenhirn stecken müssen, jetzt erledigen Hormone die ganze Arbeit. Der Professor sagt, mein Sexualtrieb ist beinahe komplett ausgeschaltet.«

»Wer's glaubt«, sagte ich und ärgerte mich, dass mich Cosmos drastischer Schritt, wenn er ihn denn wirklich gegangen war, seltsam berührte. Es passierte mir immer wieder. Ich nahm mir vor, meinen Bruder zu hassen, und die meiste Zeit meines Lebens gelang mir das auch, indem ich mir die Taten vor Augen rief, derentwegen er vor der Normalbevölkerung weggeschlossen worden war. Aber ich kannte natürlich auch die Ursache. Und manchmal, wenn ich mich in einer dunklen Stunde fragte, was wohl aus mir geworden wäre, hätte mein Vater sich nicht an Cosmo, sondern an mir vergangen, spürte ich jene Form der Empathie, die einem Autor erst ermöglicht, sich in fremde Figuren hineinzuversetzen; eine Empathie, die Psychopathen wie Cosmo nie möglich war.

»Ich werde kaum noch von diesen Sexträumen überfallen«, sagte er und lächelte verlegen. »Und ich wichse seltener als ein Einarmiger mit 'ner Gipshand.«

»Und das soll ich dir glauben?«

»Hey, überleg doch mal. Sicher, es gibt schwachsinnige Gutachter und korrupte Vollzugsbeamte. Aber meinst du wirklich, die lassen mich einfach so aus der Anstalt ziehen, nur weil ich lieb ›Bitte, Bitte‹ gesagt habe? Quatsch, es ist wegen der Kastrationskeule, die ich mir freiwillig spritzen lasse.«

Ich sah zu Jola, die sich an meine Anweisung hielt und im Auto blieb. Sie schien zu telefonieren. Ich wischte mir etwas Regen vom Gesicht und seufzte. »Okay, nehmen wir einmal an, du sagst die Wahrheit, dann herzlichen Glückwunsch. Aber wenn du kein Geld willst, was dann?«

Cosmo öffnete den Mund, schien eine Weile zu überlegen und sagte dann: »Ich habe endlich dein Buch gelesen. ›Die Blutschule‹.«

»Schön für dich.«

Offensichtlich war die Klinikbibliothek nicht auf dem neuesten Stand. Mein Debütroman war in dem Monat erschienen, in dem Cosmo verhaftet worden war.

»Ja, es war, nun, wie soll ich es sagen, irgendwie erhellend.«

»Erhellend?«

»Es hat etwas Licht in mein Dunkel gebracht.«

»Hat es?«

»Ich hab aber einige Fragen. Hier.«

Er reichte mir ein Bündel von Seiten, die er offensichtlich aus der Paperbackausgabe herausgerissen hatte. Reflexartig machte ich den Fehler, nach ihnen zu greifen.

»Was soll ich damit?«

»Ich habe meine Anmerkungen direkt in den Text geschrieben«, sagte er. »Es sind nicht viele, lies sie bitte chronologisch!«

»Ich hab für einen solchen Blödsinn keine Zeit. Wieso sollte ich das tun?«

»Weil du schnell merken wirst, dass …«

Er kam nicht mehr dazu, seine Antwort zu vervollständigen. Hinter uns preschte ein dunkler Van durch eine Pfütze, bevor er einen Meter hinter der Einfahrt mit knirschenden Bremsscheiben hielt.

»Oh, oh, ich hau ab«, sagte Cosmo leise, als eine Frau, die ich kannte, gefolgt von einem mir unbekannten, düster dreinblickenden Mann aus der geöffneten Schiebetür stieg.

Mit den Worten »Das sieht verdammt nach Ärger aus« zog sich mein Bruder die Kapuze seines Sweatshirts über den Kopf, lief mit gesenktem Blick an den Ankömmlingen vorbei zur Straße und ließ mich mit den Menschen allein, die gekommen waren, um mein Leben zu zerstören.

10. Kapitel

»Was gibt es denn so Dringendes?«, fragte ich Melanie Pfeiffer und bat die Sozialarbeiterin, sich einen der beiden Wohnzimmersessel auszusuchen. In der Presse las man über Mitarbeiter beim Jugendamt immer nur dann, wenn sie versagt hatten. Meistens, weil sie ein Kind trotz aller Warnzeichen nicht aus seiner Familie befreiten, wie jenes Baby, das die Eltern im Kinderzimmer qualvoll verhungern ließen, während sie nur eine Tür weiter, im Wohnzimmer, bei einem Online-Game einen virtuellen Säugling aufzogen. Nie hörte man von Mitarbeitern wie Melanie, von der Mehrzahl, die ihren Job professionell und fehlerfrei erledigte. Es war nicht so, dass ich sie besonders mochte, dazu war sie mir zu kühl und sachlich, aber vielleicht musste man sich diesen emotionalen Abstand ja auch antrainieren, wenn man mit so viel Elend konfrontiert war.

»Was ich von Ihnen will? Soll das ein Witz sein?«, keuchte sie, noch immer etwas außer Atem durch den Treppenaufstieg in die vierte Etage. Der Fahrstuhl war kaputt und ich besser im Training als sie, weswegen ich den Vorsprung hatte nützen können, um die leeren Pizzaschachteln und alle benutzten Gläser vom gestrigen Fernsehabend in die Küche zu bringen. Ein unangekündigter Besuch des Jugendamts löste bei mir ähnliche Gefühle aus wie eine Polizeikontrolle auf der Straße. Selbst wenn ich mir nichts vorzuwerfen hatte, ging ich im Geiste alle möglichen Verfehlungen durch, und mein Puls schnellte schuldbewusst in die Höhe.

»Sie wissen doch ganz genau, weshalb wir hier sind«, sagte sie, ohne sich zu setzen. Mit ihren ein Meter zweiundsechzig war sie kaum größer als Jola, die ich auf ihr Zimmer geschickt hatte, um die Hausaufgaben zu erledigen. Wie immer trug die Sozialarbeiterin einen weiten Rock und einen züchtigen Rollkragenpulli unter einer Jeansjacke. Und wie jedes Mal fragte ich mich bei ihrem Anblick, was Frauen dazu trieb, sich ihre Augenbrauen zu rasieren, um sie sich dann doch wieder mit einem Kosmetikstift auf die Stirn zu pinseln.

»Nein, ich weiß nicht, was Sie zu uns führt«, sagte ich und hörte, wie der Kaffee in der Küche nebenan durch die Maschine gurgelte.

Mein Blick fiel durch die geöffnete Tür zu ihrem Begleiter, ein Ein-Meter-neunzig-Schrank mit Wagenheber-Gebiss, der in der Diele wie angewurzelt neben der Garderobe wartete. Ich zeigte mit dem Daumen Richtung Flur: »Und ich hab auch keine Ahnung, was Ihr Bodyguard da draußen soll.«

Es war nicht unüblich, dass Melanie in Begleitung eines Sozialarbeiters kam, nur waren die selten so durchtrainiert, dass man ihre Muskeln selbst durch ein Jackett erahnen konnte. Überhaupt konnte ich mich nicht erinnern, jemals einen Mitarbeiter des Jugendamts begrüßt zu haben, der die blonden Haare zum Pferdeschwanz gebunden trug und einen schwarzen Stangenanzug Marke Türsteher de luxe.

»Eine neue Maßnahme. Herr Schodrow begleitet mich für den Fall, dass es Probleme gibt und Mandanten Schwierigkeiten bereiten.«

»Probleme? Was zum Teufel denn für Schwierigkeiten?«

Zum ersten Mal kam mir der Gedanke, Toffi anzurufen. Unter seinem bürgerlichen Namen Christoph Marx war er ein stadtbekannter Anwalt, der mich noch nie vertreten hatte, mit dem mich aber eine innige Freundschaft verband, seitdem er mich für die Recherchen zu »Die Blutschule« juristisch beraten hatte.

Melanie öffnete ihren Rucksack, um einen Aktenordner herauszuziehen. Sie ging zu dem hüfthohen Glasregal hinter unserem Sofa, legte den Hefter ab und öffnete etwas umständlich den gräulich marmorierten Deckel. Während ich eine Zierlampe auf dem Regal anschaltete, tippte sie auf die oberste Seite des Ordners, der etwa zwei Zentimeter hoch mit Dokumenten angefüllt war. »Hier steht es schwarz auf weiß, Herr Rhode.«

Herr Rhode?

Ich sah sie sprachlos von der Seite an. Es musste Jahre her sein, das wir uns beim Nachnamen angeredet hatten. Wenn wir uns unterhielten, benutzten wir das, was wir Schriftsteller als »Hamburger Sie« bezeichnen: eine Höflichkeitsform, die am besten zu unserem besonderen Vertrauensverhältnis passte, bei dem ein »Sie« zu distanziert wäre, ein »Du« aber die notwendige Seriosität der professionellen Beziehung in Frage gestellt hätte, weswegen wir normalerweise das »Sie« mit unserem Vornamen kombinierten, so wie ich jetzt:

»Sie haben uns einen Brief geschrieben, Melanie?«

»Einen?« Melanies Zeigefinger fuhr durch die Seitenränder der abgehefteten Blätter wie bei einem Daumenkino.

»Vier Briefe, fünf E-Mails, unzählige Anrufe, drei verstrichene Termine. Wir versuchen Sie seit Wochen zu erreichen.«

Ich blinzelte verwirrt.

»Davon weiß ich nichts.«

Unser letzter Kontakt lag jetzt zwei Monate zurück, direkt nach dem Vorfall mit den K. o.-Tropfen hatte es natürlich eine Ermittlung gegeben, aber da wir uns bislang nie etwas hatten zuschulden kommen lassen und Jola keinerlei Schäden davongetragen hatte, war ich mit einem Eintrag in unserer Akte und einer Ermahnung davongekommen. Bei mehr als vierzigtausend Kindern, die die Ämter jedes Jahr aus katastrophalen Elternhäusern befreien und in ihre Obhut nehmen mussten, war man froh über jede vermittelte Seele. Und jede Baustelle, die man nicht wieder aufreißen musste.

Dachte ich zumindest.

»Sie wissen nicht, wovon ich rede?«

Melanie sah mich an, als wäre ich ein Kind, das man beim Lügen ertappt hat, klappte den Ordner zu und zog die Stirn kraus.

»Dann haben Sie mit Jola noch gar nicht darüber geredet?«

»Worüber?«, fragte ich und spürte mein Herz schwerer werden, noch bevor ich die Antwort erhielt.

»Über die Rückführung.«

»Rückführung? Was denn für eine Rückführung?«

Melanies Augenlider zitterten, Farbe wich aus ihrem Gesicht. Ihr Mund öffnete sich kaum, und sie sprach auch nur sehr leise, als könnte sie damit das Gewicht ihrer Worte abmildern, die mich wie der Schlag eines Boxers unter die Gürtellinie trafen: »Jola kommt wieder zurück. Zurück zu ihren leiblichen Eltern.«

11. Kapitel

In meinen Büchern hatte ich oft die Reaktion von Menschen beschrieben, denen aus heiterem Himmel der Boden unter den Füßen weggezogen wurde und deren Leben sich von einer Sekunde auf die nächste für immer veränderte. Einige begannen zu lachen, ihr Herzschlag beschleunigte sich oder setzte aus, sie schwitzten oder fühlten sich matt, hörten einen Pfeifton im Ohr oder hatten einen schlechten Geschmack im Mund. Aber noch keiner meiner Romanhelden hatte sich an seiner eigenen Spucke verschluckt und konnte nach einem längeren Hustenanfall nur noch mit einer brüchigen Stimme reden, die so klang, als hätte er sich den Kehlkopf entzündet.

»Das ist ein Witz«, krächzte ich und ging um das Sofa herum zum Couchtisch, wo ich zwei Gläser Mineralwasser, etwas Milch und bislang noch leere Tassen für den unerwarteten Besuch bereitgestellt hatte. Ich nahm einen Schluck Wasser. Melanies Augen sprangen nervös von einem Punkt zum anderen, als sie sagte: »Jolas leiblicher Vater wurde vor drei Monaten aus dem Gefängnis entlassen, und ihre leibliche Mutter hat erfolgreich eine Entziehungskur absolviert. Sie bedauern ihre Taten.«

»Bedauern?«, zitierte ich spitz. »Wenn mein Kind stolpert, weil ich mal eine Sekunde nicht aufpasse, kann man später die blauen Flecken am Knie bedauern. Meinetwegen sogar, dass einem im Stress mal die Hand ausrutscht, obwohl ich selbst das für unverzeihlich halte. Aber wenn ich mein eigenes Baby auf einer Bahnhofstoilette einem Pädophilen für fünf Gramm Crack angeboten habe, wie, bitte schön, wollen Sie so etwas *bedauern?*«

Melanie öffnete den Mund, doch ich ließ sie nicht zu Wort kommen.

»Das Einzige, was Jolas biologische Eltern heute wirklich ernsthaft bedauern, ist doch nur, dass der scheinbare Käufer ihres Säuglings ein verdeckter Ermittler der Polizei war, der Jola das Leben rettete, und kein Dealer, der sie mit Stoff versorgte.«

Nach diesem Ausbruch musste ich wieder husten. Melanie schüttelte in Vorbereitung ihrer Widerrede schon mal den Kopf. Hatte ich vorhin tatsächlich noch gedacht, sie wäre eine von den Guten? Ich erkannte die Sozialarbeiterin nicht mehr wieder.

»Das war damals«, sagte sie. »Laut einem uns vorliegenden psychiatrischen Gutachten von Professor Oschatzky sind Arielle und Detlev Arnim vollständig resozialisiert und haben einen Antrag auf Rückgabe ihres Kindes gestellt ...«

»Resozialisiert?« Meine Stimme kiekste. »Resozialisiert? Kommen Sie, Melanie. Wie oft haben Sie versucht, ein Treffen mit Jola und ihrer Mutter zu organisieren, weil Ihr Amtsleiter Besuchskontakte mit der Herkunftsfamilie für wichtig hält? Fünf Mal? Sechs Mal? Und wie oft kam es zu einem Treffen? Ach, was sage ich, wie oft haben sich die beiden auch nur am Telefon gesprochen oder geschrieben?«

Ich machte eine Pause und beantwortete selbst meine rhetorische Frage. »Richtig, kein einziges Mal. Entweder konnten wir Arielle Arnim nicht ausfindig machen, weil sie sich als Prostituierte in einem Bordell verdingte und sich über Wochen nicht mehr an ihrem gemeldeten Wohnsitz blicken ließ. Oder sie erschien vollgedröhnt zum Besuchstermin, und wir konnten sie gerade noch rechtzeitig nach Hause schicken, bevor Jola das Elend mit ansehen musste. Das letzte Mal hat sie ihr zu Weihnachten auf den Anrufbeantworter gelallt. Und jetzt, wo das Dreckschwein von Vater, das vor zehn Jahren immerhin so gut in der Pädoszene vernetzt war, dass er den Deal anbahnen konnte, wieder aus dem Knast kommt, da sagen Sie mir, die beiden wären resozialisiert? Das können Sie doch nicht ernst meinen.«

Es klingelte an der Haustür.

»Einen Augenblick bitte«, sagte ich, dankbar für die Ablenkung, die es mir ermöglichte, etwas abzukühlen. Noch eine weitere Bemerkung von Melanie, und ich wäre ihr womöglich an die Gurgel gesprungen.

Aufgewühlt schlich ich an Mr. Bodyguard vorbei und öffnete die Haustür. »Ja, bitte?«

Vor mir stand Dennis Kern, ein vierundzwanzigjähriger Student, der wie eine Parodie jener jungen Menschen aussah, die in den Mitte-Bezirken unter der Bezeichnung »Hipster« geführt werden. Rotblonde, schulterlange Haare, Zickenbart, eine Hornbrille, für die er zu meiner Zeit Klassenkeile bezogen hätte, und schwarze, ausgewaschene Jeans, die zu den Füßen hin immer enger wurden, damit sie in die knöchelhohen Stiefel passten. Das Einzige, was nicht zu seinem Outfit passte, war der hässliche Familienkombi unten auf der Straße, aber einen Mini konnte der angehende Jurist sich vermutlich nicht mehr leisten, nach der Miete hier im Grunewald.

Eigentlich müsste ich auf Dennis stinksauer sein, hatte er mir doch vor einem guten halben Jahr direkt unter uns die kleine 1,5-Zimmer-Wohnung weggeschnappt, mit der ich geliebäugelt hatte, um den Streitereien mit Kim aus dem Weg zu gehen und trotzdem im selben Haus (und damit in Jolas Nähe) bleiben zu können. Allerdings hatte sich der Jurastudent schnell als Glücksfall entpuppt. Hatten die älteren Vormieter bereits an die Decke geklopft, wenn Jola über das Parkett stapfte, machte es Dennis nicht einmal etwas aus, wenn sie aus Wut über irgendeine unserer Erziehungsmaßnahmen zwanzig Minuten lang einen Basketball aufs Parkett trumpfen ließ. Außerdem liebte er Tiere und kümmerte sich liebevoll um Jolas Kater, wenn wir mal ein verlängertes Wochenende unterwegs waren.

»Sorry für die Störung, Herr Rhode«, sagte er. »Aber ich hab gehört, wie Sie nach Hause gekommen sind. Falls Sie Mr. Tripps suchen, also der pennt bei mir auf der Couch.«

»Ist der Kater etwa schon wieder auf Ihren Balkon gesprungen?«

Dennis nickte und versuchte dabei einen Blick an mir vorbei zu erhaschen, vermutlich ebenso verwundert wie ich darüber, dass ein kräftiger Mann im schwarzen Anzug hinter mich trat und mich fragte, ob er mal eben das Gäste-WC benutzen dürfe.

»Jola?«, rief ich den Flur hinunter, nachdem Mr. Bodyguard auf der Toilette verschwunden war. »Jooooola!« Es dauerte eine Weile, bis meine Tochter am Ende des Gangs ihre Zimmertür öffnete.

»Was'n?«, fragte sie mit dicken Kopfhörern auf den Ohren. *So viel zum Thema Hausaufgaben.*

»Ich hab dir doch gesagt, du sollst das Fenster schließen, bevor du in die Schule gehst«, rief ich ohne Vorwurf in der Stimme. Tatsächlich war ich für die Störung dankbar, gab sie mir doch die Möglichkeit, Jola außerhalb der Reichweite des Jugendamts zu schaffen.

Sie kam näher, um Dennis zu begrüßen, dem sie eines ihrer seltenen Lächeln schenkte, was mich daran erinnerte, wie hübsch sie war, wenn sie nicht mit zusammengekniffenen Augenbrauen durch den Tag lief.

»Hol deinen Kater zurück«, sagte ich und tat so, als wollte ich meiner Tochter einen flüchtigen Abschiedskuss geben, stattdessen flüsterte ich ihr ins Ohr: »Bleib so lange unten, bis ich dich hole.«

Jola löste sich von mir mit einem irritierten Blick, war aber klug genug, ihren Gedanken nicht auszusprechen. *Erst soll ich mich im Auto einsperren, dann Hausaufgaben machen, und jetzt schiebst du mich ab?* Sie zuckte mit den Achseln.

Ich schloss die Tür hinter ihr und ging ins Wohnzimmer zurück. Die Sozialarbeiterin hatte sich mittlerweile doch aufs Sofa gesetzt und blätterte wieder in ihrem Aktenordner. Ich atmete tief durch.

»Hören Sie, Melanie. Lassen Sie uns bitte noch einmal ganz ruhig und von vorne beginnen. Sie erwägen doch nicht ernsthaft, unsere Tochter nach zehn Jahren aus unserer Familie zu reißen?«

Sie seufzte. »Wir erwägen es nicht. Es ist beschlossen.«

»Beschlossen?« Ich lachte. »Was ist das hier? Versteckte Kamera? Sie *können* das gar nicht *beschließen*.« Mein Vorsatz, mich ihr gegenüber möglichst besonnen zu verhalten, war verraucht.

»Schon vergessen? Wir haben seit vier Jahren die Vormundschaft für Jola«, erinnerte ich sie. Aktuell hatten wir mal wieder die Adoption beantragt, aber der Antrag war noch in der Warteschleife. »Das Sorgerecht kann uns – wenn überhaupt – nur ein Familiengericht entziehen.«

Melanie schüttelte zum wiederholten Mal den Kopf.

»Sie haben eine *eingeschränkte* Vormundschaft, Herr Rhode. Das Aufenthaltsbestimmungsrecht teilen Sie sich noch mit dem Amt und …«

»Was?«, rief ich ungläubig. »Aber das ist doch Blödsinn.«

Ich hatte mich nie für den juristischen Kram interessiert, das alles hatte Kim erledigt, aber von dieser Einschränkung hatte ich noch nie etwas gehört.

»Tja, vielleicht sollten Sie mal einen Blick in Ihre Unterlagen werfen, so wie Sie einfach mal unsere Post hätten beantworten können. Wir haben Sie zu drei Anhörungsterminen geladen.« Wieder tippte Melanie auf ihren Ordner. »Keine Reaktion.«

Ich streckte die Hand nach der Akte aus, die sie mir bereitwillig überließ. Tatsächlich. Ich las Kims und meinen Namen im Adressfeld der Anschreiben, danach den Betreff »Familienzusammenführung« und die ersten Zeilen eines Briefs, der mit »*In* dem Pflegefall Jola Arnim gibt es einen Antrag der leiblichen Mutter …« begann und mit »… bitten wir Sie nun schon zum wiederholten Male um dringende Rückmeldung« endete.

Ich sah auf und suchte Melanies Blick. »Noch einmal: Ich weiß nicht, wem Sie was geschickt oder gemailt haben, aber wir haben das hier nicht bekommen. Und selbst wenn wir es hätten, kann es ja wohl nicht Ihr Ernst sein, ein Mädchen aus geordneten Verhältnissen zurück in die Hölle zu schicken.«

»Geordnete Verhältnisse?«, fragte Melanie mit nervös zuckendem Augenlid. Erst in diesem Augenblick wurde mir bewusst, wie angespannt sie war. Und ängstlich.

»War das nicht gerade Ihr Bruder vor der Haustür?«, fragte sie mich.

»Ja, und?«

»Ein verurteilter Pädophiler, der sich Schulen und Kindergärten nicht mehr als fünfhundert Meter nähern darf?«

»Was wollen Sie damit andeuten?«

»Ich deute nicht an, ich stelle fest: Auch im Hause Rhode besteht für Jola eine latente Gefährdung durch enge Verwandte. Nicht nur, dass sie hier durch Ihre Nachlässigkeit mit lebensbedrohlichen Drogen in Kontakt gekommen ist …«

Na klar, ich hatte nur darauf gewartet, bis die K. o.-Tropfen zur Sprache kommen würden.

»… sie scheint zudem auch psychisch angeschlagen und neuerdings sogar gewalttätig zu sein.«

»Angeschlagen und gewalttätig?«, wiederholte ich fassungslos.

»Nach unseren Unterlagen …«, Melanie blätterte eine weitere Seite um und nickte, »… hat sie ihre Lehrerin mit einem Stein angegriffen.«

»Woher …?« Ich schluckte und spürte, wie ein dumpfer Kopfschmerz sich hinter meiner linken Schläfe einnisten wollte. »Woher, zum Teufel, wissen Sie das?«

Der Vorfall hatte sich erst heute Mittag ereignet, vor wenigen Stunden. Es war unmöglich, dass er so schnell Eingang in Melanies Akten gefunden haben konnte. »Wir bemühen uns darum, möglichst viele Informationen über unsere Pflegekinder zu bekommen, und …«

»Frau Pfeiffer?«

Der Ruf des Bodyguards vom Flur her unterbrach ihre verdächtig oberflächliche Erklärung.

»Was gibt es denn, Herr Schodrow?« Melanie stand vom Sofa auf und ging an mir vorbei zum Flur.

»Das sollten Sie sich besser mal ansehen.«

12. Kapitel

Mit einem unguten Gefühl folgte ich Melanie, ärgerlich darüber, dass die Sozialarbeiter sich wie selbstverständlich in unserer Wohnung bewegten und sie nun ganz augenscheinlich sogar durchsuchten. Sicher, das Amt hatte das Recht, jederzeit auch unangekündigt vorbeizukommen, und wir hatten nichts zu verbergen, aber das Polizeikontrollen-Gefühl, das grundlose Schuldbewusstsein in mir wuchs sekündlich. Und sowohl die Sorge als auch mein Ärger wurden noch größer, als ich vom Flur aus sah, hinter welcher Tür der aufgepumpte Anzugträger verschwunden war.

»Was haben Sie da drinnen zu suchen?«, rief ich empört und folgte Melanie zu meinem Arbeitszimmer.

Und wie, zum Geier, ist er da überhaupt reingekommen?

Meine Schreibwerkstatt war mein alleiniges Reich. Mein Allerheiligstes. Den Schlüssel trug ich stets in meiner rechten Hosentasche, und ich schloss ab, wenn ich meinen Schreibtisch verließ. Aber heute hatte ich bis zur letzten Sekunde geschrieben und wäre beinahe zu spät gekommen, um Jola abzuholen. Hatte ich in der Eile die Tür offen gelassen?

Nein, das konnte mir nicht passiert sein. Nicht schon wieder.

»Ich kam vom Badezimmer und hab einen Blick hier hineingeworfen«, sagte der Bodyguard und zeigte auf meinen mit ausgedruckten Manuskriptseiten überladenen Schreibtisch. »Und schauen Sie mal, was ich gefunden habe.«

Melanie stutzte und sah mich vorwurfsvoll an. »Sie haben eine Waffe offen herumliegen?«

Ich schüttelte den Kopf und nahm die Pistole von dem Papierstapel auf meiner Arbeitsfläche, um sie in einer Schreibtischschublade zu verstauen.

»Die benutze ich als Briefbeschwerer, sie ist natürlich nicht geladen. Ich nehme sie aber gerne in die Hand, bevor ich einen Schusswechsel beschreibe«, erklärte ich mit deutlich weniger Selbstsicherheit in der Stimme, als ich es mir gewünscht hätte. »Ich bin Schriftsteller, es ist ganz normal, das ich Recherche-Utensilien in meinem Arbeitszimmer aufbewahre«, ergänzte ich, als Melanies argwöhnischer Blick über meine Regale an einem Formalinglas hängen blieb, in dem eine abgetrennte Hand schwamm.

»Ist die echt?«, fragte sie angewidert.

»Nein«, log ich. Tatsächlich hatte sie mir ein Freund aus der Rechtsmedizin geschenkt; ein altes, stark verfärbtes Exponat, das von der Klinik entsorgt worden wäre, wenn es bei mir keine neue Heimat gefunden hätte.

»Normalerweise ist hier abgeschlossen, und falls es Sie beruhigt, Jola darf hier nicht rein«, erklärte ich den beiden wahrheitsgemäß.

Der Bodyguard schenkte mir ein »Aber sicher doch«-Lächeln. Melanie legte unterdessen den Aktenordner, den sie aus dem Wohnzimmer mitgenommen hatte, auf meinem Schreibtisch ab und zog ein eng bedrucktes DIN-A4-Blatt hervor, das lose zwischen den abgehefteten Dokumenten gesteckt hatte.

»Schön, Herr Rhode. Ich hab heute noch andere Termine, kommen wir also auf den eigentlichen Anlass unseres Besuchs zurück. Ich muss Sie bitten, die folgenden Fragen wahrheitsgemäß zu beantworten.«

Sie räusperte sich, zog einen Bleistift aus ihrer Jeanstasche, dann las sie von dem Blatt ab:

»Wie würden Sie Ihre emotionale Reaktion beschreiben, als Sie von den Rückführungsabsichten der Behörde gehört haben? Bitte geben Sie Schulnoten, wobei eine Eins für ›äußerst zufrieden‹ steht und eine Sechs für ›extrem aufgebracht und verärgert‹.«

»Das ist jetzt nicht Ihr Ernst?« Ich war versucht, ihr einen Vogel zu zeigen. »Welcher Sesselfurzer hat sich denn diesen Blödsinn ausgedacht?«

Melanie nickte kurz und machte sich eine Notiz.

»Wie stehen Sie dem Rückführungsansinnen der Behörde gegenüber? Eine Eins bedeutet: ›Ich begrüße und fördere es‹ und eine Sechs …«

»Siebzehn!«, unterbrach ich sie. »Jetzt hören Sie mit dem Quatsch auf und lassen Sie uns ins Wohnzimmer zurückgehen und wie vernünftige Menschen …«

Die Sozialarbeiterin machte sich erneut eine Notiz und arbeitete, von meinem Einwand völlig unbeirrt, weiter ihren blödsinnigen Fragebogen ab.

»Werden Sie sich einer Rückführung widersetzen?«

Ich lachte hysterisch auf. »Darauf können Sie Gift nehmen. Und zwar mit allen Mitteln.«

Melanie sah erstmals von ihrem Fragebogen auf. »Herr Schodrow?«

Der Angesprochene neben mir nickte stumm.

»Bitte holen Sie Jola.«

»Was, was, was …?« Stotternd griff ich nach dem Ärmel des Muskelpakets und hielt ihn vorerst davon ab, sich an mir vorbeizuschieben.

»Was wollen Sie von meiner Tochter?«, fragte ich Melanie.

»Wir nehmen sie mit«, antwortete sie fast gleichgültig, als hätte ich sie nach der Uhrzeit oder dem Wetter gefragt.

Ich fühlte mich wie in einem Kafka-Roman.

»Mitnehmen? Das ist doch absurd. Dazu haben Sie kein Recht. Und keine Veranlassung.«

Sie neigte den Kopf zur Seite. Ein spöttisch überlegenes Lächeln umspielte ihre Lippen.

»Oh doch, ich schätze, ich habe beides.« Sie schüttelte den

Fragebogen in ihrer Hand wie einen Luftfächer, und mir wurde kalt.

»Sie haben eindeutig zu Protokoll gegeben, dass Sie sich einer Förderung des leiblichen Eltern-Kind-Verhältnisses in den Weg stellen und es, ich zitiere, *mit allen Mitteln* bekämpfen werden. Sollten wir jetzt unverrichteter Dinge gehen, Herr Rhode, besteht die Gefahr, dass Sie Jola dem Amtszugriff entziehen wollen, mithilfe Ihrer Frau, einer Pilotin, vielleicht sogar außer Landes bringen werden. Unter Berücksichtigung der Tatsache, dass Sie sich in den letzten Wochen jeglicher Kommunikation entzogen haben ...«

»Ich habe mich überhaupt nicht ...«

»... und Jola bereits verhaltensauffällig wurde ...«

»Quatsch. Sie ist nicht auffällig. Sie ist nur ...« Mittlerweile versuchten wir uns in dem kleinen Zimmer gegenseitig zu überbrüllen.

»... ordne ich hiermit an, dass Jola vorübergehend in einem Heim untergebracht wird.«

Heim?

Es war dieses eine Wort, das die Kurzschlussreaktion bei mir auslöste.

Heim!

Alle meine folgenden Handlungen geschahen, ohne dass ich über sie nachdachte. Ich machte einen Satz aus dem Arbeitszimmer, zog den Schlüssel aus der Hose, schmiss die Tür zu und schloss ab; dann rannte ich den Flur hinunter, riss die Ausgangstür auf und hastete ein Stockwerk die Treppe hinunter. Hier hämmerte ich an die Tür von Dennis, der mir mit verängstigtem Gesichtsausdruck öffnete und erst von mir wissen wollte, ob etwas Schlimmes passiert war, dann aber sehr schnell meine Tochter holte, nachdem ich ihn an der Schulter gepackt, angebrüllt und geschüttelt hatte. Jola, die sich erst sträubte, mich zu begleiten (»Bist du betrunken, Papi?«), ließ sich schließlich von mir am Arm das Treppenhaus hinunterzerren und stieg nur widerwillig in den Käfer, den ich so hastig zurücksetzte, dass ich dabei zwei Blumenkübel in der Einfahrt umriss.

Alles in allem, von dem Moment, in dem ich die Sozialarbeiter in meinem Arbeitszimmer einschloss, bis zu der Sekunde, in der ich rückwärts auf die Straße schoss und mit schlitternden Reifen auf der falschen Fahrbahnseite zum Stehen kam, waren kaum mehr als drei Minuten vergangen.

Für jemanden, dem die Sicherungen rausgeflogen waren und der nicht den geringsten Plan hatte, was er als Nächstes tun sollte, war ich schnell. Sehr schnell sogar.

Aber nicht schnell genug für die Polizei, die offenbar von Melanie in der Sekunde gerufen worden war, in der ich sie eingesperrt hatte, und deren Sirenen ich langsam näher kommen hörte.

13. Kapitel

»Papa?«

Ich trat das Gaspedal durch und hatte das Gefühl, mich wie in einem Comic auf der Stelle zu bewegen, bevor die Reifen auf der regenfeuchten Fahrbahn Griff fassen konnten.

»Papa?«

Der Motorlärm wuchs schneller als die Geschwindigkeit, die der 40-PS-Käfer nur mühsam auf der Koenigsallee aufbaute. Die landstraßenartige Tangente nach Zehlendorf durchschnitt den Grunewald und war wie meist um diese Zeit des Nachmittags kaum befahren. Etwa dreihundert Meter vor uns waren die Rücklichter zweier Wagen zu sehen, hinter uns im Rückspiegel war es dunkel. Noch.

Sehr bald rechnete ich mit dem Flackern bläulicher Signalleuchten.

»Paaaapa!«

»Schnall dich an!«, sagte ich mit einem kurzen Blick zur Seite. Jolas Gesicht war von Angst gezeichnet, die Augen waren aufgerissen, die Mundwinkel zur Seite gebogen.

»Wohin fahren wir?«, überbrüllte sie den rasselnden Motor. Benzingestank füllte den Innenraum, und das verstärkte meine Angst. »Hab keine Angst«, sagte ich dennoch und griff nach dem Handy in meiner Collegejacke, das mir vor Nervosität beinahe in den Fußraum gefallen wäre.

»Ich erklär's dir nachher.«

Der Käfer war Baujahr 1972, mein Telefon hingegen die neueste Generation. Ich musste nur eine Taste drücken und den Namen sagen, und schon wurde ich mit dem gewünschten Kontakt verbunden.

»Max?«, meldete sich Toffi bereits nach dem zweiten Klingeln mit ruhiger, aber eindringlicher Stimme. »Was ist passiert?«

Ich hatte die »Panik-Nummer« des Strafverteidigers gewählt, die er seinen Mandanten mit der Maßgabe gab, sie nur im äußersten Notfall zu wählen. An jenem Abend, als wir auf die Veröffentlichung der »Blutschule« in seiner Kanzlei anstießen, hatte ich sie nur aus Spaß abgespeichert, um bei Interviews, wenn die Frage auf die Ernsthaftigkeit meiner Recherche kam, mit einem direkten Draht zu einem der versiertesten Strafrechtsverteidiger Deutschlands angeben zu können. Niemals hätte ich damit gerechnet, sie wirklich benutzen zu müssen.

»Ich ... ich stecke in Schwierigkeiten«, sagte ich. Ein Satz, den er bestimmt täglich hörte. Leute, die ihn aussprachen, finanzierten seine Leidenschaft für Oldtimer und die 2000-Quadratmeter-Kanzlei am Potsdamer Platz.

»Was ist passiert?«, fragte er knapp. Regentropfen schlugen auf meine Windschutzscheibe und warfen Blasen beim Aufprall. Wir schossen an dunklen Bäumen vorbei, deren Äste sich über der Straße zu einem Dach verneigten.

»Ich ... ich glaube, ich entführe gerade meine Tochter.«

»Jola?«

»Ja.«

»Weshalb?«

»Melanie Pfeiffer, die Frau vom Jugendamt, will sie mir ... will sie uns wegnehmen.«

Jola neben mir öffnete den Mund, sagte aber nichts. Sie sah aus, als hätte ich sie geschlagen.

»Sie soll zurück zu ihren leiblichen Eltern ...«, erklärte ich Toffi. »Aber ... aber das kann ich nicht zulassen. Du kennst ihre Vorgeschichte.«

Jola schien unter dem Gewicht meiner Worte im Sitz zu versinken, machte sich klein wie ein Kind, das weitere Schläge erwartet. Ich wollte sie beruhigend am Arm berühren, doch mit der rechten Hand hielt ich mein Handy und mit der linken musste ich aufpassen, dass ich das Lenkrad nicht verriss.

»Okay. Und jetzt bist du …?«

»Im Auto. Jola ist bei mir und …«

Ich stockte.

Nun war es da, das Flackern der Signalleuchten im Rückspiegel.

»… und die Polizei ist hinter mir her.«

Ich drehte mich kurz nach hinten. Das Einsatzfahrzeug holte rasend schnell auf. Der gegenwärtige Abstand von etwa zweihundert Metern schmolz sekündlich.

»Okay, Max. Hör mir zu. Du hältst jetzt an.«

Ich schüttelte den Kopf. »Nein, das kann ich nicht …«

»Bei der nächsten Gelegenheit.« Toffi setzte hinter jedes seiner Worte ein Ausrufezeichen. Ich blieb auf dem Gaspedal, schoss weiter hoch zur Kreuzung Koenigsallee Ecke Hüttenweg. Ein Teil meines Bewusstseins überlegte noch, ob ich nach rechts zur Autobahn oder besser nach links Richtung Dahlem fliehen sollte. Der andere Teil hatte längst kapituliert.

»Rot.«

»Und wenn sie dich festnehmen, hältst du dich an Regel Nr. 1, okay?«

»Ja!«

Regel Nr. 1: Mach's wie die Kartäusermönche.

»Kein Wort. Halt dich an dein Schweigegelübde.«

»Rot.«

Ich blinzelte, die Wischer kamen kaum noch hinterher bei dem Regen.

»ES IST ROT!«

Ich hörte Jolas Warnung erst in der letzten Sekunde. Unsere Köpfe schossen nach vorne, als ich in die Bremse stieg. Der Käfer brach kurz zur Seite aus, fing sich aber schnell und kam etwas zu weit auf der Straße, direkt unter dem Ampelbogen zum Stehen.

»Scheiße«, sagte Jola und riss an dem Griff in ihrer Tür. Zum Glück schaffte sie es vor Aufregung nicht, sie zu öffnen.

»Es tut mir leid, es tut mir leid«, sagte ich und griff nach ihrer Hand, aber sie schlug sie beiseite. Tränen liefen ihr übers Gesicht; im Rotlicht der Ampel sah es aus, als bluteten ihre Augen.

»Jola, Kleines. Ich wollte dich nicht erschrecken, es tut mir leid«, wiederholte ich mich. Zwar gelang es mir nicht, sie zu beruhigen, aber immerhin wollte sie nicht mehr aussteigen.

Ich atmete tief durch, sah in den Rückspiegel. Und erstarrte.

»Das ist seltsam«, sagte ich in mein Handy, das ich immer noch in der Hand hielt.

»Was?«

»Hier ist keiner mehr.«

Das Flackern hatte aufgehört. Das Polizeifahrzeug hinter uns war nicht mehr zu sehen.

»Verschwunden«, sagte ich und sah mich nach allen Seiten um.

Nichts.

Kein Fahrzeug, nirgendwo.

»Du meinst, die Polizei ist wieder abgedreht?«, wollte Toffi wissen.

»Hier gibt es keine Möglichkeit zum Abdrehen.«

Nur Wald.

»Hast du gesehen, wo sie hin sind, Jola?«

Keine Antwort.

Sie konnten nur gewendet haben, doch dann müsste ich doch zumindest ihre Rücklichter auf der geraden Strecke hinter mir sehen.

»Verschwunden«, sagte ich.

»Okay, gut.« Toffi schien das weniger zu irritieren als mich. »Wann kannst du bei mir sein?«, fragte er.

Die Ampel sprang auf Grün.

»Am Potsdamer Platz?«

Meine Knie zitterten, und meine Waden fühlten sich wie Gummi an, als ich die Kupplung trat, um den ersten Gang einzulegen.

»Nein, ich arbeite heute von zu Hause.«

Also in Steglitz, Drakestraße.

Ich rollte im Schritttempo auf die Kreuzung, den Blick weiterhin im Rückspiegel, und rechnete jeden Moment damit, dass der Streifenwagen zwischen den Bäumen ausbrach und aus der Dunkelheit des Waldes heraus auf uns zuschoss. Doch ich irrte mich.

»Schätze, wir sind in zehn, fünfzehn Minuten bei dir und …«

Da kam nichts von hinten.

»… und dann erkläre ich dir ganz genau, was passiert ist …«

Sondern von der Seite.

Der ungebremste Aufprall riss den Käfer zur Seite, kippte ihn wie einen Dominostein um die eigene Achse.

»Joooooo…«, begann ich den Namen meiner Tochter zu schreien, die plötzlich kopfüber neben mir hing, dann schnitt der Schmerz mir den Atem ab. Ich hörte ein Geräusch, als würde ein Riese mit einem Dosenöffner das Autodach aufschrauben. Glas knirschte. Und mir wurde kalt.

Ein gleißendes Licht füllte meine Augen, dann wurde es schlagartig schwarz. Das Bewusstsein zu verlieren fühlte sich zunächst gut an, weil der brennende Stachel in meinem linken Auge sich nicht mehr weiter in mein Gehirn bohrte. Es war, als wäre ich mit Bleigewichten an der Hüfte in einen Sumpf gesprungen, und alles in mir schrie danach, den Kräften nachzugeben, die mich in den Abgrund zogen. Doch das durfte nicht geschehen.

ICH MUSS WACH BLEIBEN!

Mit allerletzter Kraft riss ich mein rechtes Augenlid auf (nur eins, das andere schaffte ich nicht) und sah durch einen Blutnebel hindurch, wie sich Jolas Kopf neben mir wie ein Pendel bewegte. Einen Augenblick lang war ich mir nicht sicher, wirklich noch wach zu sein, denn plötzlich meinte ich ein Messer zu sehen. Dann aber fiel Jola nach unten, knallte neben mir auf das Dach des Autos, das jetzt buchstäblich wie ein Käfer auf dem Rücken lag, und ich merkte, dass jemand zu Hilfe gekommen war und ihren Gurt durchgeschnitten hatte.

Gut. Sehr gut.

Ich wollte den Rettern danken, doch mein Mund brachte keinen Laut hervor, da der Gurt mir den Hals zuschnürte.

Als Letztes sah ich die helfenden Hände, die meine bewusstlose Tochter nach draußen auf den Asphalt zogen, raus aus dem Innenraum, in dem es immer heftiger nach Benzin stank. Ich hechelte, versuchte gegen den Schmerz zu atmen, schmeckte das Blut in meinem Mund und schloss die Augen mit dem festen Vorsatz, mich nur eine Sekunde lang auszuruhen.

Dann hörte ich die Sirenen eines Krankenwagens, und eine Woge des Schmerzes schlug über mir zusammen, unterspülte mein Bewusstsein und riss es in einen gähnenden, dunklen Abfluss hinein, tiefer und schwärzer als jeder Ort, an dem ich jemals zuvor gewesen war.

14. Kapitel

Ich wachte zweimal auf.

Einmal mit einem Fremdkörper im linken Auge, der sich beim Blinzeln wie eine Glasscherbe anfühlte, neben mir eine alte Obdachlose mit elefantenartiger Lederhaut im Gesicht, die mich anlachte, mir die Zunge ins Ohr steckte und dabei *»Sie müssen fliehen, bevor es zu spät ist«* flüsterte. Stechender Gestank füllte meine Nase; Urin, der die Kleidung der Frau, ihre Haare und auch die Matratze durchtränkte, auf der ich lag. Dann öffnete die Alte den Mund, die Zähne fielen ihr aus dem Gesicht, und ich merkte, dass ich nur von einem Traum in den nächsten gewechselt war.

Das zweite Mal, als ich wirklich erwachte, roch meine Umgebung nach Desinfektionsmitteln und frisch gestärkter Bettwäsche, doch das machte sie nicht weniger verstörend als die Traumkulisse.

Ich öffnete das rechte Auge, mein linkes blieb bei dem Versuch verschlossen, entweder weil es verklebt war oder aus einem schlimmeren Grund. Grelles Licht aus einer länglichen Halogenlampe über mir blendete mich. Ich blinzelte, dann sah ich eine weißgetünchte Wand, einen Fernseher und einen Haltegriff, der direkt über meinem Bett baumelte.

Es dauerte eine Weile, bis ich begriff, dass ich in einem Krankenhaus lag. Und noch länger, bis ich die Frau erkannte, die neben meinem Bett saß und meine Hand drückte.

»Kim?«

Die Unterlippe meiner Frau zitterte heftig.

»Du bist hier?«

Sie trug ihre blonden Haare zum Zopf und steckte noch in

ihrer Pilotenuniform, was bedeutete, dass sie sofort vom Flughafen gekommen sein musste.

Verdammt, dann ist ja schon Mittwoch.

Wie lange hatte ich hier gelegen? Warmes Morgenlicht fiel zu meiner Seite durch eine leicht gewölbte Fensterscheibe und ließ den feinen Staub in der Luft wie Plankton im Wasser tanzen.

Ich wollte den Arm heben, um nach meiner Uhr zu sehen, fühlte mich im nächsten Moment aber viel zu erschlagen.

Das Letzte, woran ich mich erinnerte, war, wie ich in einem Klassenzimmer saß, mir gegenüber zwei Lehrerinnen, und das war ... *richtig, gestern, als ich Jola ...*

Nein!

Mit dem Geräusch zerberstenden Glases war alles wieder da. Jedes einzelne, grauenhafte Detail meiner Erinnerung.

Der Besuch.

Die Flucht.

Der Unfall.

»Jola!«, krächzte ich und wollte mich aufrichten, was mir gründlich misslang. Unter meiner Schädeldecke hatte jemand eine Handgranate gezündet. Ich griff mir an die Schläfen, in dem untauglichen Versuch, die Explosion zu ersticken, dabei stellte ich fest, dass ich einen Kopfverband trug.

Kim drückte mich auf das Bett zurück.

»Was ist passiert?«, fragte sie mich. Endlich öffnete sich auch mein anderes Lid. Ich blinzelte und fühlte ein druckartiges Stechen. In meiner Erinnerung hörte ich, wie meine Windschutzscheibe platzte.

»Sag mir bitte die Wahrheit.«

Kims Augen mussten eine ähnlich gerötete Farbe haben wie meine. Ihre Lider waren geschwollen, ihre Lippen trocken und aufgesprungen, ich roch die vielen Tassen Kaffee in ihrem Atem, mit denen sie gegen die Müdigkeit angekämpft hatte, und wünschte, sie würde mich in den Arm nehmen, so wie sie es früher so oft getan hatte.

»Ich, ich weiß nicht …« Das Sprechen fiel mir schwer. »Es war … ein … Unfall. Die Polizei war hinter uns her …«

»Die Polizei?«, hörte ich eine fremde, männliche Stimme erstaunt ausrufen.

Ich bemerkte einen Schatten links von mir und drehte mich zur Seite. Eine zweite Handgranate zündete lautlos, wenn auch eine etwas kleinere.

»Wer sind Sie?«, fragte ich, als die Schmerzwellen so weit abgeebbt waren, dass ich das rechte Auge wieder öffnen konnte. Der fremde Mann neben meinem Bett trug einen blassgrauen Anzug und ein nur nachlässig in den Hosenbund gestecktes Hemd. Die Marke, die er mir unter die Nase hielt, wies ihn vermutlich als Polizist aus. Vielleicht hatte er mir auch nur seine Ikea-Family-Karte gezeigt. Wegen der weißen Flecken, die in meinem eingeschränkten Sichtfeld Samba tanzten, konnte ich das nicht unterscheiden.

»Ich bin Hauptkommissar Philipp Stoya«, sagte er. »Ich würde Ihnen gerne ein paar Fragen zu dem Unfall stellen …«

Die Polizei also, gut. Vermutlich war er im Streifenwagen gewesen, der uns verfolgt hatte. Ich erinnerte mich, wie der Gurt neben mir durchgeschnitten worden war.

»Haben *Sie* Jola aus dem Käfer gezogen?«, fragte ich den Beamten.

»Ich?« Stoya schüttelte den Kopf. »Wie kommen Sie darauf?«

»Ist ja auch egal, wer es war«, sagte ich. »Hauptsache, es ist alles in Ordnung mit ihr.« Ich erschrak. Ein schrecklicher Verdacht beschlich mich.

»Sie ist doch okay, oder?« Ich sah zu meiner Frau, die sich erschrocken den Mund zuhielt.

Nein, bitte nein! Sagt mir jetzt nicht, dass …

»Wie geht es ihr?«, krächzte ich. Ich hatte schreien wollen, aber meine Stimme versagte.

»Ganz ruhig, Herr Rhode. Lassen Sie uns die Sache der Reihe nach angehen. Ich würde Ihnen gerne ein paar Fragen zum Unfallhergang stellen …«

»Feieraaaaabend!« Die Tür des Krankenzimmers flog auf, und etwas, was sich wie ein kleiner Elefant anhörte, stapfte selbstsicher in den Raum.

Ich hörte, wie der Kommissar leise »Scheiße« fluchte.

»Sie sagen es, Stoya: ›Scheiße‹. In der Tat, eine sehr treffende Zusammenfassung Ihrer beruflichen Situation, wenn ich mit Ihnen fertig bin.«

Dieses Mal musste ich den Kopf nicht heben, um mich zu vergewissern, wer gekommen war.

Christoph Marx.

Toffi.

Mein Freund und Anwalt …

Der lebende Beweis dafür, dass man Menschen nicht nach ihrem Äußeren beurteilen sollte. Seine Kanzlei residierte im teuersten Hochhaus der Stadt, doch wer einen graumelierten Anwalt im Maßanzug erwartete, bekam einen Schock, wenn beim ersten Termin plötzlich ein stark behaarter, etwa ein Meter fünfundfünfzig großer Kraftzwerg mit Baseballkappe, Flip-Flops und Bermuda-Shorts vor einem stand. Toffi hatte nicht nur einen eigenwilligen Kleidungsstil (den er selbst im Winter beibehielt!), sondern die größte Nase, die ich je gesehen hatte. Man brauchte nicht viel Phantasie, um zu erahnen, dass seine Schulzeit die Hölle für ihn gewesen sein musste. Angesichts der Demütigungen, die Toffi bis zum Abi erfahren hatte, kam es einem Wunder gleich, dass die Öffentlichkeit seinen Namen als Staranwalt kannte und nicht aus der Berichterstattung über einen Amoklauf an einem Neuköllner Gymnasium. Staatsanwälte,

Polizisten und sogar einige Richter fürchteten seine intelligenten Schachzüge und den bissigen, selbstgefälligen Spott, mit dem er all jene überzog, die seinem messerscharfen Verstand nicht gewachsen waren. Und auch ohne Psychologiestudium erschloss sich dem unbeteiligten Beobachter schnell, dass Toffi mit seinen Verbalattacken verspätete Rache an all den Idioten nahm, für die er früher als Klassenopfer hatte herhalten müssen.

»Was stehen Sie denn noch hier rum und glotzen wie eine Kuh bei der Darmspiegelung?« Toffi klatschte in seine dicken Händchen. »Hopp, hopp, hopp, Abmarsch, Klingelingeling, hier kommt der Eiermann, ab nach Hause zu Mami, Essen ist fertig.«

»Toffi, bitte«, beschwor ich meinen Freund. Alles in mir schrie nach Informationen über Jolas Gesundheitszustand. Ich wollte hier keinen Zickenkrieg unter Männern. »Vielleicht kann der Hauptkommissar uns erst einmal Informationen geben ...«

»Nein!« Ein eisiger Blick von Toffi, aber auch eine neue Schmerzwelle, ausgelöst durch meinen wiederholten Versuch, mich vom Bett abzustützen, brachten mich zum Schweigen.

»Jetzt machen Sie mal halblang«, sagte Stoya. »Ich will mich doch nur mit Herrn Rhode unterhalten.«

»Gehen Sie zum Psychiater, wenn Sie jemanden zum Reden brauchen. Ist er verhaftet?« Toffi zeigte auf mein Bett.

»Nein.«

»Haben Sie einen Haftbefehl?«

»Den kann ich mir besorgen, aber ...«

»Toll. Und ich kann machen, dass die Luft stinkt, wenn ich auf dem Klo bin.«

»Sie sind widerlich«, sagte Stoya. »Ich gehe nirgendwohin, bevor ich hier keine Aussage habe.«

Toffi lächelte schief. »Oh doch, Stoya. Sie gehen. Und noch haben Sie die Wahl: Entweder zurück zu Ihrem Commodore

C64, oder mit welchem Technikwunder auch immer Sie der Pleitesenat zur Verbrechungsbekämpfung ausgestattet hat, und da tippen Sie den Rest des Tages hundertmal hintereinander ›Ich darf unbescholtene Bürger nicht im Krankenhaus belästigen‹ in die Computertastatur – oder Sie gehen direkt zur Ausgabestelle, wo Sie sich Ihre Warnweste abholen, die Sie brauchen werden, wenn Sie wieder den Verkehr regeln müssen, sobald ich der Presse gesteckt habe, dass Sie sich unter Missachtung sämtlicher Rechte meines Mandanten in das Zimmer eines schwerkranken Patienten geschlichen haben, um eine Falschaussage zu erzwingen.«

»Falschaussage? Das ist Blödsinn, und das wissen Sie auch«, sagte Stoya, allerdings mit etwas vermindertem Selbstbewusstsein. Toffis Schmierentheater zeigte Wirkung. Wie so oft.

Stoyas Augen wanderten um Unterstützung bittend zu Kim, die nur müde mit den Achseln zuckte, dann gestand er sich missmutig seine Niederlage ein und verließ ohne ein Wort des Abschieds das Krankenzimmer.

Toffis selbstgefälliges Grinsen verschwand in dem Moment, in dem die Tür krachend hinter dem Beamten ins Schloss fiel. Dafür spaltete jetzt eine tiefe Sorgenfalte die wulstige Stirn.

»Hab ich dir nicht gesagt, du sollst kein Wort mit den Bullen wechseln?«

Ich blinzelte erneut, und endlich gelang es mir, auch das linke Auge zu öffnen. Dabei schoss mir die Ermahnung eines anderen Mannes durch den Kopf, die mir ebenfalls in einem Krankenzimmer erteilt worden war: *»Sie dürfen sich auf gar keinen Fall strafbar machen!«*

Mein Puls schnellte hoch, meine Herzklappen schlugen mit der Frequenz von Kolibriflügelschlägen. Die Kehle wurde mir eng, und ich bekam nur noch ein einziges Wort heraus:

»Jola?«

Beide traten näher. Kim rechts, Toffi links von mir.

Und beide schüttelten den Kopf. Ich musste an Polizisten denken, die vor der Haustür eines Unfallopfers stehen, die Lippen fest zusammengebissen, das Bedauern bereits im Blick, das die Nachricht vorwegnimmt, die sie den Angehörigen überbringen.

»Nein«, krächzte ich. »Das darf nicht sein!«

Dann hörte ich meinen eigenen Namen und öffnete die Augen wieder, die ich wohl geschlossen haben musste.

Das Kopfschütteln von Kim und Toffi hatte aufgehört. Stattdessen öffneten sie nahezu synchron den Mund und stellten mir eine Frage, die in mir ein Gefühl des Fallens erzeugte, ähnlich wie kurz vor meiner Ohnmacht, nur dass ich diesmal bei Bewusstsein blieb.

»Wo ist sie?«, fragten sie mich. »Wo, zum Teufel, hast du Jola hingebracht?«

15. Kapitel

»Ich?« Blitze schlugen in meinem Kopf ein, obwohl ich gar nicht so laut schrie, wie ich es wollte. »Das müsst *ihr* mir doch sagen! Jola wurde vor mir aus dem Auto gezogen.«

»Auto? Was denn für ein Auto?«, fragte Kim, nur mühsam beherrscht. Augen, Lippen, Stirn, fast jeder Muskel in ihrem Gesicht zuckte nervös.

»Aus dem Käfer! Direkt nach dem Unfall!«

»Nach welchem Unfall?«, wollte Toffi von mir wissen. Mir blieb der Mund offen stehen. Diese Frage konnte er doch nicht ernst meinen. Ich zeigte auf meinen Kopf.

»Weshalb, glaubst du wohl, trage ich diesen Verband und liege im Krankenhaus?«

»Das fragen wir uns auch«, sagte Toffi, er sah zu Kim. »Und noch drängender fragen wir uns, was mit deiner Tochter passiert ist.«

»Ich ... ich ...« ... *habe keine Ahnung, was hier gespielt wird.* Das Letzte, woran ich mich erinnern konnte, war das Messer, das ihren Gurt zerschnitt, und die Hände, die sie aus dem Wagen zogen.

»Möglicherweise leidet er unter einer Amnesie«, vermutete Toffi, nachdem ich die beiden eine Zeit lang regungslos angestarrt hatte.

»Nein, Quatsch, tu ich nicht. Ich weiß, wir waren auf der Koenigsallee ... das ... Jugendamt ... die Polizei ...«

Wo ist Jola? Der Gedanke, der unter meinem schmerzenden Schädel wie eine Roulettekugel rotierte, machte es mir unmöglich, mich zu konzentrieren und in ganzen Sätzen zu sprechen.

»Okay, ganz ruhig«, ermahnte Toffi sowohl mich als auch

Kim, die nervös an ihrem Ehering zupfte und so aussah, als wollte sie mir jeden Moment an die Gurgel springen.

»Was ist denn das Letzte, woran du dich erinnerst, Max?«

»An den Aufprall, seitlich.« Ich schloss die Augen und hörte, wie Metall über Asphalt schleifte. »Die Polizei war hinter uns her, doch auf einmal waren sie verschwunden, und …« Plötzlich fiel es mir wieder ein. »Das musst du doch wissen, Toffi. Wir haben währenddessen telefoniert.«

Mein Freund und Anwalt nickte. »Die Verbindung war plötzlich abgerissen. Du sagst jetzt, weil es einen Auffahrunfall gab?«

»Natürlich. Oder meinst du, der Käfer hat sich von selbst aufs Dach gelegt?«

»Keine Ahnung, wovon du sprichst. Es gibt kein Protokoll über einen Polizeieinsatz in der Koenigsallee, und dein Wagen wurde bislang nicht gefunden.«

Nicht gefunden?

»Und wo, bitte schön, habt ihr mich dann rausgezogen?«

»Aus einer Abrissruine in Moabit.«

Waaas? Ich blinzelte, versuchte die einzelnen Worte, die ich akustisch verstanden hatte, in ihrer Gesamtheit zu begreifen, doch es gelang mir nicht.

»Genauer gesagt aus einem alten Speicher am Westhafen, einem Abrissgebäude. Aber solange die Birne noch nicht pendelt, hat sich hier die Berliner Crackszene einquartiert.«

»Du erzählst Mist«, sagte ich in der unwahrscheinlichen Hoffnung, als Nächstes Gelächter zu hören, während die Tür aufgeht und Jola lachend Arm in Arm mit dem Polizisten zur Tür reinschlendert, ein spöttisches »reingelegt« auf den Lippen. Dann musste ich an die zahnlose Alte in meinem Traum denken, an den Uringestank und daran, dass man im Traum nur selten riechen kann.

»Jola ist nicht da?«, wagte ich das Unvorstellbare zu fragen.

Ein Taubheitsgefühl breitete sich von meinen Ohren abwärts bis zu den Schultern aus, die Angst um meine Tochter dämpfte jegliche Empfindungen, selbst die Schmerzen.

»Nein, sie ist nicht da.«

»Weder zu Hause noch bei ihren Klassenkameraden oder beim Sport, weder in diesem schrecklichen Haus noch sonst irgendwo«, schaltete sich Kim ein und schluchzte auf. »Sie ist jetzt seit achtzehn Stunden verschwunden, während du deinen Rausch ausgeschlafen hast.« Ihre Stimme brach. »Was hast du mit ihr gemacht, Max?«

Ich schluckte schwer, kämpfte gegen meine eigenen Tränen an.

»Noch mal, ich habe nichts getan. *Schon gar keine Drogen genommen.* Ich habe sie nur aus der Wohnung geschafft …«

»Weshalb?«

»Sie waren bei uns.«

»Wer?«

»Das Jugendamt.«

»Wieso?« Ihre Fragen schlugen immer schneller ein.

»Weil sie Jola mitnehmen wollten. Du glaubst nicht, was die abgezogen haben. Melanie war da. Sie hatte Papiere dabei, ein Gutachten von irgendeinem Psychiater, angeblich sind Jolas Eltern resozialisiert und …«

»Quatsch«, fiel sie mir ins Wort.

»Ja. Hab ich ihr auch gesagt. Genauso ein Quatsch wie die Behauptung, wir hätten zig Termine verstreichen lassen und uns auf Briefe nicht gem…«

»Blödsinn!«, schrie meine Frau, und ich begriff, dass sie nicht das Jugendamt, sondern meine Worte in Frage stellte.

»Melanie war ganz bestimmt nicht bei uns, um Jola mitzunehmen.«

»Ach nein? Dann hab ich mich mit einem Geist unterhalten, oder was?«

»Keine Ahnung, was mit dir los ist. Aber du laberst Schwach-sinn!«

»Ich hab bereits auf der Dienststelle beim Jugendamt ange-rufen«, schaltete sich Toffi ein. »Hab nach der Frau gefragt, de-ren Namen du mir am Telefon genannt hast.«

Ich zog die Augenbrauen hoch und wartete darauf, dass er die Katze aus dem Sack ließ.

»Es ist so, wie Kim es sagt. Sie arbeitet dort nicht mehr.«

Waaas?

»Melanie Pfeiffer hat vor einem Monat gekündigt. Ihr habt jetzt einen anderen Sachbearbeiter. Sie haben so viel zu tun, dass er sich bei euch noch gar nicht vorstellen konnte.«

»Dann, dann wollen sie uns Jola gar nicht wegnehmen?«

Toffi schüttelte den Kopf. »Das ist ja das Merkwürdige an deiner Geschichte, Max. Es gibt keinen Polizeieinsatz, keine Un-fallzeugen und auch keine Melanie Pfeiffer mehr, wohl aber einen Antrag der leiblichen Eltern auf Rückführung. Nur sollte der nicht heute und schon gar nicht ohne vorherige Anhörung durchgesetzt werden, auch wenn ihr anscheinend wirklich auf ein halbes Dutzend Anschreiben bislang nicht reagiert habt.«

Ich schaffte es unter großen Anstrengungen, den rechten Arm zu heben und mir das Auge zu kratzen. Es tränte und war mit Salbe eingeschmiert.

»Dennis kann es bezeugen«, fiel mir ein. »Er hat den Besuch gesehen.«

»Der Nachbar unter euch? Wir haben schon mit ihm geredet, als wir Jola gesucht haben.« Toffi schüttelte den Kopf. »Er hat uns nur etwas von einem Mann erzählt. Der Beschreibung nach sah der eher aus wie Hulk Hogan, nicht wie eine Melanie.«

Verdammt, richtig. Dennis hatte ja nur Mr. Bodyguard zu Gesicht bekommen.

Die Tür öffnete sich. Ich rechnete mit einem Arzt oder einer

Schwester, bislang hatte ich noch kein Krankenhauspersonal zu Gesicht bekommen, doch Stoya war zurückgekehrt, und er war nicht allein. Mit ihm spazierte ein hochgewachsener, sehr viel jüngerer Beamter in Uniform ins Zimmer, mit wippenden Schritten, die kurzen schwarzen Haare bis zu den Augen in die Stirn gekämmt.

»Was wollen Sie denn schon wieder?«, fragte Toffi und baute sich vor den beiden Beamten auf.

Als Antwort griff sich Stoya an den Gürtel über dem Gesäß, löste ein Paar Handschellen und wedelte damit in meine Richtung.

»Vollenden, was ich angefangen habe. Ihr Mandant ist festgenommen.«

Toffi lachte auf. »Ach kommen Sie, was sollen die Mätzchen? Sie sind jetzt … wie lange weg? Zehn Minuten? So schnell können Sie gar keinen Haftbefehl organisiert haben.«

»Den brauch ich auch nicht. Die Ergebnisse unserer Hausdurchsuchung genügen mir für eine vorläufige Festnahme.«

Kim öffnete den Mund, doch Toffi kam ihr mit einem gespielten Wutausbruch zuvor: »Sie haben ohne Beschluss die Wohnung meines Mandanten durchsucht?«

»Wir haben einen Anruf wegen Ruhestörung bekommen …«

»Lassen Sie mich raten. Wieder anonym, wie der, der Ihnen das mit dem Crackhaus gesteckt hat?«

»Wollen Sie meine ehrliche Antwort darauf hören?«, fragte Stoya und lachte nach einer Kunstpause: »Lecken Sie mich am Arsch!«

Toffi winkte ab. »Mir zu anstrengend. Bei meinem Stundensatz und Ihrem fetten Hintern hab ich zweitausend Euro auf der Uhr und bin nicht mal mit einer Backe fertig.«

Er machte eine Geste, die mich wohl beruhigen sollte, aber dafür hätte es schon einer Packung Valium bedurft.

Sie wollen mich verhaften?

Am meisten schreckte mich der Gedanke, dass ich dann nicht mehr in der Lage wäre, nach Jola zu suchen. Stoya wandte sich mittlerweile direkt an meine Frau: »Ihre Haustür stand offen ...«

»Es kann sein, dass ich in der Hektik vorhin vergessen habe, sie zu schließen«, erklärte sie aufgeregt, rote Flecken im Gesicht. »Ich bin heute Morgen gelandet und nach einem kurzen Besuch zu Hause sofort hierher in die Klinik gefahren.«

»Nun denn, aus dem Arbeitszimmer dröhnte Musik.«

»Das kann aber nicht sein, ich ...«

»... und beim Ausschalten der Lärmquelle haben unsere Männer dann eine Pistole gefunden.«

Toffi seufzte wie ein Fußballfan kurz nach einem verschossenen Elfmeter.

»Mein Mandant ist Thrillerautor, wollen Sie ihn jetzt wegen eines Briefbeschwerers in Untersuchungshaft stecken?«

»Möglicher Drogenkonsum und unerlaubter Waffenbesitz reichen mir erst mal als Anfangsverdacht, und die Fluchtgefahr hat er mir gerade selbst gestanden, als er sagte, die Polizei wäre hinter ihm her gewesen. Sobald wir die Dateien auf seinem Notebook analysiert haben, sehen wir weiter.«

Drogen. Pistole. Lärm. Notebook. U-Haft.

Obwohl es in diesem Dialog um meine Zukunft als freier Mann ging, hörte ich – im wahrsten Sinne des Wortes – mittlerweile nur noch mit einem Ohr zu. Inzwischen war ich der festen Überzeugung, wahnsinnig geworden zu sein. Denn auf dem anderen Ohr hörte ich Stimmen. Genauer gesagt war es nur eine einzige. Klar, deutlich und unverkennbar: die Stimme meiner Tochter.

»Bitte sag jetzt kein Wort, Papa«, flüsterte sie. »Bitte, Papa, kein Wort. Sonst wird er mich töten.«

16. Kapitel

Ich schnellte im Bett nach vorne, saß plötzlich kerzengerade und griff mir an den Kopf, dorthin, wo der Verband den Ohrstöpsel verdeckte, der mir wegen des Drucks, den ich im gesamten Schädel spürte, bislang noch gar nicht aufgefallen war. Ich schrie laut auf, teils vor Schreck, teils aus Angst und nicht zuletzt wegen der Schmerzen, die meine heftige Bewegung verursacht hatte.

Toffi, Stoya und Kim sahen mich erschrocken an, führten meinen Ausbruch zum Glück aber auf meinen Gesundheitszustand zurück.

»Bleiben Sie bitte ruhig liegen und machen Sie uns keinen Stress«, wies mich Stoya zurecht, der wohl annahm, dass ich vorhatte, mich der Verhaftung zu widersetzen. »Der Chefarzt kommt in wenigen Minuten und wird dann über eine Verlegung entscheiden.«

Seine Worte interessierten mich nicht. Ich nickte, aber nur als Reaktion auf Jolas zweiten Satz: »Bitte, Papa, kein Wort. Sonst wird er mich töten.«

ER?

Jola flüsterte heiser, als hätte sie in Folge einer schweren Erkältung ihre Stimme verloren. So klang sie, wenn sie viel geweint oder Schmerzen hatte. Ich versuchte, die zwischen Toffi und Stoya wieder aufbrandende Auseinandersetzung auszuschalten, und konzentrierte mich auf meine Tochter, der ich am liebsten Dutzende an Fragen gleichzeitig gestellt hätte:

Wo bist du? Wie geht es dir? Was hat man dir angetan? Wer ist ›Er‹? Und, am wichtigsten: *Was, zum Teufel, muss ich tun, damit ich dich wieder in den Armen halten kann?*

Doch statt einer Frage schlich sich nur ein gequältes Wimmern aus meinem Mund. Die Angst um Jola hatte sich gewandelt. Bis vor wenigen Sekunden hatte mich die Unwissenheit gequält, jetzt lähmte mich die Gewissheit, sie in Todesgefahr zu wissen.

»Neben mir sitzt ein Mann mit einer Pistole«, sagte sie. »Er erschießt mich, wenn du auch nur einen einzigen Mucks von dir gibst und nicht alles tust, was ich von dem Blatt vorlese, das er mir gegeben hat.«

Herr im Himmel. Ich blinzelte, schloss die Augen. Öffnete sie wieder. Jola zog die Nase hoch, ihre Stimme wurde lauter.

»Öffne deine Nachttischschublade!«

Ich sah nach links, zu dem mausgrauen Rollwagen, auf dem ein Tastentelefon und eine graue Pappnierenschale ohne Inhalt standen. Das Streitgespräch, in das sich jetzt auch Kim lautstark eingemischt hatte – *»Glauben Sie nicht, dass wir alle das gleiche Interesse haben zu erfahren, was passiert ist?«* –, war längst hinter einen akustischen Vorhang gerückt, der nur noch ein dumpfes Gemurmel zu mir durchließ. Jolas Stimme dagegen wurde immer sicherer, auch wenn die unermessliche Angst, die in ihr lag, nicht einen Grad abflaute.

Oh Gott, ist das etwa … nein … das darf nicht wahr sein.

Ich hatte die Schublade meines Nachttisches geöffnet und wollte meinen Augen nicht trauen.

»Nimm sie heraus!«, forderte meine Tochter mich auf.

Toffi hatte mir einen missbilligenden Seitenblick geschenkt, sich dann aber wieder zu Stoya gewandt, den es nicht interessierte, dass ich am Nachttisch zugange war, weswegen ich in diesem Augenblick völlig unbehelligt auf den Gegenstand blicken konnte, den mich Jola nun schon zum zweiten Mal aufforderte, in die Hand zu nehmen. Hatte ich noch einen gewissen Restzweifel an der Ausweglosigkeit der Lage, waren diese nun endgültig verschwunden.

Das kann nicht wahr sein ...

Kein Zweifel, Jola würde sterben, wenn ich mich der Fernsteuerung widersetzte. Also kämpfte ich meinen inneren Drang nieder, mich den anderen anzuvertrauen und um Hilfe zu schreien.

Und griff in die Schublade.

Gleichzeitig öffnete ich den Mund und sprach aus, was Jola mir gezwungenermaßen diktierte. Wort für Wort wiederholte ich: »Ihr braucht Jola nicht länger zu suchen. Ich habe sie in meiner Gewalt, und ich werde sie töten.«

Die Worte knallten wie Silvesterböller durch den Raum.

Toffi, Stoya und Kim drehten die Köpfe zu mir, starrten mir fassungslos ins Gesicht und entdeckten erst nach einer Schrecksekunde die Handgranate, die ich ihnen entgegenstreckte.

17. Kapitel

»*Und ich werde euch ebenfalls töten, wenn ihr mir zu nahe kommt.*«

Jola hörte, wie ihr Vater auch diesen Satz wiederholte, den sie ihm gerade abgenötigt hatte. Seine Stimme klang weit entfernt und dumpf, als hielte er sich einen Lappen vor das Mikrophon.

Sie hockte im Schneidersitz auf dem Boden, mit dem Rücken an einen Holzpfeiler gebunden, ein klobiges, orangefarbenes Funkgerät zu ihren Füßen, das so aussah wie das wasserdichte Walkie-Talkie, das ihr Schwimmlehrer immer an seinem Gürtel trug. Es war auf Dauerbetrieb oder Freisprechen geschaltet, jedenfalls drangen hektische Stimmen aus dem Lautsprecher. Zwei Männer und eine Frau, die wie ihre Mutter klang, riefen wild durcheinander:

»*Spinnst du?*«

»*Was ist denn das?*«

»*Mann, Himmel … Leg das verdammte Ding weg!*«

»*Ganz ruhig, Herr Rhode, ganz ruhig.*«

Jolas Vater hielt sich an die Anweisung. Er sagte keinen Ton mehr.

»Da ist ein Kleiderschrank in der Wand links von dir«, las Jola weiter von dem mit weitem Zeilenabstand bedruckten Papier ab, das sie in ihren zitternden Händen hielt. Paradoxerweise war ihre Stimme dabei ganz ruhig. Viel ruhiger als die Flamme der Kerze, einen halben Meter entfernt, ihre einzige Lichtquelle in dem anscheinend fensterlosen Verlies.

Vor einer gefühlten Stunde, als der Gesichtslose sie an der Schulter wachgerüttelt hatte, hatte sie noch geschrien, dann heftig geweint, als sie den Strick bemerkte, dick wie ein Schiffstau, mit dem sie hier an diesem Pfahl angebunden war. Jetzt war »taub« das richtige Wort, oder nein, besser »betäubt«, so wie letztes Jahr beim Zahnarzt, als sie eine Spritze bekommen hatte, nur dass sie das dumpfe Ziehen nicht nur in der Wange, sondern fast überall am Körper spürte.

Jola schluckte heftig. Sie stand kurz davor, sich in die Hose zu machen. Ihre Blase drückte, wie immer, wenn sie Angst hatte. *Nein, sie drückt tausendmal schlimmer.*

Denn *diese* Angst war ihr fremd, und das Wort »Schock« kam ihr in den Sinn, sie hatte eine Eins plus für das Referat zu diesem Thema bekommen. Es fiel ihr schwer zu atmen. Jola versuchte, das zu tun, was Herr Steiner ihnen im Sportunterricht gezeigt hatte, wenn das Seitenstechen einsetzte, *einundzwanzig, zweiundzwanzig, dreiundzwanzig … und wieder einatmen …* doch das verdammte Zählen hatte schon beim Waldlauf nicht funktioniert, und jetzt erst recht nicht, hier in dieser, dieser … *Hütte?*

Sie hatte keine Ahnung, wo sie war, der Schein der Kerze zu ihren Füßen leuchtete nur einen kleinen Radius aus, gerade einmal groß genug, um zu erkennen, dass der Fußboden aus grob geschlagenen Holzplanken gezimmert war. Und dass feuchtes Laub an den Sohlen der schweren Arbeiterstiefel ihres Entführers pappte.

Der Fremde stand kaum einen Meter entfernt und trug einen schwarzen Kapuzenpulli, dazu ein farblich passendes, bis zu den Augen hochgezogenes Halstuch vor dem Mund. *Biker-Burka*, fiel ihr eine Bemerkung von Steffen ein, ihrem besten Freund und Sitznachbarn, ein Witz, den sie nicht verstanden hatte, bis Papa ihn ihr erklärte.

Der Mann verlagerte ständig das Gewicht von einem Fuß auf den anderen, dabei machte er eine ungeduldige Geste mit seiner Waffe. Jola gehorchte und las weiter:

»Da liegt eine Plastiktüte im Fach rechts außen. Nimm sie dir.«

Sie wischte sich mit dem Ellenbogen über die Stirn. Jola befürchtete schon, die Platzwunde über dem rechten Auge wäre wieder aufgegangen, dort, wo sie mit der Stirn gegen den Haltegriff des Käfers geknallt war, als er sich überschlug. Aber es war nur Schweiß.

Eigentlich müsste mir kalt sein, dachte sie. Sie konnte ihren eigenen Atem sehen und steckte immer noch in den dünnen Klamotten, die sie zu Hause getragen hatte, kurz bevor Papa sie erst zu Dennis geschickt und später in sein Auto geschleppt hatte: schwarze Jeans, grünes Sweatshirt und zerschlissene Sneakers. Ohne ihre Übergangsjacke, die sie natürlich nicht gebraucht hatte, um Mr. Tripps abzuholen.

Verdammt!

Ausgerechnet der Gedanke an ihre Katze trieb ihr dann doch wieder die Tränen in die Augen. Eben noch hatte sie ihn auf dem Schoß gestreichelt und auf dem Sofa in Dennis' Wohnung vor dem Fernseher auf ihren Vater gewartet – und jetzt hatte sie furchtbare Angst, nichts mehr von ihrem Zuhause jemals wiederzusehen, weder Papa noch Mama, noch ihren Kater.

Jola kratzte sich am Hals, in dem ihr ein Kloß in der Größe eines Tennisballs gewachsen war.

Sie überlegte, wie sie ihrem Vater einen versteckten Hinweis geben könnte, wo sie war und wie er sie finden könnte.

In Filmen war das immer so einfach. Als Papa und Mama auf einer Feier des Vermieters in der Wohnung über ihnen gewesen waren, hatte sie sich ins Wohnzimmer geschlichen. In dem Krimi, den sie dann heimlich gesehen hatte, lag ein Mädchen in einem Kofferraum und zählte die Kurven, die die Entführer auf ihrem Weg nahmen. Später dann hatte das Mädchen in weiter Ferne eine Eisenbahn bimmeln hören, aber Jola konnte mit derartigen Informationen nicht aufwarten. Sie hatte ihren Gefangenentransport hierher komplett verschlafen. Irgendein Teufelszeug, das vermutlich auch für das Summen in ihren Ohren und die trockene Zunge verantwortlich war, lähmte noch immer Teile ihres Bewusstseins.

Ein bekanntes Gefühl. Mit ihm war sie vor zwei Monaten schon einmal aufgewacht, nachdem sie auf dem Krankenhausparkplatz vom Westend auf Papa gewartet hatte.

Jetzt wusste sie weder, wo sie sich befand und wie sie hierhergekommen war, noch, weshalb der Gesichtslose sie verschleppt hatte. Und auch an ihrem Gefängnis war ihr nichts Außergewöhnliches aufgefallen, von dem feuchten Holzgeruch, dem rauen, morsch wirkenden Plankenboden und dem Schlamm an den Hosenbeinen ihres Entführers einmal abgesehen.

Und von meiner schrecklichen Angst.

Ein weiteres Fuchteln mit der Waffe, und Jola las den nächsten Befehl vor: »Egal, was man dich fragt, Papa, antworte nicht. Niemand darf mitbekommen, was du im Ohr unter deinem Verband trägst. Sonst wird er mich töten.«

Jola fühlte sich wie vor einem halben Jahr in der Aula auf der Bühne der Schulaufführung, wo sie die Gretel hatte spielen müssen. Das Ganze hier war nur ein Schauspiel, noch schlechter als ihre Version von Grimms Märchen. Zwar war es ihr Mund, dessen Lippen sich bewegten, aber die Worte, die aus ihm kamen, waren ihr fremd. *Ich spiele nur eine Rolle*, versuchte sie sich selbst vorzulügen, und sagte: »Verlass jetzt die Klinik, sofort!«

Unmittelbar nach ihrer letzten Anweisung hörte Jola das Stimmengewirr erst lauter werden, dann wurde es abgeschnitten, als gedämpft, aber deutlich hörbar eine Tür ins Schloss fiel.

»Jola?«, hörte sie ihren Vater keuchen, der jetzt offenbar alleine war und den Mut fasste, mit ihr zu reden. »Hörst du mich, Liebes? Geht es dir gut?«

Der Gesichtslose trat rasch einen Schritt näher, riss Jola den Zettel aus der Hand und gab ihr eine Karteikarte, auf der nur ein einziger Satz stand:

»Kein Wort, Papa, oder er tötet mich!«

Kaum hatte Jola die Worte ausgesprochen, wurde ihr die Karteikarte wieder aus der Hand genommen und durch eine andere ersetzt, die sie ebenfalls vorlesen musste:

»Du bist jetzt auf der Flucht. Versteck dich irgendwo, wo dich niemand findet, und warte auf Anweisungen. Solltest du von der Polizei gefasst werden …«

Jola bekam mit einem Mal kaum noch Luft, als hätte sie Steffen das erste Mal beim »Wer kann länger die Luft anhalten«-Wettbewerb geschlagen. Sie musste eine Pause einlegen, in der das Keuchen ihres Vaters leiser geworden war, weil es sich nun, wenn sie die Geräusche richtig deutete, mit Straßenlärm vermischte. Sie glaubte, das Rauschen vorbeifahrender Autos zu hören, eine Fahrradklingel, die Sirene eines Krankenwagens.

»… oder die Bullen gar um Hilfe bitten, wird er mich sofort töten.«

Der Gesichtslose nahm ihr auch diese Karteikarte aus der Hand, drehte sie um und gab sie Jola zurück. Die Worte auf der Rückseite ergaben für sie keinen Sinn mehr. »Ja doch«, reagierte sie gereizt, als der Mann sie mit der Pistole anstupste, dann sagte sie einen letzten Satz zu ihrem Vater:

»Joshua kennt jeden deiner Schritte. Viel Glück!«

Der Gesichtslose nickte selbstgefällig, trat einen Schritt vor, bückte sich – und schaltete das Funkgerät ab.

18. Kapitel

Lesbisch? Nee.

Bi? Hmm.

Bi-neugierig? Was sollte das denn bitte bedeuten?

Noch in Gedanken bei dem Fragebogen der Online-Dating-Seite, den sie gestern Abend ausgefüllt hatte, öffnete Frida Blum vorsichtig die Heckklappe ihres klapprigen Minivans und konnte dennoch nicht verhindern, dass sich zwei Päckchen aus dem Stapel lösten und aus dem Kofferraum auf die Straße fielen.

Bi-neugierig ... Offenbar sollte man in der Spalte für »sexuelle Präferenzen« an dieser Stelle sein Kreuzchen machen, wenn man es mit dem anderen Geschlecht einmal ausprobieren wollte, sich aber nicht sicher war, ob es wirklich das Richtige für einen war. *So gesehen würde es ja passen*, dachte Frida und angelte sich die Päckchen vom Asphalt des Spandauer Damms.

Glück im Unglück. Kein »Zerbrechlich«-Aufkleber drauf, kein verdächtiges Klirren oder Klappern beim Schütteln.

Frida klopfte etwas Straßendreck von dem braunen Packpapier, schmiss beide Sendungen zurück in den Kofferraum und zog einen handgepäckgroßen Karton von der Spitze des Paketbergs.

Der Fahrer eines weißen Geländewagens hupte und zeigte ihr den Mittelfinger, als er an ihr vorbeifuhr. Schon der Vierte an diesem Morgen, der sich darüber aufregte, dass sie in zweiter Reihe parken musste, wenn sie überhaupt eine Chance haben wollte, ihre Schicht vor 22.00 Uhr zu beenden.

Frida wunderte sich kurz, dass das große Paket so leicht war, dann sah sie das Absenderlogo »OptiKK«. Nach Büchern, Schuhen und Medikamenten waren Brillen jetzt der letzte Schrei im Onlinehandel, und Knut Rasmus, Spandauer Damm 211, Vorderhaus, vierter Stock ohne Fahrstuhl, hatte augenscheinlich gleich die gesamte Herbstkollektion geordert.

Im Laufschritt hastete sie zu der wuchtigen Holztür des fünfstöckigen Mietshauses.

Rasmus, Rasmus ... Rasmus???

Na toll.

Das halbe Telefonbuch auf der Klingelleiste, aber nirgends der Name, den sie brauchte. Oder doch, hier. Klein, mit Kugelschreiber unter einen anderen Mieter gequetscht. Frida klingelte, und erstaunlicherweise wurde ihr geöffnet. In fünfzig Prozent aller Fälle war der Besteller nicht da, und sie musste einen Nachbarn überreden, die Sendung anzunehmen. CargoToGo bezahlte ihr nur eine Paketpauschale. Im Anwerbungsgespräch hatte das noch sehr verlockend geklungen: *»Sie arbeiten selbstständig, Frau Blum. Können sich die Zeit frei einteilen, ganz ohne Druck.«* Ja, am Arsch, die Räuber. Selbstständig hieß in ihrer Branche nur, dass keine Sozialleistungen gezahlt wurden, sie mit ihrem eigenen, schrottreifen Wagen durch die Stadt hetzen musste und sie am Ende noch draufzahlte, wenn es ihr nicht gelang, das Paket gleich beim ersten Versuch zuzustellen. Ingo, einer ihrer Kollegen, hatte diesen Monat ausgerechnet, was er in seiner letzten 90-Stunden-Woche verdient hatte, und war auf einen Schnitt von fünfundzwanzig Euro am Tag gekommen.

Wow.

»Du kannst dir wenigstens einen reichen Mann angeln, so wie du aussiehst«, hatte Ingo ihr Mut auf eine Zukunft ohne Kurierdienste machen wollen.

Wenn der wüsste.

Fridas letzte Beziehungen waren so grauenvoll gewesen, dass

sie sich jetzt aus lauter Verzweiflung bei DatingQueen, einem Portal für homosexuelle Frauen, angemeldet hatte. Nicht aus Lust am eigenen Geschlecht, sondern weil sie von Männern ein für alle Mal die Schnauze voll hatte. Ihr vorletzter Freund hatte sie heimlich beim Duschen gefilmt und die Videos gegen Bezahlung ins Internet gestellt, weswegen jetzt die halbe Welt ihre Dellen am Hintern kannte, inklusive ihrer ehemaligen Arbeitgeberin bei der Babysitter-Agentur, die sie nun nicht mehr an »seriöse Haushalte« vermitteln wollte. Diese Demütigung rangierte allerdings nur auf Platz zwei der schrecklichsten Beziehungskatastrophen. Den Vogel hatte Jonas, ihr jüngst Verflossener, abgeschossen, der ihr vor zwei Wochen eröffnet hatte, dass er sie für Ophelia verlassen würde, die – wie sich im Verlaufe des Trennungsgesprächs herauskristallisierte – eine ein Meter fünfundsechzig große, aufblasbare Gummipuppe war, in der De-luxe-Version, mit – Originalzitat der Herstellerbeschreibung – *drei benutzbaren Körperöffnungen*.

Es muss an mir liegen, dachte Frida, jetzt etwas atemlos, nachdem sie die vier Stockwerke hinter sich gebracht hatte. *Alle, die mir versichern, ein so attraktives, niedliches Mädchen mit derart großen, traurigen Augen könne man nur lieb haben, müssen doch irgendwo den Teufel in mir übersehen.*

»Atomkraft? – Nein danke!«, las sie von einem Aufkleber auf der Tür des Paketempfängers ab, bevor Knut Rasmus persönlich öffnete.

Na klar, machst hier einen auf Öko, aber lässt mich für 2,50 Euro die Stunde die Umwelt mit Benzin verpesten, nur weil du zu faul bist, in den Brillenladen um die Ecke zu latschen.

Und morgen würde sie garantiert wieder hier aufkreuzen müssen, um von den fünfzig Brillen, die er sich bestellt hatte, neunundvierzig wieder zurückzunehmen. *Was für ein Sprit- und Verpackungswahnsinn!*

Sie forderte von ihm eine Unterschrift auf der Empfangsquittung, dann hastete sie eilig wieder die Treppe nach unten, in der Hoffnung, nicht schon wieder einen Strafzettel kassiert zu haben. Dabei musste sie an ihre beste Freundin Judith denken, die sich immer ein halbes Dutzend Kleider zur Anprobe schicken ließ.

Frauen sind auch nicht viel besser.

Vielleicht war es doch keine so gute Idee, es auf einem Portal für Lesben, Bisexuelle und solche, die »Bi-neugierig« waren, zu versuchen? Vielleicht sollte sie den Männern noch eine Chance geben, *ich meine, immerhin bin ich erst sechsundzwanzig, vielleicht hab ich die schrecklichsten Exemplare bereits hinter und die Prachtburschen noch vor mir?*

Schlimmer als mit Mr. Gummipuppe konnte es ja wohl kaum werden, dachte sie, als sie aus den Augenwinkeln heraus bemerkte, wie jemand von der anderen Straßenseite aus den Spandauer Damm zu überqueren versuchte.

»Hey, passen Sie doch auf«, warnte Frida den augenscheinlich verwirrten Mann, der, ohne nach rechts oder nach links zu sehen, beinahe in ein Auto mit Anhänger gelaufen wäre.

»Das Westend ist auf der anderen Straßenseite«, rief sie ihm zu und verfluchte sich sofort für ihr vorlautes Mundwerk, das sie mal wieder nicht im Zaum hatte halten können, denn der Kerl steuerte nun zielstrebig auf sie zu.

»Ich brauche Ihr Auto«, rief er, und normalerweise hätte Frida dem hochgewachsenen Mann den Vogel gezeigt, doch vor Schreck war sie wie gelähmt.

Hab ich mich nicht gerade gefragt, ob es noch schlimmer kommen kann?, dachte sie, während sie wie unter Schock regungslos neben dem Wagen stehen blieb.

»Sie müssen mich fahren!«, brüllte der Kerl, und ihr wurde klar: Doch, es gab noch schrecklichere Exemplare als ihren Ex!

Zum Beispiel einen am Kopf bandagierten, geistig Verwirrten, der barfuß im Nachthemd mit einer Plastiktüte in der Hand aus dem Krankenhaus geflohen kam und sie am helllichten Tag mit einer Handgranate zwischen den Fingern entführen wollte.

19. Kapitel

Am liebsten wäre ich alleine gefahren, aber wegen der tränentreibenden Schmerzquelle unter meinem Schädeldach sah ich alles nur noch verschwommen, so als würde ich einen 3-D-Film ohne Brille betrachten. Zusätzlich hatte ich das Gefühl, jeden Moment in Ohnmacht zu fallen, was es mir unmöglich machte, mich selbst hinters Steuer zu setzen. Zudem wollte ich keine Zeugen zurücklassen, die der Polizei eine Beschreibung des Fluchtfahrzeugs inklusive Nummernschild durchgeben konnten.

»Steigen Sie ein, sonst zünde ich die Granate«, brüllte ich deshalb die sportlich aussehende junge Frau mit den rotbraunen Haaren an, die wie festgeschraubt neben ihrer dreckigen Schrottkiste stand und sich keinen Millimeter bewegte.

Du bist jetzt auf der Flucht. Versteck dich irgendwo, wo dich niemand findet.

Der Befehl war ebenso grausam wie sinnlos, doch wer immer meine Tochter in seiner Gewalt hatte, meinte es zweifellos ernst und ließ mir keine Zeit für Sesamstraßen-Fragen: *Wieso, weshalb, warum? Wer das fragt, bringt Jola um!*

»EINSTEIGEN!«, brüllte ich noch einmal, und das löste das Mädchen endlich aus ihrer Starre. Sie zog ihren Autoschlüssel aus der Seitentasche einer zerschlissenen Lederjacke, ließ ihn beinahe fallen, dann endlich gelang es ihr, die Tür aufzuschließen. Ich wartete ab, bis sie sich hinter das Steuer geklemmt hatte, dann versuchte ich hinter dem Beifahrersitz auf die Rückbank zu klettern, musste dafür aber erst einige Pakete auf die Straße schmeißen.

Großer Gott, wen entführe ich denn da? Eine Postbotin?

Ich sah einen Fußgänger auf dem Bürgersteig, doch der nahm ebenso wenig Notiz von uns wie die Insassen der vorbeirauschenden Fahrzeuge. Anonymität. Der große Vorteil Berlins. Vermutlich hätte ich einen Kühlschrank auf die Fahrbahn schleudern können und mir nicht mehr als ein Hupen eingehandelt.

»Willst du die Pakete?« Die Frau sprach gepresst. Sie klang eher wütend als ängstlich. »In dem da oben ist ein Blu-Ray-Player drin, nimm ihn dir!« Im Rückspiegel sah ich eine Zornesfalte, die ihre hohe Stirn teilte.

»Keine Angst, ich tu dir nichts«, sagte ich. »Bring mich nur einfach weg von hier. Schnell!«

»Oh Mann.«

Mit einem ungesunden Knirschen drückte die Frau den Schalthebel in den ersten Gang, dann machte der Wagen einen Satz. »Wohin?«, wollte sie wissen, während sie sich in den Verkehr einfädelte. Ich starrte auf die Granate in meinen Händen, strich mit dem Daumen über das schildkrötenpanzerartige grüne Gehäuse und zuckte mit den Achseln.

»Alter, gleich da vorne ist ein Taxistand.« Sie zeigte zur Kreuzung, der wir uns näherten. »Kannst du dich nicht von denen kutschieren lassen? Mann, ich brauche meinen Job, ehrlich.«

»Ich weiß, sorry, tut mir leid«, sagte ich, *aber ein Taxi hat Funk, mit dem man Hilfe holen …* FUNK!, schoss es mir durch den Kopf. »Bist du mit einer Zentrale verbunden?«

Die junge Frau, die ich auf Mitte zwanzig schätzte, drehte sich irritiert nach hinten. »Was denn für eine Zentrale, Mann? Sieht meine Karre etwa aus wie ein verdammter DHL-Laster?«

Nein. Eher wie ein Haufen Sperrmüll auf Rädern. Die Stoffsitze waren verfärbt, an den Nähten aufgerissen, an meiner Tür fehlte die Fensterkurbel, und die Kabel unter dem Lenkrad baumelten aus der halb abgerissenen Armaturenverkleidung.

Ich befahl ihr, mir das Handy zu geben, das in der Ablage hinter dem Schalthebel an einem Aufladekabel hing, und schaltete es aus, bevor ich es zu den Sachen in meine Tüte steckte.

»Jetzt beeil dich, los!«

»Ja doch, aber wohin?«, wiederholte sie ihre Frage, während wir über die Kreuzung Richtung Schloss Charlottenburg fuhren.

»Keine Ahnung«, gab ich offen zu. Ich entdeckte ein blaues Autobahnschild mit dem Pfeil nach rechts. »Da entlang, zur Avus«, entschied ich. Flüchtende verließen in meinen Romanen immer die Stadt, weshalb auch immer, und solange ich keinen besseren Plan hatte, sprach nichts gegen Potsdam, Leipzig oder noch weiter weg.

Ich griff mir an die Stirn, löste erst eine Metallklammer, dann den gesamten Kopfverband. Ich popelte das Ding aus meinem Ohr und betrachtete den winzigen Stöpsel, der für Jolas Stimme in meinem Kopf verantwortlich gewesen und jetzt verstummt war. So wie es sich angehört hatte, hatte jemand am anderen Ende die Verbindung unterbrochen. Ich hatte keine Ahnung, wie es dem Entführer gelungen war, sie überhaupt herzustellen, war ich doch der Meinung gewesen, ein kabelloser Ohrhörer bräuchte ein externes Empfangsgerät. Der Stöpsel musste Kopfhörer und Mikrophon in einem sein. Das silbern glänzende Miniatur-Headset sah nicht so aus, als ob man es einfach so mal eben im nächsten Handyshop kaufen konnte.

Ich steckte es zurück ins Ohr, um nichts zu verpassen, falls Jola sich noch einmal melden sollte, als meine Fahrerin mich nach meinem Namen fragte.

»Max«, antwortete ich wahrheitsgemäß. Sobald ich sie freiließ, würde sie es ohnehin erfahren. Der Name des durchgeknallten Autors, der mit einer Handgranate aus einem Krankenhaus gestürmt war, würde von der Presse nicht lange verschwiegen werden. Sie nickte.

»Schön, ich bin Frida. Hör mal, Max. Ich hab keine Kinder, nicht mal ein Haustier, ich kann dir jetzt also keine tränenreiche Rührstory auftischen, damit du dir jemand anderen suchst, um deine Psychonummer hier durchzuziehen. Und normalerweise bin ich auch nicht so furchtlos, wie es sich jetzt vielleicht anhört. In Wahrheit hab ich ordentlich Arschwasser. Aber ich hab auch eine Stinkwut im Bauch und die Schnauze voll von Männern, die mein Leben durcheinanderwirbeln. Außerdem siehst du irgendwie so aus, als würdest du im falschen Film stecken und am liebsten den Fehler hier wieder rückgängig machen. Also wieso fahr ich nicht einfach den Kaiserdamm wieder runter, setz dich am Busbahnhof ab, und dann vergessen wir den ganzen Quatsch?«

Wenn es nicht so tragisch gewesen wäre, hätte ich angefangen zu lachen. Da traf ich einmal auf einen charismatischen Menschen, der es wert wäre, in einem meiner Bücher aufzutauchen, und der spielte die Hauptrolle in einem realen Thriller, der unter dem Titel »Mein Leben« sehr viel dramatischer war als alles, was ich bislang zu Papier gebracht hatte. Ich schüttelte heftig den Kopf und provozierte damit neue Schmerzstiche.

»Es tut mir leid. Ich werde hierzu gezwungen«, sagte ich.

»Von wem? Von einer Stimme in deinem Kopf?«

Nahe dran, dachte ich und fasste mir an das Ohr mit dem Stöpsel.

»Und was sagt die so?«, wollte Frida wissen. Sie hielt sich mit konstant achtzig Stundenkilometern auf der rechten Spur und folgte meiner Anweisung, am ICC auf die Avus zu wechseln.

Ich musterte sie, so gut es mir von den Rücksitzen aus möglich war. Sie war ungeschminkt, kein Nagellack auf den langen Klavierspielerfingern, kein Lippenstift auf den vollen, sanft geschwungenen Lippen, als einziger Schmuck eine schwere Männeruhr am rechten Handgelenk.

In einem Exposé hätte ich sie als ein After-Eight-Girl beschrieben: außen eine angenehme, aber leicht herbe Schokoladenseite, innen eine sportlich frische Pfefferminzfüllung, die garantiert nicht jedermanns Sache war.

»Willst du mir nicht wenigstens sagen, was dein Plan ist?«, fragte Frida. Wir passierten das scheußlichste Baudenkmal Berlins, die Avus-Tribüne – verfallene Ruinen, ein passendes Sinnbild meiner geistigen Verfassung.

»Doch«, sagte ich, unterbrach mich dann aber selbst.

Ich wollte reden. Mich ihr anvertrauen. Schon, um sie von Dummheiten oder Kurzschlussreaktionen abzuhalten, indem ich ihr klarmachte, dass ich ihr nichts antun würde, unter keinen Umständen. Nur, durfte ich das?

Meine Finger, die die Granate hielten, begannen zu schwitzen.

Man hatte mir verboten, mit der Polizei zu reden, nicht aber mit einer Zivilistin. Andererseits, wieso sollte ich mich einer Unbekannten anvertrauen? Dann doch wohl eher Toffi oder Kim. Allerdings würden die beiden sofort die Polizei informieren – *Nein, Toffi muss sich an das Anwaltsgeheimnis halten*, aber der wurde vermutlich gerade von den Beamten vernommen. Konnte ich ihn trotzdem anrufen?

Meine Gedanken rasten.

Nein! Konnte ich nicht. *Ich hab seine Nummer gar nicht im Kopf.* Die war in meinem Handy. *Und das war …*

Ich wühlte in der Plastiktüte zwischen meinen Beinen und zog die darin verstaute Wäsche heraus. Hemd, Hosen, Pulli, Socken, Boxershorts, nix außer Klamotten. Weder meine Uhr noch Portemonnaie oder Telefon.

»Wollen wir anhalten, damit du dich umziehen kannst?«, fragte Frida, die mich wohl aus der Reserve locken wollte. Ich stopfte die Jeans vorerst wieder zurück, dabei fiel mir ein kleines Bündel Papiere aus der hinteren Hosentasche in den Schoß.

Was zum Teufel …? Ich brauchte einen Moment, bis ich realisierte, was das war, und dann noch einen weiteren, bis ich mich erinnerte, wie die Auszüge aus meinem ersten Thriller in meine Hosentasche gelangt waren.

»Die Blutschule«, *richtig!*

Cosmo hatte mir gestern Nachmittag die Seiten zugesteckt mit der Bitte, seine Anmerkungen zu lesen.

Ich sah auf die Uhr im Armaturenbrett und fragte Frida, ob sie richtig funktionierte.

»Ja, kurz vor zehn. Es ist Mittwoch, der 13. Oktober, und wir befinden uns in Berlin, Deutschland«, sagte sie betont langsam, als spräche sie mit einem Schwachsinnigen.

Kurz vor zehn.

Großer Gott, der Besuch vom Amt, die Flucht, der Unfall … war das wirklich erst wenige Stunden her, dass Cosmo mir vor den Käfer gesprungen war?

Cosmo!

Der Gedanke sprang mich an wie eine Katze mit spitzen Krallen.

»*Diese Woche täglich von zwölf bis sechs*«, hörte ich die Stimme meines Bruders als Echo aus der Vergangenheit.

Die Idee, die mir gerade gekommen war, war der reinste Wahnsinn, aber traf das nicht auf alles zu, was ich gerade durchlebte? Und wer, wenn nicht Cosmo, kannte sich damit aus, auf der Flucht vor der Polizei seine Spuren zu verwischen?

»Schaffen wir es in zwei Stunden bis zur Stadt Brandenburg?«, fragte ich Frida.

»An der Havel? Was gibt es denn da?«, antwortete meine Geisel mit leicht resignierter Stimme.

Ich ersparte ihr vorerst die Antwort:

Eine Nervenheilanstalt. Und meinen pädophilen Bruder, der zurzeit täglich ab zwölf Uhr Ausgang hat.

20. Kapitel

Nur noch wenige Sekunden, und das kleine Mädchen mit dem Rapunzelzopf wäre aus seinem Blickfeld verschwunden. Oder tot, am Boden zerschmettert.

James spürte den feuchten Herbstwind über sein unrasiertes Gesicht streicheln und wünschte sich, er hätte die Kraft, die schrecklichen Bilder vor seinem geistigen Auge hinwegzuwehen: *die aufgeplatzten Wunden und gebrochenen Gliedmaßen; die blutigen Knochen, die durch das aufgerissene Fleisch stachen.*

Natürlich wusste James, dass er mal wieder übertrieb. Dass er in seinem Leben schon viel zu oft viel zu viel Grauenhaftes gesehen hatte und ihm deswegen selbst bei den harmlosen Alltagssituationen die Phantasie durchging. Immer rechnete er mit dem Schlimmsten.

Mit einem Genickbruch etwa, oder zumindest mit einer Querschnittslähmung.

»Also ich hätte da ja Manschetten«, sagte eine junge Mutter zwei Schritte neben ihm, wie zur Bestätigung seiner düsteren Gedanken. Sie hielt sich an einem nagelneuen, wuchtigen Kinderwagen fest, in dem ein dick eingemummeltes Baby schlummerte, mit grüner Mütze und brauner Kinderdecke.

James, der der Mutter einen knappen Blick aus den Augenwinkeln schenkte, war sich nicht sicher, ob die etwa dreißig Jahre alte Frau schon wieder in anderen Umständen war oder noch immer mit den Pfunden aus der letzten Schwangerschaft zu kämpfen hatte.

»Manschetten?«, fragte er zurück. Die Frau, die seinen Akzent wohl bemerkt hatte, lächelte entschuldigend und wechselte ins Englische. »Tut mir leid, ich meine, ich hätte Angst, mein Kind da alleine raufklettern zu lassen.«

Sie zeigte nach oben zur Spitze des hölzernen Kletterturms, der Hauptattraktion auf dem Spielplatz in der Dahlemer Leichhardtstraße. Joy hatte nur noch zwei Stufen bis zur Plattform vor sich.

»Die hab ich auch.« James lachte und sah seiner dreieinhalbjährigen Tochter hinterher. »Große Angst sogar. Aber gegen Joy ist ISIS eine Pfadfindertruppe. Hat die dreijährige Terroristin sich einmal etwas in den Kopf gesetzt, kann sie nichts davon abhalten.«

James stand mit zum Himmel gereckten Händen direkt unter ihr, für den Fall, dass sie mit ihren lila Gummistiefeln auf der letzten Strebe noch abrutschen würde.

»Mein Name ist Toni«, sagte James. »Wir kommen aus New York«, log er weiter, ohne den Blick von Joys Hinteransicht abzuwenden. »Sorry, dass ich Ihnen gerade nicht die Hand geben kann.«

An der sich kein Ehering befindet, wie dir sicher aufgefallen ist.

»Kein Problem. Ich bin … Maaarkus, Herrgott noch mal, lass das.«

»Markus? Ich dachte immer, das wäre ein Jungenname«, scherzte James. Die Frau lachte übertrieben laut über den dünnen Witz, den Blick auf eine Gruppe Kinder am anderen Ende des Spielplatzes gerichtet.

»Sorry, tut mir leid, aber mein ältester Quälgeist wollte gerade ein fremdes Mädchen von der Schaukel schubsen. Ich bin Mandy. Mandy Sturm.«

»Schöner Name.«

»Danke. Kommen Sie oft hierher?«

Ihr etwas unbeholfener Flirtversuch wurde durch einen Anruf unterbrochen, der auf James' Handy einging. Er schenkte ihr sein »Sorry, ist leider wichtig«-Achselzucken, das seine erste Frau regelmäßig zur Weißglut getrieben hatte, und nahm den Anruf in der Sekunde an, als Joy über seinem Kopf die Plattform erreicht hatte und vor Freude lachend auf allen vieren aus seinem Blickfeld krabbelte.

»Wie sieht's aus?«

Er lief um den Kletterturm herum auf die andere Seite, wo sich eine Aluminiumrutsche befand, die an ihrem Ende von etwas Herbstlaub und Sand bedeckt war.

»Könnte gar nicht besser laufen«, sagte Vigo, James' rechte Hand in der Firma. »Er hat sich ein Auto gekapert samt Fahrerin.«

James pfiff anerkennend durch die Zähne und winkte Joy zu, die sich oben am Geländer der Rutsche festhielt und sich jetzt, nachdem sie so furchtlos hinaufgeklettert war, auf einmal nicht mehr so recht trauen wollte, wieder herabzurutschen.

Komm schon, formte er lautlos mit den Lippen, zu Vigo sagte er: »Eine Geiselnahme?«

»Ja.«

»Wunderbar. Super«, rief James gleichzeitig in den Hörer wie auch zu seiner Tochter, die ihre Furcht überwunden hatte und nun wie der Blitz die Rutsche heruntergesaust kam.

»Der Pfleger hat unter dem Verband und im Nachttisch alles so platziert, wie wir es wollten. Wir können ihn weiterhin über den Empfänger tracken, aber das ist ja gar nicht nötig.«

Stimmt. Dank Joshua wussten sie ohnehin über Max' Pläne Bescheid; sehr viel früher sogar, als er es selber wusste.

»Dann macht dieser Max Rhode also endlich das, was er soll«, sagte James. Es amüsierte ihn immer, wenn in Filmen die Gangster in Metaphern sprachen, mit einem Geheimcode, falls ihr Apparat von den Behörden angezapft wurde. Nun gut, die wenigsten konnten sich einen eigenen Satelliten leisten, so wie ihre Organisation. Aber ein intelligentes Verschlüsselungsprogramm sollte doch wohl drin sein.

»Richtig. Alles läuft so, wie Joshua es vorhergesehen hat«, hörte er Vigo sagen. James sah sich um, ob jemand in Hörweite war, und beobachtete, wie Mandy sich mit ihrem Kinderwagen durch den Sand in seine Richtung kämpfte.

»Dann haben wir endlich unser Ziel erreicht«, sprach er etwas leiser und strich seiner Tochter anerkennend über den Schopf.

»Fast. Jola ist immer noch am Leben.«

»Verdammt, wieso das denn?«

Er zeigte Joy die Schaukeln am Eingang des Spielplatzes, von denen gerade eine frei geworden war, und gab ihr einen liebevollen Klaps auf den Hintern, als sie sich freudig dorthin in Bewegung setzte.

»Worauf wartet B. V. denn noch?«, wollte er von Vigo wissen.

B. V. war die Abkürzung von Bigvoice. Eigentlich hasste es James, dass seine Männer einander Spitznamen verliehen; sie waren Australier und keine italienischen Mafiosi, aber dieser Name passte für den Auftragskiller tatsächlich wie die Faust aufs Auge. Bigvoice war von Geburt an stumm.

»Er wartet noch auf unseren Befehl.«

»Schön, dann ist der hiermit erteilt.«

Er drehte sich lächelnd um, in der Gewissheit, Mandy hinter sich stehen zu sehen, und so war es auch. Das Baby in ihrem Wagen schlief, sie selbst zupfte nervös an ihrem Mantelaufschlag. Offenbar wartete sie darauf, dass er sein Gespräch beendete, damit sie ihm noch etwas sagen konnte.

»Bleib mal kurz dran.« Er nahm das Handy vom Ohr.

»Tut mir leid, Toni, ich will Sie auf keinen Fall stören«, lächelte Mandy leicht verlegen. Sie war ungeschminkt, ihre dunkelblonden, schulterlangen Haare hatten bestimmt seit Monaten keinen Frisör mehr gesehen, dennoch war unattraktiv nicht das erste Wort, das ihm in den Sinn kam. *Eher ausgelaugt.* Die letzten neun Monate hatten ihr etwas mehr als nur den Schlaf geraubt.

»Kein Problem.« James lächelte erst sie, dann den schlafenden Säugling im Kinderwagen an.

»Ich, ich, also ... normalerweise bin ich nicht so«, begann sie zu stammeln, »aber ...« Sie räusperte sich. »Ich dachte, wenn Sie hier in der Nähe wohnen, also, vielleicht sehen wir uns ja mal wieder?«, traute sie sich endlich zu fragen und bestätigte mal wieder das Klischee von Spielplätzen als Singlebörsen der Alleinerziehenden. In dieser Hinsicht unterschied sich Berlin nicht von Sydney, seiner Heimatstadt.

James zuckte bedauernd mit den Achseln. »Tut mir leid Mandy, aber wie ich eben erfahren habe, haben sich meine Geschäfte hier gerade erledigt.«

»Oh ...«

Ein Schatten verdunkelte ihr Gesicht.

»Aber wissen Sie was?«, beeilte er sich hinterherzuschieben, jetzt wieder auf Deutsch, die Andeutung eines verführerischen Lächelns auf den Lippen.

»Ja?« Mandy sah ihn hoffnungsvoll an.

»Wieso kaufen Sie sich kein Laufband oder ein Rudergerät? Zwanzig Kilo weniger, und Sie hätten es nicht nötig, fremde Männer um ein Date anzubetteln.«

Mit diesen Worten nahm er sein Handy wieder ans Ohr und ließ Mandy mit offenem Mund neben der Rutsche stehen.

»Wo waren wir stehen geblieben?«, fragte er, während er zu den Schaukeln ging und Joy ein Zeichen gab, dass es jetzt Zeit war, nach Hause zu gehen, in ihr Apartment an der Clayallee, das sie für die Dauer des Auftrags gemietet hatten und nun, nach fast drei Monaten, endlich für immer verlassen durften.

»Ach ja, bei Jola«, sagte er, als wäre ihm die Ermordung der Kleinen auch nur für eine Sekunde entfallen.

»Kümmer dich darum, Vigo. Und ruf mich erst wieder an, wenn B. V. sie erledigt hat.«

21. Kapitel

SNAFU, dachte Jola, deren Gedanken im Zustand der Angst seltsame Kreise zogen. Eigentlich müsste sie darüber nachdenken, wie sie entkommen könnte, über eine mögliche Flucht, auf der sie ihre Karatekünste einsetzte, doch es gelang ihr nicht, sich zu konzentrieren. In einer Sekunde noch überlegte sie, ob es etwas brachte, tief auszuatmen, um dann unter den eng um ihren Bauch anliegenden Fesseln, mit denen sie an den Pfahl gebunden war, irgendwie hindurchzurutschen (was ihr natürlich nicht gelang), dann sprang sie plötzlich ein ganz anderer Gedanke an, wie ein Gespenst in einer Geisterbahn; so wie zum Beispiel die Erinnerung an das T-Shirt ihres Schwimmtrainers, das er immer am Tag nach verlorenen Wettkämpfen trug und auf dem dieses seltsame Wort stand:

SNAFU

Lange Zeit hatte sie gedacht, es wäre ein Firmenname, wie Adidas, Puma oder Nike. Sie hatte ihn gemocht, erinnerte er sie vom Klang her an »Fuchur«, den Glücksdrachen aus der »Unendlichen Geschichte«. Dann hatte Papa ihr den Spaß verdorben, als er ihr nach dem Training erklärte, die Abkürzung auf dem T-Shirt wäre ja wohl nicht ganz jugendfrei.

Situation
Normal
All
Fucked
Up

Angeblich ein Funkspruch von Soldaten aus irgendeinem

längst vergangenen Krieg, irgendwo in Asien; Vietnam, wenn sie sich richtig erinnerte. Ihr Grundschulenglisch hatte gereicht, um zu raffen, dass Papa die Worte etwas abmilderte, als er die Abkürzung mit »*Die Lage ist normal, also schlecht wie immer*« übersetzte.

Na, passt doch.

Hey, Trainer. Heute ist nicht mein Tag. Kannst du mir mal dein T-Shirt borgen?

Jola lachte schrill auf, erschrak über ihre eigenen Geräusche, hielt sich den Mund fest zu, biss sich mit den klappernden Zähnen auf die Zunge, dabei war ihr immer noch nicht kalt.

... mir ist nur wütend ... dachte sie und wollte schon wieder lachen, *weil ich ja »warm« sagen wollte und nicht wütend*, halt, nein, *eigentlich hatte ich gar nichts sagen wollen.* So wie der Entführer; dessen Stimme hatte sie immer noch nicht gehört.

Nicht einmal mehr seinen Atem, seitdem er das Funkgerät abgeschaltet, eingesteckt und alle Blätter und Karteikarten wieder eingesammelt hatte. Offenbar wollte er nicht mehr, dass sie ihrem Vater irgendetwas vorlas.

Vielleicht wartet er darauf, dass ich den Anfang mache?

Jola hielt die Stille nicht mehr aus.

»Hey, ich hab Durst«, rief sie in den dunklen Raum, obwohl das gar nicht stimmte. Vor zwei Wochen hatte sie ein Buch gelesen, in dem die verwöhnte Lucinda auf einem Reiterhof von Pferdedieben entführt worden war und die Schurken mit ihrem ständigen Fragen und Quengeln fast in den Wahnsinn getrieben hatte. Allerdings bezweifelte Jola, dass ihr Entführer ähnlich leicht zum Aufgeben gebracht werden konnte. Im Gegensatz zu den Pferdedieben wirkte er lange nicht so trottelig, und außerdem war er bewaffnet, auch wenn sie sich im Augenblick nicht sicher war, ob er die Pistole immer noch auf sie richtete.

Sie wusste noch nicht einmal, ob der Gesichtslose überhaupt noch im selben Raum mit ihr war. Sie hatte keine Türen auf-

oder zugehen hören, nachdem er aus dem Kerzenlicht getreten war. *Doch wenn er sie lautlos geöffnet hat, hätte doch Licht von draußen hereinfallen müssen, oder?*

Wo immer sich dieses ›draußen‹ befand.

Ein Klingeln zerschnitt die Dunkelheit. Jola schrie kurz auf, presste sich rasch die Hand vor den Mund, dann hörte sie ein Seufzen. Einmal, zweimal. In regelmäßigen Abständen, wie ein furchteinflößendes Zeitzeichen, und beim dritten Mal wurde ihr klar, was da geklingelt hatte: das Telefon des Gesichtslosen. Ein Stummer, der mit seinem Seufzen die Worte des Anrufers entweder bestätigte oder ihnen widersprach.

Also ist er noch da. Und zwar ganz in meiner Nähe.

Jola schüttelte sich.

Das einseitige Telefonat (sie konnte ein Flüstern am anderen Ende erahnen) dauerte nicht länger als eine Minute, *ach was*, vermutlich nicht einmal zwanzig Sekunden. *Viel zu kurz.*

Sie hörte ein elektronisches Piepen, als ihr Entführer auflegte, dann schälten sich langsam seine Konturen aus der Dunkelheit. Und sogleich wünschte Jola sich das schwarze Nichts zurück, in das sie bis eben noch gestarrt hatte.

»Bitte«, sagte sie. »Lassen Sie mich gehen.«

Der Mann hatte die Pistole in seinen Hosenbund gesteckt. Die freien Hände brauchte er, um etwas auf einer Karteikarte zu notieren, die er ihr reichte.

Jola schlug sie ihm aus der Hand.

Er seufzte, wie eben am Telefon, bückte sich, hob die Karte auf und hielt sie ihr erneut entgegen. Diesmal mit der Waffe in der linken Hand.

»Hey, ist das nicht die von Papa?«, entfuhr es Jola, jetzt, da er so dicht vor ihr stand. Die Pistole, die der Gesichtslose auf sie richtete, schien ihr vertraut. Ein schwarzer Lauf mit silbernen Einkerbungen.

Nein, die hier ist kleiner.

Papa hatte ihr streng verboten, in sein Arbeitszimmer zu gehen, aber sie wusste, wo Mama den Ersatzschlüssel deponierte, um dort wenigstens regelmäßig zu lüften, wenn sie schon nicht aufräumen durfte. Das schwere Ding mit dem Perlmuttgriff hatte sie oft in der Hand gehabt, eigentlich immer auf ihren verbotenen Ausflügen in Papas Reich. Und jetzt löste der Gesichtslose den Sicherungshebel über dem Griff, etwas, was sie sich bei Papas Waffe nie getraut hatte.

Jola griff nach der Karte, hielt sie schräg ins Kerzenlicht und las, was der Mann aufgeschrieben hatte. *Vier Worte.*

»Es tut Ihnen leid?«, fragte sie laut. Ihre Hände begannen zu zittern. »Was soll *das* denn bedeuten?«

»Es tut mir leid!!«

Mit zwei Ausrufezeichen, worüber die dicke Fischer, die sie in Deutsch hatte, sich sicher wieder aufgeregt hätte.

Entweder eins oder keins.

»Was tut Ihnen leid?«, piepste es aus Jolas Mund. Sie konnte sich noch so sehr bemühen, sie schaffte es nicht, ihre Furcht zu unterdrücken. Und wieso auch?

Einem Impuls folgend drehte sie die Karte um und wünschte sich, sie hätte es nicht getan.

»Ich hab noch nie zuvor ein Kind getötet«, stand darauf in krakeliger Handschrift, als wäre der Stumme selbst noch ein Kind.

»Nein!«, wollte sie brüllen, aber ihr gelang nur ein raues Flüstern, und auf einmal hatte sie wirklich Durst. Während die Panik ihre Kehle trockenlegte, erinnerte sie sich an eine Internetmeldung über den kleinen Rufus, der von seinem Entführer in den Wald geschleppt worden war und alles versucht hatte, um am Leben zu bleiben. Schluchzend hatte er dem geistig zurückgebliebenen Alkoholiker Geld angeboten, wenn er ihn nach Hause ließ, zu Mama und Papa. Hatte die kleine Hand, noch ganz nass von der Rotze, die er sich abgewischt hatte, in seine Hose gesteckt und ihm fünfundsechzig Cent entgegengestreckt, alles, was er an Taschengeld bei sich hatte. Ein Vermögen für den Vierjährigen. Zu wenig für seinen Mörder.

Aber immer noch sehr viel mehr, als ich gerade besitze, dachte Jola, die in wachsender Verzweiflung unter dem strengen Blick des Gesichtslosen ihre Hosentaschen abtastete. *Ein Haargummi, ein Chip für den Einkaufswagen, eine Tintenpatrone und …* Sie erstarrte in der Bewegung, als ihre Finger tatsächlich den Stein fühlten, die Ausbuchtung rechts vorne; ein Inklusionsquarz.

Na toll, und was willst du damit?

Die kurze Freude über den Fund war rasch verflogen, als ihr klar wurde, dass der Entführer ihr gewiss nichts gelassen hatte, was sie als Waffe gebrauchen könnte. Der durchsichtige Stein mit den schwarzen Einschlüssen war hübsch, aber viel kleiner als der Alkalifeldspat, den sie der blöden Jasper an den Kopf geworfen hatte. Selbst wenn sie mit der spitzen Kante ins Auge des Entführers stach, würde ihn das nicht aufhalten.

Und außerdem krieg ich das Ding nicht zu fassen.

Es war wie im Auto. Wenn man erst einmal saß, musste man den Hintern hochdrücken, wollte man sich was aus der vorderen Hosentasche ziehen; und Hinternhochdrücken war in ihrer gegenwärtigen Position ausgeschlossen.

»Nein, bitte nicht«, flehte sie daher, weil es nichts anderes mehr gab, was sie tun konnte. Der Mann zielte jetzt mit der Waffe direkt auf ihr Herz.

Sie schloss die Augen, wollte weinen, aber irgendwie gelang ihr das nicht. Die sinnlosen Gedanken, die ihr durch den Kopf peitschten – *SNAFU, Reiterhof, Rufus, eins oder keins* – hielten sie irgendwie davon ab.

Vielleicht kann man mit wirren Gedanken nicht weinen, so wie man mit geöffneten Augen nicht niesen kann?

»Bitte nicht.« Sie wollte das nicht. Nicht hier. Nicht jetzt.

Verdammt, ich weiß doch nicht einmal, was das ist – Sterben!

Sie sah ihre Mutter vor ihrem geistigen Auge, am Tag ihres dreiunddreißigsten Geburtstags. *Dreiundzwanzig Kerzen mehr als auf meiner Torte.* Dann dachte sie an Papa und schließlich wieder an die Pistole auf seinem Schreibtisch, die so ähnlich aussah wie die, die jetzt vor ihr schwebte, und …

Jola hielt die Luft an, konzentrierte sich auf jedes Geräusch in ihrer Umgebung, auf das Rauschen in ihren Ohren, das sich wie Wind anhörte; auf das Knarren der Fußbodenbretter, das aber plötzlich nicht mehr zu hören war, ähnlich wie das Seufzen. Nicht mehr da!

Sie machte die Augen auf und durchlief eine Vielzahl an Gefühlszuständen in rascher Abfolge: Verwirrung. Hoffnung. Erleichterung.

Der Mann war verschwunden. Es war weiterhin dunkel, natürlich konnte er wieder aus der Flamme der Kerze in den Schatten des Raumes zurückgetreten sein, doch wieso sollte er sie aus der Dunkelheit mit unsicherem Abstand erschießen wollen?

Nein, wenn er mich wirklich töten wollte, hätte er es längst getan, versuchte Jola sich selbst Mut zuzusprechen.

Das war alles nur eine Finte. Ein Schreck. *Ja, das ist es. Jemand wollte mir einen Schreck einjagen.*

»Steffen?«, rief sie, weil er der Einzige war, der ihr einfiel. Vielleicht aus Rache, weil sie seine »Willst du mit mir gehen«-WhatsApp mit »Auf keinen Fall« beantwortet hatte?

Keine Antwort. Auch egal. Jola lachte.

Sie war immer noch angebunden, sie wusste weiterhin nicht, wo sie war, hatte keine Ahnung, weshalb man sie verschleppt hatte. Aber sie wusste, dass sie lebte. Entgegen der Ankündigung auf dem Zettel.

Ihre Erleichterung schlug in grenzenlose Freude um, heftiger als nach jedem Karatekampf, den sie jemals gewonnen hatte.

»Ich lebe!«, schrie sie. Erst innerlich, dann tatsächlich voller Inbrunst und Jubel.

Gott sei Dank, ich lebe.

Sie schloss die Augen, sprach ein selbst ausgedachtes, stummes Gebet an einen Gott, an den sie bislang noch gar nicht geglaubt hatte, und verfluchte Steffen, dem sie den Akalifeldspat auf den Schädel schlagen würde, sobald er sich zeigte.

Dann erst bemerkte sie das leise Knistern und schließlich den Rauch, der von unten her durch die Holzplanken drängte.

22. Kapitel

Cosmo war mit den Jahren geschrumpft. Deutlich. Früher hätte er mit seinem aufrechten Gang einer Balletttänzerin den Rang ablaufen können, heute lief er gebeugt, mit zusammengezogenen Schultern, als peitschte ihm ein eisiger Wind ins Gesicht, dabei nieselte es nicht einmal mehr. Graue Wolken hingen tief über dem Gelände der psychiatrischen Klinik in der Stadt Brandenburg an der Havel, eine Ansammlung von rotbraunen Klinkerbauten in einem weitläufigen Parkareal, vor dessen Ostzufahrt wir in gebührendem Abstand auf der gegenüberliegenden Straßenseite unter zwei mächtigen Alleebäumen parkten.

»Coooooosmo!!!«

Ich rief aus dem geöffneten Seitenfenster, durch das würzige Herbstluft in den Innenraum wehte, und winkte, doch mein Bruder, der gerade die Schranke der Klinikzufahrt passierte, sah erst in unsere Richtung, nachdem ich Frida angewiesen hatte, auf die Hupe zu drücken.

»Keine Angst, es ist gleich vorbei«, versprach ich meiner Geisel nun schon zum dritten Mal, sie aus der Haft zu entlassen, sobald ich meinen Bruder getroffen hatte. Und wie schon die Male zuvor quittierte sie mein Versprechen mit einem »Wer's glaubt wird selig«-Augenaufschlag, der allerdings besser zu ertragen war als ihr Blick, nachdem ich mich entschlossen hatte, ihr die Wahrheit anzuvertrauen.

»Das Jugendamt wollte dir die Tochter wegnehmen, du hattest einen Unfall, und als du im Westend aufgewacht bist, hat dir die Stimme deiner Tochter im Kopf befohlen, mit einer Handgranate aus dem Krankenhaus zu fliehen?«

Ihr Blick hatte Bände gesprochen. So wie sie es zusammenfasste, war ich der Prototyp eines Geistesgestörten. Auch der Knopf in meinem Ohr würde ihr sicher nicht als Beweis genügen, denn den konnte ich mir ja selbst reingesteckt haben.

Da ich schon oft über die Probleme psychisch erkrankter Menschen geschrieben hatte, war mir sehr wohl bewusst, dass die meisten Patienten leugneten, sich in einem wahnhaften Zustand zu befinden. So wie ich in diesem Moment.

»Ja«, hatte ich ihr bestätigt, »so in etwa«, und den Teil mit dem Crackhaus in Moabit, wo sie mich angeblich gefunden hatten, ausgelassen. Das war auf halber Strecke, in Höhe der Raststätte Michendorf gewesen. Den Rest des Weges hatten wir geschwiegen.

»Ich schwöre, ich komme für jeden Schaden auf«, sagte ich, auch nicht zum ersten Mal, und zeigte auf Cosmo, der gerade mit einem leichten Hinken die Straße überquerte.

»Sobald er ins Auto einsteigt, können Sie gehen.«

»Einsteigen? Gehen?« Frida drehte sich zu mir um. »Heißt das etwa, du klaust mir jetzt auch noch meine Karre?«

»Ich weiß es noch nicht«, antwortete ich wahrheitsgemäß. Deshalb war ich ja hier bei meinem Bruder. Weil ich keine Ahnung hatte, wie es weitergehen sollte.

Seitdem ich Jolas Stimme gehört hatte und wusste, dass sie in akuter Lebensgefahr schwebte, arbeitete mein Gehirn nicht mehr mit voller Leistungskraft, weshalb mir bis jetzt keine bessere Alternative eingefallen war, als zu der psychiatrischen Klinik in die Stadt Brandenburg rauszufahren; eingeklemmt zwischen sperrigen Packpaketen auf der Rückbank, eine Handgranate zwischen den Beinen. Immerhin war es mir während der Fahrt gelungen, die Klamotten aus der Plastiktüte anzuziehen, weshalb ich jetzt, ohne Kopfverband und Nachthemd, dafür in Jeans, Turnschuhen und Kapuzenpulli, nicht länger wie ein geistig verwirrter Patient aussah, sondern mich nur noch entsprechend verhielt.

»Hey, Cosmo«, rief ich, ohne auszusteigen. Mein Bruder trat an mein Fenster, beugte sich zu mir hinab.

»Max?« Er klang, als traue er seinen Augen nicht. Sein Lächeln war so unsicher wie früher, wenn unser Vater ihn gelobt hatte, was so selten vorkam, dass er immer davon ausgegangen war, der alte Herr würde sich über ihn lustig machen, selbst dann, wenn es ausnahmsweise mal ernst gemeint gewesen war.

»Was willst du hier?«, stellte er die nächstliegende Frage.

Seine Augen sprangen unruhig hin und her, betrachteten abwechselnd mich, Frida und das Fahrzeug samt Inhalt.

Dann schob er eine zweite Frage hinterher, die ich im ersten Moment überhaupt nicht begriff: »Bist du wegen meiner Anmerkungen gekommen?«

»Ich, äh, nein, nein … eher nicht«, sagte ich, als mir die Buchseiten einfielen, die mich ja erst auf die Idee gebracht hatten, zu ihm zu fahren. »Ich brauche deine Hilfe.«

»*Meine* Hilfe?« Er drehte die Daumen beider Hände so, dass sie auf seine Brust zeigten.

»Ja, Jola ist weg. Sie wurde entführt, und ich werde erpresst.«

»Entführt? Von wem?«

Ich wusste nicht, wo ich anfangen sollte, und versuchte es mit einer Gegenfrage: »Du warst doch gestern bei mir?«

Cosmo sagte im ersten Moment nichts, und ich befürchtete schon, dass er den Kopf schütteln würde, so wie Toffi den Kopf geschüttelt hatte, als ich ihm von dem Unfall mit Jola erzählte, zu dem es angeblich keine Zeugen und kein Unfallfahrzeug gab.

»Du warst doch da, oder?«

»Ja, klar«, sagte er endlich zu meiner Erleichterung. Er kratzte sich am Hinterkopf, trat einen Schritt vom Auto weg und spähte an mir vorbei auf die Rückbank.

»Aber was hat das mit Jola zu tun? Und wer ist die grimmige Lady hier?« Cosmo lächelte nach vorne zum Fahrersitz.

Fridas Augen wurden schmal. »Ihr Bruder hat eine Handgranate.«

Cosmo lachte. »Ja, sicher. Und ich hab ein Date mit Scarlett Johansson.«

Sein Lächeln wurde wieder das eines verunsicherten Teenagers, als ich Fridas Worte bestätigte.

»Sie hat recht, Cosmo.« Ich zeigte sie ihm.

»Was zum Teufel …« Er sah mich verblüfft an, wich aber keinen Schritt zurück.

»Steig ein, ich erklär es dir.«

Cosmo sah sich um wie ein Mann, der befürchtet, beobachtet zu werden. Ein grauer Transporter mit getönten Scheiben und angeschalteten Scheinwerfern fuhr an uns vorbei zu den Besucherparkplätzen am Nordflügel des Klinikareals. Als seine Rücklichter um die Ecke verschwanden, hob Cosmo beide Hände und sagte: »Hör mal, ich kann keinen Ärger gebrauchen, Max.«

»Ich weiß, aber …« Ich suchte nach einem Argument, ihn dazu zu überreden, zu uns ins Auto zu steigen, aber mir fiel nicht ein, weshalb er seine Therapielockerungen aufs Spiel setzen sollte, um seinem jüngeren Bruder zu helfen, der die letzten Jahre keine Gelegenheit ausgelassen hatte, ihm klarzumachen, wie sehr er ihn verabscheute. Cosmo musterte mich argwöhnisch. »Versprichst du mir, die Anmerkungen zu lesen, wenn ich einsteige?«

Ich hätte ihm in dieser Situation kaum eine Bitte abgeschlagen, weswegen ich heftig nickte, auch wenn ich nicht begriff – und es mir im Grunde auch vollkommen gleichgültig war –, weshalb ihm mein erster Roman und seine Gedanken dazu so wichtig waren.

»Gut.«

Er öffnete die Beifahrertür und ließ sich neben Frida auf den Sitz fallen. »Das ist jetzt aber nicht ›Versteckte Kamera‹ oder so etwas?«

»Leider nein«, antwortete Frida. Sie wusste nicht, vor was für einer Art Krankenhaus wir parkten. Vor der Klinik standen keine Warnschilder: *Achtung! Sie befinden sich in der Nähe eines Hochsicherheitstrakts für Psychopathen.*

Und da ich ihr nicht erzählt hatte, wer in der Familie der wirkliche Verbrecher war, war es nachvollziehbar, dass sie in Cosmo vorerst einen sympathischen Verbündeten sah.

»Er hält mich seit zwei Stunden als Geisel. Bitte, können Sie nicht auf Ihren Bruder einwirken?«

Es war bezeichnend, dass sie ihn siezte, mich aber von Anfang an geduzt hatte.

»Der da? Dich? Als Geisel?« Cosmo hielt nicht viel von der Höflichkeitsform. Der Makel an ihm, über den man noch am leichtesten hinwegsehen konnte.

»Ja. Sagt, das Amt wollte ihm die Tochter wegnehmen. Jetzt ist er ausgeflippt.«

»Ich wusste es.« Cosmo schlug sich auf die Knie.

»Was wusstest du?«

»Dass die gestern gekommen sind, um dir Ärger zu machen, Bruderherz.«

»Sie glauben ihm?«, fragte Frida. Ihr Zutrauen zu Cosmo war hörbar beschädigt. Ich hingegen fühlte, wie mir ein Fels vom Herzen fiel. Er hatte sie gesehen!

Er hatte Melanie GESEHEN!

»Und du bist wirklich nicht wegen der Anmerkungen hier?«, fragte er mich.

»Was? Nein, nein, Cosmo. Hörst du nicht zu? Jola ist weg. Entführt. Ich weiß nicht, was ich tun soll, und die Geiselnehmer verbieten mir jeglichen Kontakt zur Polizei.«

Ich griff mir an den Kopf, tastete nach dem stummen Empfänger im Ohr.

»Es sind Dinge passiert, verrückte Dinge. Das dauert jetzt viel zu lange, es dir zu erzählen. Ich erklär dir alles, sobald die Kleine weg ist, okay.«

»Weg?« Cosmo presste das Kinn auf das Brustbein und sah mich an, als lugte er über den Rand einer imaginären Brille. Dabei tippte er Frida an den Oberarm. »Wohin soll die denn *weg*?«

»Keine Ahnung. Ich dachte, wir lassen sie laufen. Mir knallt zwar immer noch der Schädel, aber ich kann jetzt wieder alleine fahren.«

»Alleine?«

»Ja, es geht mir besser. Ich glaube, die haben mir was eingeflößt. Vielleicht hab ich das jetzt wieder ausgeschwitzt, keine Ahnung, ich …«

Ich hörte an dem Klicken, wie Frida sich abschnallte, doch Cosmo packte sie grob am Oberarm und hielt ihr drohend den Zeigefinger zwischen die Augen, direkt unter ihren Fransenpony.

»Du gehst nirgendwohin, Tinkerbell.«

»Cosmo«, sagte ich beschwörend. »Bitte, ich hab es ihr versprochen.«

»Versprochen? Bist du irre? Überleg doch mal. Sie rennt sofort zu den Bullen. Es dauert keine zehn Minuten, dann ist der Wagen hier zur Fahndung ausgeschrieben.«

»Tue ich nicht, ich schwöre es«, sagte Frida.

»Ja, und ich schwöre, dass ich dreimal hintereinander kann, aber keiner von uns beiden will das jetzt ausprobieren, schätze ich, oder?«

In den Rückspiegeln sah ich eine Reflexion, die auch Cosmo nicht entgangen war. Gleichzeitig drehten wir uns um.

»Was ist *das* denn?«

Er sah mich fragend an, doch ich hatte auch keine Erklärung für das, was wir sahen. Der graue Transporter war wieder da. Er hatte gewendet und hielt in einigem Abstand auf der anderen Straßenseite. Sein Motor lief, die Abgaswolken stiegen wie Rauchzeichen in die Luft. Aber die Scheinwerfer waren ausgeschaltet.

»Wer ist das?«

»Woher soll ich denn das wissen?«, antwortete ich meinem Bruder.

»Wartet hier!« Cosmo stieg aus und ging auf den Transporter zu, dessen Scheinwerfer erneut aufflammten, als mein Bruder die Hälfte des Weges zurückgelegt hatte. Der Wagen scherte aus.

»Hey«, brüllte Cosmo und schlug dem vorbeifahrenden Wagen auf die Schiebetür. Als er uns passierte, erhaschte ich einen kurzen Blick auf den Mann am Steuer, der, wenn ich mich nicht täuschte, ein junger Kerl mit dunklem Zickenbart und hellblonden Rastalocken war. Er hörte laute Musik, wenn man die dumpf dröhnenden Bässe, die an mir vorbeiwummerten, so bezeichnen durfte.

»Mach Platz!«, rief Cosmo, der wieder zurückgerannt war und Fridas Fahrertür aufriss. Der Transporter hatte sich schon gut hundert Meter von uns entfernt und preschte über eine gelbe Ampel.

»Los, los, los, auf die andere Seite!«

»Scheiße, wer seid ihr Arschlöcher?«, rief Frida, während sie ihren Po über den Schalthebel auf den Beifahrersitz zwängte. »Sind eure Eltern miteinander verwandt? Eine Familie voller Bekloppter!«

»Halt deine Fresse!«, befahl ihr Cosmo und startete den Motor.

»Wir sprechen über die Anmerkungen?«, fragte er mich. Ich nickte fassungslos, und er drehte sich wieder nach vorne, um mit durchdrehenden Reifen die Straße runterzuschießen. Dem Unbekannten in dem Transporter hinterher.

23. Kapitel

Sofort rausgehen – Nichts anziehen – Nichts mitnehmen. Türen nicht hektisch öffnen und beim Verlassen sofort wieder schließen!

Jola erinnerte sich an die meisten der Empfehlungen, die der Brandmeister beim Klassenausflug zur Feuerwehr gegeben hatte. Nur hatte er nicht gesagt, wie man sich im Brandfall verhalten sollte, wenn man mit dem Rücken an einen Holzträger gefesselt war.

Schön, er hatte erwähnt, was man tun sollte, wenn es einem unmöglich war, den Raum zu verlassen. – *Türritzen und Fugen mit nassen Handtüchern ausstopfen, zum Fenster gehen, ein Laken heraushängen –*, doch Jola war sich der Sinnlosigkeit dieser Ratschläge nun allzu bewusst. Selbst wenn man nicht gefesselt war, konnte man mit diesen Tipps ja wohl kaum etwas anfangen; es sei denn, man befand sich zufällig in einem Bad, wenn das Feuer ausbrach (denn wo sonst, bitte, hatte man Wasser und Handtücher bereitliegen?).

Hier, in meinem Gefängnis gewiss nicht.

Das Kaminknistern, das ein Stockwerk unter ihr prasselte, war lauter geworden und ließ sie an einen Hornissenschwarm denken. Paradoxerweise war es jetzt hier oben noch dunkler, denn das Licht der Kerze war erloschen, durch einen Windhauch, mit dem ihr ein erster Schwall dichten Rauchs ins Gesicht geblasen worden war.

Wie schon zuvor versuchte Jola sich kleiner zu machen, mit dem Hintern weiter vom Holzbalken wegzurücken. Giftiger Rauch, auch das wusste sie seit dem Ausflug, sammelte sich zuerst oben unter der Decke. »Notfalls müsst ihr auf allen vieren rauskriechen«, hatte der Brandmeister erklärt.

Tja, können vor sterben, dachte Jola und musste husten.

Sie tastete nach dem Stein in ihrer Hose, rutschte wieder etwas höher, um ihn aus der Tasche zu ziehen, doch schon jetzt brannten ihr die Augen, und sie konnte den Ruß schmecken, wann immer sie schluckte. Selbst wenn es ihr gelang, den Stein aus der engen Jeans zu befreien, würde ihr die Zeit fehlen, mit seinen spitzen Kanten das mehrfach um ihren Oberkörper geschlungene Seil durchzuschneiden.

Sie erinnerte sich an die gruselige Zeichnung einer Hexe auf dem Scheiterhaufen aus ihrem Geschichtsbuch. »Ein grauenhafter Tod«, hatte Mama gesagt und ihr erklärt, was Menschen anderen manchmal Böses antaten, nur weil sie anders waren als die Mehrheit.

»Aber ich bin doch auch anders, das sagen alle«, hatte Jola damals erwidert, und Kim hatte gelacht und sie damit beruhigt, dass die Zeiten längst vorbei waren, als Kinder zur Volksbelustigung Hexenverbrennungen auf dem Marktplatz besuchten. »Du bist vielleicht hübscher und klüger als alle in deiner Klasse, aber niemand wird dir deswegen ein Haar krümmen.«

Ach nein, Mama? Ich fürchte, du hast mich angelogen.

Jola musste niesen, sie rieb sich mit dem Ärmel den Schleim aus dem Gesicht, der ihre Nasenlöcher verstopfte.

Der Kreislauf des Erstickens hatte begonnen.

Husten. Niesen. Schlucken. Und wieder von vorne.

Je dichter der Rauch, desto schneller der Zyklus.

Jola streckte sich, bäumte sich auf, zerrte an den Fesseln, strampelte mit den Beinen, vergeblich. Sie konnte nichts tun, außer auf ihren Tod zu warten. Genauer gesagt auf die Ohnmacht, die der Vergiftung vorausging, denn auch das hatte der Brandmeister erklärt: Die wenigsten wurden von den Flammen gefressen. Die meisten verloren die Orientierung und erstickten im Qualm.

Orientierung!

Jola versuchte, die Augen offen zu halten, um etwas zu sehen. *Irgendetwas!* Sie wusste nicht, ob es die Tränen waren oder ob der Rauch schon so undurchdringlich war, weshalb sie noch immer nichts sehen konnte. Nicht einmal ein Flackern des nahen Feuers, keine Glut, kein noch so dünner Schein.

Sie gab auf. Schloss die Augen. Und damit wurde es hell.

Schlagartig und heller, als Jola es bei geöffneten Augen ertragen hätte. Es war, als hätte jemand einen Blitz direkt vor ihren Lidern gezündet. Passend dazu hörte sie eine Detonation. Eine, dann noch eine. Bei der dritten, die sich wie ein Kanonenschlag auf dem Ritterfest in Spandau anhörte, erzitterte der Boden unter ihr. Der Balken schien sich in Gummi verwandelt zu haben, bog sich an ihrem Rücken. Sie öffnete den Mund zum Schrei, sog eine Aschewolke ein, spürte, wie ihre Zähne knirschten, als sich ihre Lippen wieder schlossen; dann begann sie zu schweben, und alles um sie herum wurde leicht.

Sie hörte nichts mehr, spürte keine Fesseln mehr, kein Gewicht; nichts außer einem klaren, kalten Wind im Gesicht. Und als sie es wagte, die Augen wieder zu öffnen, nicht einmal einen Wimpernschlag nach der letzten Detonation, empfing sie ein helles, gleißendes Licht, auf das sie sich zuzubewegen schien.

Einen Herzschlag später schon brachen zwei ihrer Knochen, so leicht und geräuschlos wie vertrocknete Grashalme.

Dann wurde es schlimmer.

24. Kapitel

»Was ist denn los?«, fragte er perplex.

Kim zog die Haustür hinter sich zu, ließ ihren Mantel fallen und streifte die Pumps von den geschwollenen Füßen. Alles geschah in fließenden Bewegungen, wie bei einer einstudierten Choreografie. Das Ritual des Nachhausekommens, begleitet von einem wohlig erleichterten Seufzer, endlich den Alltag mit der Wohnungstür auszuschließen. Nur, dass das hier nicht ihre Wohnung und noch viel weniger ihr Zuhause war.

Zielstrebig ging Kim ins Wohnzimmer und ließ sich auf die Couch fallen.

Merkwürdig, dachte sie. *Das Lederding ist so bequem, und doch haben wir hier noch nie darauf gevögelt.*

»Hast du eine Zigarette?«, fragte sie den Mann, den sie in der Paarberatung »Mr. Escape« getauft hatten. Weil er für sie so etwas wie eine Flucht war. Weil sein wahrer Name keine Bedeutung hatte. Das zumindest hatte sie Max und dem Therapeuten vorgeschwindelt. In Wahrheit hatte sie den Namen gewählt, weil ihr Liebhaber so gut nach dem gleichnamigen Calvin-Klein-Duft roch; so wie jetzt, frisch nach dem Duschen.

Er stand barfuß mit nassen Haaren und nur mit einer Jeans bekleidet in der Tür und sah sie missmutig an. »Seit wann rauchst du wieder?«

»Seit Jola verschwunden ist.«

»Sie ist weg?«

»Welche andere Definition des Wortes ›verschwunden‹ kennst du noch?«

Er blinzelte irritiert. »Seit wann?«

»Seit gestern Abend.«

»Ist sie ausgerissen?«

Hoffnung lag in seiner Stimme, denn tatsächlich war »ausreißen« besser als jede Alternative, wenn ein Kind verschwand, aber diese Hoffnung musste sie ihm leider nehmen. Kim gab ihm eine kurze Zusammenfassung der Ereignisse der letzten Stunden, einschließlich der chaotischen Szene im Krankenhaus.

»Dein Mann?«, fragte Mr. Escape entgeistert, als sie mit ihren Ausführungen am Ende angelangt war.

»Ja. Max behauptet, er habe sie entführt.«

Sein Blinzeln hatte aufgehört, dafür kniff er jetzt angestrengt die Augen zusammen, als müsste er eine besonders schwere Rechenaufgabe lösen. Im Grunde unterschied sich seine Reaktion nicht von ihrer, als sie heute früh ihre Mailbox abgehört hatte. Nur, dass er wesentlich erschrockener wirkte als sie in jenem Moment.

»Das ist jetzt ein Witz?«

»Sehe ich so aus, als ob ich Witze mache?«, fragte sie ihn.

»Nein. Aber, ehrlich gesagt, siehst du auch nicht wie eine Mutter aus, die sich große Sorgen um ihre Tochter macht!«

Pflegetochter, korrigierte sie in Gedanken.

»Wieso? Weil ich nicht vor deinen Füßen zusammenbreche und mich heulend auf dem Boden herumrolle?«

Er sah ihr fest in die Augen, wirkte bestürzt. Entweder über ihr Verhalten oder über Jolas Verschwinden. Kim konnte nicht sagen, was ihn mehr entsetzte.

»Unter anderem, weil du frischen Lippenstift und Rouge aufgetragen hast, bevor du zu mir gekommen bist, und ich einfach nicht glauben kann, dass du *das* willst, was ich denke«, fuhr er sie an.

Kim stand auf. Öffnete ihren obersten Blusenknopf.

»So? Woran denke ich denn?«, fragte sie und ließ den Mund am Ende der Frage halb geöffnet; tippte mit der Zunge von innen gegen die Schneidezähne, während sie auf die Antwort wartete.

Mr. Escape kam näher, griff ihr mit beiden Händen in die Haare und zog ihren Kopf zu sich heran.

»Deine Tochter wurde entführt, und du willst ficken?«

Sie spürte seinen Atem auf ihrer Zunge. Ihre Lippen waren nur Millimeter von einem Kuss entfernt. Er packte sie fester am Schopf. Tränen traten ihr in die Augen.

Sie nickte, und ihre Münder berührten sich kurz.

»Schlampe«, sagte er und stieß sie von sich weg wieder aufs Sofa zurück.

Kim spürte, wie ihr das Blut in die Wangen stieg. Sie rappelte sich auf, wütend und erregt, aber die Wut überwog eindeutig.

»Du bist ein Idiot!«, fauchte sie ihn an. »Du denkst, Jolas Schicksal würde mich kaltlassen?«

Sie trat einen Schritt auf ihn zu und gab ihm eine schallende Ohrfeige. Er schüttelte nur den Kopf, ohne sich an den roten Fleck zu fassen, der sich auf seiner Wange abzeichnete.

»Ich habe Angst um sie«, sagte Kim, und tatsächlich klang ihre Stimme erstickt, was an der Demütigung lag, die sie gerade erfahren hatte.

»Ich habe schreckliche Angst«, sagte sie. »Und die würde ich gerne für fünf Minuten aus meinem Kopf bekommen, nur für fünf Minuten, ist das so schwer zu verstehen?«

»Ehrlich gesagt, ja.«

Er musterte sie mit unbewegter Miene, und gerade diese herablassende Art, die sie sonst so erregte, trieb sie jetzt zur Weißglut.

»Du hast also genug von mir?«, versuchte sie ihn zu provozieren. »Gestern konntest du den Hals nicht vollkriegen, aber heute ist dein Appetit auf alte Frauen gestillt, was?«

Er schüttelte mitleidig den Kopf. »Du benimmst dich billig.«

»Im Bett hat dich das noch nie gestört«, zischte Kim zurück.

Ihr Telefon klingelte im Flur.

Sie ging an ihm vorbei zur Haustür zurück und hob ihren Mantel auf. Es dauerte eine Weile, bis sie ihr Handy in der richtigen Tasche gefunden hatte.

»Ja?«

Die energische Stimme am anderen Ende verhieß ebenfalls kein angenehmes Gespräch.

»Ich bin's. Toffi. Du musst sofort in die Kanzlei kommen.«

»Was ist passiert?«

»Jola«, sagte er knapp. »Es gibt eine heiße Spur.«

25. Kapitel

Anderthalb Stunden später, und die Gegend, durch die wir fuhren, war genauso trostlos, wie ich mich fühlte. Wir waren wieder in Berlin, auch wenn es nicht so aussah. Eher wie Recife, Manila oder Bangladesch.

»Wo, zum Geier, sind wir denn hier gelandet?«, fragte Frida, die die gesamte Fahrt über nicht gesprochen hatte, außer einem einzigen Wort, als wir am Tempelhofer Ufer eine Tankstelle passierten und sie »Reserve« sagte. Tatsächlich hing die Nadel der Benzinanzeige noch immer im blutroten Bereich, denn Cosmo war unbeirrt weitergefahren.

Einen Großteil des Sprits hatten wir in Brandenburg auf unserer Suche nach dem Transporter verfahren, den wir bereits nach einer roten Ampel auf der ersten Kreuzung hinter der Klinik verloren hatten. Eine halbe Stunde waren wir noch durch Brandenburg geirrt, hatten Haupt- wie Seitenstraßen abgefahren, doch der graue Transporter mit den getönten Scheiben war wie vom Erdboden verschluckt und hängte sich auch nicht an unsere Fersen, als Cosmo entschied, zu einem »sicheren Ort« nach Berlin zu fahren.

Jetzt, anderthalb Stunden später, lag Kreuzberg hinter uns, wir hatten gerade die Elsenbrücke bei den Treptowers überquert und fuhren die Alt-Stralau parallel zur Spree, wobei ich die Gegend, in der ich mir früher die Nächte um die Ohren geschlagen hatte, kaum wiedererkannte. Ich wusste, hier irgendwo war die Arena Berlin, samt Bar, Club und Badeschiff, aber im Moment hatte ich die Orientierung verloren. Das Gelände zu unserer

Rechten nahm meine gesamte Aufmerksamkeit in Beschlag und sorgte sogar dafür, dass meine Gedanken, wie ich Jola retten konnte, für eine Sekunde in den Hintergrund rückten.

»Da willst du doch nicht etwa rein?«, fragte ich Cosmo, als der vor einer Lücke zwischen zwei Bretterbuden hielt. Darüber spannte sich eine Plane, auf der »Cuvry 2.0« stand, offenbar ein Eingang, zu was auch immer.

Mein Bruder zog den Zündschlüssel ab und stieg aus.

»Da komm ich nicht mit«, protestierte Frida und blieb sitzen.

»Musst du auch nicht«, sagte Cosmo und öffnete ihre Tür.

»Hey, hey, ruhig«, sagte ich, weil ich mit dem Schlimmsten rechnete, und wollte schnell aussteigen, doch meine Tür klemmte. Meine Sorge indes, Cosmo könnte gewalttätig werden, war grundlos. Er warf Frida den Autoschlüssel in den Schoß. »Du kannst jetzt abhauen, Kleine. Wir brauchen dich nicht mehr.«

Trotz seiner Worte blieb sie wie erstarrt auf dem Beifahrersitz, nur ihre Augen bewegten sich, blickten abwechselnd zu mir und zu Cosmo; irritiert, misstrauisch, besorgt und zweifelnd. Auch ich war mir nicht sicher, was mein Bruder im Schilde führte.

»Keine Sorge, das ist keine Finte«, sagte er lachend und ließ seinen Blick über die Plane zwischen den Bretterbuden wandern. »Da drinnen wird uns niemand finden.« Er drehte sich wieder zu mir und zeigte auf die Granate in meinen Händen.

»Die kannst du übrigens im Auto lassen. Das ist eine Attrappe. Die hat keinen Splint.«

Ich schätzte, er meinte den Ring, den man vor dem Abwerfen abziehen musste und der tatsächlich fehlte.

Fast erleichtert, keine todbringende Fracht in meinen Händen zu halten, beschloss ich, ihm zu glauben, und legte das Hartschalenei neben mir auf den Sitz. Zeitgleich löste Frida sich aus ihrer Starre. Während sie zurück auf den Fahrersitz rutschte, öffnete ich die Tür und stand schon auf der Straße, als sie noch einmal meinen Namen rief.

»Ja?«

Sie hatte den Motor gestartet.

Ich beugte mich ins Auto zurück, auch um mich bei ihr noch einmal zu entschuldigen, aber bevor ich etwas sagen konnte, hörte ich es klatschen, dann spürte ich ein Brennen an meinem linken Ohr. Ihr Schlag mit der flachen Hand hatte mich nicht so hart getroffen, wie ich es verdient hätte, weil sie aus ihrer verdrehten Position von vorne nicht den besten Winkel hatte. Ich schnellte zurück, gerade noch rechtzeitig, bevor sie mir mit durchdrehenden Reifen über die Füße fahren konnte. Dass die Hintertür noch offen war, interessierte Frida nicht mehr. Quietschend wendete sie auf offener Straße und raste in die Richtung zurück, aus der wir gekommen waren.

»Deine Reflexe waren auch schon mal besser«, sagte Cosmo grinsend. Er ging über die Straße, begrüßte einen hageren Mann mit länglichem Gesicht, der mit einem Schäferhund ohne Halsband an seiner Seite aus der Lücke zwischen den Bretterbuden hervortrat, dann signalisierte er mir energisch, ihm endlich zu folgen. Kaum hatte ich die »Cuvry 2.0«-Plane passiert, befand ich mich in einer anderen Welt, die ich bislang nur aus dem Fernsehen kannte, aus Berichten über die Slums in Indien, Südamerika oder Asien.

Vor mir, auf dem zur Spree hin abschüssigen Gelände, erstreckte sich etwas, das auf den ersten Blick wie ein Flüchtlingslager wirkte. Eine Hütten- und Zeltlandschaft, unzählige Verschläge, teils massiv aus Holz und Wellblech gezimmert, teils lose und nur notdürftig mit Tüten und Plastikfolien überdachte Matratzenlager. Es roch nach Abfall und Exkrementen, die Ursache des Gestanks war leicht zu erkennen. Leere Konservendosen, aufgeplatzte Mülltüten, kotverschmierte Babywindeln und anderer Dreck säumten den sandigen Weg, auf dem ich Cosmo folgte; eine Art Hauptstraße, die das Lager mittig teilte und von der in unregelmäßigen Abständen weitere kleinere Pfade abzweigten.

»Wo sind wir hier?«, fragte ich Cosmo. Das Gelände schien verwaist, doch man konnte die Augenpaare, die uns aus den Behausungen beobachteten, förmlich spüren.

Das Misstrauen, das mir aus dem Verborgenen entgegenschlug, übertrug sich auf meine Gedanken. Zum ersten Mal, seit ich mit meinem Bruder unterwegs war, fragte ich mich, ob der Fehler, den ich gemacht hatte, als ich einen psychisch kranken, vorbestraften Sexualtäter um Hilfe bat, noch sehr viel größer war, als ich anfangs gedacht hatte. Hatte ich mir womöglich den Feind an meine Seite geholt? War es denkbar, dass er hinter all dem Wahnsinn steckte, oder zumindest einen Anteil daran hatte?

Immerhin hat er schon einmal ein Kind entführt. Und dann taucht er an dem Tag auf, an dem Jola verschwindet? Alles Zufall?

Andererseits konnte er unmöglich vorhergesehen haben, dass ich eine Geisel nahm und sie zwang, mich zu ihm zu fahren. Außerdem war er erst seit drei Wochen draußen, und das nur für wenige Stunden am Tag. Unmöglich, all diese Verbrechen so schnell zu organisieren. Und ich konnte mir auch kaum vorstellen, dass eine Organisation, die dazu in der Lage war, ausgerechnet die Hilfe eines psychopathischen Pädophilen suchte.

Cosmo blieb stehen und zeigte zur Westseite des Geländes, wo der Slum von den Schienenanlagen der Bundesbahn begrenzt wurde. »Was weißt du über die Cuvrybrache?«, fragte er mich.

Ich erinnerte mich dunkel an einen Artikel über ein besetztes Filetstück im Herzen Berlins.

»War das nicht ein Flüchtlingscamp?«

»Fast.«

Cosmo ging weiter und bog von der Hauptstraße nach rechts in einen engen Pfad, wo er eine schlafende Katze aufscheuchte, die fauchend hinter einer Holzwand verschwand, auf die jemand mit weißer Farbe »Gibt es ein Leben vor dem Tod?« geschrieben hatte.

Als wäre der trostlose Anblick allein nicht genug gewesen, begann es nun auch noch zu regnen. Dichter Niesel, der sich wie ein Film auf meine Haut legte und die Haare verklebte.

»Die Cuvrybrache war einst die größte Aussteigersiedlung Berlins: Obdachlose, Flüchtlinge, Fixer, Hausbesetzer, abgelehnte Asylbewerber.«

Wir passierten ein Zelt, in dem ein Radio lief. Ein ausländisches Programm mit einem tschechischen oder polnischen Moderator, ich verstand die Sprache nicht.

»Lange Zeit waren die Bewohner des Areals, das sich nur einen Steinwurf von hier befand, an der Cuvrystraße Ecke Schlesische Straße, von der Räumung bedroht. Bevor die Bulldozer anrücken konnten, sind viele weitergezogen und haben sich hier auf einem größeren Gelände niedergelassen, für das es keinen Investor gibt, der sie vertreiben will. Das Grundstück gehört einer zerstrittenen ausländischen Erbengemeinschaft, das kann noch Jahre dauern, bis die sich einigen.«

»Und so lange gibt es hier Cuvry 2.0?«

»Berlins größte Favela. Ohne Stromversorgung, ohne Wasser, Kanalisation oder Müllabfuhr. Allerdings auch ohne Polizei.«

»Eine No-go-Area?«, fragte ich.

»Ganz genau. Was glaubst du denn, weshalb ich deine kleine Freundin habe ziehen lassen? Hier traut sich kein Bulle rein. Nicht bei dem Gewaltpotenzial, das hier hockt.«

Er zeigte den Weg zurück.

»Auf der Ostseite der Brache leben die Hoffnungslosen. Die,

die sich eher umbringen würden, als in das Elend zurückzukehren, aus dem sie geflüchtet sind. Das letzte Mal, als man versucht hat, hier jemanden gewaltsam rauszuholen, drohten fünf Syrer, mit Gewichten an den Füßen in die Spree zu springen. Jeder Durchsuchungsbefehl löst eine politische Krise aus. Und selbst wenn die Bullen kommen, was ich stark bezweifle, werden sie uns so schnell nicht finden.«

Wir bogen noch einmal um die Ecke, in einen noch kleineren, noch dunkleren Pfad, und Cosmo blieb vor einem Wellblechverschlag stehen, vor dem ein umgekippter Campingtisch mit Blümchenmotiven lag. Die Tür zu der Hütte war eine zugeschnittene Lkw-Plane, deren unteres Ende mit einem Pflasterstein beschwert war.

»Hey, Cosmo. Wieso kennst du dich hier so gut aus?«

Er lächelte traurig.

»Was glaubst du denn, welche Nachbarschaft sonst noch einen vorbestraften Pädophilen in ihren Reihen duldet?«

Er schob den Pflasterstein mit dem Schuh von der Plane. »Irgendwann, nach meiner Therapie, will ich mir ein neues Leben aufbauen. Ich habe vor, Rechtswissenschaften zu studieren, mich für die Rechte von Straftätern wie mir einzusetzen. Vielleicht sogar eine Familie zu gründen, mit einem kleinen Häuschen und Kombi in der Auffahrt.«

»Rechtswissenschaften?« wiederholte ich ungläubig. »Kombi?«

Er nickte.

»Science-Fiction, ich weiß. Aber bis es so weit ist, also die nächsten hundert Jahre, werde ich hier leben, sobald ich aus der Klinik entlassen bin, Kleiner«, sagte er, zog die Plane auf und verschwand in der Dunkelheit.

26. Kapitel

Jola öffnete die Augen und wurde vom Schmerz geblendet.

Ein helles, gleißendes Licht, das ihren Körper von innen flutete, ausgelöst durch eine falsche Bewegung ihres Brustkorbs: Sie hatte den Fehler gemacht zu atmen.

Lange Zeit hatte sie sich gegen das Aufwachen gewehrt; gegen den Sog des Bewusstseins angekämpft, der ihre Traumwelt unterspülte, um sie auf die andere Seite des Schlafs zu ziehen. Doch dann hatte sie der Regen geweckt; dicke, schwere Tropfen, die auf ihrer Stirn zerplatzten, und der Schmerz, der im Schlaf noch dumpf in ihr geschwelt hatte, wuchs zur Stichflamme an.

Ich bin tot, war ihr erster Gedanke, als sie den Holzstuhl sah, ein ähnliches Modell wie das, auf dem sie in der Schule saß. *Was hat das Ding hier verloren?* Umgekippt, auf der Seite liegend.

Sie versuchte, sich aufzurichten, und fiel erneut in Ohnmacht. Eine Minute und neunundzwanzig Regentropfen später war der Schmerz noch immer schlimmer als damals, als sie auf dem Gepäckträger von Steffen mit dem Knöchel in die Speichen gekommen war.

Gebrochen, war ihr erster Gedanke. *Gelähmt*, ihr zweiter, als sie versuchte, die Füße anzuziehen, und das nicht funktionierte, einfach weil es so höllisch wehtat.

Ich kann mich nicht bewegen!

Nicht die Beine, nicht die Arme. *Nicht mal den Kopf. Oder …Halt.*

Der Kopf ging.

Gott sei Dank!

Sie drehte ihn nach rechts und sah ein Trümmerfeld. Wände, Türen, Fenster – alles, was ein Haus brauchte, nur nicht an seinem Platz, sondern verstreut im Gelände, bis auf die halbe Wand (aus Holz, wenn sie sich nicht täuschte), die noch aufrecht stand, von vereinzelten Flammen umzüngelt, die hier wie dort, mal zwischen zwei Bäumen, mal um einen Schuttberg herum, die Ruinen ausleuchteten, von denen Jola nicht weiter als zwei Meter entfernt lag. Auf dem Rücken, wogende Baumwipfel über sich, den Regen im Gesicht, bewegungslos. Gelähmt.

Nein. Nicht gelähmt.

Zum Glück.

Jola spürte, wie ihre Zehen wackelten, wenn sie es ihnen befahl. *(Schuhe? Wo sind meine verdammten Sneaker?)* Sobald sie aber versuchte, die Beine zu bewegen, drohte der Schmerz ihr erneut das Bewusstsein zu rauben.

»Hilfe?«, krächzte Jola, weil sie nicht wusste, was sie sonst sagen sollte. Sie musste husten und schmeckte Asche. Jetzt roch sie auch den Ruß, den ein kühler Wind von dem Trümmerfeld herüberwehte.

Eben noch hatte sie damit gerechnet, bei lebendigem Leib verbrannt zu werden. Jetzt lag sie im Freien, den trüben Himmel über sich, und zum zweiten Mal in Folge seit dem Autounfall war sie an einem unbekannten Ort aufgewacht, ohne dass sie wusste, wie sie hierher gelangt war.

Jola biss die Zähne zusammen und wagte erneut einen Anlauf. Diesmal verlagerte sie ihr Gewicht komplett auf die rechte Seite. Wie bei den Bauchmuskelübungen, die sie beim Aufwärmtraining so hasste, wenn ihr Sportlehrer ihre Füße gepackt hielt und sie sich aus der Liegeposition heraus aufrichten musste, drückte und schob sie sich in eine aufrechte Sitzhaltung.

»Scheeeeeeiße!«

Ich weiß, ich darf das nicht sagen, aber mal echt, Papa, Mama...
wenn dieses Wort für irgendetwas erfunden wurde, dann doch hier
für diese ...«

»Scheeeeeeiße«, schrie sie noch einmal aus Leibeskräften, so laut, dass ihr die eigenen Ohren klangen, wobei das Fiepen auch noch von der Explosion herrühren mochte.

Schweißgebadet (oder auch nur feucht vom Regen, Jola konnte das nicht klar unterscheiden) betrachtete sie ihren Körper vom Unterleib an abwärts. Ein Balken *(vielleicht der, an den ich gefesselt war?)* lag quer über ihren Beinen. Jola versuchte, ihn von sich zu schieben, vergeblich. Das Ding war schwer, vielleicht sogar schwerer als sie selbst. Und hatte ihr unter Garantie die Beine zerschmettert, auf jeden Fall das linke, auf das sich der Schmerz mit gnadenloser Wucht konzentrierte.

Plötzlich, ganz ohne Vorwarnung, wurde ihr kalt. Sie zitterte, die Haut schien auf einmal eine Nummer zu klein für ihren Körper, spannte im Gesicht, auf der Brust, überall.

Ihre Zähne schlugen gegeneinander, erzeugten ein Geräusch wie Steppschuhe auf blankem Parkett. *Tack, Tack, Tack*, ein frostiges Stakkato, das sich mit einem anderen leidvollen Ton mischte. Ein Ton, der Jola beunruhigte, nicht, weil er leidend und gequält klang, sondern weil er nicht aus ihrem Mund stammte.

Sie wandte den Blick nach links, weg von den Ruinen des kleinen Holzhauses, in dem sie bis vor kurzem noch gefangen gewesen war und das jetzt vermutlich (Jola erinnerte sich an die Explosionen, an die gleißenden Feuerblitze) aus irgendeinem Grund in die Luft geflogen war, und zunächst sah sie weitere Stühle; alle klein, aus hellbraunem Holz mit stählernen Kufen, alle so wie aus ihrem Klassenzimmer, mit diesem bescheuerten Brett an der Seite, das wie der Kopf eines Tennisschlägers aussah und auf dem man so schlecht schreiben konnte.

Wurde ich in meiner Schule eingesperrt? In meinem Klassenzimmer?

Sie konnte es kaum glauben, auch wenn die Möbel dafür sprachen.

Jola hörte schon wieder das Wimmern, ihr Blick wanderte schräg nach unten und traf auf ihren Wärter. Den Gesichtslosen. Sie erkannte ihn an seiner grauen Kapuze, die ihm jetzt feucht um den Kopf hing, viel zu feucht, als dass die Nässe allein vom Regen herrühren könnte.

Er lag vielleicht zwei Schulbuslängen von ihr entfernt, also nicht sehr weit weg, und obwohl es hier im Freien nicht länger dunkel war, konnte sie sein Gesicht noch immer nicht erkennen; einfach weil es zu verschmiert war. Mit Blut, Schlamm, Ruß? Sie hatte keine Ahnung. Der Mann lag auf dem Bauch und hob den Kopf, machte Bewegungen wie eine Robbe, die ins Wasser will, was ihm unerhörte Anstrengungen abzuverlangen schien, die ihn dennoch kaum einen Millimeter weiter brachten. Er grunzte, seufzte und wimmerte dabei. Augenscheinlich konnte auch er sich nicht bewegen. Offensichtlich litt auch er Schmerzen. Er streckte die Hand nach ihr aus, hilfesuchend, verzweifelt. Zeigte mit dem Zeigefinger in ihre Richtung, allerdings nicht direkt zu ihr, sondern auf einen Klumpen Schutt oder Erde, der zwischen ihnen lag. Hin und wieder ließ der Wind ein Restfeuer auflodern, und die Flamme tauchte den Weg zwischen ihnen in ein Schattenlicht.

»Hmmhmm«, grunzte der Stumme, und Jola ahnte, dass er sie um Hilfe anflehte. *Mich! Ausgerechnet!*

Jola entlud all ihren Zorn und ihre Angst in einem einzigen Wort: »Wieso?«, brüllte sie zu ihm hinüber.

Wieso hast du mich verschleppt? Wieso musste ich meinem Vater diese grauenhaften Dinge sagen? Und wieso zeigst du mit dem Finger immer auf den Erdklumpen … Was? Nein … nein!

Jola begriff endlich. Der Stumme zeigte ihr nichts. Er versuchte nur die Hand auszustrecken. Und das nicht nach einem Klumpen Erde.

»Verdammt, nein!«, sagte sie und rüttelte mit beiden Händen an dem Balken, der sie einklemmte.

Das durfte sie nicht zulassen. Unter keinen Umständen durfte er es früher schaffen als sie. Und vorher an die Pistole gelangen, die etwa einen Meter von ihm entfernt lag, matt schimmernd auf dem feuchten Waldboden.

Und mit der er das vollenden würde, was er begonnen hatte, sobald er sie in die Finger bekam, dessen war sich Jola so sicher, wie sie wusste, dass sie ohne fremde Hilfe niemals den Balken von ihren Unterschenkeln wuchten konnte.

27. Kapitel

Ich bin kein Esoteriker. Ich glaube nicht an Telepathie und an die Geschichten von Eltern, die in dem Moment einen frostigen, Schauder auslösenden Windhauch an ihrem Ohrläppchen spüren, in dem ihrem Kind etwas zustößt; etwa sobald ihre kleine Tochter als Austauschschülerin in den USA zu einem falschen Mann ins Auto steigt oder wenn ihr Sohn bei seinem ersten Urlaub mit Freunden am Beckenrand in Teneriffa steht, ahnungslos, dass die Ansaugpumpe sich genau dort befindet, wo er gleich eintauchen will. Nein, ich glaube nicht daran, dass Väter oder Mütter mit dieser Gabe gesegnet (oder vielmehr *verflucht*) sind, oft sogar über Tausende Kilometer hinweg zu spüren, wenn ihr eigen Fleisch und Blut in Gefahr ist. Ich glaube daran, dass *alle* liebenden Menschen dazu in der Lage sind, ganz gleich, ob sie die leiblichen Eltern sind oder es sich, wie in meinem Falle, »nur« um mein Pflegekind handelt.

Bei mir allerdings war es kein eisiger Hauch, auch nicht ein Schwarm Ameisen, der mir über den Rücken lief, sondern mein rechtes Augenlid, das mir signalisierte, dass Jola gerade etwas Schreckliches zugestoßen sein musste. Es zuckte unangenehm heftig, seitdem ich die Hütte betreten hatte.

»Nicht erschrecken«, sagte mein Bruder und schaltete eine Baustellenlampe an, die mit ihrem gelben Signallicht dem quadratischen Raum die Dunkelheit nahm.

»Ist nicht ganz wie bei dir im Grunewald«, entschuldigte er sich mit einem verlegenen Grinsen, mit dem er mir früher gestanden hatte, dass er mir wieder etwas von meiner Schokolade geklaut hatte, für die ich in meinem Zimmer immer neue Verstecke suchen musste.

Nein, eine Grunewaldvilla war es nicht. Aber es war auch nicht so schlimm, wie ich es mir vorgestellt hatte. Keine Kifferbude, keine schimmelig aufgeplatzten Matratzen neben dreckigen Töpfen und Pfannen, die abwechselnd zum Kochen und zum Wasserlassen benutzt wurden. Keine Ratten, und auch keine Kakerlaken, soweit ich das beurteilen konnte. Cosmo hatte aufgeräumt. Mehr als das. Er hatte sich Mühe gegeben, es gemütlich zu machen, so gut es die Umstände erlaubten.

»Seit wann sind die Sicherheitsmaßahmen bei dir gelockert?«, fragte ich ihn.

»Du meinst, seit wann ich mich hier eingerichtet habe?« Er lächelte stolz. »Seit knapp drei Wochen. Hat nicht lange gedauert, bis ich alles zusammenhatte.«

Der Boden war mit Teppich ausgelegt, graue Auslegeware, wie man sie in jedem Verwaltungsbüro fand, völlig in Ordnung, ohne Löcher und Flecken, vermutlich von jemandem entsorgt, der nach einem Jahr einfach mal etwas Wertigeres wollte. Auch der Rest der Einrichtung schien vom Sperrmüll zu stammen, passte aber farblich zusammen. Die Regale, der Drehstuhl vor dem ausrangierten und gekürzten Küchenbrett, in dem noch eine Spüle eingelassen war, die Schlafcouch in der rechten hinteren Ecke – alles war in einem hellen Braunton gehalten, selbst der Kerzenständer, gefüllt mit hellbraunen Bienenwachskerzen, die Cosmo der Reihe nach entzündete.

Es roch etwas künstlich, aber nicht unangenehm nach frischem Heu, was an dem Duftbäumchen lag, das von einem Stück Draht an der Wellblechdecke baumelte. Cosmo schnipste mit dem Finger dagegen und fragte mich, ob ich etwas zu trinken wolle. Er reichte mir ein Bier aus einem Wassereimer unter der Spüle, das er sich selber öffnete, als ich ablehnte.

Ich wollte nichts trinken. Ich wollte nur, dass mein Zucken im Auge aufhörte. Dass Jola außer Gefahr war. Dass ich bei ihr sein konnte.

»Hör mal, es ist jetzt kurz vor halb vier, in spätestens zwanzig Minuten muss ich los, wenn ich es rechtzeitig mit der Bahn zurück in die Klapse schaffen will. Du wartest hier auf mich, bis ich morgen wiederkomme.«

Ich schüttelte energisch den Kopf.

»Ich kann hier nicht bleiben«, sagte ich und setzte mich dennoch auf das Sofa, um mich kurz zu sammeln, bevor ich wieder aufbrach. Es war erstaunlich bequem, viel bequemer als das sperrige Ding bei uns im Wohnzimmer, das Kim ausgesucht hatte und wofür uns der Schnösselladen in der Kantstraße meinen halben Vorschuss abgeknöpft hatte.

»Ist das hier unter deiner Würde?«, wollte Cosmo wissen und zog sich den Drehstuhl heran. Er löschte die Baustellenlampe wieder, wodurch der Raum zwar dunkler, aber dank des Kerzenscheins um einiges wärmer wirkte. Ich sah keinen Ofen und fragte mich, wie Cosmo hier im Winter heizen wollte, aber das war im Moment nicht wichtig.

»Quatsch. Das ist prima hier, wirklich. Aber es ist ein Versteck, Cosmo. Und ich werde mich nicht verstecken. Ich werde Jola suchen.«

Mein Bruder nickte zustimmend, dann verfinsterte sich seine Miene, als ich Fridas Handy aus meiner Jackentasche zog.

»Was soll das werden?«

»Ich rufe die Auskunft an.«

»Aha. Und die wissen, wo deine Tochter ist?«

»Quatsch keinen Blödsinn. Die haben Toffis Nummer.«

»Der Typ, der mich damals nicht vertreten wollte?«

Jetzt nickte ich.

Ehrlich gesagt war es der »Typ«, der meine Bitte erhört hatte,

Cosmos Mandat nicht anzunehmen. Christoph Marx war so gut, dass er womöglich noch einen Verfahrensfehler entdeckt hätte, der meinem pädophilen Bruder am Ende die Freiheit verschafft hätte. Das Risiko hatte ich nicht eingehen wollen.

»Wart mal kurz mit dem Anruf«, sagte Cosmo, nicht fordernd oder befehlend, sondern eher leise, nachdenklich, als wäre ihm gerade etwas eingefallen. »Ich glaube, du brauchst deinen Anwalt nicht. Noch nicht.«

»Wieso?«

»Weil ich eine Idee habe, was mit Jola geschehen sein könnte.«

»Du?« Ich hielt es für völlig abwegig, ließ aber dennoch das Telefon sinken und bat ihn, mich aufzuklären.

»Du wirst gejagt, Jola verschleppt, dann wachst du in einer Klinik auf, hast einen Knopf im Ohr, musst fliehen, dich verstecken. Fällt dir was auf?«

»Ja, es ist wie in einem meiner Romane«, sagte ich.

»Falsch. Es *ist* einer deiner Romane.«

»Wie meinst du das?«

»Na überleg doch mal. Jemand wacht in einem Krankenhaus auf und wird von der Polizei verhört, woran erinnert dich das?«

Ich zuckte mit den Achseln. Cosmo seufzte.

»Schön, dann direkt gefragt: Wovon handelt dein erster Thriller?«

»›Die Blutschule‹? Was hat ein Horrorroman mit übersinnlichen Elementen mit meinem realen Leben zu tun?«

Ich sah kurz nach oben zur Decke, auf die der Regen immer lauter prasselte. Durch das Blech saß man darunter wie in einem Topf, auf den es Murmeln zu regnen schien.

»Wie beginnt das Buch?«, drängte Cosmo.

»Mit einem Tagebuchauszug eines psychisch Kranken in der geschlossenen Anstalt«, sagte ich.

»Falsch.«

»Falsch?«

»Der Erstausgabe ist ein Interview mit dir vorangestellt.«

»Ach das meinst du.« Der Chefredakteur eines Horrorblogs hatte »Die Blutschule« im Vorfeld gelesen und war so begeistert gewesen, dass er ein Vorabinterview mit mir führte, was die PR-Abteilung wiederum so begeisterte, dass sie es als Bonusmaterial in das Buch aufnahm.

»Erinnerst du dich an die erste Frage?« Cosmo sah mich an, als erwarte er tatsächlich, dass ich das Interview auswendig gelernt hatte.

»Nein, und ich verstehe auch nicht, was das …«

»Es war die Frage, wie du auf deine Ideen kommst. Und weißt du noch, was du geantwortet hast?«

»Sicher das, was ich immer sage. Dass ich durch den Alltag inspiriert werde.«

»Richtig. Du hast dem Interviewer ein Beispiel gegeben.« Cosmo zögerte. »Hast du meine Anmerkungen dabei?«

Ich nickte und zog die Seiten aus meiner Hosentasche, die von der langen Autofahrt etwas plattgedrückt waren. Tatsächlich hatte Cosmo auch das Interview herausgerissen. Er nahm mir die Blätter aus der Hand und las die Antwort vor, die ich auf die Frage nach dem Ursprung meiner Inspirationen gegeben hatte. Schon der erste Satz ließ mir den Atem stocken:

»Letztens fuhr ich mit meinem Wagen durch den Landkreis Oder-Spree am Ufer des Scharmützelsees eine Allee entlang, und da sah ich an einer ansonsten leeren Badestelle einen Mann auf einer Rasenfläche liegen, ganz alleine, nackt, wie Gott ihn schuf. Natürlich wusste ich, dass er einfach nur in Ruhe die Sonne anbetete, aber ich fragte mich, was wäre, wenn dieser Mann an Land gespült worden war, vielleicht weil er einen Verkehrsunfall hatte? Wenn das Auto verschwunden wäre, und mit ihm seine gesamte Familie? Was, wenn er in wenigen Stunden in einem Krankenhaus aufwacht und niemand ihm Glauben schenken will, dass er sich nicht erinnern kann, wo seine Familie ist. Sie merken also, eine ganz alltägliche Szene kann sich …«

»… in meinem Kopf sehr schnell zu einem Horrorszenario entwickeln«, ergänzte ich tonlos. Diese Antwort hatte ich wirklich vergessen.

»Ein Mann wacht nach einem Autounfall alleine im Krankenhaus auf, und keiner will ihm glauben, dass er nicht weiß, wo seine Familie ist. Hältst du die Parallele für einen Zufall?«, fragte Cosmo.

»Gegenfrage«, sagte ich. »Willst du etwa behaupten, hier nimmt jemand mein Buch – genauer gesagt, mein Interview – als Vorlage für seine Taten?«

Cosmo schob unschlüssig den Unterkiefer vor. »Möglich. Du schreibst Horrorthriller. Unter deinen Lesern gibt es bestimmt so einige Psychos. Mich zum Beispiel.« Er grinste. Ich hingegen schüttelte den Kopf.

»Das ist absurd. Weißt du, weshalb ich mir Romane wie ›Die Blutschule‹ aus den Fingern sauge?«

Cosmo schwieg.

»Weil sie so in der Realität nicht geschehen. Verstehst du? Ich *muss* sie mir ausdenken.«

»Bist du dir sicher?« Cosmo kratzte sich eine rotfleckige Stelle am Hals und verunsicherte mich etwas mit seinem überheblichen »Ich weiß da was, was du nicht weißt«-Blick.

»Ja, ich bin mir sicher. Sehr sogar.«

Der Witz war doch, dass Kritiker oft in den absurdesten Gestalten lebensechte Figuren sahen, deren authentische Originalität sie dann über den grünen Klee lobten, etwa wie Hannibal Lecter, den hyperintelligenten Kannibalen, den es im realen Leben nicht gab, wohingegen sie dem Autor die Beschreibung eines wirklichkeitsnahen Täters mit dem Vorwurf »Klischee« um die Ohren hauten, dabei waren über neunzig Prozent aller Tötungsdelikte stumpfe Gewalttaten, verübt von Tätern, die ohne großen Plan, meist unter Drogen- oder Alkoholeinfluss, komplett sinnlos die Existenz ihrer Mitmenschen auslöschten. Dass ein geistig verwirrter Serienkiller mit dem IQ eines Albert Einstein mit seinen Taten mein Leben in einen Albtraum verwandeln wollte, indem er Jola entführte und mich an seine unsichtbare Leine legte, aus welchem Motiv auch immer, war schon deswegen abwegig, weil eine derart intelligente Tötungsmaschine bei diesem Modus Operandi immer Gefahr lief, der Polizei zu viele Hinweise auf seine Identität zu liefern. Und wieso sollte jemand das tun?

»Ich glaube, wir müssen uns ganz andere Fragen stellen«, sagte ich und ging im Kopf die Punkte durch, über die ich während der Fahrt ununterbrochen nachgedacht hatte.

»Zuerst: Alles dreht sich um Jola. Erst wollte das Jugendamt sie mir wegnehmen.« Ich korrigierte mich. »Jedenfalls Menschen, die sich als Mitarbeiter des Jugendamts ausgaben. Wieso hat Melanie da überhaupt mitgespielt? Und dann wurde Jola auf einmal tatsächlich entführt. Wieso? Zu welchem Zweck, wenn kein Lösegeld gefordert wird?«

Obwohl dazu massig Zeit gewesen war. Jola den Satz »*Eine Million Euro, sonst bringt er mich um*« vorlesen zu lassen hätte doch sehr viel mehr Sinn ergeben, als mir eine Handgranatenattrappe in den Nachttisch zu legen. Was mich zu Frage zwei brachte:

»Die Täter – und ich gehe davon aus, dass bei einer derartigen Organisation mehrere involviert sein müssen – haben Zugang zu vielen Bereichen. Zum Jugendamt zum Beispiel. Hier müssen wir ansetzen. Wenn es stimmt, dass Melanie nicht mehr für Jola zuständig ist, dann sind sie und dieser Bodyguard von gestern wenigstens Mittäter. Als Erstes müssen wir uns darauf konzentrieren, wie wir sie finden können, ohne die Polizei auf uns aufmerksam zu machen.«

»Okay, guter Plan«, stimmte mir Cosmo zu. Er griff zu seinem Handy.

»Was suchst du?«, fragte ich, als ich sah, wie er etwas in die Google-Suchleiste eintippte. Statt einer Antwort schenkte er mir ein Lächeln und aktivierte eine Rufnummer direkt aus einer geöffneten Website. Wasser und Strom hatten sie nicht, aber 3G funktionierte offensichtlich prima in Cuvry 2.0.

»Bezirksamt Steglitz-Zehlendorf, Bruschke«, meldete sich ein mit breitem Berliner Dialekt sprechender älterer Mann, wahrscheinlich ein Pförtner in dunkelblauer Phantasieuniform, wie man sie immer vorne am Eingang in ihrem Glaskasten sitzen sah.

Cosmo hatte laut gestellt, weshalb ich mithören konnte.

»Bitte verbinden Sie mich mit Frau Melanie Pfeiffer vom Jugendamt, die Durchwahl habe ich leider nicht.«

»Tja, Meister. Ich leider auch nicht.« Der Pförtner lachte in den Hörer. »Würde mich zu gern mal auf ihre Yacht durchstellen lassen.«

»Yacht?«

»Oder was man sonst so Schönes mit den vielen Millionen anstellt.«

»Was denn für Millionen?«, wollte ich bereits rufen, aber Cosmo kam mir mit der Frage zuvor.

»Das wissen Sie nicht?« Der Pförtner keuchte wie Mario Barth kurz vor einer seiner Pointen. »Die Pfeiffer hat doch den Lotto-Jackpot geknackt. Irgend so ein italienisches Ding. Sie hat es keinem erzählen wollen, aber die Zeitung hat es rausgefunden. Ein Klatschreporter war hier.«

»Von welcher Zeitung?«, wollte Cosmo wissen.

»Bild, Kurier, BZ, was weiß ich denn? Jedenfalls hatte sie da schon längst die Flocke gemacht. War *das* Gesprächsthema bei uns, können Sie sich vorstellen. Vier Milliönchen bar auf die Kralle, hat der Reporter gesagt. Vor zwei Monaten. Die war hier schneller weg als ein Furz im Orkan. Hat nicht mal ihre Nachfolgerin eingearbeitet, Frau Fleischmann, soll ich zu ihr durchstellen?«

Cosmo lehnte dankend ab und unterbrach die Verbindung.

»Im Lotto gewonnen? Und dann steht sie gestern mit Mr. Proper vor deinem Haus?« Er tippte sich an die Stirn. »Das ergibt doch keinen Sinn!«

Nein, ergab es nicht.

»Wir müssen sie finden«, sagte ich zu Cosmo, der sich einen Schluck aus der Bierflasche genehmigte.

»Sie, den Bodyguard und auch diesen Professor Oschatzky«, erinnerte ich mich beim Sprechen.

»Professor wer?«

»Oschatzky, wenn es ihn denn gibt.«

»Was ist mit dem?« Cosmo griff wieder zu seinem Handy.

»Er soll angeblich ein Gutachten geschrieben haben, aus dem hervorgeht, dass die leiblichen Eltern von Jola resozialisiert sind. Melanie ließ seinen Namen fallen. Er hat sozusagen den Stein ins Rollen gebracht, wenn es stimmt, was Kim und Toffi mir gesagt haben, nämlich, dass das Amt Jola wirklich in ihre Ursprungsfamilie zurückführen will.«

»Hm«, sagte Cosmo, den Blick auf das Telefondisplay gerichtet. Mit einem Daumen scrollte er sich durch die Trefferliste bei Google. »Professor Harald Oschatzky, zweiundsechzig Jahre alt, Privatpraxis in Biesdorf. Scheint tatsächlich zu existieren. Merkwürdig.«

»Wieso merkwürdig?«

»Weil das nicht zusammenpasst, überleg doch mal.« Er nahm

einen weiteren, tiefen Schluck. »Wie man es dreht und wendet, diese Melanie Pfeiffer spielt in der falschen Mannschaft. Sie ist entweder die Hauptperson oder kann dich zumindest zum Täter führen. Wieso also sollte sie dir mit Professor Oschatzky einen Tipp geben, der dir eventuell bei der Suche nach Jola hilft? Das ergibt nur Sinn, wenn …«

»… Oschatzky eine Falle ist«, ergänzte ich Cosmos Vermutung. Doch der war mit seinen Gedanken noch nicht am Ende.

»Oder …«, sagte er, den Blick nachdenklich auf die Kerzen gerichtet, »… oder sie wird selbst erpresst und wollte dir mit dem Hinweis helfen. So oder so«, Cosmo sah mich eindringlich an, »es ist, wie du es sagst: Wir müssen diese Melanie finden, sie ist der Schlüssel. Egal, ob sie uns eine Falle stellt oder selbst ferngesteuert wird, so wie du vorhin durch deinen Knopf im Kopf.«

Der Knopf?

Erschrocken griff ich mir an mein Ohr, erst an das linke, dann an das rechte, obwohl ich wusste, dass das die falsche Seite war. Seit einer Boxverletzung hörte ich rechts nicht mehr so gut, weshalb ich grundsätzlich immer nur mit dem linken Ohr telefonierte.

»Ach du Scheiße«, rief ich und schnellte vom Sofa hoch.

»Was?«, fragte Cosmo erschrocken »Was ist denn nun schon wieder?«

»Der Empfänger«, sagte ich. Meine unsichtbare Hundeleine. »Was?«

»Frida«, keuchte ich, ähnlich atemlos wie gerade eben der Pförtner beim Amt. *Die Ohrfeige!* Sie musste mir den Stöpsel aus dem Ohr geschlagen haben. Mir war es in der Aufregung nicht aufgefallen, zumal das Ding stundenlang wie tot gewesen war und mir mein Ohr nach dem Schlag so gebrannt hatte.

»Herr im Himmel, ich hab den Kontakt zu meiner Tochter verloren.« Den einzigen Kontakt!

»Okay, verstehe, aber nun bleib mal ganz ruhig.« Auch Cosmo war aufgestanden und presste mir beide Hände auf die Schultern, so wie er es früher in der Kabine getan hatte, um mir Mut zuzusprechen, kurz bevor ich in den Ring musste.

»Wie lange haben wir beide jetzt nach Berlin gebraucht, knapp zwei Stunden? Und wie lange hat es gedauert, bis du mich in der Klinik aufgegabelt hast?«

»Ja, ich weiß. Wir waren jetzt fast fünf Stunden unterwegs, und …«

»… und in dieser Zeit hat sich niemand mehr über den Empfänger gemeldet.«

Nein, in *dieser* Zeit nicht.

Aber was war geschehen, seitdem ich die Favela betreten hatte? Seitdem mein Auge zuckte. Jetzt noch schlimmer als zuvor?

Ich schüttelte seine Hände ab und stürmte aus der Hütte, den schmalen Pfad zurück auf die Hauptstraße, durch das planenbewehrte Tor auf die Alt-Stralau, voller Sorgen, voller Zweifel, ohne Plan, wie ich Jola, Melanie oder wenigstens Frida wiederfinden sollte. Wie der Albtraum zu beenden war.

Ich blieb eine Zeit lang vor Verzweiflung gelähmt unschlüssig im Regen stehen und war schon kurz davor, wieder zu Cosmo zurückzugehen, als ich ihn sah: grau und dunkel, zwanzig Meter die Straße runter, im Halteverbot zwischen zwei Schuttcontainern, von denen der vordere so breit war, dass ich ihn um ein Haar übersehen hätte: den Transporter mit den getönten Scheiben, dessen Fahrer, wie ich im Außenspiegel sah, helle Rastalocken trug.

28. Kapitel

Die Situation hatte sich verändert, und das nicht unbedingt zu Jolas Gunsten. Der Stumme hatte eine Zeit lang seine Bemühungen, an die Waffe zu gelangen, unterbrochen (Jola dachte schon, er wäre ohnmächtig geworden), dann aber hatte er sich aufgebäumt, und dabei konnte sie zum ersten Mal sein Gesicht sehen; beschienen von einem im kurzen Moment der Windstille ruhigen Flammenlicht; die dunklen, hervorquellenden Augen, die Adern, die sich wie Regenwürmer unter der blutgetränkten Haut an seiner Schläfe zogen.

Er ist so jung, dachte Jola, viel jünger, als sie es erwartet hatte. Als ob Menschen, die anderen etwas Böses antun wollen, eine bestimmte Altersgrenze überschreiten müssten. Ihr Entführer robbte stöhnend auf dem Bauch voran, nur einen Zentimeter, aber immerhin.

Jola hörte ein schleifendes Geräusch, dann Steine, die übereinander kullerten, als der Stumme sich bäuchlings unter einem Schuttberg hervorzog.

Steine!!!

Hektisch sah sie sich um. Vielleicht fand sie ja ein Wurfgeschoss, etwas, was sie dem Killer an den Kopf schmeißen konnte, und in der Tat war da etwas, gleich hinter ihr, sie musste nur die Finger danach ausstrecken.

Ein marmorierter, gräulicher Feldstein, wahrscheinlich ein Granitgneis, von der Größe und Form einer Autobatterie – und damit zu schwer. Viel zu schwer.

Verdammter Mist.

Na klar, sie konnte das Ding anheben, das hatte sie schon getestet, aber es wog mehr als eine Bowlingkugel.

Den Stein werfe ich kaum weiter als einen Kühlschrank.

Jola sah zu dem Stummen, der erneut den Abstand zwischen sich und der Waffe verkürzt hatte, und da brachen bei ihr alle Dämme.

Sie schrie vor Angst, weinte, schloss die Augen, wollte weg sein; weit, weit weg von hier, am besten zu Hause, bei Mama und Papa, vor dem Fernseher, eine Handvoll Schokochips im Mund, Mr. Tripps auf dem Schoß *(war der eigentlich noch bei Dennis?)*, während sie fernsah: Zeichentrick, eine Castingshow, Werbung, *meinetwegen auch die Kinderwissenschaftsshow mit diesem bärtigen Kauz*, bei der sie einem alles Mögliche beibrachten über Lebensmittelfarben, Schwerkraft, Regenbogen oder Flaschenzüge, nicht aber, wie man sich aus der Gewalt eines Entführers befreien kann … *Oder halt! Etwa doch?*

Jola riss die Augen wieder auf, sah auf den Balken, der ihre Beine einklemmte, griff hinter sich, fühlte den rauen Stein, dachte an den Flaschenzug aus der letzten Folge des Kinderfernsehens und erinnerte sich an ein einziges, rettendes Wort, das ihr gerade durch den Kopf geschossen war: *Hebel!*

Sie griff hinter sich. Fasste mit ausgestreckten Armen und beiden Händen nach dem Stein. Für einen Moment fühlte sie sich wie auf einer Streckbank (*toll*, dachte sie, *das gesamte Mittelalter an einem Tag: erst Scheiterhaufen, dann Streckbank*) und meinte, die Schmerzen nicht mehr aushalten zu können, die mal pulsierten, mal bohrten, meistens aber wie Feuer brannten, ganz besonders wenn sie das linke Bein rührte. Schließlich aber gelang es ihr, den Stein mit beiden Händen nach vorne zu wuchten. Bevor er ihr aus der Hand fallen und den Brustkorb eindrücken konnte, legte sie ihn lieber selbst darauf ab, was dazu führte, dass sie nicht mehr atmen konnte. Wie Blei lag der Feldstein mit seinem gesamten Gewicht auf ihrem Oberkörper.

Alles in ihr schrie danach, nach links zu schauen, zu dem ehemals Gesichtslosen, dessen Gesicht sie jetzt kannte, doch sie hatte zu große Angst davor, in einen Pistolenlauf zu blicken. Schließlich aber hielt sie es nicht länger aus, spähte zur Seite und war verwirrt. Der Killer sah zu ihr herüber und nickte, als wüsste er genau, was sie vorhatte. Er bewegte sich nicht. Es schien beinahe so, als wolle er ihr einen Vorsprung geben, wie beim Versteckspielen, wo man bis zehn zählte, bevor man sich auf die Suche machte.

Hektisch griff Jola wieder nach dem Stein, hob ihn nur wenige Millimeter an und schob ihn nach unten, zwischen ihre Beine, die zum Glück breit genug auseinanderlagen, sonst hätte das alles hier gar keinen Sinn.

Der Granitgneis war, wie von Jola erhofft, höher als ihre Knie. *Aber nicht mehr lange.*

Sie richtete sich auf, spuckte schreiend den Schmerz aus, so laut, dass über ihrem Kopf zwei Vögel aus der Baumkrone flatterten, wischte sich den Regen aus dem Gesicht und legte los. Mit beiden Händen wie ein Maulwurf, Zentimeter um Zentimeter grub sie eine Mulde in dem Zwischenraum, der hinter dem Stein und vor dem Balken zwischen ihren Beinen entstanden war. Wegen des Regens war der Erdboden relativ einfach zu entfernen, so dass aus der Mulde mehr und mehr ein Loch, schließlich eine kleine Grube wurde.

Aus den Augenwinkeln heraus bemerkte Jola eine Bewegung. Sie schrie spitz auf, ohne hinzusehen, grub schneller und ermahnte sich, es nicht zu früh zu versuchen. Sie hatte nur eine Chance.

Etwa eine halbe Minute später, als sie den ersten Krampf in den Fingern der rechten Hand spürte, beschloss sie, es zu wagen.

Sie packte den Stein, drehte ihn nach vorne, kippte ihn einmal um die eigene Achse, so dass er in die ausgehobene Senke zwischen ihren Beinen fiel.

Geschafft!

Der Stein saß nahezu perfekt, die Oberkante nur wenige Millimeter unter dem Balken, der nach wie vor ausschließlich auf Jolas Unterschenkeln lag. Wahrscheinlich hätte sie, wenn ihre Beine nicht so verletzt wären (wie schlimm würde sie wahrscheinlich, *hoffentlich!*, gleich sehen), es sogar geschafft, sie unter dem Pfahl hervorzuziehen, aber mit den Schmerzen hatte sie keine Chance. Jedenfalls nicht ohne den Stein, den sie gerade platziert hatte.

Jola lachte vor Freude, auch wenn ihr klar war, dass erst die Hälfte des Weges geschafft war, und der Stumme neben ihr …

Neeeein!

Sie hatte nach links gesehen, und jetzt war der Killer nicht mal mehr eine Armlänge von der Waffe entfernt.

Schneller. Schneller. Schneller …

Jola trieb sich an, grub jetzt rechts und links von ihren Beinen, direkt unterhalb der Knie, dort, wo der Balken auflag, und spürte, wie ihre Beine vom Druck des Stammes immer weiter nach unten gepresst wurden, je mehr Erde sie entfernte. Und je tiefer ihre Beine einsanken, desto mehr sank der Stamm auf den Stein.

Auf meinen Hebelstein, den ich unter den Pfahl schiebe!

»Jaaaa …«

Jola lachte triumphierend, als sie das Gewicht des Balkens nicht mehr spürte. Geschafft!

Der Stamm, der ihre schmerzbrüllenden Beine bislang im Klammergriff gehalten hatte, schien jetzt zu schweben. Er lag auf dem Feldstein, seine äußeren Enden schwankten leicht, wie eine Wippe auf einem Kinderspielplatz.

Jola musste sich nur noch für eine Seite entscheiden (sie nahm die linke), drückte dieses Ende sachte und nur ein wenig nach unten, dann zog sie ihr offensichtlich gesundes Bein zu sich heran, denn es bereitete ihr keinerlei Qualen, ganz im Unterschied zu dem linken, das sie als Nächstes befreite, indem sie den Pfahl nun nach rechts balancierte.

Und dann, in der Sekunde, in der sie das Schienbein ihres linken Unterschenkels sah, das wie ein abgebrochener Ast fünf Zentimeter unterhalb des Knies aus dem Fleisch ragte, hörte sie ein lautes Klicken und wusste, dass es zu spät war. Dass sie verloren hatte.

Sie schloss die Augen und wagte es nicht, nach links zu schauen, wo der Killer an die Waffe gelangt war und sie entsichert hatte.

29. Kapitel

Diesmal ist das Glück auf meiner Seite, dachte ich zumindest im ersten Moment, aber es ist ja oft so im Leben, dass man sich in ahnungsloser Naivität über die falschen Dinge freut; in diesem Fall über einen quer stehenden Müllwagen, der beim Versuch, einen Zweite-Reihe-Parker zu umfahren, ein entgegenkommendes Fahrzeug touchiert hatte, weswegen die Alt-Stralau jetzt auf beiden Seiten blockiert und der graue Transporter, hinter dem ich in dieser Sekunde herrannte, im Stau gefangen war.

Das darf man nicht, hörte ich Jolas Stimme in einer jüngeren Ausgabe, während ich den Abstand zwischen mir und dem Transporter verkürzte. Noch war ich etwa ein halbes Fußballfeld von dem Wagen entfernt.

Das darf man nicht.

Jolas Lieblingssatz, als sie knapp drei Jahre alt war und einfach alles, was ihr nicht passte (wenn ich sie im Garten mit dem Schlauch abspritzte, ihr scherzhaft einen Schluck von meinem Frühstückskaffee anbot – *iiiibaba* – oder ihr von der bösen Hexe erzählte, die Gretel im Ofen rösten wollte), mit jenen vier Worten kommentierte: *Das darf man nicht!*

Nachts, wenn ich sie beim Schlafen beobachtete – die Tür nur einen Spalt geöffnet, gerade so viel, dass die hereinfallende Dosis an Flurlicht ausreichend war, Jola während der Einschlafphase zu beruhigen, aber nicht grell genug, um sie auf Dauer zu wecken, sollte sie zwischendurch kurz aufwachen –, wenn ich sie mit der typischen Röntgenblickmiene fixierte, die alle Eltern eines Kleinkinds aufsetzen, die im Halbschatten herauszufinden versuchen, ob ihr Kind noch atmet, da zerriss es mir jedes Mal das Herz, wenn ich mir vorstellte, es könnte mein Mädchen sein, von dem man abends in den Nachrichten hörte oder morgens in der Zeitung las: entführt, verschleppt, misshandelt. Mein Baby, das nicht mehr in seinem kleinen, auf Zuwachs gekauften Ausziehbett schlummern und von Feenstaub träumen würde, sondern schutzlos der Gewalt von Fremden ausgesetzt wäre, denen sie nichts anderes entgegenzusetzen hätte als ihre Tränen und vielleicht ein ängstlich geflüstertes *Das darf man nicht!*

Mit den Jahren waren meine düsteren Sorgen nicht kleiner geworden, doch seitdem ich Autor war, hatte ich es geschafft, sie mehr und mehr aus meinem Bewusstsein zu schreiben. Ich hatte meine Arbeit als eine Art Therapie empfunden, das Schreiben als Verarbeitungsprozess irrationaler Ängste, meine Bücher als hilfreiche Blitzableiter. Jetzt, da es tatsächlich geschah, da Jola sich wahrhaftig in der Gewalt skrupelloser Wahnsinniger befand, deren mutmaßlichem Komplizen ich in dieser Sekunde zu Fuß hinterherjagte, blieb mir keine Zeit, bewusst über meinen Fehler zu reflektieren; es war mehr ein Gefühl denn eine Erkenntnis, dass Jola zwar älter, aber nicht weniger schutzbedürftig geworden war. Und dass ich meine Ängste nicht verarbeitet, sondern nur verdrängt hatte.

So klar war mir diese Einsicht natürlich nicht in dem Moment, in dem meine Turnschuhe auf den nassen Asphalt klatschten und ich damit rechnen musste, dass mir ein unbedachter Tritt auf Laub, Hundekacke oder sonst etwas die Füße wegriss, so schnell, wie ich jetzt rannte. Und als der weiße Pseudorastafari mit dem Zickenbart die Tür des blockierten Transporters öffnete und aus dem Fahrzeug sprang, gab es ohnehin nur noch einen einzigen Gedanken: *Ich darf ihn nicht entkommen lassen!!! Diesmal nicht!*

Also legte ich noch einen Zahn zu, obwohl sich mein Kopf

schon jetzt so anfühlte, als würde ich mir mit jedem Tritt einen Holzpflock tiefer und tiefer ins Gehirn rammen.

Und mein Gegner war schnell. Unglaublich schnell.

Selbst in meinen besten Tagen, als ich an vier von fünf Tagen im Boxtraining stand, hätte ich meine liebe Mühe gehabt, den drahtigen, jungen Kerl einzuholen, der ohne auch nur eine Sekunde innezuhalten wie ein Hürdenläufer über einen Baustellenzaun sprang – Richtung Norden, in eine menschenleere Straße hinein, die zu ihrer Linken von einem mit Gestrüpp überwucherten Betonwall und zu ihrer Rechten von einem stacheldrahtbewehrten Maschendrahtzaun gesäumt wurde. Dahinter warteten längst aufgegebene, graffitibeschmierte Flachdachfabrikklötze auf die Abrissbirne.

Ich riss kurz den Kopf herum. Cosmo, den ich zu Beginn noch hinter mir gehört hatte, war nicht mehr da. Und auch der Rastakopf vor mir war drauf und dran zu verschwinden. Der Abstand zwischen uns wuchs, und das, obwohl er auf der Flucht *telefonierte!* Jedenfalls sah es so aus, welchen Grund sollte es sonst geben, dass er sich die rechte Hand ans Ohr presste?

Der einzige Vorteil an der Strecke war, dass es für den nächsten Kilometer kaum eine Ausweichmöglichkeit gab. Den Betonwall hatten wir hinter uns gelassen, und jetzt lag zu beiden Seiten der Straßen offenes Gelände. Selbst wenn der Kerl hier irgendwo ausbrach, würde ich ihn noch lange im Auge behalten.

Allerdings erlaubte ihm sein Vorsprung mittlerweile sogar eine kurze Pause. Die Anstrengungen machten sich also auch bei ihm bemerkbar. Er stand, die Hände in die Hüften gebohrt, den Oberkörper abgeknickt, und keuchte den Bürgersteig an.

Ich kämpfte gegen den Zwang, ebenfalls stehen zu bleiben, atmete gegen mein Seitenstechen, befahl mir, die Luft langsam und gleichmäßig einzusaugen, auch wenn ich am liebsten wie ein Hund kurz vor dem Hitzschlag gehechelt hätte.

Nachdem ich weiter aufgeschlossen hatte, zog der Mann (der Entführer? Komplize? Killer?) wieder an, spurtete los, als gelte es, den Schlusssprint bei einem Tausendmeterlauf zu gewinnen.

Bitter, salzig, scharf!

Ich konnte das Laktat schmecken, das meine Muskeln übersäuerte, zumindest bildete ich es mir ein. Zu allem Übel frischte der Wind auf, wehte von der Eisenbahnbrücke über die Hauptstraße direkt in die Senke. Regen klatschte mir ins Gesicht.

Und dann hatte ich wieder Glück. Zuerst dachte ich, der Flüchtende vor mir wäre von einem Blitz getroffen worden, obwohl ich weder das Licht sah noch den Donner hörte. Aber wie sonst war es zu erklären, dass er mit einem Mal auf dem Boden lag? Tatsächlich war er scheinbar grundlos gestürzt, dabei hatte es ausgesehen, als hätte ihn eine unsichtbare Macht mitten im Lauf von rechts kommend in die Seite getreten und damit aus dem Gleichgewicht gebracht.

Und diese Macht gab es tatsächlich. Ich konnte sie hören, als ich mich näherte. Es war ein Terrier, der sich gegen den Zaun warf, angeleint, wie ich sah, und lange nicht so groß und bösartig, wie er sich anhörte, aber sein unerwartetes Gebell hatte den Kerl so erschreckt, dass er das Gleichgewicht verloren hatte und über die eigenen Beine gestolpert war.

Der Unbekannte rappelte sich rasch wieder auf, bückte sich noch einmal kurz nach seinem Handy, dann flüchtete er weiter, aber mit deutlich geringerem Elan als zuvor, kein Wunder, schien er sich doch den Knöchel verstaucht zu haben. Er humpelte, daran gab es keinen Zweifel, und das war meine Chance. Meine einzige Chance!

Ich dankte dem Hund in Gedanken, der sich auch bei mir, als ich ihn passierte, schier von seiner Kette reißen wollte, dann verkürzte ich den Raum zwischen mir und Mr. Hinkefuß.

Es war kurz vor Ende der Kynaststraße, an der Ecke zur

Hauptstraße (wie mir ein Blick auf die Straßenschilder zeigte), als mir nur noch wenige Schritte fehlten, um so nah zu sein, dass ich mich beinahe auf ihn hätte werfen können. Ich sah die Schweißflecken auf dem Rücken seines Sweatshirts, erkannte billigen Modeschmuck, rote und silberne Perlen, die wie Gewichte an seinen verfilzten Haarbündeln hingen, da bog er nach links, zum S-Bahnhof Ostkreuz, wie ich vermutete, sicher war ich mir in dieser Sekunde nur, dass ich dem Kerl als Erstes die Zähne einschlagen würde, sobald ich ihn fasste. Erschöpfung hin oder her, zu zwei, drei guten Treffern war ich immer noch in der Lage – aber …

Verdammt, nein.

Ich erkannte seine Absicht in der Sekunde, in der er auf die Straße lief. Diese Hauptstraße war dicht befahren, wenngleich die Autos, Busse und Lkw wegen des heftigen Regens ihre Geschwindigkeit etwas gedrosselt hatten, ein Umstand, der dem Flüchtenden jetzt zugutekam.

Mein Glück, so dachte ich, war in der Sekunde verbraucht, in der ein Motorroller auf der Bildfläche auftauchte. Der Rastakopf lief auf die Fahrbahn, stellte sich der Vespa in den Weg, und es geschah das Unausweichliche: Um einen Zusammenstoß zu verhindern, wollte die Fahrerin des Rollers nach rechts ziehen, kam dabei ins Schlittern, auch weil der Unbekannte ihren Lenker festhielt. Die Frau riss verblüfft die Augen auf, unverkennbar das Wort »Arschloch« auf den Lippen, dann flog sie auch schon nach vorne, die Hände abwehrend ausgestreckt, um den Sturz abzumildern.

Alles ging so schnell, dass ich nicht einmal mitbekam, wie der Fremde sich auf die Vespa geschwungen hatte, mit der er sich jetzt im Slalomkurs durch den Verkehr schlängelte.

»Neeeein!«, brüllte ich ihm hinterher. Zwei, drei Autos hielten an, blockierten die rechte Spur, ein Mann im Anzug war bereits ausgestiegen, um der Frau zu helfen, die sich aber schon wieder aufgerichtet hatte und gerade den Helm abnahm.

»Geht es Ihnen gut?«, hörte ich Stimmen fragen. »Alles in Ordnung? Wir haben alles gesehen.« Sie klangen dumpf, wie das Hintergrundrauschen eines Fernsehers im Halbschlaf.

Das darf man nicht, dachte ich bitter, Tränen der Verzweiflung in den Augen. Jemand hupte, aber ich dachte gar nicht daran, die Straße zu räumen, jetzt da mir der Weg zu meiner Tochter auf einmal noch sehr viel weiter schien als zuvor. Ich reagierte nicht, auch nicht bei dem dritten Hupsignal, erst als Cosmo mich fast mit dem Kühler aufspießte, drehte ich mich zu ihm herum.

»Los, los, steig ein!«, brüllte er mich aus dem grauen Transporter heraus an. Die Schnauze war eingedrückt, ebenso wie die hintere Schiebetür, an der über weite Teile der Lack bis aufs Blech abgeschmirgelt war. Leicht auszumalen, mit welcher Technik Cosmo das Fahrzeug aus dem Unfallstau bugsiert hatte.

Er hatte mir die Beifahrertür geöffnet und fuhr an, als ich noch gar nicht richtig eingestiegen war.

»Da vorne, auf einer Vespa«, keuchte ich.

Ich schloss kurz die Augen, hörte mir selbst beim Atmen zu, versuchte das Dröhnen in meinen Ohren und das Pumpen in meinem Brustkorb abzustellen oder wenigstens zu beruhigen.

»Beeil dich doch!«, sagte ich, immer noch mit geschlossenen Augen, da ich spürte, dass wir uns kaum schneller als ein normales Auto im Berufsverkehr bewegten. Nach meinem Sprint, der mich all meine Reserven gekostet hatte, erwartete ich als logische Fortsetzung eine Abkürzung über den Gehweg, mindestens einen Zickzackkurs, bei dem wir jede Lücke im Spurwechsel ausnutzten.

Doch jetzt fühlte es sich sogar an, als ob wir bremsten.

Ich öffnete die Augen. Tatsächlich.

Cosmo war nach rechts auf den Parkplatz eines pleitegegangenen Getränkegroßmarktes gerollt und hielt an.

»Hey, er entkommt uns. Bist du übergeschnappt?«, fragte ich ihn entsetzt und wunderte mich, dass Cosmo mich ansah, als wollte er mich töten.

»Ich glaube, die Frage sollte ich lieber dir stellen«, sagte er.

30. Kapitel

Viola Gohrmann

Messer? Pistole? Oder doch die Handschellen?

Viola Gohrmann musste eine Wahl zwischen roher Gewalt und kreativer List treffen – und das möglichst schnell.

Sie tendierte dazu, den Schalldämpfer auf die Heckler & Koch zu schrauben und dem ganzen Elend rasch ein Ende zu bereiten. All die neunmalklugen, möglichst gewaltfreien Pläne ihrer sogenannten »Chefs« waren bislang Rohrkrepierer gewesen, aber was sollte schon dabei herauskommen, wenn intellektuelle Schreibtischtäter James Bond spielten?

Das waren Kinder. Technikfreaks, aber keine Männer, wie man schon an den fürchterlichen Codenamen merkte, die sie sich gaben. Fish und Spook; so ein Schwachsinn.

Im Unterschied zu diesen Nerds hatte sie immerhin von ihrem Vater das Schießen gelernt, in jungen Jahren schon, als er sie zur Jagd mitnahm. Sie war bestimmt nicht die weltbeste Schützin, aber sie traf einen Hirsch auf dreihundertfünfzig Metern, da dürfte *das* hier ja wohl kaum ein Problem darstellen.

Zumal jetzt der Wagen stand und sie nur das Schiebefenster zur Seite ziehen musste.

Peng. Peng.

Zwei Schüsse, direkt in den Hinterkopf. Es würde so schnell gehen, die beiden würden sich kurz wundern, was plötzlich von innen gegen die Windschutzscheibe spritzte, und längst tot sein, bevor sie in dem weißlichen Zeug ihre eigene Hirnmasse erkannten.

Sie würden, wie man so schön sagte, den Schuss nicht hören.

Weder der Trottel, der den Transporter steuerte, noch sein Bruder.

Was für Amateure.

Wer stahl schon einen Lieferwagen, ohne einen Blick in den Laderaum zu werfen?

31. Kapitel

»Das hier lag auf dem Armaturenbrett«, sagte Cosmo und reichte mir einen etwa fingerdick gefüllten, bräunlichen DIN-A-4-Schnellhefter, auf dessen Recyclingpappen-Deckblatt mein Name stand. Quer geschrieben, mit einem Laserdrucker in Großbuchstaben.

Ich öffnete ihn und starrte auf mein eigenes Gesicht.

Das Foto musste gestern geschossen worden sein, heimlich, vermutlich aus diesem Auto heraus. Es zeigte mich nach dem Gespräch mit Frau Jasper und der Rektorin, unmittelbar vor der Wald-Grundschule, während ich Jola die Tür des Käfers aufhielt, damit sie über die gekippte Lehne des Beifahrersitzes hinweg nach hinten klettern konnte.

»Wie lange beschatten die Schweine mich schon?«, fragte ich.

»Lange.«

Wieder dieser wütende Blick, als hätte ich Cosmo persönlich etwas getan.

»Was ist denn los mit dir?«

»Das wirst du schon sehen.«

Ich blätterte weiter und fand noch ein Foto von mir, diesmal aus besseren Tagen, als ich noch nicht so übermüdet und ausgezehrt ausgesehen hatte. Dennoch fühlte ich mich bei seinem Anblick hundeelend.

»Das ist eine Montage«, stellte ich klar.

»Ach ja?«

»Natürlich!«

Ich riss angewidert das Blatt aus dem Hefter und hielt es

Cosmo vor die Nase. »Glaubst du wirklich, ich treibe mich auf solchen Websites herum?«

Er zuckte mit den Achseln. »Sag du es mir.«

»Ein Fetisch-Sexportal? Ich bitte dich. Irgendjemand hat mein Foto für dieses Profil benutzt. Oder unter meinem Namen einen Fake-Account eingerichtet.«

»Und dort Bilder von Jola gepostet?«

»Wie bitte?«

Cosmo befahl mir, den Hefter in der Mitte zu öffnen, und tatsächlich fand ich mehrere, angeblich von mir verfasste Chat-Einträge, in denen ich mich über heimliche Phantasien mit meiner Tochter erging. Schon beim Überfliegen der Textzeilen wurde mir schlecht. Am schlimmsten zu ertragen aber war der Umstand, dass neben den abartigen Sätzen fingernagelgroße Bilder meiner Tochter zu sehen waren, die aus meinem Fotoalbum abgefilmt worden sein mussten. Jola mit zwei Jahren beim Baden, mit drei auf dem ersten Fahrrad, mit sechs bei einer Schulaufführung als Schneewittchen.

»Woher stammten diese privaten Fotos, wenn nicht von dir?«, fragte Cosmo völlig berechtigt.

»Ich weiß es nicht.«

Das Album lag in meinem Arbeitszimmer. Außer mir hatte nur Kim einen Schlüssel dafür. Ich hatte einige von den Fotos noch ganz altmodisch mit einer analogen Kamera geschossen, sie dann aber alle digitalisiert. Ich hielt nichts von Kinderbildern auf Facebook und hatte sie auch sonst nirgendwo gepostet.

Entsetzt überflog ich die weiteren Seiten des Hefters, auf denen die Bilder immer expliziter wurden. Jetzt zeigten sie nicht länger Jola, sondern andere Kinder unterschiedlicher Altersklassen und verschiedener Hautfarben, alle in extremen Posen. Und alle von einem Mann, der mein Profilfoto missbrauchte, mit sadistischen Kommentaren versehen.

Einer lautete: *Die Kleine würde ich gerne mal in meiner Laube vernaschen. Hab mir gerade eine gemietet und sie schalldicht gemacht!*

Ich schlug den Hefter zu. Blinzelte hektisch und versuchte mit zusammengeballten Fäusten, meine Übelkeit herunterzuschlucken.

»Du glaubst, *ich* bin ein Perverser?«, fragte ich Cosmo. »Ausgerechnet *du*?«

Er zuckte mit den Achseln, mit unveränderter Wut im Blick. Auch er hatte die Finger zur Faust geschlossen, was mich noch mehr erzürnte. Erst diese falschen Unterstellungen, und dann auch noch diese überhebliche, selbstgerechte Geste!

»Du wagst es, mir deine eigenen Abartigkeiten zu unterstellen?«

»Du irrst dich, Kleiner.« Er knirschte mit den Zähnen. »Ich bin doch nicht wütend auf dich, Mann.«

»Sondern?«

»Auf den, der uns beide so verkorkst hat. Wenn ich könnte, würde ich …«

Er zuckte mit den Augen, als wäre ihm etwas hineingeflogen, und ich sollte vorerst nicht erfahren, was er noch hatte sagen wollen. Auch mir war der Schreck in die Glieder gefahren.

»Hast du das auch gehört?«, flüsterte ich mit trockenem Hals.

Er nickte, nicht weniger nervös, als ich es war.

Hinter uns, im Laderaum, war etwas umgekippt.

32. Kapitel

Ich legte mir einen Finger an die Lippen und sagte ruhig, als ob nichts gewesen wäre: »Jetzt komm mal wieder runter, Cosmo. Beruhig dich bitte, ja?«

Dabei schaltete ich das Radio ein und drehte die Musik laut. Adeles melancholischer Gesang flutete die Fahrerkabine. Rammstein wäre mir lieber gewesen, aber es ging auch so.

Leise, nur mit den Augen kommunizierend, öffneten wir unsere Türen und glitten aus dem Transporter.

Vor den hinteren Türen zur Ladefläche trafen wir wieder aufeinander und sahen uns unschlüssig an. Der Verkehrslärm von der Straße her war so laut, dass wir wahrscheinlich ganz normal hätten sprechen können, doch wir wollten nichts riskieren.

Ich zeigte auf die Hintertür des Transporters und machte eine Bewegung, als wollte ich sie ruckartig aufreißen.

Cosmo zeigte mir einen Vogel. Mit den Fingern symbolisierte er mir, uns schnellstmöglich aus dem Staub zu machen.

Ich schüttelte den Kopf. Wer auch immer sich in dem Fahrzeug versteckt hielt, konnte wissen, wo Jola war. Diese Chance durfte ich nicht ungenutzt lassen.

Ich sah mich um und entdeckte einen Müllberg am Rande des Parkplatzes, ganz offensichtlich eine wilde Deponie. Mir kam eine Idee.

Je näher ich dem Abfallhaufen kam, desto heftiger stank es nach Urin, ich sah menschliche Exkremente und benutzte Kondome auf dem Asphalt. Mit einem raschen Blick vergewisserte ich mich, dass hinter dem umgekippten Sofa kein Obdachloser schlief, dann griff ich mir die Metallstange, die mir ins Auge gefallen war. Sie hatte wohl mal zu einer Garderobe gehört. Mit den Haken an ihrer Seite war sie eine fast perfekte Schlagwaffe. Ganz besonders für einen Menschen, der das Überraschungsmoment auf seiner Seite hatte.

Der Plan, den ich Cosmo mit Handzeichen kommunizierte, sah vor, dass er zurück in die Fahrerkabine des Transporters klettern und dort gegen die Trennwand klopfen sollte, während ich nur einen Moment später die Hintertür aufriss und mich auf unseren hoffentlich abgelenkten geheimen Passagier stürzte.

Nach kurzem, stummem Protest schlich Cosmo endlich wieder nach vorne und zog sich am Lenkrad in den Transporter.

Ich legte meine Finger in die Griffmulde und betete, dass die Tür nicht verschlossen war. Begann in Gedanken zu zählen.

Eins, zwei, drei …

Kurz bevor ich bei vier angekommen war, hörte ich das Wummern, und der gesamte Wagen erzitterte.

Ich riss die Tür auf, die Stange in der Linken, und als die Innenbeleuchtung aufflammte, sprang ich brüllend ins Innere.

Dabei stieß ich mir das Knie an einer Metallkiste, die mir im Weg stand, doch ich spürte nichts. Weder Schmerz noch Angst, und vermutlich hätte mich in dieser Sekunde nicht einmal eine Pistolenkugel aufgehalten.

Wohl aber dieser Blick.

Er traf mich, kurz bevor es zu spät war. Gerade noch rechtzeitig erkannte ich, was ich vor mir hatte, und schaffte es, den Schlag zu verreißen und den Haken statt in den Kopf direkt ins Metall der Seitenwand zu rammen.

»Herr im Himmel«, brüllte ich, jetzt zitternd vor überschüssigem Adrenalin. »Was, zum Teufel, machen Sie hier?«

Auf dem Boden saß eine Frau, nicht älter als dreißig Jahre, mit weit aufgerissenen dunklen Augen.

»Tun Sie mir nichts, bitte nicht!«, rief sie und reckte mir die gefesselten Hände entgegen.

33. Kapitel

Kim bedankte sich für den ihr angebotenen Platz, zog es aber vor, stehen zu bleiben und sich erst einmal in Ruhe im Büro umzusehen, in das sie sofort nach ihrer Ankunft am Potsdamer Platz gebeten worden war.

Sie hatte noch nicht viele Anwaltskanzleien betreten und nie das Büro des Seniorpartners einer großen Sozietät von innen gesehen, aber sie konnte sich beim besten Willen nicht vorstellen, dass es auf dem Planeten einen zweiten Juristen gab, der seinen Arbeitsraum ähnlich eingerichtet hatte wie Toffi.

Die Oberfläche seines Schreibtisches war eine in Glas gefasste Comic-Zeichnung eines explodierenden Gerichtsgebäudes, die auf zwei tiefergelegten Einkaufswagen montiert war.

Der Tisch war eigentlich gut platziert, jeder Besucher hätte beim Eintreten einen ehrfurchtgebietenden Blick Richtung Reichstag und Brandenburger Tor genießen können, wäre dieser nicht zu einem Teil von einem übergroßen, schief in das Fenster ragenden Gemälde verdeckt worden, das mehrere hochrangige Politiker nebeneinander auf der Toilette hockend zeigte.

»Wasser? Kaffee?«

»Wie wär's mit einem Gin Tonic?« Kim ging die Wand zum Nachbarbüro ab, wobei ihre Absätze auf dem Parkett klackerten. Statt der üblichen Angeberurkunden und Diplome hatte Toffi ein Dutzend Ablehnungsschreiben rahmen lassen. Absagen seiner Bewerbungen bei namhaften Kanzleien, die ihn dazu motiviert hatten, sich mit einer eigenen Sozietät selbstständig zu machen. Einige der Anwälte, die ihn damals abgelehnt hatten, arbeiteten jetzt für ihn. Wenn das Gerücht stimmte, waren sie die Einzigen, die auch samstags im Anzug kommen mussten.

»Also, was hast du herausgefunden?«, fragte Kim, nachdem Toffi ihr erklärt hatte, dass es in seinem Büro keinen Alkohol gebe.

Sie ging zur Sitzecke. Sie bestand aus einer Kino-Klappsitzreihe, der zwei Flugzeugsitze (einmal Business-, einmal Economy-Klasse) gegenüberstanden.

»Was ist deine angeblich heiße Spur, Toffi?«

Sie setzte sich auf den ledernen Business-Class-Sessel und strich ihren Rock glatt, während Toffi stehen blieb und ihr ein Glas Leitungswasser in die Hand drückte.

»Kennst du die 80-Prozent-Regel?«

Sie schüttelte den Kopf.

»Viele halten es für ein Klischee, aber du kannst jeden Ermittler fragen: In achtzig Prozent aller Gewaltdelikte findet sich der Täter im nahen Angehörigenkreis.«

Sie hob die Augenbrauen. »Aber du hast doch vorhin gesagt, du glaubst nicht, dass Max Jola entführt hat, sondern, dass er dazu gezwungen wurde, so durchzudrehen.«

»Ja, und dabei bleibe ich auch.«

Sie nippte an ihrem Glas. »Dann verstehe ich nicht, was du mir damit sagen willst.«

»Ganz einfach: Ich rede nicht von Max. Ich rede von dir!«

»Du denkst …?« Kim zeigte auf sich selbst und lachte kieksend.

»Nicht nur ich habe dich im Verdacht. Ich schätze, es wird nicht lange dauern, dann weiß auch die Polizei, was meine Leute herausgefunden haben.«

»Und das wäre?«

»Dass du gestern nicht von Newark losgeflogen bist. Dass du in gar keinem Flieger warst. Ich habe deinen Dienstplan überprüft.«

»Und?« Sie schluckte unbewusst den zähen Speichel herunter, der sich in ihrem Mund gesammelt hatte.

»Und nach der 80-Prozent-Regel macht dich das verdächtig, Schnuckel.«

»Blödsinn.«

Er nickte, als habe er mit dieser Antwort gerechnet. »Schau mich mal an, bitte. Hast du dich jemals gefragt, weshalb meine Freundin wie ein Victoria-Secret-Model aussieht, obwohl ich optisch eher eine Mischung aus dem Glöckner und Tyrion Lennister bin?«

»Geld?«

»Hm, hm.« Toffi tippte sich an die Stirn. »Köpfchen, mein Hase. Menschenkenntnis oder Empathie. Nenn es, wie du willst, aber ich kann emotionale Gedanken lesen. Ich spüre, wie andere Menschen ticken. Das hilft mir im Gerichtssaal ebenso wie im Bett mit einer schönen Frau. Und es hilft mir zu erkennen, wenn mir eine angeblich zu Tode erschrockene Mutter Furcht und Verzweiflung vorheuchelt, so wie du vorhin im Krankenhaus am Bett deines Mannes.«

Kim rollte mit den Augen. Ein anderer Mann, die gleichen Vorwürfe.

»Ich habe nicht geheult, also bin ich verdächtig?«

Toffi lächelte spöttisch. »Nein, du hast die Wut und Verzweiflung nur gespielt. Das hat mich irritiert. Ebenso wie die Tatsache, dass du ständig auf dein Handy geschaut hast und nach einem langen Telefonat, für das du aus dem Zimmer gegangen bist, nach Hause fahren wolltest. Jede andere Mutter hätte die Beamten nach ihrer Strategie gelöchert und mich gebeten, alles in meiner Macht Stehende zu tun, um nach Jola zu suchen.«

»Ich bin aber nicht wie jede andere Mutter.«

»Das will ich damit sagen.«

Verdammt, was bildet der sich ein?

Kim nahm einen tiefen Schluck aus dem Glas, das sie dem Gnom am liebsten an den Kopf geworfen hätte. »Du hältst dich also für einen Frauenversteher, ja? Dann sag ich dir mal was, Professor Selbstüberschätzung: Ich habe keine Angst um Jola. Ja, das stimmt. Und ich fühle mich schlecht dabei. Wie eine Mutter, die ihr Neugeborenes nach der Geburt nicht im Arm halten will, weiß ich, dass es falsch ist, aber ich kann nicht gegen meine Natur an.«

Während sie sprach, schwappte das Wasser aus dem Glas auf ihr Kostüm.

»Ich wollte nie ein Kind, Toffi. Das war Max' Idee. Ich hab weder seinen Gluckeninstinkt noch sein Helfersyndrom. Er war die treibende Kraft dahinter, Jola in Pflege zu nehmen.«

»Du wolltest lieber unabhängig bleiben.« Toffi nickte.

»Wieder falsch. Ich wollte keine Angst haben. Weißt du, was Kinder bedeuten? Sorgen. Tausende, Millionen an Sorgen. Dass sie im Schlaf ersticken, beim Schwimmen ertrinken, von einem Betrunkenen überfahren oder in der U-Bahn abgestochen werden. Ich wollte mich niemals sorgen. Niemals in der Notaufnahme warten, bis ein Arzt kommt, der mit den Schultern zuckt. Niemals zu dem See gerufen werden, dessen Eisdecke nachgegeben hat. Und nie, nie, nie wollte ich auf einen Anruf der Polizei warten, ob mein Kind, das in den Fängen eines Perversen ist, endlich gefunden wurde. Verstehst du das?«

Toffis Miene blieb reglos.

»VERSTEHST DU?«, brüllte Kim mit Tränen in den Augen.

»Wo warst du gestern Abend?«, fragte er ungerührt.

»Ach leck mich doch.«

»Wo?«

Sie stand auf. »Du willst hören, dass ich mit einem anderen Mann gevögelt habe? Schön, ja, ich gebe auch das zu. Ich habe eine Affäre. Das ist kein Geheimnis, frag unseren Paartherapeuten. Und ja, auch das ist ein Grund, weshalb ich mich über die Jahre von Jola entfremdet habe. Lange Zeit war sie das Einzige, was mich an den Loser gekettet hat.«

»Und jetzt ist es der fehlende Ehevertrag, nicht wahr? Wer zahlt schon gerne Unterhalt«, unkte Toffi mit gespielt bedauernder Miene.

Kim lächelte angewidert.

Dieses selbstgerechte Arschloch.

»Sonst noch was?«

»Ja.«

Toffi ging zu seinem Schreibtisch und nahm einen Stift in die Hand. »Die Adresse und seinen Namen.«

»Von wem?«

»Von deinem Lustknaben, Kim. Tut mir leid, aber bei einer so begnadeten Lügnerin wie dir werde ich das Alibi wohl überprüfen müssen.«

34. Kapitel

»Wer sind Sie?«, fragte ich die Gefangene. Cosmo war ebenfalls in den Transporter gestiegen und hatte die Türen hinter uns geschlossen. In der spärlichen Innenbeleuchtung erinnerte mich die Frau an Kim, nur mit dunklen Haaren. Eine ähnlich schlanke Figur mit nahezu faltenfreier Haut, abgesehen von zwei Grübchen auf den Wangen. Selbst der seidig glänzende Jogginganzug könnte in dem Schrank meiner Frau hängen, erst bei den schweren Arbeiterstiefeln hörten die Gemeinsamkeiten auf.

»Bitte, helfen Sie mir!«, sagte sie. »Ich wurde entführt.«

»Von wem?«

Sie schüttelte den Kopf. »Keine Ahnung. Sie sind einfach bei uns zu Hause eingedrungen, haben mich betäubt und mitgenommen. Ich bin eben erst aufgewacht.«

»Sie?«

Ein weiteres Kopfschütteln. »Er oder sie, einer oder mehrere Täter. Keine Ahnung. Ich kann mich an nichts erinnern.«

Sie saß auf einer heruntergeklappten Pritsche, den Rücken erschöpft an die Fahrzeugwand gelehnt, und deutete mit ihren gefesselten Händen auf meine Brust.

»Hinter Ihnen steht ein Kasten. Ist da Werkzeug drin?«

Ich drehte mich um. Cosmo, der näher an der olivgrünen Metallkiste stand, hatte das Ding, an dem ich mich gestoßen hatte, schon geöffnet und pfiff durch die Zähne.

»Was haben wir denn hier?«

»Oh Gott!« Die Augen der Frau weiteten sich, als sie die Pistole sah, die mein Bruder dem Kasten entnommen hatte.

»Die wollten mich umbringen«, keuchte sie.

»Möglich.«

Ich griff nach ihren Armen, überprüfte die Handschellen. Sie hatte schmale Handgelenke, aber die Manschetten waren verdammt eng zugezogen, keine Chance, dass sie sich alleine befreien könnte.

»Sieh nach, ob es irgendetwas anderes als die Pistole gibt, mit der wir die Dinger aufbekommen«, bat ich Cosmo.

»Gute Idee.« Die Frau lächelte mir zu. Ihre Zähne glänzten wie frisch nach der Prophylaxe.

»Wie heißen Sie?«, fragte ich, während Cosmo weiter in der Kiste kramte.

»Sandra«, sagte sie, und plötzlich weiteten sich ihre Augen erneut, als wäre ihr gerade ein erschreckender Gedanke gekommen. Ihr Blick schnellte zu meinem Bruder.

»Ihr steckt doch nicht mit denen unter einer Decke, oder?«

»Sandra wer?«, fragte Cosmo ungerührt.

Sie schluckte.

»Oschatzky.«

Ich glaubte, mich verhört zu haben.

»Wie Harald Oschatzky, der Psychologe?«

Ein Gefühl, als ob ein Schwarm Ameisen meinen Rücken hinunterwandern würde, sorgte dafür, dass ich mich kratzen wollte.

Die Frau nickte aufgeregt. »Das ist mein Vater, ja. Ist das da ein Schlüssel in Ihrer Hand?«

Cosmo beugte sich zu ihr und nickte. »Ja, den hab ich in der Überraschungskiste zwischen einem Messer und anderem Werkzeug gefunden. Was für ein Zufall, nicht?«

»Wie meinen Sie das?« Sandras irritierter Blick huschte zu mir. »Was meint er damit?«

»Er traut Ihnen nicht«, sagte ich und gab Cosmo mit einem Blick zu verstehen, dass ich seinen Argwohn teilte.

»Du meinst, sie sieht zu gut aus?«, fragte ich ihn.

Er nickte. »Gewaschene Haare, die nur leicht verwuschelt sind, wie schnell mal selbst durcheinandergebracht? Die Schminke sieht frisch aus, keine Tränen, kein verlaufener Kajal …«

Die Gefangene schnaubte empört durch die Nase.

»Hört mal, nur, weil ich keine Heulsuse bin, heißt das nicht, dass ich lüge.«

»Und nur, weil wir wie Penner aussehen, heißt das nicht, dass wir welche sind«, fuhr ihr Cosmo über den Mund.

Sie atmete tief durch, sah abwechselnd zu mir und zu meinem Bruder. »Überlegt doch mal, wieso sollte ich mich selbst anketten?«

»Keine Ahnung«, antwortete ich ihr. »Aber wir werden es herausfinden.«

»Gute Idee, ruft die Polizei.«

»Nein.«

»Nein?« Ihre Stimme flatterte wie der Flügelschlag eines Kolibris.

»Nein«, sagte ich. »Wenn du wirklich die Tochter dieses Psychiaters bist, dann wirst du uns jetzt zu ihm bringen.«

35. Kapitel

Frida

Ihr Auto stand nun schon seit fast einer Stunde auf dem McDonald's-Parkplatz, Wrangel-/Ecke Skalitzer Straße, auf den sie mit dem letzten Rest an Sprit gerollt war, und Frida hielt noch immer das Lenkrad fest umklammert, als hinge ihr Leben davon ab. Der Schock hatte sie zunächst von innen ausgekühlt, jetzt trieb er ihr Schweißperlen auf die Stirn.

Wenn sie früher einen Krimi gelesen hatte, hatte sie sich immer amüsiert, wenn es hieß, jemand sei »starr vor Angst«. Jetzt wusste sie, was damit gemeint war.

Rein logisch war ihr schon klar, was sie als Nächstes zu tun hatte: zur Polizei gehen, eine Aussage machen, Strafanzeige erstatten, ihr Handy (das der Dreckskerl ihr nicht wiedergegeben hatte) sperren lassen, dann ihren Arbeitgeber informieren, weshalb heute keine Pakete ankommen würden, schließlich nach Hause fahren, Decke über den Kopf ziehen und auf den nächsten Morgen warten. *So in etwa.*

So klar ihr die nächsten Schritte waren, so unfähig war sie, diese anzugehen. Sie befand sich in Schockstarre, auch so ein Begriff, den sie früher belächelt hatte und dessen Bedeutung sie jetzt sehr viel besser verstand. Als sie sich noch in der Gewalt dieser beiden Psychopathen befunden hatte, war es irgendwie nicht so schlimm gewesen. Kein Herzrasen, keine feuchten Hände, kein trockener Mund. Die Gefahr, in der sie gesteckt hatte, wurde ihr erst nach und nach in ihrer gesamten Tragweite bewusst. Jetzt, da sie nicht mehr bedroht wurde, schlug ihr Herz sehr viel heftiger, und der schlechte Geschmack im Mund war intensiver.

Und ich höre sogar Stimmen. Ich werde irre, wie der Geiselnehmer.

Dabei waren es weniger Stimmen, eher war es ein Summen, ein Zischen, ähnlich dem Geräusch, das sie schon einmal nachts fast in den Wahnsinn getrieben hatte, als sie dachte, eine Mücke würde neben ihrem Ohr summen oder ihre Heizung hätte ein undichtes Ventil. Tatsächlich war es eine nur halb zugedrehte Sprudelflasche auf ihrem Nachttisch gewesen, aus der kaum hörbar, aber stetig Kohlensäure entwich. Auch das Wispern, das sie jetzt hörte, klang wie eine schlecht verschlossene Thermoskanne.

Oder wie Musik aus einem Kopfhörer, nur sehr viel leiser.

Sie hielt den Atem an, neigte den Kopf schräg, und der Ton in ihrem Rücken wurde lauter.

Sie ließ, wenn auch widerwillig, das Lenkrad los und drehte sich nach hinten. Ihr Blick wanderte über die Rückbank, blieb einen bangen Moment auf der Granatenattrappe hängen *(stimmt, die hab ich ja auch noch in meinem Wagen)*, ein weiterer Grund, zur Polizei zu fahren. Als Nächstes sah sie nach unten, in den Fußraum hinter dem Beifahrersitz. Und wurde fündig.

Die Quelle der Zischlaute war aus silbernem Plastik und nicht größer als eine Fünfcentmünze.

Natürlich!

Das war das Ding, das dieser bekloppte Max im Ohr gehabt hatte. Er musste es beim Aussteigen verloren haben.

Der silberne In-ear-Kopfhörer vibrierte sanft, als Frida sich nach ihm bückte. Ängstlich, aber auch neugierig hielt sie ihn sich ans Ohr. Sie wollte ihn nicht hineinstecken, der Widerwille, etwas so nah am Körper zu tragen, was dieser verrückte Max benutzt hatte, war zu groß, doch auch so konnte sie die Stimme verstehen, die aus dem kleinen Gerät drang.

»Hallo? Papa?«, sagte das Mädchen. »Hallo? Bitte, hilf mir! Ich halt das hier nicht mehr aus.«

36. Kapitel

Von allen trostlosen Wohnzimmern, die ich in meiner Reporter-karriere gesehen hatte, nahm der Raum, in dem wir standen, eine traurige Spitzenposition ein.

Dabei befand er sich in einem von außen recht gemütlich wirkenden Biesdorfer Einfamilienhaus, am Ende einer Sackgasse einer kaum befahrenen Kopfsteinpflasterstraße. Die fleckige Fassade hätte seit Jahren einen Putz nötig, die Ziegel müssten vom Grünspan befreit werden, und der verklinkerte Schornstein stand schräg, aber so etwas lief in Berlin unter »Patina«, und gemeinsam mit den Weinranken über der Eingangstür sorgte sie tatsächlich für einen melancholischen Charme des Dreißiger-jahre-Baus.

Patina, Gemütlichkeit und *Charme* hingegen waren ganz sicher keine Begriffe, die einem im Inneren des Hauses in den Sinn kamen. Eher *Schmerz, Verzweiflung* und *Tod*.

Wir hatten die Frau, die sich als Sandra Oschatzky ausgab, in dem vor dem Haus geparkten Transporter zurückgelassen, ihre Hände noch einmal zusätzlich mit einem Kabelbinder gesichert, für den Fall, dass sie sich die Handschellen tatsächlich selbst angelegt hatte und irgendwo die entsprechenden Werkzeuge versteckt hielt, mit denen sie sich von ihnen befreien konnte.

Dass sie vorgab, keinen Schlüssel für das Haus ihres Vaters zu besitzen, konnte der Wahrheit entsprechen, machte sie aber nicht unbedingt vertrauenswürdiger.

Immerhin hatte sie uns zu der genauen Adresse leiten können, und nachdem wir die etwas morsche, zum Garten führende

Terrassentür aufgedrückt hatten, standen wir im Wohnzimmer von Harald Oschatzky.

Ich hatte das Gefühl, als würden meine Knochen einfrieren. Beim Anblick des Professors kroch die Kälte von meinen Füßen bis hoch zum Haaransatz.

»Was geht hier vor?«, keuchte Cosmo, den die grauenhafte Szenerie ebenso schockierte wie mich.

Dabei hatte die Frau im Transporter uns vorgewarnt.

»Sie werden nicht mit ihm sprechen können. Mein Vater hat Lungenkrebs im Endstadium. Die Metastasen wuchern schon ins Gehirn.«

»Und wieso ist er dann nicht in einer Klinik?«, hatte ich ihre Worte angezweifelt.

»Weil er, als er sich mit seiner Praxis selbstständig machte, vor Jahren freiwillig aus der Krankenversicherung ausgetreten ist. Um Geld zu sparen. Der dumme Kerl dachte, er würde nie krank werden. Jetzt, nach vier Jahren Chemo, OPs und Bestrahlungen, ist er am Ende. Finanziell wie körperlich. Sie werden es sehen.«

Und wie wir es sahen!

Professor Oschatzky, oder zumindest das, was von ihm noch übrig war, lag auf dem Fußboden, in einer Lache, die nach Blut und Erbrochenem roch. Er atmete schwer, also lebte er noch, aber das, was das hochgerutschte Nachthemd an Haut und Knochen entblößte, sah nicht aus, als ob es zu einem erwachsenen Mann gehörte. Eher zu einem verhungernden Kind.

Er wimmerte und hielt die Augen geschlossen. Ich war mir sicher, dass er unser Kommen noch gar nicht bemerkt hatte.

Neben ihm lag ein umgestürzter Tropf, der über einen durchsichtigen Schlauch immer noch mit einem Zugang in seinem rechten Arm verbunden schien.

Ich stellte den Tropf wieder auf, ohne den Zugang zu lösen.

»Auf drei?«, fragte ich Cosmo, und der nickte.

Ich fürchtete, dass die Knochen des Psychiaters wie Glas unter unseren Händen zerbrechen würden, aber wir konnten ihn schlecht auf dem Boden liegen lassen, also hoben wir ihn wieder auf das Bett, aus dem er augenscheinlich gefallen war.

Er war leichter als Jola. Verdammt, er wirkte nicht einmal sehr viel schwerer als Mr. Tripps.

Cosmo schaltete die Nachttischlampe an, um etwas mehr Licht zu haben als das, was von der schwindenden Nachmittagssonne übrig blieb, nachdem es von den dicken, mottenzerfressenen Leinenvorhängen gefiltert worden war.

»Hallo, Professor Oschatzky? Können Sie mich hören?«

Ich berührte seinen Oberarm und hoffte, er würde die Augen aufschlagen, aber die Schmerzen schienen zu stark zu sein. Mit aller Verzweiflung presste er die Augenlider zusammen, als befürchtete er, sofort zu erblinden, würde er seine Pupillen auch nur für eine Sekunde dem Licht aussetzen.

Sein Atem ging stoßweise und roch wie die gesamte Luft im Wohnzimmer nach Fäulnis und ranziger Haut.

»Ist ja merkwürdig«, sagte Cosmo, der sich in dem Wohnzimmer umgesehen hatte.

»Was?«

»Das Bett!«

Ich trat einen Schritt zurück und verstand, was er meinte. Die wenigen Möbel im Wohnzimmer waren alt und zerschlissen. Das Bett hingegen, auf dem Oschatzky lag, war eine elektrisch verstellbare, hochmoderne Krankenliege.

»Und sieh mal hier!«

Cosmo war an die Schrankwand aus dunklem Nussbaumholz getreten, die die gesamte Wand zum Nachbarzimmer einnahm und deren Regalfächer hinter dunklem Kristallglas versteckt lagen. Er hielt eine der Scheiben geöffnet und zeigte auf den Inhalt der Vitrine.

Dort, wo einst vermutlich Bücher, Blumenvasen oder Reisesouvenirs gestanden hatten, lagerten jetzt Medikamente, Spritzen, Einweghandschuhe und sonstiger Medizinbedarf.

Ich warf einen Blick auf die Plastikflasche am Tropf.

»Das ist Morphium«, sagte ich.

Beinahe im selben Moment hörte ich ein Klicken, ein Geräusch, als würde ein Lichtschalter betätigt.

»Für jemanden, der angeblich pleite ist, hat er aber einen ganz schönen Vorrat hier!« Cosmo öffnete eine Schublade, die ebenfalls mit Medikamenten gefüllt war.

»Jetzt weißt du auch, wie er das Geld für das Gutachten angelegt hat!«

Wieder hörte ich das Klicken, und dann öffnete Oschatzky ein Auge. Unsere Blicke trafen sich, und ich realisierte, woher das Geräusch kam. Oschatzky hielt eine kleine Fernsteuerung in der Hand, mit der er das Morphium dosierte. Ich hatte von so einem Gerät gehört, als ich über die Krebserkrankung einer meiner Figuren recherchierte.

»Hallo«, sagte ich. »Haben Sie keine Angst. Ich bin …«

»… weiß, wer Sie sind!«, stöhnte er.

Klick.

»Sie haben das Gutachten über die leiblichen Eltern meiner Pflegetochter angefertigt!«

»Jola.«

Klick. Klick.

»Ja, so heißt sie!«

Er öffnete das andere Lid.

»Lebt sie noch?«

Seine Augen hatten die Farbe von dreckigem Eidotter. Die Chemo hatte ihm nicht nur alle Haare geraubt, sondern auch die Leber ruiniert.

»Das weiß ich nicht!«, gestand ich ihm. »Ich hoffe es …«

»Was haben Sie getan?«, unterbrach er mich mit unerwarteter Härte.

»Ich? Gar nichts. Sie wurde entführt.«

»Sie perverses Schwein!«

Cosmo drehte sich in unsere Richtung, offenbar ebenso erstaunt wie ich über die Kraft in der Stimme, mit der der Sterbende mich plötzlich beschimpfte. Ich hatte ein Déjà-vu und erinnerte mich an das Verbrennungsopfer im Westend.

»Sie dürfen sich nicht strafbar machen!«

»Hören Sie, Sie irren sich. Ich habe nichts mit dem Verschwinden von Jola zu tun. Ich denke, das waren die Leute, die Sie bezahlt haben.«

»Gute Menschen!«

Klick. Klick. Klick.

Oschatzky schloss erschöpft wieder die Augen und wirkte für einen Moment friedlich, bis sich sein Körper verkrampfte und er die folgenden Worte förmlich ausspie: »Im Gegensatz zu Ihnen. Sie sind der Teufel. Abschaum.«

Sabber tropfte ihm aus dem Mund, und während ich den Faden beobachtete, der sich von seinem Kinn bis auf seine eingefallene Brust ziehen wollte, hörte ich vor der Haustür einen Wagen halten.

Ich sah zum Fenster. Zu Cosmo, der mit den Achseln zuckte. Dann wieder zu dem Alten, der so etwas wie ein diabolisches Lächeln zustande brachte.

Klick.

Schließlich sah ich zum Tropf, dessen Flüssigkeitsspiegel sich in den letzten Sekunden keinen Millimeter bewegt hatte, und erkannte meinen Irrtum.

Das ist keine Morphinsteuerung in seiner Hand.

Vorne flog die Haustür auf, und ich hörte schwere Stiefel durch die Diele stampfen.

Sondern ein Notrufknopf!

Cosmo drehte sich zu dem Ausgang, der nach hinten führte, aber auch von dort her kamen Schritte. Der Weg war abgeschnitten.

Mein Handy klingelte mit einem merkwürdigen, mir unbekannten Klingelton. Ich nahm ab, wie in Trance, ohne darüber nachzudenken, dass jetzt gewiss nicht der passende Moment war, um zu telefonieren; jetzt, da zwei schwarz uniformierte Beamte in das Wohnzimmer stürmten.

»Deine Tochter«, hörte ich eine Stimme, die mir vage bekannt vorkam. »Jola«, fügte sie hinzu.

»Was ist mit ihr?«, fragte ich und erinnerte mich, zu wem die Stimme gehörte. Mein Augenlid zuckte, und eine Sekunde lang spürte ich das Schlimmste, was ein Vater fühlen kann, die Gewissheit, die Nachricht zu erhalten, dass sein Kind nicht mehr am Leben ist. Doch dann, kurz bevor die vermummten Männer mich zwangen, das Telefon mit ausgestreckten Händen vor mir auf den Boden zu legen, kurz bevor ich und Cosmo mit geschickten Griffen abgetastet und mit Handschellen gefesselt wurden, hörte ich Frida noch sagen:

»Gut, dass du mein Handy geklaut hast, sonst hätte ich dich niemals erreichen können. Ich hab mit Jola gesprochen. Vielleicht können wir sie finden!«

37. Kapitel

»WIE KONNTE DAS PASSIEREN?«

James' Wutausbruch knallte durch das Satellitentelefon wie der erste Donner eines Sommergewitters am Ende eines drückend schwülen Tages.

»Keine Ahnung, da waren Öl- oder Chemikalienfässer in der Hütte versteckt …«

»Keine Ahnung? KEINE AHNUNG?«

Fünf Jahre kannten sie einander jetzt, und noch nie zuvor hatte er Vigo so angeschrien.

»Dein ›KEINE AHNUNG‹ kann uns Milliarden kosten.«

Und in den Knast bringen. Mindestens.

James schloss die Tür zwischen Arbeits- und Wohnzimmer ihrer Zehlendorfer Appartementwohnung an der Clayallee, obwohl das nun eigentlich auch egal war. Joy war im Wohnzimmer mit dem iPad (Eiskönigin!) auf dem Sofa eingeschlafen, jetzt war sie sicher wieder hellwach, hatte er doch gerade lauter gebrüllt als das Schneemonster im Film.

»Bigvoice sollte doch nur die Bude abfackeln, und dann aus die Maus. Was kann man dabei denn falsch machen?«, fragte James, nun etwas weniger laut.

»Wie ich schon sagte, da muss irgendetwas unter der Hütte gelagert gewesen sein, von dem wir nichts wussten. Chemikalien, Waffen, was weiß ich. Das ist hochgegangen, als er das Feuer legte, und irgendwie hatte die Kleine einen Mörderschutzengel, als es sie rausblies.«

Vigo seufzte. James setzte sich auf einen der gepackten

Umzugskartons, die morgen früh von der Firma abgeholt und nach Sydney verschifft werden würden. Für ihn und Joy stand der Privatjet nach Madeira schon heute Abend bereit.

»Ich will es hören«, befahl er Vigo, und sein Adlatus gehorchte, indem er ihm den Mitschnitt des Funkspruchs vorspielte, den sie vor zehn Minuten aufgefangen hatten.

»Hallo? Papa? Hallo? Bitte, hilf mir! Ich halt das hier nicht mehr aus.«

»Hi, äääh ... hallo. Wer ist da?«

»Ich bin ... was ...? Wer bist DU? Ich will meinen Vater sprechen.«

»Ja, ja ... Dann bist du ... Jola?«

»Woher kennst du meinen Namen?«

»Dein Vater hat über dich geredet.«

»Stopp mal«, befahl James. »Wer ist die Frau?«

»Sie heißt Frida Blum. Es ist die Kurierfahrerin, die Max heute Morgen als Geisel genommen hat.«

»Und wie kommt sie an den Transmitter, der eigentlich im Kopf unserer Marionette stecken sollte?«

»Was weiß denn ich? Wahrscheinlich hat er ihn in ihrem Auto verloren ...«

»VERLOREN?« James sprang wieder auf. »Ja bin ich denn nur von Schwachköpfen umgeben? Der eine schafft es nicht, ein Streichholz zu bedienen, und der andere wirft einfach so die einzige Verbindung zu seiner Tochter in den Müll?«

Er trat an das Kunststofffenster, durch das man einen miserablen Ausblick auf eine Baustelle hatte, direkt neben dem U-Bahnhof Oskar-Helene-Heim, ein Krankenhaus, das längst abgerissen war.

Von wegen Zehlendorf, das schöne Viertel der Reichen, wie man ihm gesagt hatte, als er sich hier einquartierte. Wenn es nach ihm gegangen wäre, hätte er sich lieber am Ku'damm oder in der Friedrichstraße niedergelassen, aber seine Partner hatten darauf bestanden, dass er die beste aller Tarnungen mit nach Berlin nahm: Joy. Niemand würde selbst im Traum auf die Idee kommen, dass ein alleinerziehender Vater im maßgeschneiderten Businessanzug kurz davorstand, die gesamte Welt des Verbrechens zu revolutionieren, und daher war er Joy zuliebe in einen grünen Außenbezirk mit möglichst vielen Spielplätzen gezogen.

»Na schön, weiter«, forderte James und bekam den Rest des Funkspruchs zu hören, in dem Frida zuerst fragte, was mit Jola passiert war.

»Ich wurde entführt, dann war da auf einmal Feuer, und schließlich gab es eine Explosion. Mehrere Explosionen. Mist, ich will nach Hause.«

»Ja, das verstehe ich.«

»Wo ist Papa?«

»Er ist ... er ist gerade nicht hier. Aber ich weiß, wo ich ihn finden kann«, sagte Frida, klang dabei aber nicht sehr überzeugend. *»Wo genau bist du jetzt?«*

»Keine Ahnung. Im Wald, irgendwo.«

»Bist du alleine?«

»Nein. Da ist der Mann. Der, der mich entführt hat.«

»Wo? Wo ist er, Kleines. Kannst du dich verstecken?«

»Muss ich nicht mehr. Er ist tot.«

»Tot?«

»Er hat sich erschossen.«

»Sich selbst?« Frida stellte die gleiche Frage, die auch Edwards' Mund hatte offen stehen lassen, als Vigo es ihm zu Beginn des Telefonats eröffnet hatte.

»Ja, mit seiner eigenen Pistole. Ich dachte, er hätte es auf mich abgesehen. Aber dann hat er sich die Waffe in den Mund ...« Jolas Stimme brach. Sie schluchzte. Das Folgende war nicht nur wegen der schlechten Aufnahmequalität kaum zu verstehen.

»Ich bin zu ihm gekrochen, aber da war er schon ...« Ein weiterer Schluchzer. *»Ich glaube, er war gelähmt. Also teilweise. Die Steine auf seinem Rücken, er ...«*

»Schh, schh ... schon gut«, hörte James, wie diese Frida das Mädchen beruhigte, das eigentlich schon seit Stunden tot sein sollte.

Großer Gott.

Der Plan war so simpel gewesen, so narrensicher – und jetzt? James hatte geahnt, dass der stumme Idiot die falsche Wahl war. B. V. hatte noch nie ein Kind getötet, das hatte er selbst gesagt, und außerdem war er viel zu jung, aber was wusste er schon von Auftragskillern? Er arbeitete in der Kommunikationsbranche, nicht für die Mafia. Das Ganze hier war Vigos Schuld. James hätte Bigvoice niemals ausgesucht, einen Weichling, der sich wegen ein paar zertrümmerter Wirbel lieber selbst richtete, als ein Aspirin zu schlucken und sich brav in den Rollstuhl zu setzen. Na schön, *shit happens*, aber noch war es nicht zu spät. Noch gab es keinen Grund, das Treffen mit den Käufern wieder abzusagen; keinen Grund, die hundert Millionen jährlich abzuschreiben. Nur – *noch* einen Fehler durften sie sich jetzt nicht erlauben. Im Gegenteil, jetzt mussten sie erst einmal aufräumen, den Schlamassel beseitigen und all ihre Fehler ausmerzen – und das war weitaus komplizierter als der Ursprungsplan.

»Es gibt Licht am Horizont«, versuchte Vigo, wieder Boden gutzumachen.

»Na, da bin ich jetzt aber mal gespannt.«

»Max ist in Gewahrsam. Aber ich fürchte, sie ahnen, dass ich ein Spitzel sein könnte.«

»Toll, weißt du, wie das in meinen Ohren klingt? Wie die ›Glück im Unglück‹-Meldung von dem Dachdecker, der vom Gerüst gefallen ist, aber im vierten Stock mit dem Auge am Nagel hängen bleibt.« James fluchte erneut in den Hörer, dann sagte er: »Ich will jetzt erst mal nichts von diesem Schmierfink hören, ich will, dass wir unser Ursprungsproblem mit seiner Tochter lösen. Haben wir noch mehr von dem Funkspruch?«

Vigo bejahte und ließ das Audiofile weiterlaufen.

»Hör mal, Jola, du legst jetzt auf und wählst mit deinem Telefon die 110 …«

»Nein!«

»Nein?«

»Das ist kein Telefon. Ich hab hier nur ein Funkgerät. Das hatte der Mann an seinem Gürtel. Ich glaube, ich kann damit nur mit dir sprechen.«

Kluges Mädchen, dachte James. *Oder mit uns, wenn wir es wollen.*

»Okay, okay.« James konnte förmlich hören, wie Frida sich anstrengte, eine Lösung zu finden.

»Pass auf, du gehst jetzt …«

»Ich kann nicht gehen. Mein Bein ist gebrochen.«

»Oh, Scheiße.«

»Kannst du wohl laut sagen«, antwortete Jola und klang nicht die Spur neunmalklug dabei. James kam nicht umhin, die Kleine für ihren Mut und ihre Tapferkeit zu bewundern. Aber diese Eigenschaften würden ihr jetzt leider nichts mehr nützen; auch nicht Fridas Rat, nach charakteristischen Merkmalen in ihrer näheren Umgebung zu suchen. Im Gegensatz zu ihr und der Postbotin wusste James ganz genau, wo sich das Mädchen befand. Und selbst wenn sie sich von ihrem gegenwärtigen Aufenthaltsort entfernte, konnte er Jola auf den Millimeter genau orten. Vorausgesetzt, sie würde das Funkgerät mit dem eingebauten Peilsender bei sich tragen. Andererseits, wo sollte sie schon hin? Selbst mit den Beinen einer Gazelle würde sie dort, wo sie jetzt war, nicht sehr weit kommen.

»Wie schnell haben wir einen Ersatz, der den Job zu Ende bringt?«, fragte er Vigo und sah auf seine Uhr.

»Eine Stunde, höchstens zwei.«

»Gut, dann veranlasse das! Und kümmere dich auch um diese Frida!«

38. Kapitel

»Meinst du, ich hab es verspielt?«

»Was verspielt?«

»Jolas Leben. Ich darf nicht mit der Polizei reden«, sagte ich zu Cosmo. »Sie haben gedroht, sie zu töten, wenn ich es tue.«

Und ich *hatte* es getan.

»Gehen Sie ans Telefon«, hatte ich die bewaffneten Beamten angefleht, bevor sie uns festnahmen.

»Gehen Sie ran«, hatte ich gebettelt. »Die Frau am Handy wird Ihnen bestätigen, dass meine Tochter in Gefahr ist.«

Keine Reaktion. Die kräftigen, energisch dreinblickenden Polizisten hatten keine Miene verzogen und nur das Notwendigste mit uns gesprochen: »Sie sind verhaftet wegen des Verdachts auf Kindesentführung und der Beihilfe zu dieser Tat.« Letzterer Halbsatz hatte sich an Cosmo gerichtet, der mich ausdruckslos ansah. Erst jetzt wurde mir klar, dass ich bislang immer nur an Jola und mich gedacht hatte, nicht an die Konsequenzen, die das ganze Unterfangen hier für meinen Bruder und seine Haftverschonung haben würde.

Als Nächstes hatten sie uns Handschellen angelegt und einen blickdichten Stoffsack über den Kopf gezogen, und jetzt saßen wir in ihrem Gefangenentransporter.

»Ich hab keinen Schimmer, was sie mit Jola anstellen«, sagte Cosmo tonlos.

Wir hockten nebeneinander auf unangenehm harten Metallpritschen, die Hände mit Ketten fixiert, als wären wir Terroristen.

»Sobald wir auf dem Revier sind, rufe ich Toffi an. Die verstoßen gerade gegen tausend Bestimmungen, so wie die uns behandeln. Der wird denen die Hölle heißmachen«, versprach ich Cosmo. Der blieb stumm.

Den Geräuschen und Vibrationen nach fuhr der Transporter die Kopfsteinpflastergasse zurück. Wir waren nicht einmal fünf Minuten unterwegs, als das Fahrzeug merklich abbremste. Es fuhr einen Halbkreis und kam dann zum Stillstand, ohne dass der Dieselmotor ausgeschaltet wurde.

Ich hörte einen Güterzug vorbeirattern und die nebelhornartige Hupe eines Lkw, alles aus weiter Entfernung.

»Was ist los?«, fragte Cosmo nervös, da wurden die hinteren Türen geöffnet. Straßenlärm brandete zu uns herein.

»Kann weitergehen«, rief der Mann, der zu uns in den Transportraum gestiegen war. Nachdem er die Türen wieder verschlossen hatte, pochte er dreimal mit der flachen Hand auf die Fahrzeugwand, dann, während der Gefangenentransporter wieder anfuhr, riss er uns beiden den Sichtschutz vom Kopf.

»Sie?«, rief ich entgeistert.

Der drahtige Mann mit dem Zickenbart und den Rastazöpfen im Haar stand mir direkt gegenüber.

»Wo ist Jola?«, wollte ich ihn anbrüllen. Die erste, einzige und wichtigste Frage, die mir auf der Seele brannte – doch er kam mir zuvor. Fragte: »Was hast du Scheißkerl deiner Tochter angetan?«

Dann rammte er mir die Faust ins Gesicht.

39. Kapitel

»Hey, Arschloch. Aufhören!« Cosmo rüttelte in einer sinnlosen Drohgebärde an seinen Fesseln. »Bist du völlig übergeschnappt?«

Eine Frage, die ich eindeutig mit Ja beantworten konnte.

Der Mann, den ich durch halb Berlin gejagt hatte, weil ich ihn für einen Komplizen bei der Entführung meiner Tochter hielt, rammte mir gerade sein Knie in den Magen, und während ich zu ersticken glaubte, brüllte er Fragen, die mir selbst auf der Seele brannten: »Wo ist Jola? Wo hast du sie hingebracht, du kranker Wichser?«

Unfähig, etwas zu sagen, allein schon wegen des Blutes in meinem Mund, spürte ich, wie er mich an den Haaren packte und mir den Kopf in den Nacken riss. Ich sah die Faust über mir schweben und schloss die Augen.

»Hey, Spook. Sachte.«

Ich blinzelte. Ein Guckloch zur Fahrerkabine war geöffnet worden. Ich sah ein Augenpaar und ein von dunklen Haaren umrahmtes Gesicht: »Lass für Fish noch etwas übrig«, sagte die Frau, die behauptet hatte, sie hieße Sandra Oschatzky.

»Lass das mal meine Sorge sein, Viola.«

Mein Blick raste durch den Wagen. Erst jetzt erkannte ich, dass wir in dem grauen Transporter saßen, in dem wir die Frau gefunden hatten.

»Spook? Fish?« Cosmo lachte zynisch. »Ihr seid die Lead-sänger in eurer Boyband, was? Aber für die kleine Background-sängerin ist euch kein kreativerer Künstlername eingefallen?«

Der Rastakopf drehte sich zu meinem Bruder, und für einen Moment sah es so aus, als wollte er auch ihm eine Abreibung ver-passen, dann aber meldete sich noch einmal die Stimme der Vernunft (»Lass es gut sein«), und Spook hörte auf Sandra, die nun Viola genannt wurde – und ließ es gut sein, indem er Cosmo ins Gesicht spuckte. Dann baute er sich wieder vor mir auf, wobei er sich an meiner Kette festhielt, um während der Fahrt in den Kurven nicht das Gleichgewicht zu verlieren.

»Du willst es mir nicht verraten?« Ehrliche Enttäuschung blitzte in seinen Augen auf. Sein wutverzerrter Blick war verschwunden, als hätte jemand einen Schalter umgelegt. Spook – oder wie auch immer der maximal fünfundzwanzig Jahre alte Kerl sich nannte – schien nur noch erschöpft zu sein und kam mir paradoxerweise gar nicht mehr wie ein Schläger vor, sondern eher wie ein Mensch, der Gewalt zutiefst verabscheut.

»Wer sind Sie?«, fragte ich hilflos. Es klang wie: »*Weschindsche?*«

Meine Nase war verstopft, ich hörte mich erkältet an, was zu den fiebrig dumpfen Schmerzen in meinem Kopf passte. Meine Zunge war geschwollen, wahrscheinlich war ein Backenzahn lose, außerdem tränte mein linkes Auge wieder. Während der wahnwitzigen Ereignisse der letzten Stunden hatte ich nicht mehr daran gedacht und den dumpfen Druck beim Blinzeln völlig verdrängt.

»Was wollen Sie?« *(Waschh woll scheee?)*

Spook schüttelte angewidert den Kopf, kratzte sich kurz den Bart am Kinn, dann griff er unter die Bank. Er zog einen Aluminiumkoffer hervor, öffnete ihn und entnahm ihm ein Gerät, das mich an die Handdetektoren erinnerte, wie sie bei der Sicherheitskontrolle an Flughäfen benutzt werden. Offensichtlich schien es für diesen Zweck geschaffen, denn Spook ließ die schwarze Kelle über meinen Körper wandern, dabei fiepte, knackste und piepste das Ding wie ein Spielzeugroboter.

»Was ist denn nun schon wieder kaputt?«, rief Cosmo. Ich saß wie paralysiert auf meiner Pritsche, ließ die Prozedur, die wie so vieles in den vergangenen Stunden keinen Sinn ergab, teilnahmslos über mich ergehen. Erschöpft von der Flucht, der Suche, der Jagd, dem seelischen wie körperlichen Schmerz, hatte ich das Gefühl, seit gestern Nachmittag auf einem Minenfeld Slalom zu laufen, und ich rechnete fest damit, in jeder Sekunde auf den nächsten Sprengsatz zu treten.

»Beine hoch!«

Spook bückte sich und ließ den Metalldetektor über meine Turnschuhe gleiten. Beim rechten Fuß fiepte es wieder, deutlich lauter als zuvor. Ohne aufzusehen, riss Spook mir den Turnschuh ab, zog die Einlegesohle heraus und beförderte zufrieden pfeifend einen kleinen Mikrochip zu Tage; zumindest sah das grünlich schimmernde Plättchen mit den silbernen Lötknubbeln für einen Laien wie mich danach aus.

Als Nächstes legte er den Chip auf die Kante der Metallpritsche und zerstörte ihn mit drei geschickt platzierten Hammerschlägen, das Werkzeug dafür hatte er ebenfalls dem Alukoffer entnommen.

Spook sah auf die Uhr. »Das wird knapp«, murmelte er unheilschwanger.

»Was?«, fragte Cosmo. »Zum Teufel, *was* wird knapp?«

Spook seufzte. Wie einem begriffsstutzigen Schüler erklärte er ganz langsam: »Wir haben noch eine lange Fahrt vor uns, mindestens dreißig Minuten. Ich hab zwar den Peilsender zerstört, aber die Typen, vor denen wir euch beschützen, werden sehr schnell eine andere Möglichkeit finden, euch zu tracken.«

»Ihr beschützt mich?« Wenn ich seit den Schlägen nicht wieder solche Kopfschmerzen gehabt hätte, hätte ich lauthals aufgelacht.

»Ja, auch wenn du Wichser das gar nicht verdient hast. Wir beschatten dich jetzt seit vier Wochen, Max, seitdem dein Profil auf ihrer Liste steht.«

»Was für ein Profil? Was für eine Liste?«

Und was ist das für eine Art ›Schutz‹, bei dem man angekettet die Faust ins Gesicht geschlagen bekommt?

Spook setzte sich mir gegenüber. »Ich gebe dir einen freundlichen Tipp. Versuch uns nicht zu verarschen! Ich polier dir dafür nur die Fresse. Bei Fish kommst du nicht so leicht davon. Ihm sagst du besser gleich, wohin du Jola gebracht hast, sobald wir im Clubhaus sind.«

»Im Clubhaus?« Ich sah nach vorn zur Fahrerkabine. »Was ist das?«

»Nun, Max«, Spook lachte zynisch, »wie dir nicht entgangen sein dürfte, sind wir keine Polizisten. Und wir bringen dich auch nicht auf die Wache.« Er grinste schief, und in seinem Blick lagen wieder Wut und Verachtung. »Aber verhören werden wir dich trotzdem. Und zum Reden bringen. Auf unsere Art.«

40. Kapitel

Als Jola wieder erwachte, unter einer gewaltigen Eiche in sicherer Entfernung von dem Toten, den sie nicht sehen konnte, es sei denn, sie würde wieder dorthin zurückkriechen, wo der Mann sich die Waffe in den Mund gesteckt hatte, glaubte sie über sich einen Geier schweben zu sehen. Ein Vogel wie in den Lucky-Luke-Comics, die sie in Papas Arbeitszimmer ganz unten im Regal gefunden hatte. Schwarz gefiedert, mit weit aufgespannten Flügeln starrte er humorlos auf sie herab. Dabei war der Geier nicht alleine, wie ihr nach und nach klar wurde, je mehr sich der Erschöpfungsschlaf verabschiedete, in den sie nach ihrem Ausflug gefallen war; eine kleine Steigung hinauf, zu der Baumgruppe hoch, etwa acht Meter vom Tatort entfernt. Ein Katzensprung, selbst für ein Baby. Ein Schmerzmarathon, wenn man ein zersplittertes Bein beim Robben hinter sich herziehen musste.

Mindestens ein halbes Dutzend Vögel hatte in dem dünn belaubten Baumwipfel hoch über ihr Platz gefunden. *Todesvögel*, wie sie schaudernd dachte. Aasgeier, die ihren Zustand rochen: erschöpft, kalt, hungrig und überhaupt eine leichte Beute.

Ihr Bein fühlte sich an, als wäre es nur noch über den Schmerz mit ihr verbunden und würde ansonsten nicht mehr zu ihrem Körper gehören. Sie fragte sich, ob es ein gutes Zeichen war, dass die schier unerträgliche Dauerqual etwas an Intensität verloren hatte und sie jetzt vor allem ein dumpfes, monotones Pochen unterhalb ihres Knies spürte. War es möglich, dass sich die Wunde schon entzündet hatte? Dass ihr Blut langsam vergiftete, was die Geier über ihr irgendwie rochen?

Dass es sich bei den Vögeln tatsächlich um Geier handelte, war äußerst unwahrscheinlich (das wusste Jola von ihrer Biolehrerin, Frau Jasper, *ausgerechnet!*), waren die seltenen Vögel doch stark gefährdet und wurden, wenn überhaupt, nur vereinzelt in Deutschland gesichtet.

Moment mal, oder es sind doch Geier, und ich wurde in ein ganz anderes, fremdes Land verschleppt?

Nein, die Frau am anderen Ende des Funkgeräts, die ihr gesagt hatte, dass sie ihren Papa holen würde, hatte deutsch gesprochen, und überhaupt würde das Walkie-Talkie ja wohl kaum bis nach Spanien oder gar Marokko reichen, *oder doch?*

Quatsch, wahrscheinlicher war, dass die Tiere über ihr Kormorane waren, dafür sprachen der lange Hals, das metallisch glänzende Gefieder und der helle Fleck an der Kehle, der einzige Farbtupfer, den sie in der zunehmenden Dämmerung erkennen konnte.

Es nieselte aus grauen Wolken, der Sprühnebel, der sie und alles um sie herum benetzte, wirbelte die Gerüche der Umgebung auf: Moos, Gras, Erde, Holz. Es roch nach Wald, nur etwas feuchter, und das lag nicht alleine am Regen. Der Wind, der ihr mal lau, mal etwas stärker ins Gesicht wehte, hatte einen Duft mit im Schlepptau, für den Jola kein besseres Wort als »Urlaub« fand.

Ja, klar. Toller Urlaub. Ganz ohne Eltern, dafür mit Explosionen, Knochenbrüchen und Toten. Und mit … *Wasser!*

Genau, war der Kormoran nicht ein Wasservogel? Vielleicht, möglich, egal. Sicher war aber, dass es hier nach See roch. Nach Algen, stehendem, trübem Wasser, wie am Ufer des Lietzensees, wo Steffen wohnte, oder wie am Strandbad Wannsee, wohin sie zu Ostern einen Ausflug ins Schullandheim gemacht hatten.

Jola stützte sich mit den Ellenbogen hoch, rutschte noch ein paar Zentimeter näher an die Eiche heran, so dass sie sich mit dem Rücken an den dicken Stamm lehnen konnte, und sah über die ausgebrannte Ruine der Holzhütte mit den angekokelten Klassenzimmerstühlen in der Senke hinweg, versuchte, zwischen den Bäumen einen dahinterliegenden Horizont zu finden.

Dabei achtete sie auf weitere Geräusche, die ihren Verdacht bestätigten: gluckernde Wellen, die sich an einer Uferbefestigung brachen, das sanfte Rauschen des Windes im Schilf, das Krächzen der Reiher, vielleicht sogar von einer Möwe, doch leider hatte sie immer noch ein Echo der Explosion im Ohr, ein weißes Brandungsrauschen wie bei einem schlecht eingestellten Radio, das zwischen zwei Sendern hing. Es war sehr viel leiser als noch vorhin, als sie zum ersten Mal erwachte, aber leider immer noch so laut, dass es viele Umgebungsgeräusche verschluckte. So sah sie zwar zum Beispiel, wenn sich einer der mächtigen Vögel in die Lüfte erhob, ihr flatternder Flügelschlag indes war nicht mehr als ein leichtes Rascheln von Seidenpapier.

Dennoch griff sie zu dem Funkgerät (*mein Schatz*, wie sie mit Gollums Stimme im Ohr dachte), um dieser sympathisch cool klingenden Frau zu sagen, dass sie wahrscheinlich am Wasser war; irgendwo an einem See vermutlich.

»Hallo, Frida? Sind Sie da?«

Es knackte, wenn sie die Sprechtaste losließ. Steffen hätte jetzt sicher ein »over« hinter den Satz gehängt, so wie er es früher getan hatte, als sie noch mit seinen Sprechfunkgeräten spielten, aber ihr kam das zu albern vor.

»Hallo? Frida?«

Ihr Herz wurde schwer, als sie sich nicht meldete. Und es sank noch einmal eine Etage tiefer, als sie eine ganz andere Stimme hörte.

»Jola, kannst du mich hören?«

Eine tiefere, männliche Stimme.

»Ja, ja, wer sind Sie?«

Aufgeregt sah sie nach oben. Vögel stoben auf, aufgeschreckt von einer unsichtbaren Bedrohung, die nur die Tiere spüren konnten.

»Hab keine Angst«, sagte der Mann mit dem komischen Akzent. »Ich heiße James Edwards. Ich bin ein Freund deines Vaters. Gemeinsam mit Mama und Papa sind wir schon auf dem Weg, um dich zu holen.«

41. Kapitel

Ich hatte Angst. Todesangst – nicht um mich, mein Wohlbefinden war mir gleichgültig –, sondern natürlich um Jola, die – sollte sie sterben – auch jeden Grund für mich zum Weiterleben mit sich ins Grab nehmen würde.

Ich war unbedeutend. Nur jemand, der einmal Erfolg mit einem einzigen Buch gehabt hatte, ohne je herausgefunden zu haben, womit er ihn verdient hatte und weshalb er ihn nicht wiederholen konnte.

Und jetzt bin ich sogar daran gescheitert, meine Tochter vor dem Bösen zu beschützen.

Eine Tochter, die – auch das gestand ich mir in diesem Augenblick tiefster Verzweiflung ein – nicht einmal mein eigen Fleisch und Blut war, selbst das hatte ich nicht zustande gebracht, obwohl doch die größten Idioten es schafften, sich zu vermehren. Ich war zu einem hilflosen Versager geworden, kein Wunder vielleicht, wenn man aus derart prekären Verhältnissen stammte. Mit einem jähzornigen Ungeheuer als Vater, einer sich in den Alkohol flüchtenden Mutter und einem Bruder, der wegen seiner pädophilen Neigungen unter Medikamenten stand.

Paradoxerweise war es ausgerechnet Cosmo, der mich aus meinen trübsinnigen Gedanken riss.

Wir fuhren etwa eine Viertelstunde, seitdem Spook uns wieder die Säcke über den Kopf gestülpt und am Hals mit einer Kordel zugezogen hatte, als Cosmo mich etwas fragte, was mich zunächst an seinem Geisteszustand zweifeln ließ: »Also, was ist? Wann sprechen wir endlich über meine Anmerkungen, Bruderherz?«

»Du redest jetzt nicht ernsthaft von meinem Buch, oder?«

»Doch, genau davon.«

Ich schüttelte den Kopf und merkte erst in der Bewegung, dass Cosmo mich unter seinem Sack auch nicht sehen konnte.

»Hast du den Verstand verloren?«, fragte ich also.

»Ja. Sonst hättest du mich heute ja wohl kaum aus der Klapse abgeholt. Also ... du hast gestern nicht doch mal einen Blick darauf geworfen, was ich dir an den Rand schrieb?«

»Nein, zum Teufel, natürlich nicht.«

»Das ist schade, wirklich schade. Denn eigentlich habe ich nur eine einzige Frage.«

»Und die ist mir jetzt so was von egal.«

Cosmo ließ sich dennoch nicht davon abbringen, sie zu stellen: »Weißt du, weshalb ›Die Blutschule‹ dein bestes Buch ist?«

Ich lachte auf. »Cosmo, ehrlich. Wir werden gerade entführt, so wie Jola gestern Nachmittag. Meine Fresse blutet, und wir tragen einen Sack über dem Kopf. Hört sich das für dich an wie der perfekte Rahmen für einen Lesezirkel?«

Er raschelte neben mir, vermutlich versuchte er den Kopf in meine Richtung zu drehen, obwohl das für unser Gespräch vollkommen unnötig war. Mir gegenüber räusperte sich der Rastakopf. Auch eine Nebenwirkung der Säcke. Blind vergaß man schnell, dass man nicht alleine war.

»Ich meine es ernst, Max. Und ich würde es jetzt nicht fragen, wenn es nicht wichtig wäre. Hast du eine Ahnung, wieso sich alle anderen Bücher nicht mehr so gut verkauft haben?«

»Du erwartest nicht wirklich eine Antwort?«

»Weil ›Die Blutschule‹ so authentisch ist«, sagte er. »Schön, in einem Punkt hast du dich sehr viel besser dastehen lassen, als du in Wirklichkeit warst, aber das hätte ich an deiner Stelle vermutlich auch so gemacht. Aber alles in allem bist du doch ziemlich nah an der Wirklichkeit geblieben.«

»Authentisch?«, krächzte ich, weil ich die Bemerkung wirklich lächerlich fand. »Nah an der Wirklichkeit?«

»Ja. Es ist in weiten Strecken sogar autobiographisch.«

»Bitte? Was soll denn an der Horrorgeschichte von einem Jungen, dessen Vater nach der Wiederbelebung eines Teenagermädchens übernatürliche Kräfte besitzt, um Himmels willen autobiographisch sein?«

»Du weißt es nicht«, sagte Cosmo verblüfft, »du weißt es wirklich nicht.«

Nein. Wusste ich nicht. Und das machte ich meinem Bruder mit einer brüsken Bemerkung deutlich. »Hör zu, mein Eintagsfliegenerfolg als Autor ist mir im Augenblick scheißegal. So wie mir alles in meinem Leben scheißegal sein wird, sollte ich Jola nicht zurückbekommen. Aber, damit du endlich die Fresse hältst: Nein, ich weiß nicht, was den Leuten an meinem ersten Buch so gefiel. Und ich will es auch gar nicht mehr wissen, verstehst du?«

Es raschelte erneut neben mir, vermutlich, weil Cosmo nickte.

»Und genau das macht den Reiz von der ›Blutschule‹ aus«, sagte er. »Du hast das Buch gar nicht geschrieben, sondern dein Unterbewusstsein. Du hast dort all deinen Schmerz verarbeitet.«

Oh, Himmel.

»Bitte, muss das sein?«, fragte ich seufzend. *Offensichtlich ja.*

»Der übersinnliche Horror bildet nur den Rahmen. Im Kern hast du über einen Vater geschrieben, der seine Familie terrorisiert.«

»Ja, nachdem er in den Spiegel des Teufels gesehen hat«, sagte ich in der Hoffnung, damit Cosmos These als lächerlich entkräftet zu haben.

Doch der dachte gar nicht daran, den Mund zu halten. »Die Ursache der Gewalt ist doch völlig egal. Die kannten wir bei unserem Dad ja auch nicht. Die hast du also erfunden.«

»Ja, genauso wie ich den Unterricht erfunden habe.«

»Bist du dir sicher?«

»Na klar.« Ich musste beinahe lachen.

In dem wichtigsten und namensgebenden Teil meines Romans baut der Vater des Helden in einer kleinen Holzhütte ein Klassenzimmer nach und zwingt seine beiden Teenagersöhne zu einer ganz besonderen Form von Nachhilfe. Er eröffnet die »Blutschule«, in der seine Kinder das lernen sollen, was ihnen in der Schule nicht beigebracht wird: jagen, Spuren lesen, töten.

»Das ist alles nur Fiktion. Fang bitte nicht an wie diese Kritiker, die in jedem Satz einen versteckten Hinweis auf die Biographie des Autors sehen wollen.«

»Also, du meinst, die ›Blutschule‹ gab es nicht?«, fragte Cosmo.

»Doch, aber nur in meinem Kopf.«

Cosmo schnalzte mit der Zunge. »Erinnerst du dich nicht an den Ausflug, damals mit Papa, ganz alleine, ohne Mama?«

»Nein, was redest du denn da?«, sagte ich, auf einmal seltsam berührt. Es ähnelte dem Gefühl, wie wenn man sich nicht sicher ist, ob man wirklich den Herd ausgestellt hat, während man schon im Taxi auf dem Weg zum Flughafen ist.

»Was ist mit der Insel?«, setzte Cosmo seinen Fragenreigen fort.

»Welche Insel?«

Mit einem Mal stieg mir der Dieselgeruch des Transporters in die Nase, der sich gerade in eine Kurve legte, aber das Schwanken gehörte nicht mehr zu unserem Fahrzeug, sondern zu einem Boot, auf dem ich hockte, und der Diesel trieb nicht mehr das Auto, sondern einen Außenbordmotor an. Die Erinnerung, die mich überfiel, war ausgebleicht wie ein altes Foto mit vergilbten Sepiatönen. Bevor ich sie festhalten konnte, war sie schon wieder von der Tafel meines Bewusstseins gewischt, was auch daran lag, dass der Transporter abrupt zum Stehen gekommen war, die hinteren Flügeltüren sich quietschend öffneten und Spook uns mit den Worten »Jetzt wird es ernst, ihr Drecksäcke!« von den Fesseln befreite.

42. Kapitel

»Sie sagen, es geht um eine Kindesentführung?«

»Ja, genau. Der Vater heißt Max, genauer gesagt Maximilian Rhode, die Tochter Jola. Sie ist ein Pflegekind, daher weiß ich nicht, wie sie mit Nachnamen heißt, aber wenn Sie den Pflegevater in Ihr System eingeben, müssten bei Ihnen die Alarmlämpchen durchknallen.«

»Hm.«

Die Dame mit der navigationssystemartigen, neutralen Stimme von der Notrufzentrale tippte tatsächlich etwas in ihren Computer, dann sagte sie: »Und Sie haben Informationen über den Fall?«

»Ich habe gerade mit der Tochter gesprochen. Sie lebt, aber sie ist schwerverletzt. Und es gab einen Toten.«

Frida rollte mit den Augen. Das alles hatte sie der Tussi doch schon einmal erklärt. Sollte man nicht davon ausgehen, dass Menschen, die unter 110 ans Telefon gingen, etwas schneller von Begriff waren?

»Und Sie sind jetzt aktuell …«

»Vor dem McDonald's Skalitzer Straße, ja.«

Sie sah über die Fahrbahn zu dem Parkplatz des Fastfoodtempels, wo ihr Auto neben einem Mülleimer parkte.

»Soll ich zu Ihnen kommen?«

»Nein, nein.« Die Frau am anderen Ende tippte wieder. »Ich schicke einen Streifenwagen. Bleiben Sie bitte bis zu seinem Eintreffen neben Ihrem Wagen stehen und fassen Sie nichts im Auto an. Das ist jetzt ein Tatort.«

Frida dachte an die Handgranate auf dem Rücksitz, und es war ihr eigentlich ganz recht, mit diesem Ding nicht zum nächsten Revier kutschieren zu müssen. Was, wenn das doch keine Attrappe war? Auf das Wort dieses durchgeknallten Cosmo gab sie nicht viel.

»Wie lange wird es dauern?«, fragte sie.

»Fünf Minuten, maximal zehn.«

Frida bedankte sich und hängte den abgegriffenen Plastikhörer des Kartentelefons in die Gabel zurück. Ungewiss, ob sie das Richtige getan hatte, wartete sie auf eine Lücke im Verkehr, um die Fahrbahn zu überqueren.

Max hatte immer wieder gesagt, dass er die Polizei nicht einschalten dürfe, aber galt das auch für sie? Und welche Alternative hatte sie schon, jetzt da der Kontakt zu Jolas Vater mitten im Gespräch so abrupt abgebrochen war und sich ihr eigenes Handy nur noch mit der Ansage »Der Gesprächsteilnehmer ist vorübergehend nicht zu erreichen« meldete. Zudem hatte sie keine zwanzig Cent mehr auf der Karte (einem Werbegeschenk ihrer Paketfirma), da war es doch wohl logisch gewesen, die kostenfreie 110 zu wählen. Oder? Auch Jola hatte sich nicht mehr über das Headset gemeldet.

Verdammt, das Headset. Sie sollte lieber zurück zum Wagen gehen, wo sie es liegen gelassen hatte.

Ein aus einer Parklücke ausscherender Opel nahm ihr die erste Chance, den Damm wenigstens bis zum Mittelstreifen zu überqueren. Die zweite Chance ließ sie ungenutzt, weil ein elektronischer Signalton in ihrem Rücken erklang. Mit einem Fuß schon auf der Fahrbahn, hielt sie mitten im Schritt inne, drehte sich wieder zurück und sah auf das mausgraue Kartentelefon, dessen Hörer sie eben noch in der Hand gehalten hatte.

Es klingelte. Laut und durchdringend.

Mit einem bangen Gefühl im Magen sah Frida sich um, doch

außer ihr war kein Fußgänger in Reichweite, niemand, der einen Anruf zu erwarten schien.

Vermutlich ein Rückruf der Polizei, sie haben noch eine Frage, dachte sie. Möglich wär's. *Die Olle in der Zentrale war ja etwas schwer von Begriff.*

Mit diesem Gedanken ging sie zurück zum Telefon und nahm ab.

»Was denn nun noch?«

Die verzerrte Stimme am anderen Ende fuhr ihr wie eine Rasierklinge übers Trommelfell.

»Hören Sie mir jetzt gut zu, Frida. Sie haben nur noch sechzig Sekunden, eher weniger.«

»Wer ist da?«

»Der Einzige, der Ihnen jetzt noch helfen kann.«

»Wollen Sie mich verarschen? Ich habe gerade die Polizei gerufen …«

»Nein, haben Sie nicht. Die Männer, die Jola entführt haben, haben Sie über den Knopf in Ihrem Ohr getrackt, und Ihr Anruf wurde umgeleitet. Sehen Sie einen grünen Pick-up mit getönten Scheiben?«

Frida sah die Skalitzer Straße hinunter Richtung Tiergarten. Dann in die andere Richtung.

»Nein, das heißt …« Sie kniff die Augen zusammen. Möglich, dass da hinten etwas Grünes anrollte. »Und was wäre, wenn ja?«

»Das sind die Menschen, mit denen Sie telefoniert haben, Frida. Auftragskiller. Sie werden Sie einsammeln und töten, so wie sie es mit Jola vorhaben.«

»Sie verarschen mich.«

»Nein. Oder was glauben Sie, weshalb man Sie eben am Telefon so lange hingehalten hat? Damit Sie keine Möglichkeit haben zu fliehen!«

»Fliehen? Vor wem denn?«

»Das erkläre ich Ihnen alles später, sobald Sie bei uns sind. Sie haben noch dreißig Sekunden.«

Frida hörte ein Hupen und sah in die entsprechende Richtung. In etwa hundert Metern Abstand parkte ein Smart in zweiter Reihe. Daneben stand ein tiefergelegter BMW, aus dem sich ein dunkelhaariger, südländisch aussehender Mann beugte und wild gestikulierend vom Beifahrersitz auf den Fahrer des Smarts einredete, vermutlich, um sich über den Stau zu beschweren, den er verursachte.

Allerdings war es nicht der Fahrer des BMW, der seine Hupe betätigt hatte, sondern der des Fahrzeugs unmittelbar dahinter, das – wenn Frida sich nicht irrte – ein grüner Pick-up war.

»Was soll ich jetzt tun?«, fragte sie mit einem ersten Anflug von Panik in der Stimme. Ein Motor heulte auf. Sie sah, wie der Pick-up erst rückwärtsfuhr und dann nach links über die Schwelle des Mitteldamms in den Gegenverkehr ausscherte.

»Das ist er! Er hat mich gesehen. Oh Gott, er fährt direkt auf mich zu!«, schrie sie in den Hörer. »WAS SOLL ICH TUN?«

»Kein Problem. Wir kümmern uns darum«, sagte die Stimme um einiges ruhiger, als sie es war.

Ein Hupkonzert machte ihre Unterhaltung fast unmöglich. *Der Pick-up!*

»Wie? Wie wollen Sie sich darum kümmern, er ist schon fast bei mir!«

»Sehen Sie den Taxistand, die Straße runter gleich am nächsten Block?«

Sie drehte sich um. »Ja.«

»Steigen Sie in den vorletzten Wagen. Aber beeilen Sie sich.«

Sie schnellte wieder herum. Sah, wie zwei dunkel gekleidete Männer aus dem Pick-up stiegen. Sie ließ den Hörer fallen und tat das, was ihre Verfolger taten: Sie rannte.

Um ihr Leben.

43. Kapitel

Nachdem wir wie Schlachtvieh aus dem Transporter getrieben worden waren, mussten wir den Weg blind zurücklegen, mit den Leinensäcken über dem Kopf, die auf unserem Gesicht wie Schmirgelpapier scheuerten.

Meinem Gefühl nach führte unser Marsch durch mehrere muffig riechende Kellergewölbe hindurch. Unsere Hände waren vor dem Bauch mit Handschellen gekettet. Von Spook und Viola am Arm gepackt, hatten wir eine nachfedernde Metalltreppe nach unten nehmen müssen, auf deren vorletzter Stufe ich beinahe ausgerutscht wäre.

Mehrmals mussten wir stehen bleiben und hörten Kratzgeräusche, gefolgt von einem schabenden Quietschen, als ob erst ein Riegel gelöst und dann eine schwere Metalltür geöffnet wurde.

»Seid ihr so etwas wie ein Rattenclub?«, hatte Cosmo mit gespielter Sorglosigkeit gefragt, nachdem wir eine zweite Treppe nach unten nehmen mussten. »Oder wieso liegt euer Clubhaus in der Kanalisation?«

Tatsächlich roch es immer feuchter und modriger, und das konnte nicht allein an dem Atem liegen, der sich unter unseren Leinensäcken verfing.

»Maul halten!«, hatte Spook befohlen, und seine Stimme hallte wie in einer Kirche. Nachdem wir die Anweisung bekommen hatten, über eine hohe Schwelle zu steigen, hörte ich, wie hinter uns eine Tür ins Schloss fiel. Dann packte mich ein Arm, ich wurde einige Dutzend Schritte geradeaus geführt, bis mir ein

Stuhl in die Kniekehlen geschoben wurde. Dann endlich wurde mir der Sack vom Kopf gerissen.

Intuitiv schloss ich die Augen in Erwartung, geblendet zu werden, aber das wäre gar nicht nötig gewesen. Der turnhallengroße Raum, in dessen Mitte ich saß, war wie eine Cocktailbar ausgeleuchtet. Schummrig weiches Dämmerlicht füllte meine Umgebung wie seidiger Rauch.

»Herzlich willkommen«, hörte ich eine Stimme hinter mir. Ich versuchte, den Kopf zu drehen, und als Erstes fiel mir auf, dass ich Cosmo nirgends entdecken konnte. Auch Spook und Viola waren fort.

»Ich will mit Ihnen alleine sprechen«, bestätigte die Stimme meinen Eindruck. Ein kleiner, birnenförmiger Mann mit Halbglatze und Wohlstandsbauch trat in mein Blickfeld. Seine Augen lagen hinter einer billigen, für seinen tropfenförmigen Kopf viel zu großen Kassenbrille, deren linker Bügel mit einem Heftpflaster geklebt war. Den armseligen Gesamteindruck verstärkte seine nachlässige Kleidung. Er trug eine ausgebeulte, ockerfarbene Strickjacke mit Lederflicken an den Ellenbogen, dazu eine schlecht sitzende Bundfaltenhose, wie sie vielleicht in den Achtzigern des letzten Jahrhunderts modern gewesen war. Er war in dem Alter, in dem es bei Männern schwer wird, die Anzahl der Kerzen auf dem Kuchen zu schätzen, über fünfzig, schätzte ich. Auffälligstes Merkmal war sein gewaltiger Überbiss.

»Sind Sie Fish?«, fragte ich ihn. Er zwinkerte belustigt, nahm seine Brille ab und putzte sie umständlich mit dem Zipfel seines T-Shirts, das er unter der Strickjacke trug und dessen Aufschrift Toffi vermutlich amüsiert hätte. *»Ich bin nicht diskriminierend. Ich hasse jeden.«*

»Ja, so nennt man mich«, sagte er und zog sich selbst einen Hocker heran.

»Weshalb?«, fragte ich, als machte es mir überhaupt nichts aus, an den Händen gefesselt einem wildfremden Mann in einem Betonbunker gegenüberzusitzen, denn nichts anderes war mein gegenwärtiger Aufenthaltsort: ein haushoher, stahlummantelter, luftschutzartiger Betonbunker mit nackten grauen Wänden und ebensolchen Fußböden.

»Haben Sie schon einmal einen Fisch mit geschlossenen Augen gesehen?«, antwortete er mir auf meine Frage. Ich schüttelte den Kopf.

Jola hätte ihn sicher freundlich aufgeklärt – »*Fische haben keine Augenlider, Sie Idiot*« –, aber ich hielt mich zurück.

Der Mann lächelte freundlich. »Tja, mich hat auch noch nie jemand schlafen sehen. Daher mein Spitzname.«

»Dann möchte ich nicht Ihr Sexualleben haben«, antwortete ich. Sein Gesicht verfinsterte sich.

»Ich glaube, im Moment sollten Sie mit jedem Leben tauschen, das man Ihnen anbietet.«

Ich nickte unwillkürlich. Der Mann hatte recht.

Meine Tochter war entführt, ich selbst saß gefesselt irgendwo in einem Betonhangar und unterhielt mich mit einem Fremden, von dem ich bislang nur wusste, dass er einen schlechten Kleidergeschmack hatte und unter Schlaflosigkeit litt.

»Wo ist Jola?«, fragte ich ihn, auch wenn ich wusste, dass er mir nicht antworten würde. Zumindest nicht direkt.

»Nicht hier.«

»Und wo ist *hier*?«

»Offiziell?« Er setzte sich seine Brille wieder auf, wodurch seine Augen auf die absurde Größe von Disney-Figuren anwuchsen. »Ein ehemaliges, unterirdisches Krankenhaus. Im Kalten Krieg erbaut, um mögliche Strahlenopfer zu behandeln. Bomben- und falloutsicher. Nach der Wende wurde es aufgegeben, wie so viele Bunker, Tunnel und Luftschutzanlagen der Stadt.

Heute ist es verlassen, zumindest dem Anschein nach. Inoffiziell haben wir hier unten unser Clubhaus einquartiert. Die Bedingungen sind ideal: verlassen, abgeschieden, kein Netzempfang und abhörsicher.«

Ich blinzelte und stellte fest, dass mein linkes Auge wieder tränte. Ich hatte keine Ahnung, ob es das die letzten Minuten schon getan hatte.

»Ihr Clubhaus?«, wiederholte ich. »Ich nehme an, Sie wollen mir nicht verraten, was für eine Art Club das ist, oder?«

Der Mann, der sich Fish nannte, schüttelte den Kopf und stellte eine Gegenfrage: »Was sagt Ihnen der Name Joshua?«

Ich schloss die Augen, roch die verschmorte Haut des Sterbenden auf der Intensivstation, hörte seine Warnung, die Stadt zu verlassen.

»Nichts«, sagte ich wahrheitsgemäß. »Ich bin nicht bibelfest.«

Fish nickte, als habe er diese Antwort erwartet.

»Joshua war ein Ephraimiter und Diener Mose«, klärte er mich auf. »Nach ihm ist das sechste Buch des Tanach und auch das sechste des Alten Testaments benannt, doch das wird bei Ihnen vermutlich keine Glocke zum Klingen bringen. Eher hilft Ihnen die Kenntnis seiner Namensherkunft auf die Sprünge.«

Ich öffnete meine Lippen, um ihm zu sagen, dass mich momentan nichts anderes interessierte als das Schicksal meiner Tochter, doch Fish schnitt mir bereits im Ansatz das Wort ab.

»Es gibt verschiedene Deutungen«, fuhr er fort. »Hilfe, Heil oder Rettung sind die gängigsten Namenübersetzungen. Das und der Umstand, dass die historische Figur des Joshua ein Prophet ist, bringen uns dem Kern der Sache schon sehr viel näher.«

»Joshua ist ein Prophet?«, fragte ich.

Mein Gegenüber beugte sich auf seinem Stuhl zu mir nach vorne und fragte: »Kennen Sie die Geschichte von dem Target-Supermarkt und der Umstandsmode?«

Sein eindringlicher Blick ließ mich frösteln.

»Nein«, sagte ich und schluckte schwer.

»Gut, dann will ich kurz Ihre Geduld strapazieren, die Story hat sich tatsächlich so ereignet, und sie ist sehr aufschlussreich für das, was Ihnen gegenwärtig widerfährt.«

Ich konnte mir kaum vorstellen, dass irgendeine Supermarkt-Anekdote meinen Wissensdurst über Jolas Schicksal stillen konnte, hielt aber vorerst den Mund, als Fish aufstand und mit seinem Vortrag begann:

»Vor gar nicht so langer Zeit betrat im Umland von Minneapolis ein entrüsteter Familienvater einen Target Store, also ein Geschäft einer der größten Supermarktketten der USA, und wünschte den Filialleiter zu sprechen. Er beschwerte sich bei ihm darüber, dass seine kleine Tochter, nennen wir sie Wendy, nun schon zum dritten Mal in Folge völlig inakzeptable Werbung von Target bekommen habe. Coupons für Umstandsmode, Folsäure und Lotion gegen Dehnungsstreifen in der Schwangerschaft.

›Meine Tochter geht noch zur Schule, sie hat noch nicht einmal geknutscht!‹, brüllte der Vater aufgebracht, und der arme Filialleiter entschuldigte sich mehrfach für den Computerfehler. Irgendwie musste das Programm, das die Werbung versandte, die Adressen vertauscht haben. Der Filialleiter bat mit hochrotem Kopf um Verzeihung, und nachdem die erste Wut verraucht war, akzeptierte der Vater die Entschuldigung.«

Fish lächelte versonnen. Mir kam es vor, als freue er sich über die Pointe der Geschichte, auch wenn er sie unter Garantie schon oft erzählt hatte.

»Tja, alles schien in bester Ordnung, bis zwei Wochen später der Filialleiter erneut bei dem Vater anrief, um sich zu erkundigen, ob die Werbezuschriften jetzt aufgehört hätten.«

Fish sah mich eindringlich an. Ich hatte das Gefühl, als fixierte er mein linkes, wieder heftig zuckendes Augenlid.

»Dieses Telefonat nahm einen Verlauf, den der Filialleiter nicht erwartet hatte.«

Im Gegensatz zu mir. Ich rechnete mit dem, was jetzt kam. Als Autor war es eine Art Berufskrankheit, merkwürdige Wendungen einer Geschichte im Voraus zu ahnen.

»Sie war wirklich schwanger«, sagte ich. Fish nickte.

»So ist es. Die kleine Wendy war im vierten Monat. Unbemerkt von der Familie, ihren Lehrern und Freundinnen, wuchs in ihrem Bauch ein kleines Baby heran. Und der Hammer: Selbst Wendy wusste es nicht! Wohl aber der Target-Computer.«

»Wie bitte?«

»Ja, unvorstellbar, oder? Als Wendy immer öfter übel wurde, waren die Eltern schließlich misstrauisch geworden. Sie zwangen sie dazu, auf einen Streifen zu pinkeln. Das Ergebnis des Tests war positiv.«

Der Supermarktcomputer wusste es VOR der Schwangeren?

»Wie kann das sein?«, fragte ich.

»Es klingt wie Magie, oder? Ist aber höchst irdische Programmierkunst.«

Fish setzte sich wieder und begann vergnügt auf seinem Stuhl zu kippeln. Offensichtlich genoss er es, dass er mich mit seiner Geschichte für einen Moment überrascht hatte.

»Fast jedes große Unternehmen sammelt Daten über seine Kunden«, sagte er. »Manche geben ihr Privatleben aktiv preis, wie bei Facebook, Twitter oder anderen sozialen Netzwerken. Meistens geschieht es passiv, also nebenbei, wenn Sie zum Beispiel Suchanfragen in den Computer tippen, Ihr Navi programmieren oder einfach nur in einem Supermarkt einkaufen gehen. Mit jeder Tiefkühlpizza, die in Ihrem Einkaufswagen landet, hinterlassen Sie beim bargeldlosen Bezahlen oder bei der Benutzung einer Kundenkarte eine digitale Datenspur, die für sich alleine genommen noch nicht sehr aufschlussreich ist. Doch wenn

Sie regelmäßig Fertiggerichte konsumieren, müssen Sie sich nicht wundern, wenn demnächst Werbung für Fastfood in Ihrem Briefkasten liegt.«

»Wollen Sie mich verarschen?«, fragte ich ihn in die Pause, die er seinen Worten folgen ließ. »Glauben Sie allen Ernstes, ich unterhalte mich hier mit Ihnen über die Absurditäten des Direktmarketings, während meine Tochter …« Ich kam nicht mehr dazu, den Satz zu vollenden, da war Fish aufgesprungen und brach mir die Nase.

44. Kapitel

Ein gezielter, harter Schlag mit der Handkante, der sich anfühlte, als hätte er mir ein Bügeleisen ins Gesicht gerammt. Blut schoss aus meiner Gesichtsmitte, so dick und zähflüssig wie der lavaartige Schmerz, der meinen Kopf komplett ausfüllte.

»Halten Sie den Mund, Max«, sagte er, doch dazu war ich gar nicht in der Lage. Ich jaulte, schrie meinen Schmerz in den Bunker, hörte den Widerhall wie von einer fremden, gequälten Kreatur und wäre ganz sicher vom Stuhl gerutscht, hätte Fish mich nicht festgehalten.

»Hier«, sagte er, und ich spürte ein Taschentuch in meinen Händen, das ich mir natürlich nicht auf die Nase drückte. Jede Berührung, das wusste ich aus meinen Zeiten als Boxer, würde meine Qualen in diesem Moment nur verstärken. Zweimal war sie mir schon gebrochen worden, doch das war im Ring, wo ich bis zum Rand mit Adrenalin abgefüllt gewesen war. Ein Angriff aus heiterem Himmel war etwas ganz anderes. Ich durfte gar nicht daran denken, was ich später tun musste, um die Nasenscheidewand wieder zu richten.

»Wir haben nicht mehr viel Zeit«, hörte ich Fish sagen, während ich auf den Boden spuckte. Als ich meine Augen wieder öffnete, hatte er sich hingesetzt und nickte mir freundlich zu.

»Tut mir leid, aber wenn Sie Jola lebend wiedersehen wollen, ist es extrem wichtig, dass Sie die Lage verstehen, in der Sie sich befinden. Können Sie mir folgen?«

Ich nickte, und während ich die Blutstropfen zählte, die von meiner Nase auf meine Turnschuhe perlten, fragte Fish: »Also, wie kann es sein, dass der Computer von Wendys Schwangerschaft wusste, bevor sie es selbst erfuhr?«

Seine Frage war rhetorischer Natur, und es gab noch einen weiteren Grund, weshalb ich sie nicht beantwortete: Ich hatte auf einmal große Mühe, mich zu konzentrieren. Jeder Laut seiner Stimme schien an den entzündeten Nervenenden in meinem Kopf zu ziehen. Gleichzeitig hatte ich das Gefühl, als ob meine Nase auf Medizinballgröße anschwoll.

»Große Unternehmen sammeln nicht nur Daten, sie analysieren sie natürlich auch«, führte Fish weiter aus. »Noch wichtiger als Programmierer sind in unserer heutigen Zeit die Vertreter eines Berufsstands, deren Bezeichnung die wenigsten unter uns fehlerfrei schreiben können: die Anthropologen.«

»Verhaltensforscher?« Ich zog die Nase hoch.

»Ganz genau. Anthropologen wie ich erforschen das menschliche Verhalten. Und wenn wir das im Dienste des Konsums tun, wie zum Beispiel bei Target, dann finden wir sehr schnell heraus, dass Schwangere ganz bestimmte Lebensmittel kaufen, sobald die hormonelle Umstellung in ihrem Körper einsetzt. Sie leben gesünder, essen mehr Obst und Gemüse, kaufen Ingwer gegen die Morgenübelkeit oder bestimmte Feuchtigkeitscremes, weil die Haut so spannt. Vieles davon geschieht intuitiv. Die Schwangere reagiert auf die Signale ihres Körpers nach einem instinktiven Muster, das der Computer mit einem Kreuzvergleich erkennt. Wendy hatte regelmäßig Produkte gekauft, die üblicherweise von Schwangeren konsumiert werden. Das Programm hat das Profil erkannt und automatisch Werbung versendet.«

Ich beugte mich nach vorne. Viele Menschen machen den Fehler, bei Nasenbluten den Kopf in den Nacken zu legen, dabei war es besser, das Blut fließen zu lassen, so wie ich jetzt.

»Sehr interessant«, sagte ich, den Blick zum Boden gerichtet. »Aber auch auf die Gefahr hin, dass Sie mir wieder eine reinhauen, ich weiß immer noch nicht, was dieser Daten-Hokuspokus mit Jola zu tun hat.«

Aus dem Augenwinkel sah ich, wie Fish seine Beine übereinanderschlug.

»Gut, dann will ich es Ihnen an einem weiteren, sehr kurzen Beispiel verdeutlichen. Was würden Sie sagen, wenn Sie im Google-Suchverlauf eines Menschen zahlreiche Anfragen nach Kinderpornographie entdeckten?«

Ich zuckte mit den Achseln.

»Ich hätte einen ziemlich widerlichen Verdacht.« Wie immer, wenn ich beim Reden nachdachte, sprach ich etwas langsamer. Insgeheim ging ich schon seit geraumer Zeit meine Optionen durch, ob es mir gelingen könnte, Fish zu überwältigen und mich aus meiner Lage aus eigener Kraft zu befreien. Dabei wusste ich in diesem riesigen Gebäude weder, wo sich der Ausgang befand, noch, wo Cosmo sich aufhielt. Das Hauptproblem allerdings war, dass ich nicht vor dem einzigen Menschen fliehen wollte, der mich mit einiger Sicherheit zu Jola führen konnte, auch wenn er im Augenblick ausschließlich Antworten auf Fragen gab, die er sich selbst stellte und die mich nicht interessierten.

»Sie würden denken, der Mann ist ein pädophiler Perverser, oder? Und dieser Verdacht würde eine neue Dimension bekommen, wenn Sie sein Immoscout-Profil knacken und feststellen, dass sich der Typ in letzter Zeit durch die Annoncen für abgelegene Immobilien durchgeackert hat und eine komplett abgeschiedene Waldhütte mit ausgebautem Keller sogar kaufte. Wenn Sie dann auf seiner Kreditkartenabrechnung Posten wie Kabelbinder, Paketklebeband, schalldämmende Wolle und Plastikplanen entdecken, außerdem Paletten an Trockennahrung und Wasser, und wenn dann auch noch die Auswertung seines Navigationssystems ergibt, dass er in den letzten Wochen immer wieder zu einer bestimmten Uhrzeit vor einem bestimmten Kindergarten vorbeigefahren ist, tja, dann müssen Sie nur noch eins und eins zusammenzählen, oder?«

Fish sah mich an, und ich fragte mich, ob er eben von meinem Bruder gesprochen hatte. Wollte er mir etwa einreden, dass Cosmo bei Jolas Entführung mit drinhing?

»Sie müssten einfach nur eins und eins zusammenzählen«, wiederholte er sich, dann stand er auf und ließ die Bombe platzen, indem er sagte: »Joshua hat eins und eins zusammengezählt.«

»Wie bitte?«

»Ja. Das ist der Job des Programms.«

»Ein Programm?«

Ich war stets davon ausgegangen, dass es sich bei Joshua um eine natürliche Person handelte, vielleicht nicht mehr eine, die noch lebte, aber doch eine aus Fleisch und Blut.

»Joshua erstellt Verbrecherprofile. Dazu wertet es die Milliarden an Daten aus, die die Menschen Tag für Tag als digitale Spur hinter sich herziehen, von der benutzten Kreditkarte bis zum ewig angeschalteten Handy, vom angewählten WLAN-Knoten bis zum Blick in die Überwachungskamera am U-Bahnhof.«

Fish breitete die Arme aus und stand vor mir wie vor einem imaginären Tanzpartner, mit dem er gleich seine Runden drehen wollte. »Die meisten der Daten sind öffentlich zugänglich. In alle anderen relevanten Systeme hackt sich der Computer ein. Und es ist nicht die NSA oder eine andere staatliche Institution, vor der die Datenschützer immer solche Angst haben. Nein, Joshua gehört einem privaten Unternehmen. Ein Programm, das dazu erschaffen wurde, Verbrechen, die in der Zukunft geschehen werden, bereits in der Gegenwart zu verhindern.«

»Sie dürfen sich nicht strafbar machen.«

In diesem Moment begriff ich, dass das, worüber Fish die ganze Zeit doziert hatte, tatsächlich mit all dem im Zusammenhang stand, was Jola und mir und allen anderen, die mir nahestanden, in den letzten Stunden an Albträumen widerfahren war. Und dennoch war ich immer noch Meilen davon entfernt, die Ereignisse zu verstehen, die mein Leben in einen Psychothriller verwandelt hatten.

»Was hat das mit mir zu tun?«, bat ich Fish, endlich mit der ganzen Wahrheit rauszurücken.

»Wie ich schon sagte: Der Name Joshua leitet sich von einem Propheten ab; jemand der etwas vorhersehen kann. Das Programm ist ein Heiler, eine Hilfe, ein Retter.«

»Und es rettet …?«

»Die Opfer zukünftiger Verbrecher.«

»Noch mal: Was hab ich damit zu tun?«

Ich schrie ihn an, und als er aufstand, rechnete ich fest damit, dass er mir wieder ins Gesicht schlagen würde. Stattdessen aber sah er mich nur wütend an, und ein verächtlicher Unterton mischte sich in seine Stimme: »Sie fallen ins Profil, Max. Das Programm hat Ihren Namen ausgespuckt. Joshua hat erkannt, dass Sie Ihrer Tochter etwas antun werden.«

»Ich? Jola?«

Ich schaffte es nicht, so laut zu lachen, wie ich wollte. Fish knirschte wütend mit den Zähnen. Er sah aus, als würde er mir gleich ins Gesicht spucken.

»Ja. Genau Sie. So wie das Target-Programm bei Wendys Schwangerschaft wusste Joshua auch bei Ihnen schon im Voraus, dass Sie sich strafbar machen werden. Möglicherweise sogar, bevor Sie es selber wussten.«

»Aber das ist doch …« Ich zog die Nase hoch und schluckte den blutigen Schleim herunter, der sich in meinem Mund gesammelt hatte. Zu allem Überfluss wurde mir nun auch noch übel.

»Das ist ein schlechter Witz. Ich habe meiner Tochter nichts angetan. Nie im Leben.«

»Aber das Programm hat es vorhergesehen«, sagte Fish. »Und jetzt ist Jola verschwunden, richtig?«

»Joshua hat Sie auserwählt, und Joshua irrt nicht.« Mir kamen die Worte des anonymen Brandopfers wieder in den Sinn. »Scheiß auf das Programm«, schrie ich.

»Joshua kennt Sie besser als Sie sich selbst.«

Ich stand auf und schwankte wie nach einem Kinntreffer. Fish, der mich mehr mit seinen Worten als mit dem Schlag angezählt hatte, beobachtete mich wie ein Ringrichter, der jeden Moment damit rechnet, dass einer der beiden Kontrahenten zu Boden geht. Plötzlich wurde mir klar, was hier ablief.

»Moment mal. Das waren Sie«, brüllte ich ihn an. »*Sie* haben dieses ominöse Programm erschaffen, das angeblich in die Zukunft sehen kann.« *Um Verbrecher zu überführen, bevor sie ihre Tat begehen.*

Oh Gott! Ich war in der Hand von durchgeknallten Computerfreaks, die sich einbildeten, mit ihren Notebooks einer zweiten Bestie von Beelitz auf die Spur gekommen zu sein. Doch das Programm funktionierte nicht, und die Irren hatten einen Fehler gemacht!

»Ihr habt Joshua programmiert, und ich bin der Falsche!«, sagte ich. Diese Wahnsinnigen hielten mich tatsächlich für jemanden, der Kinder vergewaltigte, und wenn das so war, war ich den wahren Tätern und Jola keinen Schritt näher gekommen .

Es sei denn, sie hatten Jola entführt, um sie vor mir zu schützen. War es möglich, dass sie so verquer dachten? Völlig verwirrt und jetzt auch von den Schmerzen erschöpft, ließ ich mich zurück auf den Stuhl sinken und wollte schon die Augen schließen, als Fish mich fassungslos machte, indem er sagte: »Nein, ganz im Gegenteil. *Sie* sind der Richtige, Max. *Sie* sind ein Täter. Und *wir* haben Joshua nicht erschaffen. *Wir* wollen das Programm vernichten.«

45. Kapitel

Sie konnte nicht schlafen, aber richtig wach war sie auch nicht. Der Schmerz hielt dicht unter dem Deckel des Halbschlafs eine Flamme am Köcheln und verhinderte, dass sie endgültig wegdämmerte.

Vergeblich hatte Jola sich bemüht, die Augen offen zu halten, um ja nicht zu verpassen, wenn der Mann mit dieser komischen Aussprache ihr zu Hilfe kam. *Ein Schotte, Ire, Kanadier?* Sie hatte große Angst, ihn zu verpassen. Es nicht zu hören, wenn er durch den Wald stapfte und nach ihr rief.

Allerdings hatte er ihr versprochen, Papa und Mama mitzunehmen, und die würden ja wohl kaum unverrichteter Dinge wieder umkehren, oder?

Meine Eltern lassen mich nicht allein.

Mit diesem beruhigenden Gedanken war sie in einen Wachtraum verfallen, in dem sich große Teile ihrer Umgebung wiederfanden: der Baum, an dem sie lehnte, der feuchte Regen in ihrem Gesicht, die Kälte, die von ihrem Hintern aus langsam den Rücken hochkroch – all das war real und gleichzeitig Phantasie, denn in ihrem Traum war sie nicht länger Jola, sondern ein körperloses Wesen, das einem Mädchen mit einem gebrochenen Bein aus einiger Entfernung dabei zusah, wie es frierend an einer Eiche lehnte und auf Hilfe wartete.

Verrückt, dachte Jola. *Ich beobachte mich selbst.*

Dabei war es ihr möglich, in jede nur denkbare Perspektive zu wechseln, wie in einem Konsolenspiel, nur ganz ohne Controller; einfach nur mit ihrer Willenskraft konnte sie an das Mädchen heranzoomen, um den Baum herumfahren oder sie aus der Vogelperspektive betrachten.

Im Augenblick saß, hockte oder schwebte sie (so einfach war das bei einem Traumwesen nicht zu sagen) in einer Astgabel, direkt neben einem Geier, der mit ihr gemeinsam auf das Mädchen hinabstarrte.

»Sie sollte besser aufwachen!«, sagte der Vogel, und Jola, die sehr wohl wusste, dass Geier nicht sprechen können, wunderte sich in ihrem Traum keine Sekunde darüber und begann eine Unterhaltung mit dem Tier.

»Wieso? Ist James schon da?«

Der Geier drehte sich zu ihr. Seine Pupillen hatten die Farbe von roter Glut. Als er den Schnabel öffnete, krabbelte von irgendwoher plötzlich eine Spinne in sein Maul und verschwand mit knisterndem Geräusch.

»Nein«, sprach er und schüttelte den gesamten Körper, als wolle er sein Gefieder von Wasser befreien.

»Siehst du da unten?« Er deutete mit seinem rechten Flügel zu einer laubumrandeten Erdverwerfung direkt hinter dem Baumstamm, an dem das schlafende Mädchen lehnte. »Das ist selten.«

»Was meinst du?«, fragte Jolas körperloses Traum-Ich, das in der Dämmerung nicht so gut sehen konnte; nur, dass sich in dem Laubhaufen etwas bewegte.

»Die Rauschzeit ist normalerweise im März vorbei. Du hast Pech.« Der Geier sprach jetzt mit der Stimme von Frau Jasper im Biounterricht. »Da muss die Leitbache zu Tode gekommen sein.«

»Was ist eine Leitbache?«

»Das weibliche Wildschwein, Dummerchen. Es bestimmt die Paarungszeit, da die Keiler ja das ganze Jahr über fruchtbar sind.«

»Ah!« Jetzt sah sie es auch. Vier niedliche Wildschweinbabys, deren milchkaffeebraunes, weiß gestreiftes und teilweise sanft gepunktetes Fell sie sehr gerne gestreichelt hätte, glänzte es doch von hier oben noch viel seidiger als das von Mr. Tipps.

»Wie süß«, sagte Jola zum Geier, aber der schüttelte den Kopf.

»Wie *tödlich*«, krächzte er und drehte seinen Schnabel etwas nach rechts. Jolas Traum-Ich musste sich etwas nach vorne beugen, um zu sehen, was der Vogel ihr diesmal zeigen wollte.

»Hörst du das?«, fragte der Geier.

Sie legte den Kopf schräg, bohrte den Blick in das schwarze Nichts, in das der Greifvogel starrte, und versuchte, sich voll und ganz auf das Rascheln zu konzentrieren. Auf das Geräusch von brechendem Gehölz, von Zweigen, die auseinandergebogen wurden und wieder zusammenschlugen.

»Wieso hast du gesagt, ich habe Pech?«, fragte sie den Geier, doch der war plötzlich verschwunden. Stattdessen saß auf einmal der Killer neben ihr. Er lächelte aus einem blutenden Mund mit einer Kapuze über dem Kopf. Ein Auge hing an einem Sehnerv wie ein Pendel vor seiner Brust und blinzelte ihr zu.

»Weil du auf Hilfe wartest und der Tod kommen wird«, sagte der Tote, der plötzlich reden konnte, und schob sich die Kapuze von seinem Kopf, dem die halbe Schädeldecke fehlte.

Jola hörte sich schreien, doch ihr entsetzliches Gebrüll wurde mühelos von dem Gesichtslosen *(der jetzt wirklich gesichtslos war!)* übertönt, der kein Wort mehr sagte, dafür aber ein tiefes, grunzendes Röhren ausstieß, wie ein Bär oder ein sehr, sehr großer Hund.

Jola wich vor dem Killer zurück, verlor das Gleichgewicht und fiel vom Baum jäh nach unten, direkt in ihren eigenen Körper zurück.

»Gott sei Dank!«, keuchte sie, wieder sie selbst. Frierend,

atmend, ängstlich, mit gebrochenem Bein, aber am Leben. Und wach!

Nur ein Traum, dachte sie, wobei sie sich wunderte, weshalb das Röhren nicht aufhören wollte. Und weshalb es auf einmal nach vergammelter Maggi-Brühe stank.

Ganz heftig.

Sie riss die Augen auf und verstand auf einen Schlag, was der Geier mit der Frau-Jasper-Stimme gemeint hatte, als er sagte, sie habe Pech. Und wieso sich der Killer in ihrem Traum so sicher gewesen war, dass der Tod bald kommen würde.

Vor ihr, nicht mal drei Meter entfernt, stand ein Wildschwein *(die Leitbache?)*, so groß wie eine Harley Davidson, mit wutschnaubendem Maul, dem aggressiven Blick nach nur auf ein einziges Ziel aus: ihre Brut, die hinter dem Baum, an dem Jola lehnte, ihre Lagerstätte hatte, mit allen Mitteln zu schützen. Notfalls, indem sie die Bedrohung tötete.

46. Kapitel

Fish hatte mir gerade erklärt, dass er mich für einen pädophilen Perversen hielt, als hinter mir mit großem Getöse eine ziegelsteindicke Brandschutztür aufgeschoben wurde, durch die ich vorhin in den Bunker hineingeführt worden sein musste. Ich sah, wie Spook zwei Menschen durch den Zugang führte, von denen ich einen bereits mein Leben lang kannte. Dem anderen war ich vor wenigen Stunden zum ersten Mal begegnet.

»Cosmo!«, rief ich laut, unerwartet glücklich, ihn gesund und lebendig wiederzusehen. Der Anblick der Person neben ihm verwirrte mich im ersten Moment so sehr, dass ich tatsächlich eine Schrecksekunde brauchte, bis mir ihr Name wieder einfiel.

»Frida?« Ich stand auf und ignorierte den Befehl, mich sofort wieder zu setzen. Ich wollte nur noch eins: so schnell wie möglich bei der Frau sein, die vor nicht einmal einer Stunde mit meiner Tochter gesprochen hatte.

»Wie geht's Jola?«, rief ich, während ich ihr entgegenging.

»Sie hat Schmerzen!«

Die Worte ließen mich wie vor eine Wand laufen. Ich drehte mich wieder zu Fish, denn nicht Frida, sondern er hatte mir eben geantwortet.

»Was?«

»Ihr Bein ist zertrümmert. Es gab eine Explosion.«

Wieder drehte ich mich um die eigene Achse, denn jetzt hatte Frida zu mir gesprochen. Die Sätze, die mir gerade aus zwei verschiedenen Richtungen wechselseitig an den Kopf geschleudert wurden, ließen mich rotieren, inner- wie äußerlich.

»Um Himmels willen, was denn für eine Explosion?«

Jola hat Schmerzen. Sie HAT SCHMERZEN!

»Setzen Sie sich!«, hörte ich Fish hinter mir sagen. Er wiederholte den Satz noch einmal, etwas lauter, aber ich dachte gar nicht daran.

»WAS FÜR EINE EXPLOSION?«

Meine Stimme hallte durch die Betonkathedrale.

Ich zuckte zusammen, als ich die Hand auf meiner Schulter spürte. Fish. Er versuchte, mich zurück zum Stuhl zu lotsen.

»Nehmen Sie Ihre beschissenen Finger weg«, fauchte ich ihn an und hob meine Arme, soweit es die Kette erlaubte. Vorhin hatte er das Überraschungsmoment auf seiner Seite gehabt. Sollte er noch einmal versuchen, mich zu schlagen, würde ich ihm den Kiefer mit meinen gefesselten Händen zertrümmern.

Fishs Miene schien meine Entschlossenheit zu spüren. »Mich können Sie vielleicht überwältigen, aber Spook hat eine Waffe. Und raus kommen Sie hier ohnehin nicht. Also kühlen Sie mal wieder auf Betriebstemperatur runter, damit wir unsere Gäste angemessen begrüßen können.«

»Wir sind keine Gäste. Wir wurden verschleppt.«

»Ich nicht«, sagte Frida, die jetzt bei mir angekommen war.

»Wie bitte?«, fragte ich verblüfft und sah Cosmo an, der noch kein Wort gesagt hatte und auch jetzt nur mit den Achseln zuckte.

»Ich wurde nicht entführt«, sagte sie. »Eher gerettet!«

Gerettet?

Ich verstand die Welt immer weniger.

Fish traute sich wieder, mir eine Hand auf die Schulter zu legen.

»Kommen Sie, ich erkläre es Ihnen«, sagte er, doch dazu kam es nicht mehr, denn in diesem Moment gingen Sirenen los wie bei einem Fliegeralarm. Lauter als jede Alarmanlage, die ich je gehört hatte.

47. Kapitel

Es war wohl eine weitere Ironie des Schicksals, dass ausgerechnet eine Flucht durch düstere Tunnelgänge am Ende schließlich Licht in das Dunkel brachte, das mich seit etwa vierundzwanzig Stunden umfangen hielt.

Doch zuvor wurde ich noch Zeuge eines kaltblütigen und völlig unerwarteten Mordes.

»Was, zum Teufel, ist hier los?«, hörte ich Cosmo rufen. Seine Stimme hatte Mühe, sich gegen den Lärm der Alarmanlage durchzusetzen.

»Sie sind da«, antwortete Fish zwischen zwei lang gestreckten Signaltönen. Die durchdringenden Bässe klangen wie der Soundtrack zu einem Science-Fiction-Film, bei dem jeden Moment eine Raumstation in die Luft fliegt. Nur die nüchterne Frauenstimme fehlte, die über Deckenlautsprecher den Countdown runterzählte, ergänzt durch die Empfehlung, die Gefahrenzone sofort zu verlassen.

»Wer kommt? Wer sind *sie*?«, wollte ich wissen. Zu meiner Verblüffung trat Fish an mich heran und löste mir mit einem Schlüssel die Fesseln.

»Joshua!«

»Wer ist Joshua?«, fragte Frida. Hatte sie eben bei unserem Wiedersehen noch erstaunlich gefasst gewirkt *(Ich wurde gerettet!)*, sprach jetzt ängstliche Verwirrung aus ihrem Blick.

»Hast du sie nicht gefilzt?«, schrie Fish seinen Komplizen an und begann mich abzutasten.

Spook wirkte verärgert. »Klar doch. Kein Sender, kein Empfänger. Ich dachte, wir hätten sie abgehängt. Keine Ahnung, wie die uns so früh schon finden konnten.«

»Ach ja. Und was ist das hier?«

Fish hatte etwas aus meiner Jackentasche gezogen, was wie eine kleine Uhrenbatterie aussah, und zeigte es Spook.

»Scheiße!«

»Kannst du laut sagen.«

»Hör mal, das tut mir leid, aber …«

Fish hatte keine Geduld für Entschuldigungen. »Spar dir dein Gestammel, Spook, das klären wir später. Jetzt gib sie ihm.«

Er nickte mit dem Kopf in meine Richtung.

»Was?« Spook tat so, als habe er nicht verstanden.

»Deine Pistole, los.«

Ich hatte das Gefühl, dass der Lärm um mich herum immer lauter wurde, da die Wände den Schall durch das Echo, das sie erzeugten, von Sekunde zu Sekunde verstärkten.

»Was soll *der* denn mit einer Waffe?«, hörte ich den Rastakopf schreien, ebenso verwundert wie ich über diesen Befehl, den er jedoch befolgte. Widerwillig zog er aus der Innentasche seiner Jacke eine Waffe und reichte sie Fish mit dem Griff voran.

Plötzlich riss der Alarm ab, so abrupt und unvermittelt, wie er eingesetzt hatte. Im ersten Moment war die Stille noch unheimlicher als der brachiale Krach.

Fish reichte die Waffe an mich weiter.

»Die Kerle, die hinter Ihnen her sind, schrecken vor nichts zurück. Und der Weg, der vor uns liegt, birgt einige Gefahren. Sollten wir uns verlieren, müssen Sie sich verteidigen können.«

»Sie geben mir etwas, mit dem ich Sie erschießen könnte?«, fragte ich ihn.

Fish rückte sich seine Brille gerade. »Wenn Sie das tun, haben Sie keine Chance, hier aus diesem Labyrinth zu entkommen. Entweder die Leute vom Joshua-Projekt finden Sie. Oder Sie verlaufen sich auf ewig in den Katakomben. Los, wir haben keine Zeit mehr.«

Die Pistole wog schwer in meiner Hand und sah echt aus, aber das hatte die Handgranate auch getan.

»Und das ist keine Attrappe?«

»Attrappe?«

Fish, der sich schon in Bewegung gesetzt hatte, kehrte zurück. »Sie bringen da was durcheinander, Max. Das mit der Attrappe heute Morgen waren die anderen. Wir spielen nicht mit gezinkten Karten. Sie denken, Sie halten ein Spielzeug in den Händen?«

Mit dieser Frage nahm er mir die Waffe wieder ab, richtete sie auf Spook, der direkt neben mir stand – und schoss ihm in den Kopf.

48. Kapitel

Spook hatte noch einen kurzen Moment gezuckt, als er schon längst in sich zusammengesackt und mit dem Kopf ungebremst auf dem Stahlbeton aufgeschlagen war. Es gab ein Geräusch, als zersplitterte ein Holzblock in der Mitte, was wesentlich lauter durch die Halle knallte als der schallgedämpfte Schuss, mit dem Fish seinen Komplizen zuvor ermordet hatte.

»Los, los, los, Beeilung!«, sagte er und drückte mir die Pistole zurück in die Hand, als wäre nichts gewesen.

»Nein«, keuchte ich. »Sie sind wahnsinnig.«

Ich zitterte am ganzen Körper, Blut pumpte durch meine Adern, als wäre ich selbst gerade dem sicheren Tod nur dank einer Laune des Schicksals entgangen.

»Sie sind ein Mörder!«

»Falsch. Er ist der Einzige, der Sie vor dem verdienten Tod bewahren kann.«

Ich drehte mich zu der Stimme in meinem Rücken. Viola. Sie hatte die Betontür aufgestoßen und kam auf unsere kleine Gruppe zugehumpelt, das rechte Bein etwas nachziehend. Blut lief ihr aus einer Schnittwunde an der Stirn über die Augen. Sie deutete auf Spook. »Der Mistkerl war ein Verräter. Er hat sie zu uns geführt. Und wenn wir noch mehr Zeit verlieren, kostet das Sie alle hier auch Ihren Kopf!«

Fish nickte, und bevor er sich mit einer angesichts seines Übergewichts erstaunlichen Geschwindigkeit in Bewegung setzte, musterte er Cosmo, Frida und mich ein letztes Mal: »Viola hat recht. Entweder Sie folgen mir jetzt nach draußen, oder Sie lassen sich von den Joshua-Jungs töten. Es liegt ganz bei Ihnen.«

49. Kapitel

»*Danke, dass Sie so kooperativ waren.*«

»*Ich kann nicht sagen, dass ich es gern getan habe.*«

»*Und ich nicht, dass ich Sie für einen sympathischen Menschen halte*«, hörte sich Toffi zu dem Liebhaber von Kim Rhode sagen.

Er drückte auf den Touchscreen seines Smartphones und stoppte den heimlichen Mitschnitt des Gesprächs, das er vor zehn Minuten in der Wohnung des jungen Mannes geführt hatte.

Vor Gericht war eine Affäre als Alibi nicht gerade das Glaubwürdigste, was man aus dem Hut zaubern konnte, aber in diesem Fall war die Lage wohl eindeutig.

Es gab Hotelbelege, Essensquittungen mit Datum und Uhrzeit und sogar eine explizite Videoaufnahme, die bewies, dass Kim und er sich an dem Abend, als Jola verschwand, die Seele aus dem Leib gerammelt hatten.

Toffi strich die beiden von seiner gedanklichen Liste der Verdächtigen. Der Kerl hatte zwar etwas Merkwürdiges an sich, etwas hinterlistig Verschlagenes, aber Toffis in zahlreichen Verfahren und Zeugenbefragungen geschärfte Menschenkenntnis sagte ihm, dass der Liebhaber nicht der Typ für eine publikumswirksame Inszenierung war; mit Handgranaten und verschwundenen Autos. Wenn überhaupt, würde er im Stillen und auf eigene Faust operieren, heimlich und ohne Aufsehen zu erregen, so wie er bei der Planung seiner Schäferstündchen vorging. Ein Einzelgänger. Kein Teamplayer, wie er für die hochkomplexe Entführung von Jola ganz sicher erforderlich war.

Vermutlich ist er nicht viel mehr als ein gewissenloser, armseliger Ehebrecher, dachte Toffi und startete den Motor.

Für einen kurzen Moment dachte er darüber nach, dass er fast von Glück im Unglück reden konnte, Max in dieser Sekunde nicht erreichen zu können. Sonst hätte er ihm den Namen des Mannes verraten müssen, mit dem ihn seine Frau hinterging. Als Freund wäre er dazu verpflichtet gewesen. Dann aber schalt er sich für diesen Gedanken.

Max hatte wahrlich andere Sorgen als das Liebesleben seiner Gattin, dessen war Toffi sich sicher. Vermutlich ging er gerade durch die Hölle, und so wie es aussah, gab es nichts und niemanden, der ihm und Jola jetzt helfen konnte.

Nicht er, nicht die Polizei und erst recht nicht Kim, die sich insgeheim vielleicht sogar wünschte, dass ihr Mann verrückt geworden war und Jola etwas angetan hatte. Nicht, weil sie Max oder Jola so sehr hasste. Sondern weil sie jahrelang zu feige gewesen war, selbst einen Schlussstrich unter die verhasste Ehe zu ziehen, und das Schicksal ihr jetzt die Entscheidung abgenommen hätte. Kim wäre frei, emotional wie finanziell.

Mit diesen trüben Gedanken tippte er, bereits im Fahren, die Adresse des Pflegeheims in sein Navigationssystem, die seine Sekretärin ihm gerade gesimst hatte. Gemeinsam mit der Nachricht: »Magdalena Rhode liegt auf Station 11, Zimmer 14. Aber die Heimleitung sagt, es ist sinnlos. Die Mutter von Max hat seit Monaten kein einziges Wort mehr gesprochen.«

50. Kapitel

Sie blutete.

Zu allem Übel, verdammt.

Nicht nur, dass die Bache Frischlinge hatte (vielleicht, Jola wagte es nicht, sich zu rühren, um nachzusehen, ob da hinter dem Baum wirklich gescheckte Wildschweinbabys lagen oder ob der Traum ihr nur einen Streich gespielt hatte), nein – das Wildschwein war auch noch verletzt. Und zwar schwer.

Seine Borsten glänzten wie Öl, dicke Tropfen perlten auf das Moos unter seinem Bauch. Etwas Metallisches steckte in seinem Körper, und Jola dachte erst an ein Messer, dann fiel ihr ein, dass es alles Mögliche sein konnte. Irgendetwas Spitzes, was sich in der Hütte befunden haben musste und nach draußen geschleudert worden war. Offensichtlich waren der Killer und sie nicht die Einzigen, die durch die Explosion zu Schaden gekommen waren.

»Hey«, krächzte Jola. Ihre Stimme war ganz rau und hörte sich fremd an. »Ich tu dir nichts, sieh nur.« Sie deutete auf ihr vom Schienbeinknochen durchstoßenes Hosenbein. »Mir geht's so wie dir!«

Das Tier reagierte auf ihren Beschwichtigungsversuch mit einer Mischung aus Grunzen und Prusten, was sich anhörte, als würde jemand die Saiten einer gewaltigen Gitarre stimmen und dabei wie ein Pferd schnauben. Gleichzeitig schaukelte es mit seinem gedrungenen Kopf und präsentierte Jola drohend seine nach oben geschwungenen, gewaltigen Eckzähne. Der Geruch nach abgestandener Gewürzmischung wurde intensiver.

Es schwitzt, dachte Jola, unwissend, ob sie ihm in die Augen sehen oder lieber den Blick abwenden sollte.

Gottverdammt, was tut man denn nur, wenn man einem Wildschwein gegenübersteht?

Falsch – wenn man selber blutend vor einem verletzten Tier am Boden liegt?

Ein Schwein, das ganz offensichtlich unter großen Schmerzen litt. Die Laute, die es ausstieß, waren nicht nur bedrohlich, sondern klangen in erster Linie gequält.

Fieberhaft versuchte Jola in den hintersten Ecken ihrer Erinnerung die wenigen Wissensbrocken zusammenzuklauben, die sie im Laufe des Biologieunterrichts dort abgelegt hatte. Wildschweine waren normalerweise ungefährlich und mieden den Menschen. Probleme gab es nur, wenn eine Mama ihre Frischlinge beschützte. Und wenn sie verletzt waren, zum Beispiel, weil ein Jäger sie nicht richtig getroffen hatte.

Na herzlichen Glückwunsch!, dachte sie. Im schlimmsten Fall war sie hier mit beiden Problemen auf einmal konfrontiert. *Jackpot!*, wie Steffen sagen würde. Das tat er immer, wenn etwas eintrat, was ihm nicht gefiel, zum Beispiel, wenn er seine Turnsachen vergessen oder einen Platten hatte.

Mist, Papa, wo bleibst du? Oder Mama?

Sie suchte in den Augen des Tieres etwas Menschliches, etwas Warmes und Verständnisvolles, aber in den Pupillen spiegelte sich nur ihre eigene Angst, kombiniert mit etwas, das sie von sich selbst kannte und das ihr Karatetrainer als Killerinstinkt bezeichnet hatte: »*Der unbedingte Wille, seinen Gegner zu bezwingen.*«

»Tu mir bitte nichts!«, flüsterte sie, als das Schwein den Kopf senkte wie ein Stier, der Anlauf nimmt, um den Torero aufzuspießen.

»Das ist ein rotes Tuch«, hörte sie ihren Papa sagen, Max, der nicht ihr leiblicher Vater war, den sie aber über alles liebte, ganz egal, wie oft sie in der Klasse deswegen als Bastard gehänselt wurde. Was würde sie darum geben, jetzt in seinen Armen zu liegen und einer seiner verrückten Geschichten zu lauschen, die er sich immer ausdachte. Eine Geschichte von dem Mädchen und dem bösen Wildschwein zum Beispiel; von dem Zauberkreis, den das Mädchen zwischen sich und dem wilden Tier ziehen konnte. Einen Kreis, den das Schwein nicht überschreiten konnte, ohne selbst zu sterben.

Ja, das wär's jetzt.

Aber Papa war nicht da, und er erzählte auch keine Geschichte, und erst recht gab es keinen Zauberkreis. Wenn überhaupt, hatte *sie* eine Grenze überschritten, hinein in ein verbotenes Revier, aus dem das Tier sie jetzt mit aller Gewalt vertreiben würde.

Jola konnte nicht sagen weshalb, aber sie spürte es: Sie lag in der verbotenen Zone. Das Tier roch Blut, fremdes Blut, und sagte sich vielleicht, dass der verletzte Eindringling die Schuld an seinen eigenen Schmerzen trug. Vielleicht war das aber auch Blödsinn; vielleicht dachten Tiere überhaupt nicht. Vielleicht raubte das Metalldings in seinem Bauch ihm einfach nur den Verstand.

Das Einzige, was Jola sicher wusste, war: Sie musste hier weg. Und zwar schnell, bevor das Wildschwein zum Angriff überging und ihr seine Eckzähne ins Gesicht grub.

Vorsichtig, um das zum Sprung bereite Tier ja nicht durch eine hektische, unbedachte Bewegung aufzuscheuchen, zog sie ihr gesundes Bein an und überlegte, wie es ihr gelingen könnte, dabei keinen Druck auf den gebrochenen Unterschenkel auszuüben.

Keine Chance.

Helle, spitze Schreie gellten durch den Wald und scheuchten zwei Kormorane über ihrem Kopf in die Lüfte, etwa in dem Moment, in dem das Wildschwein das Maul aufriss.

51. Kapitel

Wie Fish vorhergesagt hatte, führte uns unsere Flucht durch ein nicht enden wollendes Labyrinth aus schmalen Gängen, unbeleuchteten Tunneln und Schächten, durch die wir teilweise kriechen mussten, durch eine stillgelegte Belüftungsanlage hindurch zu einem Gulli, durch den wir tatsächlich in hüfthohes Wasser gesprungen waren.

Fish ging mit Viola voran, gefolgt von Cosmo und Frida, während ich das Schlusslicht bildete. Ohne die Taschenlampe, die er aus einer Verankerung in der Wand des Bunkers gerissen hatte, hätten wir uns in vollständiger Dunkelheit durch die nach Morast und Gülle riechenden Schächte zwingen müssen.

»Ich hab Platzangst«, hörte ich Frida sagen, als es von dem wasserüberfluteten Tunnel in eine noch engere Abzweigung mit gebogenen Klinkerwänden gehen sollte.

»Sie meinen Klaustrophobie«, korrigierte sie Fish allen Ernstes. »Platzangst ist die Angst vor weiten Flächen.«

»Und Platzwunde ist das, was du dir gleich einfängst«, sagte Cosmo. Auch mir juckte es in den Fingern, dem Arschloch eine zu verpassen, wenigstens mit dem Lauf der Waffe, die ich versuchte, hoch über dem Wasser zu halten. Aber wie Cosmo wusste ich, dass es bestimmt keine gute Idee war, den einzigen Führer, der sich hier unten auszukennen schien, bewusstlos zu schlagen. Also überwanden wir alle unseren Ekel, unsere Ängste und unsere Wut und endeten schließlich vor einer kleinen Holztür, die wie die Absperrung zu einem Weinkeller aussah, mit schweren schwarzen Eisenbeschlägen.

Unsere Odyssee endete so bizarr, wie sie begonnen hatte, an einem Ort, der gegensätzlicher nicht sein konnte zu all dem, was wir gerade durchschritten hatten: an einem Strand.

Genauer gesagt an einem Yachthafen. Die Tür, über deren Schwelle wir hintereinander in die Freiheit traten, hatte sich direkt unter einem Bootssteg geöffnet, nur wenige Schritte vom Wasser entfernt.

»Hopp, hopp, hopp«, feuerte uns Fish wie ein mürrischer Sportlehrer an und stakste vor uns durch das dunkle, nach Algen müffelnde Wasser bis zu einer kleinen Leiter mit Aluminiumsprossen wie bei einem Swimmingpool.

Eine Stimme in meinem Hinterkopf riet mir, die Gelegenheit zu nutzen und mit Cosmo und Frida die Flucht zu ergreifen. Das Gefühl in meinem Magen aber sagte mir, dass ich lieber tot sein wollte, als den Mann ziehen zu lassen, der mich zu Jola bringen konnte.

Außerdem hörte ich Hundegebell hinter der Holztür, die Fish wieder verschlossen hatte, und daher steckte ich mir die Waffe zwischen Bauch und Hosenbund und stieg, halb flüchtend, halb als Verfolger, einem Mörder hinterher.

Oben angekommen, war es etwas heller als unten, kleinere Laternen spendeten eine Notbeleuchtung auf dem Steg. Vier Schiffe waren angelegt: ein Ruderboot, zwei planenverdeckte Segelboote und eine Motoryacht am zum Wasser führenden Ende des Stegs, deren Taue Fish bereits gelöst hatte. Mit einem geübten Sprung hechtete er aufs Deck.

»Los doch«, rief er und verschwand aus unserem Sichtfeld.

Unter uns wurde das Gebell lauter. Die Hunde waren bereits im Wasser. Knurrten und kläfften. Frida, Cosmo und ich warfen einander einen kurzen Blick zu, dann rannten wir los und sprangen ebenfalls auf die Yacht, die sich in dieser Sekunde schon in Bewegung setzte.

Mit röhrenden Motoren preschten wir auf das Wasser des Sees hinaus, und erst jetzt, als ich mich wie alle anderen an einer Querstange über dem Dach des Sonnendecks festhielt, merkte ich, wie mir dichter Regen ins Gesicht schlug.

Fish stand am Steuerrad und lenkte das windkanalförmig geschnittene Boot auf den offenen See hinaus. Ich hatte keine Ahnung, wo wir waren, von meinem schwankenden Standpunkt aus konnte ich keine Anhaltspunkte ausmachen. Nur, dass es ein großes Binnengewässer sein musste. Müggel-, Scharmützel- oder Wannsee, vielleicht auch der Tegeler.

Eine Zeit lang fuhren wir nur geradeaus, dann drosselte Fish das Tempo und bog nach rechts in einen kleinen, natürlichen Kanal, für den die mindestens Lkw-lange Yacht fast schon zu groß war. Schließlich stoppte er das Boot an einer schilfumwucherten Stelle, die von keinem Ufer des Sees einsehbar sein konnte.

Er wandte sich an Viola: »Nimm dir das Schlauchboot und informiere unsere Leute von dem Anschlag auf die Zentrale! Sieh nach, was da noch zu retten ist, und leite alles in die Wege, was nötig ist, damit die Polizei dort nichts findet! Sei vorsichtig, hast du verstanden?«

Er strich ihr mit väterlicher Zuneigung über den Kopf.

Während Viola zum Heck ging, wo das Beiboot befestigt war, folgten wir Fish nach unten in die Kajüte.

52. Kapitel

Im Inneren des Bootes sah es so aus, wie ich mir die Inneneinrichtung eines luxuriösen Privatjets vorstellte: In die Decke eingelassene LEDs warfen ihr gedimmtes Licht auf einen hellen Teppich, warme Tropenhölzer, zweckmäßige Einbauschränke, Schubladen und Türen, die vermutlich zu einem Badezimmer und den Schlafgelegenheiten im Bug führen würden. Es roch nach Neuwagen, was an den schneeweißen Lederbezügen der Sitzecke lag, hinter die sich Fish gerade zwängte.

»Sie gottverdammter Psychopath!«, schrie ich ihn an und zog die Pistole aus meinem Hosenbund. Ich richtete sie auf seinen Kopf.

Er sah mich nachdenklich an, wie ein interessantes Studienobjekt. »Ich weiß nicht, wovon Sie reden.«

»Schwachsinn. Von Spook natürlich. Wieso haben Sie ihn ermordet?«

Er öffnete eine auf den ersten Blick unsichtbare Klappe in der Tischoberfläche und entnahm aus einem eingelassenen Kühlfach ein Sechserpack Coke Zero.

»Das hat Viola Ihnen doch schon erklärt. Er hat ein falsches Spiel gespielt, für die Joshua-Jungs. Sie hatte mich schon länger vor ihm gewarnt, aber erst, als ich den Empfänger in Ihrer Jacke fand, wusste ich Bescheid. Es war seine Aufgabe, Sie zu filzen.«

Knackend öffnete er den Verschluss einer der Dosen und nahm einen tiefen Schluck. Mit einer einladenden Geste deutete er auf den Rest der Büchsen auf der Mitte des Tisches. Cosmo und Frida reagierten nicht. Sie hatten Fish gegenüber auf einer in der Bordwand verschraubten, ebenfalls mit weißem Leder gepolsterten Bank Platz genommen. Ich war der Einzige, der noch stand.

»Aber deshalb hätten Sie ihn nicht gleich töten müssen«, sagte ich.

Fish lächelte versonnen, leckte sich über seine vorstehenden Zähne und schaute kurz an mir vorbei durch ein kleines Bullauge. Dürre Zweige pressten sich gegen die Scheibe. Das Boot lag ruhig, aber ich konnte den Wind hören, der das Schilf bewegte. Fish nahm seine Brille ab und sah mich eindringlich an, während er sie an seinem T-Shirt putzte.

»Ich habe nie behauptet, dass ich harmlos bin. Nur anders als diese Joshua-Fanatiker stehe ich dabei auf der richtigen Seite.«

»Und welche Seite soll das sein? Die, die kleine Kinder entführt, oder die, die ihre Mitarbeiter exekutiert?« Es war Frida, die sich erstmals zu Wort meldete, und das beinahe brüllend. Ihre Haare standen wild vom Kopf, schwarze Dreckschlieren zogen sich wie bei einem Schornsteinfeger über ihr Gesicht. Das Feuer in ihren Augen zündelte noch sehr viel wütender als vor ein paar Stunden, als ich sie in ihrem eigenen Auto als Geisel nahm und sich ihre Panik in blanker Wut entladen hatte.

»Ich stehe auf der Seite der Freiheit«, sagte Fish, und das brachte mich nun tatsächlich zum Lachen.

»Freiheit, Sie blöder Wichser?«

Ich schüttelte den Kopf und machte den Fehler, mir die gebrochene Nase zu kratzen. Jede Berührung fühlte sich so an, als würde ich mir einen Splitter in den Schädel schieben.

»Wenn Sie kurz mal aufhören könnten, mich zu beleidigen, würde ich es Ihnen glatt erklären.«

Mir fielen tausend Erwiderungen ein, die ich ihm um die Ohren hauen wollte, aber so wie Cosmo und Frida hielt ich meinen Mund, die Waffe blieb allerdings weiter auf den Oberkörper dieses Mannes gerichtet, der offenbar schon vor geraumer Zeit den Verstand verloren hatte.

Fish gab mir ein Zeichen, mich zu ihm an den Tisch zu setzen, nahm einen Schluck aus seiner Büchse, und als ich stehen blieb, zuckte er mit den Achseln und begann einen, wie mir schien, bereits oft erprobten Monolog zu halten:

»Das Joshua-Programm, das Sie bedroht, Max, wurde von einem Mann namens Theodor Braunschweig entwickelt, einem Anthropologen. Wir gingen auf dieselbe Universität, verbrachten unsere Freizeit im selben Hackerclub, denn Programmieren war unsere zweite Leidenschaft. Schon früh erkannten wir die Vorteile, die uns rechnergesteuerte Analysemodelle verschaffen konnten, wenn man sie nur mit den richtigen Daten fütterte. Das war in den frühen Siebzigern, damals war an das Internet, so wie es heute genutzt wird, kaum zu denken. Und Predictive Policing war komplette Science-Fiction.«

»Predictive *was*?« Cosmo beugte sich von seiner Bank nach vorne.

»Vorherbestimmte Polizeiarbeit. Noch nie etwas von Blue CRUSH gehört?«

Wir alle schüttelten den Kopf.

»Eine Software, entwickelt von Richard Janikowski, einem Professor für Kriminologie. In Memphis, Tennessee, hat das Programm dafür gesorgt, dass die Verbrechensrate insgesamt um dreißig Prozent zurückging. Und die Aufklärungsrate von Schwerverbrechen stieg von mickrigen sechzehn auf über siebzig Prozent. Alles dank eines Programms, das die Polizisten auf ihren Notebooks haben und das unter anderem so lächerliche Daten wie Einbruchsstatistiken, Wettervorhersagen und den örtlichen Veranstaltungskalender durchforstet, weil es weiß, dass Autos gerne in den Seitenstraßen von Fußballstadien aufgeknackt werden, am liebsten, wenn es während des Spiels regnet.«

Fish leckte sich wieder die Lippen. Der Vortrag machte ihm Spaß.

»In Santa Cruz, Kalifornien, werden Hunderte von Polizisten

von einem Algorithmus auf ihren Einsatz vorbereitet. Ihr Laptop sagt ihnen, wo sie Streife fahren müssen und wo mit höchster Wahrscheinlichkeit mit dem nächsten Einbruch, einer Unruhe oder der nächsten Vergewaltigung zu rechnen ist. Das nennt sich Big Data, und solche Programme finden mittlerweile auch in Europa Anwendung, wie zum Beispiel in Manchester.«

»Und Joshua ist so ein Programm?«, sagte Frida.

Fish sah sie an, als hätte sie ihn nach dem Alphabet gefragt.

»Blödsinn, hört mir denn hier keiner zu? Ich sagte Big Data, nicht Single Solution! Diese Programme basieren im Wesentlichen auf Software-Algorithmen, die sich normalerweise mit der Vorhersagbarkeit von Nachbeben nach Erdbeben beschäftigen.«

Als er merkte, dass wir ihm nicht folgen konnten, ergänzte er:

»Diese Programme, die ganz offiziell bereits in den USA und Europa Anwendung finden, zeigen Ihnen nur das grobe Bild. Sie errechnen Wahrscheinlichkeiten, grenzen Orte ein und spucken die Planquadrate und Uhrzeiten aus, wann und wo es ganz besonders brennt. Aber Joshua geht einen Schritt weiter. Joshua sagt Ihnen nicht nur, *wann* und *wo* etwas *vielleicht* passiert. Sondern *wer* es *wie* auf jeden Fall tun wird!«

Er machte eine Pause, wischte sich unsichtbaren Schlaf aus seinen tief liegenden Augen und ergänzte dann: »Und das kann Joshua nur, weil es sich zum großen Teil in unser Privatleben eingehackt hat. In unsere Kreditkartenbewegungen, in den Kalender, den wir in der Cloud abgelegt haben, unseren Wunschzettel im Internetkaufhaus, so wie in die unzähligen Überwachungskameras dieser Welt.«

»Und dieses Joshua-Programm wurde von einem alten Freund von Ihnen entwickelt?«, versuchte ich Fish wieder zurück zum Wesentlichen zu führen. »Diesem Theodor Braunschweig?«

Er winkte ab.

»Freund? Wir lagen beruflich auf einer Wellenlänge. Eine Zeit lang jedenfalls. Schon nach der Uni trennten sich unsere Wege. Braunschweig wechselte, um es mit der Star-Wars-Terminologie zu sagen, auf die dunkle Seite der Macht. Schuf einen Kraken, ein Ungeheuer mit dem prophetischen Namen Joshua, das den ganzen Tag nichts anderes tut, als alle ihm legal oder illegal zur Verfügung stehenden Daten zu scannen und auf bestimmte Verhaltensmuster im Kreuzvergleich zu überprüfen.«

»Und bei mir wurde er fündig?«

»Ganz genau. Ihren Namen spuckte Joshua das erste Mal aus, als Sie über qualvolle Foltermethoden in dem Chatroom eines Fetischportals diskutierten.«

53. Kapitel

»Ich soll *was* getan haben?«

Frida warf mir einen erschrockenen Blick zu, dem ich kopfschüttelnd begegnete.

»Ich war noch nie in so einem Chat«, sagte ich. Fish lächelte.

»Na klar doch. Und gegoogelt haben Sie auch noch nie? In Ihrem Protokoll finden sich Suchanfragen wie ›perfektes Verbrechen‹, ›schnell wirkendes Gift‹, ›nicht nachweisbare Betäubungsmittel‹, ›DNA-Spuren verwischen‹, ›Säuberung eines Tatorts‹, ›K. o.-Tropfen‹, ›elektronische Fußfesseln‹.«

»Ich bin Thrillerautor!«, rief ich.

»Ja, und genau das ist das Problem.«

Er nahm einen weiteren Schluck und stieß stumm, aber sichtbar auf.

»Joshua hat zum ersten Mal in seiner Geschichte einen Fehler gemacht. Es hat nicht bedacht, dass sich einige Ihrer digitalen Spuren mit Ihrem Beruf erklären lassen. Ihr Name hätte niemals auf der Liste stehen dürfen.«

»Auf welcher Liste?«, fragte Frida.

Das Boot erzitterte nach einem heftigen Windstoß. Regen prasselte über unseren Köpfen aufs Deck. Unter normalen Umständen wäre es gemütlich gewesen, hier unten sitzen zu bleiben und den nahenden Sturm abzuwarten.

»Joshua ist dazu da, um Geld zu verdienen. Das Programm wurde in den letzten Jahren in einigen Diktaturen und Schwellenländern mit bahnbrechendem Erfolg getestet. Überall dort, wo es zum Einsatz kam, konnten Tausende von Verbrechen verhindert werden, *bevor* sie geschahen. Doch das große Geld kann man nicht mit Bananenrepubliken verdienen. Nach und nach soll es weltweit von den führenden Industrienationen eingesetzt werden. Aber nicht offiziell. Nach dem NSA-Skandal hat keine westliche Regierung auf dem Planeten mehr Lust, der Bevölkerung ein neues staatliches Überwachungsprogramm zu präsentieren. Daher soll Joshua im Geheimen laufen, geleitet von einer privaten Firma, die einem Mann mit dem Pseudonym James Edwards gehört. Er und seine Partner wollen die Joshua-Daten an die Regierungen der entsprechenden Länder verkaufen, für eine Summe von hundert Millionen etwa. Jährlich. Und zwar pro Käufer.«

»Woher wissen Sie das alles, wenn Sie angeblich nicht mit dieser Joshua-Firma unter einer Decke stecken?«, fragte ich, während mich eine Hitzewallung überkam. Die Kajüte war nicht für so viele Menschen mit überhitzten Gemütern ausgelegt. Fish, der ebenfalls so aussah, als könne er etwas frische Luft vertragen, nahm einen letzten Schluck, quetschte dann die leere Dose in seiner Hand zusammen und sagte: »Auch wir arbeiten im Geheimen, nur auf der anderen Seite. Wir sind so etwas wie eine Kontrollinstanz im Netz. Ein verdeckt operierender Chaos-Club, der, ohne dass die meisten es mitbekommen, unter der Oberfläche für die Freiheit eines jeden Einzelnen von uns sein Leben riskiert. Auch für die Freiheit von Perversen wie Sie.«

»Was soll der Mist?«

Meine Finger schlossen sich fester um die Waffe in meiner Hand. Am liebsten hätte ich sie benutzt, wenigstens als Schlagstock.

»Sie haben doch eben selbst gesagt, mein Name hatte auf dieser Liste nichts zu suchen.«

»Ja, zu diesem frühen Zeitpunkt nicht. Wegen der Menge Ihrer Anfragen ging Joshua davon aus, dass Ihre Tat unmittelbar bevorstehen würde. Tatsächlich aber waren Sie noch lange nicht so weit. Sie sind allenfalls in der Vorbereitungsphase. Als Braunschweig das erkannte, war es bereits zu spät.«

»Was meinen Sie mit ›zu spät?‹«, fragte ich.

»Ihr Name stand bereits auf der Liste. Präsentiert von James Edwards persönlich, auf einem Schiff vor der Küste Madeiras, auf dem zu diesem Zeitpunkt mehrere hochrangige multinationale Minister und Entscheidungsträger weilten. Die Käufer hatten Zweifel, ob Joshua wirklich so gut funktioniert. Sie wollten einen Testfall. Edwards präsentierte die Liste mit zukünftigen Verbrechern, die Joshua allein an diesem Morgen ausgespuckt hatte, und wie es der Zufall wollte, wurden ausgerechnet Sie ausgesucht, Max, um die Funktionsfähigkeit des Programms zu beweisen, dem Edwards hochtrabend eine Fehlerquote von null Prozent zuschrieb.«

Ich hielt für einen Moment die Luft an, so wie ich es immer tat, wenn ich beim Schreiben spürte, dass ich kurz davorstand, einen guten Einfall zu haben.

»Sie meinen, von mir hängt alles ab?«, fragte ich ihn. »Der Deal? Das ganze Multimillionen-Geschäft?«

»Multimilliarden eher. Aber ja, ganz genau. Sie sind der Lackmustest. Machen Sie sich strafbar, wie Joshua es vorhergesehen hat, ist der Test bestanden, und das Programm wird gekauft. Falls nicht …«, Fish senkte den Daumen nach unten, »Joshua und all das schöne Geld ade.«

Ich spürte, wie die Pistole in meiner Hand immer schwerer wurde. Bislang hatte mich das, was Fish mir erzählt hatte, lediglich beunruhigt. Aber etwas an seinem eindringlichen Unterton weckte in mir den Verdacht, dass die wahrhaft erschreckenden Informationen aus seinem Mund noch auf mich warteten.

»Braunschweig erkannte den Irrtum«, fuhr Fish fort. »Ihr Name hätte noch gar nicht auf der Liste auftauchen dürfen, aus denen die potenziellen Käufer das Versuchskaninchen auswählten. Er bemerkte den Fehler, als er noch einmal Ihr Profil überarbeitete, und beschwor Edwards, einen anderen Testkandidaten zu bestimmen. Seinen Ergebnissen nach würden Sie sich frühestens in einem Jahr strafbar machen. Doch Edwards wollte den großen Deal nicht gefährden. Und so entschied er sich, bei Ihnen die Dinge etwas zu beschleunigen. Von Joshuas Auswertung Ihrer Facebook-Postings kannte er Ihre Schwachstelle: Jola.«

Ich blinzelte. Allein die Erwähnung ihres Namens schnürte mir die Kehle ab und trieb mir die Tränen in die Augen.

»Also gab er Jolas leiblichen Eltern Geld, um einen von Edwards bestochenen Psychiater bezahlen zu können, damit der ein gefälschtes Gutachten ausstellte, nach dem die Junkie-Familie vollständig rehabilitiert war. Dann leitete seine Firma Ihre Mails um, programmierte einen Nachsendeantrag für alle Schreiben des Jugendamts, so dass die Briefe mit der Bitte um einen Termin wegen der Rückführung ins Leere gingen. Er wusste, er musste nur den Druck auf Sie erhöhen und damit die kriminelle Energie in Ihnen triggern. Und siehe da, es hat funktioniert.«

»Also bin ich nur ein Spielball eines skrupellosen Geschäftemachers?«

»Nein. Sie sind ein Täter, der sich schon lange mit dem Gedanken trägt, einem Mädchen, höchstwahrscheinlich Ihrer eigenen Tochter, etwas anzutun. Und ja, Braunschweig, Edwards und Konsorten sind hinter dem Geld her. Aber sie glauben auch daran, dass sie mit ihrem Programm die Welt verbessern. Dass sie Schwerstverbrecher stoppen, bevor diese überhaupt am Tatort ankommen. Und skrupellos ist nur Edwards. Braunschweig, das wissen Sie ja, wollte Sie sogar warnen.«

»Moment mal, das Brandopfer im Westend …?«

»Ein angeblicher Suizid. Kurz nachdem er Edwards sagte, er würde Sie kontaktieren, musste er dafür mit seinem Leben bezahlen.«

Die Pistole in meiner Hand begann zu zittern.

Jetzt verstand ich es. Jetzt ergab alles einen Sinn. Der mysteriöse Anruf. Der sterbende Mann auf der Intensivstation. Seine kryptischen Sätze: »*Joshua hat Sie auserwählt, und Joshua irrt nicht ... Bitte, hören Sie auf mich! Sie dürfen sich nicht strafbar machen. Unter keinen Umständen!*«

Hatte dieser Mann, ohne dass ich es wusste, sein Leben verloren, in dem Versuch, meines zu retten? *Aber Moment mal ...*

»Ich weiß, was Sie jetzt denken. Wenn es stimmt, was ich Ihnen erzähle, wieso hat Braunschweig dann der Polizei etwas von Selbstmord erzählt?«

Ich nickte.

»Weil Braunschweig Sie warnen, nicht aber sein Lebenswerk zerstören wollte. Ist das nicht irre? Er glaubte wirklich an sein Programm und tat alles dafür, um es zu schützen. Auch wenn das bedeutete, seinen eigenen Mörder zu decken.«

»Wieso erzählen Sie mir das alles?«, fragte ich Fish.

»Weil wir Joshua bekämpfen, so wie alles, was im Netz einen Angriff auf die Freiheit der Zivilbevölkerung darstellt. Wir wollen nicht in einem Überwachungsstaat leben. Es ist so wie mit den Toten auf der Autobahn. Natürlich könnten wir jetzt schon alle Autos mit einem Rechner ausstatten, der jede Geschwindigkeitsübertretung sofort den Behörden meldet und in die Lenkung eingreift, wenn Sie mal zu viel Gas geben. Aber das wollen wir nicht. Lieber nehmen wir Schäden durch einige wenige Psychopathen wie Sie in Kauf, als dass wir uns von vornherein einer kompletten Kontrolle unterwerfen.«

»Und deshalb überwachen Sie alle, die mit Joshua zu tun haben?« Cosmo klinkte sich wieder ein und verlieh seinen Worten zusätzliches Gewicht, indem er aufstand. Frida blieb sitzen, den Mund leicht geöffnet, mit fassungslos staunendem Blick.

»Nicht nur Joshuas Männer spielen ein Doppelspiel«, erklärte Fish nicht ohne Stolz. »Auch uns ist es gelungen, einen unserer Hacker in deren Mitarbeiterstamm einzuschleusen. Wir wissen viel durch unsere Quelle. Wie das Programm arbeitet, wann es benutzt wird, wer es kaufen soll. Zudem haben wir unsere eigenen technischen Hilfsmittel. Auch wir können E-Mails filtern, Anrufe überwachen, GPS-Sender verstecken, so wie den an Ihrem Käfer, den wir dort anbrachten, als wir erfuhren, dass mit Ihrer Person die Wirksamkeit von Joshua getestet werden soll.«

»Dann wissen Sie also auch, wo meine Tochter ist?« Ich durchbohrte ihn mit meinem Blick. Und der würde nicht das Einzige bleiben, wenn er jetzt nicht sofort mit der Sprache rausrückte.

»Nein. Bedauerlicherweise wurde das GPS-Signal an Ihrem Käfer durch den Unfall zerstört. Wir kamen zu spät. Das Auto war schon weg, Jola bereits entführt und Sie verschleppt, in ein Crackhaus nach Moabit, wo man Sie erst mit Drogen vollpumpte und dann die Polizei verständigte.«

Ich griff mir an den Kopf. Die Schmerzen, die nie völlig weg gewesen waren, loderten wieder auf, gemeinsam mit der Erinnerung an den Traum, als ich auf einer nach Urin stinkenden Matratze neben einer zahnlosen Alten aufgewacht war. *Oder war das gar kein Traum gewesen?*

»Edwards' Plan sah ganz simpel vor, Sie so sehr in die Enge zu treiben, dass Sie sich strafbar machten, indem Sie Ihre Pflegetochter entführten, Max. Dann musste er nur noch Jola verschwinden lassen, und zwar auf eine Art und Weise, dass nur Sie als Täter in Betracht kamen.«

Ich schüttelte den Kopf und richtete meine Waffe wieder auf den Kopf des Mannes.

»Ich verstehe das alles nicht. Wenn Sie mich wirklich für einen widerwärtigen Kindervergewaltiger halten, wieso unterhalten wir uns dann hier? Wieso lassen Sie mich nicht einfach in das Messer dieser Joshua-Truppe laufen?«

Fish reckte mir selbstbewusst, fast aufmüpfig das Kinn entgegen. »Weil wir mit Ihnen die einmalige Chance haben, Joshua zu zerstören. Noch mal: Wir wollen nicht Ihnen helfen, sondern Joshua schaden. Und natürlich das Kind vor Ihnen retten. Aber das geht leider nur mit Ihrer Mithilfe.«

»Ich soll Ihnen helfen?« Ich lachte freudlos auf.

»Ja. Sie müssen uns zu Ihrer Tochter führen. Und zwar, bevor Jola stirbt. Denn, wie gesagt, das ist der Plan von Edwards: ihre Tochter zu töten und Ihnen den Tod in die Schuhe zu schieben.«

»Weil es das war, was das Programm vorhersah? Dass ich Jola ermorden werde?«

Und weil er nur dann sein 100-Millionen-Dollar-Programm verkaufen kann, wenn sich diese Prophezeiung erfüllt!

»Ganz genau.« Fish griff unter seine Sitzbank und holte einen Aluminiumkoffer hervor. Er klopfte auf den Deckel und sagte:

»Hier drinnen ist alles, was wir brauchen, um Sie zu verkabeln. Ein kaum sichtbares Mikro und eine versteckte Kamera, mit der Sie Edwards filmen und als Drahtzieher entlarven können. Wenn wir uns beeilen, wenn Sie noch rechtzeitig kommen und Ihrer Tochter das Leben retten, dann ist das gesamte Joshua-Projekt aufgeflogen, sobald wir das Video auf YouTube hochladen.«

»Aber ich weiß doch nicht, wo sie ist!«, schrie ich ihn an, so laut, dass Frida auf ihrem Sitz zusammengefahren war.

»Oh doch, das wissen Sie«, sagte Fish. Bei meinem Ausbruch hatte er nicht einmal mit der Wimper gezuckt. »Noch mal: Joshua ist in unseren Augen ein Teufelswerkzeug. Aber es funktioniert. Das macht es ja so gefährlich. Es irrt nicht. Es hat Ihre Taten vorausgesehen. Es kennt Ihre Absichten. Sie wollen Jola quälen und töten. Edwards nimmt mit seinen Handlungen nur das vorweg, was Sie in der Zukunft mit Ihren eigenen Händen selber verbrochen hätten. Und dabei kennt es Sie offenbar besser als Sie sich selbst.«

Er glaubt es wirklich, dachte ich. *Dieser verblendete, Komplizen ermordende Irre glaubt wirklich daran, was er sagt.*

Fish fuhr fort: »Joshua weiß, was Sie tun. Natürlich nicht bis ins letzte Detail, aber schon im groben Rahmen. Und diesen Rahmen füllen Edwards und sein Team jetzt mit Leben. Nach unseren Informationen wollen sie die Tat nach einem Szenario fingieren, das Sie in einem Ihrer Bücher beschrieben haben, Max.«

»Einem seiner Bücher?« Cosmo hob die Augenbrauen.

Fish nickte.

»Wir haben den Funkverkehr zwischen Jola und ihren Entführern ausgewertet. Leider ist das Walkie-Talkie nicht zu tracken. Zumindest nicht für uns. Aber eine Baracke im Wald, in der explosive Fässer lagern. Sagt Ihnen das was?«

»Nein.« Ich schüttelte den Kopf.

»Aber mir!« Wir alle drehten uns zu Cosmo. Fish. Frida. Ich.

»›Die Blutschule‹!«, sagte er grinsend. Triumphierend, mit einem »Hab ich's nicht gesagt«-Flackern im Blick.

Und dann fiel es auch mir wieder ein.

Komisch, wie die menschliche Psyche manchmal funktioniert, oder? Mit Gewalt gegen Menschen habe ich kaum noch Probleme. Sie könnten mich auf einem irakischen Marktplatz bei einer Steinigung zusehen lassen oder in Guantanamo beim Waterboarding. Aber sobald es um Tiere geht, nein. Das halte ich nicht aus.

Es reicht also, wenn Sie wissen, dass ich seit jenem Tag keine Katze sehen kann, ohne dass ich mich schuldig fühle. Und dass ich geweint habe. So heftig wie nie zuvor in meinem Leben.

Fast so laut wie mein Bruder, dessen Tränen, als alles vorbei war, immer noch nicht versiegen wollten, aber das war ja auch logisch. Denn es war seine Hand, die Papa geführt hatte, nicht meine.

»Wieso heulst du so?«, fragte er Mark, während er ihm die blutige Gartenschere aus den Fingern nahm.

»*Wieso?*«

Was für eine grausame Frage, angesichts dessen, was er ihn gerade gezwungen hatte zu tun. Nur ein Mensch, dessen Herz vergiftet oder gänzlich verschwunden war, konnte sie stellen, und bei meinem Vater, der jetzt neben meinem Bruder kniete, war ich mir nicht mehr sicher, was davon auf ihn zutraf.

»Ich will nach Hause«, schluchzte Mark.

»Ich will zu Mami«, äffte mein Vater ihn nach. Er machte sich über meinen älteren Bruder lustig, indem er trotzig die Unterlippe nach vorne schob und sich mit den Knöcheln seiner Zeigefinger die Augen rieb. Dabei verhöhnte er ihn zusätzlich mit einem ekelhaften, weinerlichen Singsang: »Bitte, bitte, bitte, sei doch nicht so gemein zu mir, Papi.«

Ich rührte mich derweil nicht vom Fleck. Seitdem mein Vater mit dem Opfertier zurückgekommen war, saß ich wie festge-

schraubt auf dem Holzstuhl in der zweiten Reihe des »Klassenzimmers«, die Augen starr auf den Tisch gerichtet, in dessen
Oberfläche irgendjemand ein umgedrehtes Kreuz geschnitzt
hatte.

Ich wagte es nicht, den Kopf zu heben. Nach vorne zu sehen,
weil ich Angst hatte, die Katze noch immer atmen zu sehen.
Wieder atmen zu sehen.

Denn das würde geschehen, sobald ich meine Augen von
den grob gezackten Linien in der Tischplatte lösen und nach
vorne zur Tafel schauen würde. Ich würde erleben, wie das in
seinem Blut liegende Kätzchen die Augen wieder aufriss und ich
in ihnen den Blick des Teufels erkennen könnte. So wie ich ihn in
den Pupillen meines Vaters entdeckte, wann immer sich unsere
Blicke kreuzten.

»Du willst also nach Hause, ja? Aber soll ich dir mal was sagen, Huckleberry, das hier …«, vermutlich machte er gerade
eine Bewegung, die die ganze trostlose Waldhütte umschloss,
»DAS HIER IST JETZT DEIN ZUHAUSE!«

Er brüllte wie ein Fernsehprediger in einer Messehalle. Ich
wusste, dass ihm Speichel aus dem Mund tropfte, wie immer,
wenn er lauter wurde. In meiner Phantasie stieg gleichzeitig
Rauch aus den Ohren auf, und Funken sprühten aus seinen
Augen.

»Dieses Klassenzimmer hier ist dir viel mehr eine Heimat als
irgendetwas anderes auf der Welt.«

Ich hörte seine Kniegelenke knacken, als er sich bewegte.

»Du undankbares Stück Dreck, glaubst du denn, mir macht
das hier Spaß?«

In der Hoffnung, dass er es weiterhin auf Mark und nicht auf
mich abgesehen hatte, verharrte ich in meiner Position. Schuldbewusst und voller Scham, weil ich zu feige war, aufzustehen
und meinem Bruder zur Seite zu stehen.

»Glaubst du, *mir* gefällt es zu töten?«

Er stöhnte laut auf. Dann wiederholte er sinngemäß die Worte seiner Eröffnungsrede von gestern.

»Ich habe euch hierher gebracht, damit ihr die Dinge lernt, die euch die Lehrer in der Schule nicht beibringen. Jagen. Sammeln. Töten. Und Verlust. Das ist das Wichtigste. Liebe verweichlicht. Verlust härtet ab!«

Die Worte trafen mich wie Schläge.

»Von mir lernt ihr, wie ihr überleben könnt. Und ich zeige euch all das, wovon die *Gesellschaft*«, er spuckte dieses Wort aus, als wäre es ein Stück Hundekacke, das auf einmal in seinen Mund gelangt war, »... wovon diese *Gesellschaft* da draußen euch fernzuhalten versucht. Diese liberalen Pisser, diese Weltverbesserer und Gutmenschen, die euch nichts, aber auch gar nichts von den echten Emotionen lehren, die ihr spüren MÜSST, wenn ihr da draußen überleben wollt: Angst, Not, Grauen, Schmerz, Trauer.«

Ich fragte mich, ob er wusste, dass die Anfangsbuchstaben der aufgezählten Gefühlszustände erneut das Wort A. N. G. S. T. ergaben, oder ob ihn das Böse, das seit Sandys Unfall in ihm wohnte, in eine gedanken- und willenlose Maschine verwandelt hatte. Die letztere Vorstellung besaß in ihrer Grausamkeit auch etwas Tröstliches. Ich wollte nicht, dass das hier wirklich *er selbst* war. Eher konnte ich mich mit der Vorstellung anfreunden, dass mein einst so gutmütiger, sanfter, lebenslustiger Vater nur noch eine von einem Teufelsparasiten befallene Hülle war; ausgehöhlt von einem bösartigen Zecken- oder Spinnenschwarm, dessen Königsspinne sich in seinem Gehirn eingenistet hatte und ihn von dort aus mit gezielten Bissen in den Neocortex in den Wahnsinn dirigierte.

»Simon?«, hörte ich ihn meinen Namen sagen. So viel Bösartigkeit und Aggressivität in einem einzigen Wort.

Noch immer traute ich mich nicht aufzusehen. Aber noch mehr Angst hatte ich, mich seinem Befehl zu widersetzen.

Mit schnellen Schritten durchquerte er die Hütte, riss die Tür auf und zeigte in den Sommerregen hinaus, der vor kurzem eingesetzt hatte.

»Dieser Ort hier ist das wahre Leben. Der Ort der Offenbarung!«

In seinen Augen erlosch etwas, als ob eine Glühbirne geplatzt wäre.

»Leiden formt den Charakter«, bellte er. »Und nirgendwo könnt ihr besser als hier lernen zu leiden.«

Er schlug die Tür wieder zu. Ich hatte das Gefühl, der Raum wäre enger geworden, wäre geschrumpft in den letzten Sekunden. Papas Prophezeiungen waren noch nicht vorbei.

»In den kommenden Tagen werdet ihr euch wilden Tieren stellen müssen, mit den Unbilden des Wetters zu kämpfen haben. Ihr werdet Fallen stellen, Sumpfgebiete durchqueren und töten müssen.«

Er suchte abwechselnd unseren Blick. Erst den von Mark, dann meinen. Und während mir langsam der Geruch der Leichenfäulnis in die Nase stieg, ein Geruch, der ganz sicher von dem toten Tier herrührte, den ich aber immer mehr mit meinem Vater in Verbindung brachte, sagte dieser:

»Wahrlich, es gibt keinen besseren Ort, um euch das Leiden zu lehren, als diese Insel hier!«

54. Kapitel

Sie hatte die Kontrolle verloren. Jegliche Kontrolle.

Über ihr Bein, das nutzlos am Knie baumelte, über ihren Mund, aus dem seltsame Schreie drangen, ohne dass sie einen Einfluss auf Länge und Lautstärke hatte, und nicht zuletzt über ihre Blase, die sich just in dem Moment entleerte, als das Wildschwein ihr mit den Eckzähnen die Hose aufriss. An der Innenseite ihrer Oberschenkel. Dort, wo die Schlagadern entlangliefen oder Venen oder irgendetwas, was wie irre blutete, so genau wusste sie das nicht; nur, dass man sich dort am besten nicht verletzen sollte.

Es war dunkel, verdammt dunkel, da der Regen mittlerweile auch das letzte Explosionsfeuer unten in der Senke ausgelöscht hatte. Jola sah nur Schatten und Schemen und ein Augenpaar, das vor ihr schwebte. In ihrer Phantasie war das Schwein zu einem Mammut mutiert, fähig, sie mit einem einzigen Bissen zu verschlingen.

Glücklicherweise hatte es ihr im Laufe des ersten Angriffs nur die Jeans zerstört, nicht das darunterliegende Fleisch, aber es war ihr dabei auf den linken Knöchel getreten, was sie bis an den Rand der Bewusstlosigkeit geführt hatte. Jetzt hatte sich das Tier grunzend zurückgezogen, und Jola rechnete jeden Augenblick mit dem nächsten Anlauf.

»ICH TU DIR DOCH NICHTS!«, schrie sie und hielt sich gleich danach selbst die Hand vor den Mund, erschrocken über die eigene Lautstärke. Sie hatte verdammt noch mal gar keine Ahnung, ob man laut oder leise sein sollte bei einer Begegnung

mit einem Wildtier. Ob man rennen oder auf der Stelle verharren musste. Nur der Instinkt sagte ihr, dass Lärm und Hektik
ihre Lage nicht verbessern würden. Und Rennen käme ohnehin
nicht in Frage. Allenfalls der schleichende Rückzug, und den
musste sie versuchen. Irgendwie musste sie von hier fort aus der
Gefahrenzone. Ihr blieb gar nichts anderes übrig.

Jola zog die Nase hoch, wischte sich mit dem Handrücken
über ihre nassen Augen, roch den Dreck und den eigenen
Schweiß.

Das Wildschwein wartete ab, vielleicht, weil die blutende
Wunde es zu sehr erschöpft hatte, und Jola nutzte die Sekunden,
um nach hinten zu rücken. Weg von dem Tier. Fort von dem
Baum. Auf dem Hintern sitzend schob sie sich in einem quälend
langsamen Tempo von der Eiche, in der Hoffnung, dem Tier irgendwie signalisieren zu können, dass sie keine Bedrohung dar-
stellte. Zentimeter für Zentimeter vergrößerte sich der Abstand.
Sie schob sich, halb sitzend, halb liegend, eine kleine Erderhe-
bung hinauf. Das Tier, dessen Konturen sich von Sekunde zu
Sekunde stärker aus der Dunkelheit schälten, ließ sie offenbar
nicht aus den Augen. Röhrte, grunzte und stank bestialisch. Einmal fürchtete sie schon den nächsten, nashorngleichen Stoß,
doch das Schwein hatte die Attacke nur schnaubend angedeutet
und es dann bei einem kurzen Sprung nach vorne bewenden
lassen.

Wenige Atemzüge später hatte sie nicht mehr so viel Glück.

Die verletzte und dadurch wohl unberechenbar handelnde
Kreatur brüllte einen Wutschrei, der in Jolas Trommelfellen zog
und zerrte, als stünde sie vor einem übersteuerten Lautsprecher.

Ein Blitz schlug in ihrer Nase ein, dort, wo das Schwein
ihr den eigenen Schädel ins Gesicht gerammt hatte. Blut sammelte sich in ihrem Mund. Mit dem nächsten Schmerzensschrei
spuckte sie es wieder aus.

Jola stieß den Hacken ihres nackten rechten Fußes in den Waldboden und trat sich regelrecht weg von dem Vieh. Stück für Stück rückte sie nach hinten, hörte das nächste unmenschliche, gutturale Schreigrunzen, das fiese Geräusch, als würde jemand ein riesiges Zahnrad überdrehen, schob sich weiter nach hinten, weiter den kleinen Hügel hinauf, und dann, als sie die Sinnlosigkeit ihrer Bemühungen erkannte, als ihr klar war, dass sie nicht den Hauch einer Chance hatte, sich gegen eine wahnsinnig gewordene 100-Kilo-Masse zu wehren, verlor sie das Gleichgewicht.

Wie bei der Explosion meinte sie zu fliegen, doch dieses Mal wurde es nicht hell, und es gab auch keinen Knall. Dafür hatte sie das Gefühl, nach hinten zu kippen, als würde sie sich rücklings vom Beckenrand in einen Pool fallen lassen. Irgendwie rechnete sie fast damit, ins Wasser zu fallen, denn die Kormorane sprachen ja dafür, dass hier irgendwo ein See, ein Teich, wenigstens ein Tümpel sein musste. Aber sie schlug auf einem leicht nachgiebigen Waldboden auf und rutschte, weiterhin auf dem Rücken liegend und den Kopf voran, einen Abhang hinunter. Dabei tat sie alles, um das linke Bein irgendwie oben zu halten. Vergebens. Zu schnell schwanden ihr die Kräfte, und schon bei der ersten Bodenwelle ließ sie den Unterschenkel absacken, der sofort auf einen Ast oder einen Stein oder irgendeinen anderen harten Gegenstand traf, genau dort, wo der Knochen bloßlag. In dem Moment, in dem Jolas Kehle einen ähnlich animalischen Schrei ausstieß wie das Wildschwein bei der ersten Attacke, hatte sie auch schon das Bewusstsein verloren. Als sie es wiederfand und die Augen öffnete, war es immer noch schwarz um sie.

Sie lag auf dem Rücken, flach, wie wenn sie beim Baden toter Mann spielte, und sie musste schon eine Zeit lang so gelegen haben, denn es regnete nicht mehr. Heftiger Wind hatte den Himmel aufgerissen und trieb riesige Wolkenfetzen wie im Zeitraffer vor sich her. Sie konnte den Mond sehen, der sein klares, kaltes Licht auf ihre Umgebung warf. Das Zweite, was sie erkannte, waren die Augen, die über ihr schwebten. Dunkle, wütende Augen. Das Wildschwein ragte direkt über ihrem Kopf, nicht einmal drei Meter entfernt. Es schnaubte wütend, grunzte und zeigte seine Hauer, aber es machte keine Anstalten, zu ihr nach unten zu kommen, denselben Hügel hinabzuklettern, den sie rücklings nach unten gerutscht war. Obwohl der Neigungswinkel für das Tier mit Sicherheit kein Problem gewesen sein dürfte, stand ihm nicht der Sinn danach, die Verfolgung weiter aufzunehmen.

Offensichtlich bin ich nicht mehr in seinem Revier, dachte Jola zufrieden. Sie bewegte sich zum ersten Mal, seitdem sie die Augen aufgemacht hatte. Und hatte das Gefühl, auf einer Luftmatratze zu liegen. Nur, dass diese Luftmatratze von Pflanzen oder Gräsern überzogen war, in die sich ihre Finger verkrallten. Sie hörte ein gluckerndes, schmatzendes Geräusch direkt unter sich.

Verdammt, was ist das?

Jola hob den Kopf und strich sich die Haare aus der Stirn, dabei hatte sie gleich zwei Wahrnehmungen auf einmal: Zuerst roch sie etwas, was sie an die Schlammpackungen erinnerte, die sich Mama manchmal ins Gesicht klatschte, wenn sie in der Badewanne lag, und gleichzeitig hatte sie das Gefühl, als ob sie von sanften Wellen bewegt wie auf einem Wasserbett hin- und hergeschaukelt würde. Sie fühlte, wie ihre Hände nass wurden, und dann geschah es: Sie verlor ihr Gleichgewicht und rutschte schon wieder, diesmal um die eigene Achse. Verzweifelt versuchte sie sich an irgendetwas festzuhalten, an den Pflanzenbüscheln, kleineren Ästen, Farnen oder was da sonst noch den morastfeuchten Boden bedeckte, aber es nutzte nichts: Jola sackte in ein Schlammloch. In ein ... *Moor! Oh Gott ja, genauso riecht es. Wie die Moorpackung in Mamas Gesicht, ... ich liege in einem ... Sumpf!*

Gottverdammt, gibt es in Berlin so etwas überhaupt?

Sie wollte strampeln, nach unten in das Erdloch treten, in das sie jetzt bis zur Hüfte versunken war, aber der Torf, oder wie immer man das Zeug unter ihr nannte, war zäh wie frischer Beton, und ihr linkes Bein konnte sie ohnehin nicht bewegen.

Unabsichtlich zur Reglosigkeit verdammt, versuchte sie mit gleichmäßigen Atemzügen gegen den Schmerz und die Panik anzukämpfen. Um sie herum wurde es etwas heller, und kurz hatte Jola die Hoffnung, eine Taschenlampe würde auf sie herabscheinen, aber es war nur der Mond, der es mal wieder durch den Spalt zweier Wolkenformationen hindurch geschafft hatte und ihr jetzt die Ausweglosigkeit ihrer Lage beleuchtete:

Sie war von dem Fuße des Hügels in eine heideähnliche Graslandschaft gerutscht. Pflanzenkissen, die nur lose miteinander verwachsen waren und die eigentliche Gefahr, die sich unter ihnen befand, tückisch verdeckten: einen verschlammten, sumpfartigen Sud aus Pflanzen, Erde und Wasser, der sich wie ein kaltes, nasses Grab anfühlte.

»Hilfe«, flüsterte sie. *Bitte, lieber Gott, hilf mir.*

Papa hatte sie vorm Schlittschuhlaufen auf dem Wannsee gewarnt, weil man nie wissen konnte, wie brüchig das Eis im Winter war. Und in einem Film hatte sie mal gesehen, wie ein Kind ertrunken war, weil es immer wieder an der Abbruchkante abrutschte und sich nicht aus eigener Kraft befreien konnte.

Genauso geht's mir jetzt auch, weinte sie in Gedanken.

Sie griff immer wieder nach den Schlingpflanzen, versuchte sich an ihnen aus dem Schlammloch zu ziehen und rutschte immer wieder ab. Aber das war nicht das größte Problem. Wenn sie ruhig war, wenn sie sich nicht bewegte, sank sie nicht weiter ein.

Jola war sich nicht sicher, aber sie glaubte nicht, dass sie hier im Moor ersticken würde.

Aber erfrieren!

Es war kalt. Kälter als irgendetwas anderes, was sie jemals zuvor gespürt hatte, einzig und allein deshalb, weil die Kälte ihren gesamten Körper umschloss. So, als wäre sie tatsächlich im Eis eingebrochen.

Schlimmer kann das auch nicht sein!

Jola spürte, wie ihr Unterleib taub wurde und sich dieses Gefühl weiter nach oben arbeitete.

Aber wie lange konnte sie so verharren?

»Hilfe!«

Diesmal schrie sie, so laut sie nur konnte.

»Lieber Gott, hilf mir!«

Aber da war niemand. Sie war verlassen.

Selbst das Wildschwein hatte sich zurückgezogen.

Die funkelnden Augen über ihr waren längst verschwunden.

55. Kapitel

Max

»Wahrlich, es gibt keinen besseren Ort, um euch das Leiden zu lehren, als diese Insel hier!«

Der Mensch verdrängt. In jeder Stunde seines Daseins. Sonst wäre er nicht überlebensfähig. Würden wir uns dem Grauen stellen, das sich jeden Morgen allein auf den Startseiten der Nachrichtenportale vor uns ausbreitet, wären wir nicht mehr in der Lage, ein normales Leben zu führen. Wie könnten wir lachen, lieben, arbeiten, essen, in den Urlaub fahren in dem ständigen Bewusstsein zum Beispiel, dass allein in Deutschland jährlich zweihunderttausend Kinder brutal misshandelt werden? Dass jeden einzelnen, verdammten Tag, den wir mit Essen, Autofahren, Tanzen, Lesen oder Fernsehen verbringen, zwei Babys in den Tod geschüttelt werden. Vielleicht gerade in diesem Moment, in dieser Sekunde?

Würden wir diese und Hunderttausende andere Schreckensmeldungen nicht rasch wieder verdrängen können, müssten wir unser gegenwärtiges Leben sofort aufgeben, alles stehen und liegen lassen, um anderen in ihrer Not zu helfen. Doch es würde keinen Tag dauern, bis wir unsere Ohnmacht erkennen. Bis wir vor der schier überwältigenden Anzahl an Krisen kapitulieren. Wie ein Pingpongball von Katastrophe zu Katastrophe gehetzt, zwischen Krieg und Hunger, Tierquälerei und Obdachlosigkeit, Klimawandel und Zwangsprostitution hin- und hergeschleudert, würden die meisten von uns wohl in tiefste Depressionen verfallen.

Welcher Schöpfer auch immer so grausam war, ein System zu erschaffen, das nur dem Stärksten in der Natur ein Überleben sichert, er war immerhin so freundlich, uns Menschen mit der Gnade des Verdrängens zu segnen, die selbst die bewundernswertesten Idealisten unter uns benötigen, wenn sie sich – getreu dem Motto: *Ich kann nicht alles ändern, aber ich kann es wenigstens versuchen* – auf die Lösung eines einzelnen Problems konzentrieren. Niemand etwa könnte Wasser an verdurstende Kriegsflüchtlinge verteilen, wenn es ihm nicht wenigstens für eine kurze Zeit gelänge, die mahnenden Stimmen auszuschalten, die ihm ins Ohr flüstern, dass nur wenige hundert Kilometer hinter der Grenze Tausende an Kindern sterben, weil es ihnen an Medikamenten fehlt.

Menschen müssen verdrängen, und mir war das in den letzten fünfundzwanzig Jahren erstaunlich gut gelungen. Ich hatte die Erinnerung an die Schrecken meiner Kindheit in eine schwarze Truhe gesteckt, sie mit schweren Ketten umwickelt, ein dickes Vorhängeschloss befestigt und sie die steile Treppe nach unten in den Keller meines Bewusstseins getragen, wo sie hinter einem Bretterverschlag über die Jahre verstaubt und vermodert war.

Doch jetzt hatte ausgerechnet dieses Frettchen, das sich »Fish« nannte und mich für einen Perversen hielt, jene Kiste des Vergessens wieder hervorgeholt, von ihren Ketten befreit und meinen schlimmsten Dämonen die Freiheit geschenkt. Und mein Bruder hatte ihm dabei geholfen.

»Du hast es wirklich nicht gewusst!«, sagte Cosmo bestimmt schon zum vierten Mal. Neben seinem Blick fraßen sich die Blicke von Frida und Fish in meinen Körper. Sie alle musterten mich wie eine Jahrmarktsensation. *Der Mann ohne Gedächtnis. Kommen Sie her, seien Sie dabei, wenn ihm sein Schicksal wieder bewusst wird!*

Das Boot schwankte, von einem heftigen Wind bewegt, doch ich hätte wohl auch dann Gleichgewichtsstörungen gehabt, wenn es wie ein Brett auf dem Wasser gelegen hätte.

»Das gibt es doch nicht, Max. Ich meine, du hast ein Buch darüber geschrieben.«

»›Die Blutschule‹.«

Ich nickte. Und ich teilte Cosmos Verblüffung. Offensichtlich waren große Teile meines ersten Thrillers nicht von mir selbst, sondern von meinem Unterbewusstsein verfasst worden, denn tatsächlich hatte ich in der »Blutschule« einen Vater beschrieben, der seine Kinder in den Sommerferien auf eine Insel verschleppte, um sie dort unter dem Vorwand, sie zu Männern auszubilden, auf brutale Weise quälte. Und tatsächlich war uns Ähnliches widerfahren. Mir und Cosmo.

Auch unser Vater hatte mit uns einen Ausflug auf eine der zahlreichen unbewohnten Inseln unternommen, von deren Existenz die meisten Berliner nicht einmal etwas wussten, so wie überhaupt die wenigsten wissen, dass das Stadtgebiet Berlins über vierunddreißig Inseln verfügt. Papa war damals, als wir dreizehn, vierzehn Jahre alt waren, der Hausmeister eines Segelvereins gewesen, zu dessen Clubgelände auch eine private Insel im Wannsee zählte, die zwar unter Naturschutz stand, die aber zu Erholungszwecken im Sommer von den Clubmitgliedern als Ausflugziel genutzt werden durfte. Mein Vater war einer der wenigen mit einer dauerhaften Aufenthaltsgenehmigung, um auch außerhalb der Saison nach der Steganlage und der spartanischen Holzhütte im Inselinneren zu sehen. Und an einem verregneten Wochenende in den Herbstferien nahm er uns mit. »Zum Camping«, wie er meiner Mutter sagte, die wohl ahnte, was uns bevorstand, wenn ich mich an ihren erschrockenen Gesichtsausdruck erinnerte und ihren angstfeuchten Händedruck, mit dem wir uns von ihr verabschiedeten.

»Wir werden jede Menge Spaß haben«, hatte Papa bei der kurzen Überfahrt von Kladow aus auf dem motorbetriebenen Schlauchboot noch gesagt. Komischerweise konnte ich mich jetzt daran so klar erinnern, als ob es erst gestern gewesen wäre. Es war kühl und nieselte, und unser Boot verscheuchte mehrere Kormorane, als wir an dem Ort anlegten, an dem unsere Seelen zerbrechen sollten. Denn Vaters Vorstellung von *Spaß* ging im Wesentlichen damit einher, seine Söhne zu quälen.

Am Tag vor unserem Ausflug war Geld aus dem Marmeladenglas im Regal über der Spüle verschwunden. Cosmo und ich schworen wahrheitsgemäß, es nicht genommen zu haben, und unser Vater glaubte uns, wie wir irrtümlich dachten. Sonst hatte er uns schon für geringere Verdachtsfälle mit dem Gürtel gezüchtigt, aber an jenem Abend ließ er uns in Ruhe fernsehen und sogar mit einer heißen Milch ins Bett. Wir dachten, er habe eine gute Woche gehabt, immerhin hatte er beim Essen nicht getrunken, und auch Mama wirkte entspannter. Bei Tisch wurde sogar geredet. Als Papa am nächsten Tag dann ein »Picknick« vorschlug, ahnten wir immer noch nichts Böses. Vielleicht hatte Cosmo als Älterer schon eine vage Befürchtung ob der Länge des Ausflugs (drei Tage lang waren wir noch nie mit Papa alleine gewesen), aber er teilte sie nicht mit mir. Und ganz sicher hatte das, was wir dann auf der Insel erlebten, seine Vorstellungskraft übertroffen.

Zwar hatte unser Vater kein Klassenzimmer in der Hütte errichtet, so wie in der »Blutschule« beschrieben. Anders als im Buch hatte er auch keine Stühle und Tische und auch keine Schultafel dorthin geschleppt, wo sich sonst die Segler auf ihren Ausflügen ausruhten oder umzogen.

Aber er hat Cosmo an einen Balken auf dem Dachboden gefesselt, mit Benzin überschüttet und mir ein brennendes Streichholz in die Hand gedrückt, das ich fallen lassen sollte, falls ich das Geld nicht aus dem Marmeladenglas geklaut hatte.

Das Benzin hatte er aus einem Tank unter der Hütte, den es offiziell im Wasserschutzgebiet gar nicht geben durfte und den der Segelclub im Geheimen ausgehoben hatte.

Jetzt, ein Vierteljahrhundert später, sah ich es beinahe bildhaft vor mir. Roch das Benzin, das seitdem für mich der Symbolgeruch der Angst war, und hörte die Stimme meines Vaters: *»Wirf das verdammte Streichholz auf deinen Bruder, wenn du unschuldig bist!«*

»Deswegen ist ›Die Blutschule‹ so erfolgreich«, hörte ich Cosmo die Stimme aus meiner Erinnerung übertönen. Ich sah ihn an und nickte gedankenverloren.

Weil ich meine eigene Vergangenheit darin verarbeitet habe.

Weil sie authentisch ist.

»Und deshalb wissen wir jetzt auch, wohin Edwards Ihre kleine Tochter entführt hat«, meldete sich Fish wieder zu Wort.

»Die Joshua-Jungs wollen Ihnen den schwarzen Peter zuschieben, indem sie Jola an einem Ort töten und auf eine Weise, wie Sie es in Ihrem Buch ›Die Blutschule‹ beschrieben haben. Wir haben alle uns zur Verfügung stehenden Daten ausgewertet. Aber uns stehen nicht alle Mittel zur Verfügung, die Edwards hat, und unser Maulwurf musste sich leider zurückziehen, sonst wäre er aufgeflogen.« Fish zog ein mehrfach gefaltetes Blatt Papier aus seiner hinteren Hosentasche und breitete es auf dem Tisch aus. Darauf waren mehrere bierdeckelgroße Google-Maps-Kartenausschnitte zu sehen.

»Unsere ersten Auswertungen Ihrer Netzaktivitäten und Datenspuren führten uns zu dieser Kleingartenkolonie in der Harbigstraße.« Er zeigte mit dem Wurstfinger auf den ersten Kartenausschnitt links oben auf der Seite. Er war mit »Parzelle 1310« überschrieben.

Ich schüttelte den Kopf. Eine solche Laube sagte mir gar nichts.

»Was immer Sie hiermit vorhaben, Max, es ist nicht Jolas gegenwärtiger Aufenthaltsort, das wissen wir auch. Wir haben es überprüft.«

»Gar nichts habe ich damit vor«, protestierte ich. »Ich kenne diese verdammte Laube nicht einmal.«

»Wir beide wissen, dass Sie lügen. Sie haben sogar Innenaufnahmen von dem Ding auf Ihrem Computer, aber das ist egal, denn tatsächlich kommt diese Laube nicht in Frage, da sie in Ihrem Buch keine Rolle spielt. Und die Entführer Ihrer Tochter haben es sich ja nun mal zur Aufgabe gemacht, die Tragödie so aussehen zu lassen wie in der ›Blutschule‹, weswegen Jola sich also auf einer Insel befinden muss. In Ihrem Thriller beschrieben Sie ein Eiland im Storkower See, dort haben wir bereits alles abgegrast. Da ist sie nicht.«

»Nein«, sagte ich. *Die Insel in der »Blutschule« ist eine reine Erfindung.* Im Gegensatz zu der, auf der wir von unserem Vater gequält wurden.

»Wo ist sie dann?«, fragte Fish drängend. »Sie wissen ganz genau, wohin Jola verschleppt wurde.«

»Ja«, sagte ich, und mir wurde schlecht.

»Dann sagen Sie es mir, und wir fahren sofort zu ihr«, forderte Fish. Er zeigte auf die Kamera auf dem Tisch. »Wir verhindern die Ermordung Ihrer Tochter, filmen das Ganze und beweisen der Welt, wie schädlich Joshua sein kann, wenn das Programm in die falschen Hände gerät.«

»Okay«, sagte Cosmo.

»Nein«, sagte ich, holte aus und schlug Fish mit einem Schlag bewusstlos.

56. Kapitel

»Und jetzt?«

Frida stand direkt hinter uns, breitbeinig, die Fäuste in die Hüfte gestemmt. Cosmo und ich standen vor dem Steuerrad und hatten gerade den Motor gestartet. Wir verfügten beide über keine Erfahrung mit Booten, waren aber der Meinung, dass es nicht allzu schwer sein dürfte, eine Yacht wie diese zu lenken. Mehr Probleme bereitete uns der Umstand, dass wir immer noch nicht wussten, wo wir uns gerade befanden.

Zu den Armaturen hinter dem Steuerrad gehörte zwar ein Bildschirm, der wie der eines Navigationssystems aussah, doch wir hatten keine Ahnung, wie er zu bedienen war, weshalb ich fünf Minuten zuvor noch einmal nach unten gegangen war, um nach einem Mobiltelefon zu schauen. Fehlanzeige. Das Boot hatte eine gut sortierte Hausbar, einen digitalen Kompass und sogar einen Zigarrenkühlschrank, aber kein tragbares Telefon.

Mir war nichts weiter übrig geblieben, als noch einmal die falltürartige Bodenplatte zu heben, die ich vorhin im Parkett entdeckt hatte und unter der sich ein geräumiger, von Decken, Kissen und Schwimmwesten gut gepolsterter Stauraum aufgetan hatte, in den wir Fish verfrachtet hatten. Er war noch immer bewusstlos, als ich ihn nach seinem Telefon abtastete, und er wachte auch nicht auf, als ich es ihm aus seiner Hosentasche zog und seinen rechten Daumen auf den Sensor für die Fingerabdruckerkennung drückte. Bingo!

Nachdem der Sperrbildschirm verschwunden war, fesselte ich sicherheitshalber seine Hände wieder mit einem Seil. Dann verriegelte ich die Klappe von außen mit dem dafür vorgesehenen Bolzenschloss.

Jetzt, da ich wieder oben an Deck und an der kühlen Abendluft stand, hatte das Handy endlich ein Netz gefunden.

»Dürfte ich bitte einmal erfahren, was euer Plan ist?«, wiederholte sich Frida.

Ihre schlanke Gestalt zeichnete sich kaum vor dem dunklen Hintergrund der Seelandschaft ab.

»Na was wohl, wir fahren zu Jola«, sagte Cosmo, und ich ergänzte: »Sie ist vermutlich auf Moorwall, einer knapp fünftausend Quadratmeter großen Privatinsel in der Unterhavel.«

»Und das ist gar nicht so weit von hier!«

Cosmo zeigte auf den Bildschirm des Smartphones von Fish. Er hatte es mir aus der Hand genommen und eine Navigationsapp geöffnet.

»Wir sind bereits auf dem Wannsee, irgendwo an der Westseite von Lindwerder.«

Ich äugte auf das hell illuminierte Display. Tatsache. Wir lagen in einem natürlichen Schilfkanal nördlich der Pfaueninsel. Selbst wenn wir im Schritttempo fuhren, würde es keine halbe Stunde dauern, bis wir Schwanenwerder passiert und Moorwall erreicht hatten.

»Ein Katzensprung«, bestätigte Cosmo.

»Aber ohne mich!« Frida fuhr sich durch ihre vom Wind zerzausten Haare. »Lasst mich bei der nächsten Gelegenheit von Bord. So weit kann das Ufer ja nicht entfernt sein, oder?«

»Nein«, schüttelte Cosmo den Kopf, und mir war nicht klar, ob er damit Fridas Frage beantwortete oder ihre Forderung ablehnte.

»Wir sollten die Polizei anrufen, solange wir noch Netz haben«, schlug ich vor. Die Killer, die mein Leben in einen Albtraum verwandelt hatten, hatten mir zwar genau das verboten, aber jetzt wusste ich, dass ich ohnehin nur eine Marionette in ihrem Spiel war. Wenn Fish die Wahrheit gesagt hatte, wollten sie Jola so oder so töten und hatten es sogar schon versucht. Wären die illegalen Tanks unter der Hütte auf Moorwall nicht in die Luft geflogen, wäre sie bereits tot, es war also ganz egal, ob ich die Polizei verständigte oder nicht. Hauptsache, ich handelte schnell.

»Lasst uns Hilfe holen«, sagte ich und bat Cosmo, mir das Handy zu geben.

»Das würde ich mir zwei Mal überlegen!«

Zu meiner Verwunderung war es Frida, die meinen Vorschlag kritisierte.

»Wie meinst du das?«

»Ich hab heute auch schon mal versucht, die Polizei zu informieren. Vorhin in Kreuzberg, als ich weder dich noch deine Tochter erreichen konnte. Hab mich an ein öffentliches Kartentelefon gestellt, Hörer abgenommen, 110 gewählt und einer Dame erklärt, was mir passiert ist. Tja, aber ich hab nicht mit der Polizei gesprochen.«

»Sondern?« Die Frage kam von Cosmo.

»Keine Ahnung. Das sind doch alles Computerfreaks hier. Ich glaube, den Anruf haben die irgendwie umgeleitet. Deswegen hab ich doch vorhin gesagt, ich wurde gerettet. Ohne Fishs Leute hätten mich die Typen von dieser Joshua-Fraktion geschnappt.«

Sie erzählte etwas von einem Pick-up, der sie verfolgte, und von einem Taxi, das sie in das »Clubhaus« im Bunker gebracht hatte, wo sie nach einem ähnlich endlosen Gang, den sie wie wir mit einer Kopfbinde hatte hinter sich bringen müssen, zuerst auf Cosmo, dann auf mich gestoßen war. Und bis zu der Ermordung von Spook hatte sie gedacht, in besseren Händen gelandet zu sein.

»Du meinst, auch dieses Telefon hier könnte uns mit den falschen Typen verbinden?«, fragte ich sie.

Sie zuckte mit den Schultern. »Ich weiß gar nichts mehr, nur dass ihr verdammt vorsichtig sein solltet.«

»Wir«, korrigierte ich sie, drehte mich zum Steuerrad und drückte den Hebel für das Gas nach vorne. Das Boot machte einen Satz, so heftig, dass Cosmo und Frida sich an der Reling festhalten mussten, um nicht hintenüber zu kippen.

57. Kapitel

Das Leben war nicht fair. Flugzeuge stürzten ab, auch wenn Nonnen und Babys an Bord waren. Die meisten verloren ihr Leben lang beim Lotto, aber eine einzige Familie in Norwegen hatte gleich dreimal hintereinander sechs Richtige! Und dann gab es Rentner, die der Tsunami wieder an Land spülte, während eine Schwangere von den Fluten aufs offene Meer gerissen wurde.

Jola wusste, dass ihre Chancen zu überleben, nicht allein deswegen besser standen, nur weil sie heute dem Tod schon mehrfach von der Schippe gesprungen war.

Natürlich wäre es vom Schicksal fair, ein Mädchen am Leben zu lassen, das innerhalb weniger Stunden einen Autounfall überlebt hatte, betäubt und verschleppt, gefesselt und beinahe angezündet wurde, dann durch die Luft geflogen und mit zerschmettertem Bein wieder zu sich gekommen war. Es wäre hochgradig ungerecht, sie jetzt, nachdem ein Mann sich direkt vor ihren Augen das Gehirn aus dem Schädel geschossen hatte und sie von einem vor Schmerzen wahnsinnig gewordenen Wildschwein angefallen worden war, hier im Moor versinkend, langsam und qualvoll erfrieren zu lassen. Aber was stand noch mal auf dem Aufkleber auf dem hässlichen Kombi, den Dennis sich vor kurzem erst gebraucht gekauft hatte?

Das Leben ist ungerecht. Gerechterweise zu jedem!

Jola hörte ihre Zähne klappern, so heftig und laut, dass sie befürchtete, sie würden in ihrem Mund zerbröseln. Sie war müde, furchtbar müde, und hätte am liebsten die Augen geschlossen, aber dann würde ihr mit Sicherheit auch der Wurzelstrang entgleiten, den sie vor einigen Minuten erst gefunden hatte *(oder waren es Stunden? Die gnadenlose Kälte mochte auch die Zeit eingefroren haben)* und der momentan ihr Rettungsring war, an den sie sich klammerte.

Er war fest und unnachgiebig, und hätte sie ihn früher entdeckt, hätte sie versucht, sich an ihm aus dem Schlammloch zu ziehen, nun aber hatte sie kaum mehr die Kraft, die Augen offen zu halten.

»Und jetzt?«, flüsterte sie mit bebender Unterlippe.

»Abwarten«, antwortete Sila.

Um sich wach zu halten, hatte sie begonnen, mit sich selbst zu sprechen, so, wie sie es früher oft getan hatte, als sie noch sehr viel kleiner gewesen war, vor drei Jahren etwa, oder noch länger her. Da hatte sie Sila gehabt, ihre einzige und beste Freundin, genau das Gegenteil von ihr: cool, schlagfertig, angstfrei, nur leider ausgedacht. Sila hatte es allein in ihrer Phantasie gegeben, und obwohl Jola wusste, dass sie nicht echt war, kein Mensch aus Fleisch und Blut, hatte es dennoch gutgetan, sich mit ihr zu unterhalten, ihr Briefe zu schreiben und auf ihren Rat zu hören. Erst als Steffen in ihre Klasse versetzt wurde und sie ihren ersten, realen Schulfreund hatte, der sie nicht auslachte, weil sie so gerne Bücher las, Steine sammelte und schneller im Kopfrechnen war als so mancher Erwachsene, erst da war Sila verblasst und irgendwann überhaupt nicht mehr in ihren Gedanken aufgetaucht. Bis heute. Bis jetzt.

»Ich bin so müde!«, sagte Jola.

»Ich weiß«, hörte sie ihre imaginäre Freundin antworten.

»Ich kann nicht mehr, ich …«

»Schhh«, zischte Sila.

»Ich soll ruhig sein?«

»Schhhhhhh!«

»Aber wieso denn, ich will doch gerade, dass man mich hört!«

Jola fühlte sich außer Atem, holte tief Luft, und auf einmal hörte sie es auch. Das Tuckern. Wie bei einem Rasenmäher im Leerlauf.

»Was war das?«, fragte sie sich in Gedanken.

»Ein Boot«, sagte Sila lachend. »Was denn sonst?«

Jola reckte den Kopf. »Hilfe, hierher!«

»Winkst du etwa?«

»Was denn sonst?«

»Ich würde meine Kräfte nicht vergeuden.«

»Sondern?«

»Es noch einmal versuchen.«

Jola starrte auf die Wurzeln in ihren Händen und spürte eine unerwartete Kraft zurück in ihren Körper strömen.

Sila hat recht.

Je lauter sie den Außenbordmotor hörte, desto stärker fühlte sie sich.

Es noch einmal versuchen!

Jola biss die Zähne zusammen, lockerte den Griff um die Wurzeln für einen kurzen Moment, nur um sie noch weiter oben packen zu können, und zog sich mit einer Kraft nach oben, die sie selbst erstaunte. Sie machte einige Zentimeter gut, fühlte einen stechenden Schmerz, als sie ihr zerschmettertes Bein im Schlamm bewegte, dann war sie sich sicher, den gewonnenen Boden wieder zu verlieren und zurück in das Loch zu rutschen. Allerdings hatte sie schon einen Ellenbogen auf dem Pflanzenkissen, das zwar schwankte, aber nicht allzu sehr unter ihr wegrutschte. Mithilfe des Ellenbogens und des gesunden Beins, das sie nach oben ziehen und auf eine Weidenscholle hinter ihr ablegen konnte, gelang es ihr, sich mit korkenzieherartigen Bewegungen zu befreien.

Das Boot hörte sie nicht mehr, vielleicht war es weitergefahren, aber das war für den Moment egal.

»Du hast es geschafft, meine Süße!«, hörte sie Sila jubeln, während sie nach Atemluft japsend, mit weit aufgerissenem, schlammverkrustetem Mund in den Himmel starrte, kurz bevor die Schaukelbewegungen unter ihr wieder einsetzten und sie ein zweites Mal von ihrer tödlichen Grasmatratze glitt. In ein weiteres Loch, in das sie entkräftet einsank.

Sehr viel tiefer als zuvor.

58. Kapitel

Wie fast jedes Berliner Gewässer ist auch der Wannsee nach Einbruch der Dunkelheit nahezu verlassen, zumal an einem regnerisch-stürmischen Herbsttag wie heute. Schönwettersportler saßen längst wieder im Trockenen, und die wenigen Surf- und Segelfanatiker, die bei jedem Wind und Wetter in See stachen, verspürten wohl auch keine gesteigerte Lust auf den sich langsam, aber sicher aufbauenden Sturm. Daher stand uns der See mit Ausnahme einiger Enten und Schwäne exklusiv zur Verfügung. Trotzdem hörte ich auf Cosmos Rat und hatte die Geschwindigkeit stark gedrosselt sowie die vorgeschriebenen Signalleuchten gesetzt für den Fall, dass uns die Wasserschutzpolizei hörte oder ein wütender Villenbesitzer, an dessen Wassergrundstück wir vorbeipreschten, sich genötigt sah, eine verdächtige Ruhestörung zu melden.

Nach einer unspektakulären Fahrt näherten wir uns Moorwall von der Spandauer Seite der Insel.

Unbeleuchtet, ohne ein sichtbares Zeichen menschlichen Lebens, hatte sie sich uns erst sehr spät gezeigt. Ihr Ufer war von haushohen, alten Laubbäumen gesäumt, deren in alle Himmelsrichtungen verzweigtes Astwerk zum Teil bis in den See hing.

Nur vom Mondlicht beschienen hatte es aus der Ferne den Eindruck gemacht, als würden wir uns auf ein augenloses Fabelwesen zubewegen, das nur mit dem Kopf aus dem Wasser ragte und durch dessen blättriges Haargeäst der Wind rauschte. Jetzt, da wir den kleinen Steg schon sehen konnten, an dem wir anlegen wollten, nahmen andere Bilder meine Phantasie in Beschlag.

Das Bild von meinem Vater etwa, wie er vor dem Rauchen den Filter von seiner Zigarette pulte und in den See warf, genau an der Stelle, wo wir gleich das Boot festmachen würden.

Das Bild von dem Gartenschlauch, den er sich um die Hüfte gewickelt hatte, bevor er uns befahl, ihm zu folgen. In die Hütte, wo er den Schlauch brauchte, um das Benzin aus dem Tank zu saugen, mit dem er dann meinen Bruder bespritzte.

»Du erinnerst dich«, sagte Cosmo. Eine Feststellung. Keine Frage.

Dann riss er die Augen weit auf und griff nach einer Haltestange. »Hey, langsamer!«

Seine Warnung kam zu spät. Ungeübt hatte ich das Boot heftig gegen den Steg prallen lassen. Das Holz knirschte laut, sowohl das der Außenverkleidung wie das der Anlegestelle.

Ich schaltete den Motor ab, entschuldigte mich und bat Cosmo, den Kahn zu vertäuen, während ich vorausging. In meinem Blut krabbelten Millionen von Ameisen. Ich war so nervös, dass mir übel war, und ich wollte so schnell wie möglich an Land.

»Nichts da«, protestierte Cosmo. »Wir machen alles gemeinsam.« Er rief nach Frida, die nur nach einer Taschenlampe hatte sehen wollen und jetzt schon eine ganze Weile unter Deck geblieben war.

»Frida?« Er warf einen Blick die Treppe hinab in die Kajüte.

»Kommt besser mal runter«, antwortete sie ihm.

»Was gibt's denn?«, wollte ich wissen.

»Kommt runter. Ich denke, das solltet ihr euch anhören.«

Widerwillig folgte ich Cosmo, der mir einen fragenden Blick zugeworfen hatte und in der Einstiegsluke verschwunden war.

»Was?«, fragte ich knapp, als ich, unten angekommen, Cosmo und Frida auf dem Boden knien sah, genau vor der Kante der Falltür. Es war Fish, der mir dumpf durch den Holzboden hindurch eine Antwort gab.

Offenkundig wieder bei Bewusstsein rief er erstaunlich energisch: »Ihr macht einen Fehler.«

»Ach ja?« Ich fragte Frida, ob sie unsere kostbare Zeit ernsthaft mit einer Unterhaltung mit diesem Killer verschwenden wollte.

»Hör selbst, was er zu sagen hat!«, beschwor sie mich.

Ich sah nach unten, von wo ich Fish sagen hörte: »Ihr hättet nicht alleine nach Moorwall fahren dürfen.« Er klopfte gegen die Decke des Stauraums.

»Woher wissen Sie, wo wir sind?«, fragte ich ihn.

Ich fing Fridas schuldbewussten Blick auf und brauchte keine Antwort mehr.

Ich nickte in die Runde, klatschte in die Hände und sagte: »Also gut, wir haben keine Zeit. Wir schauen jetzt nach Jola und kümmern uns dann um diesen Verbrecher da unten, wenn wir wieder zurück sind.«

»Neeeeein!« Unter unseren Füßen schrie Fish, als würde er gerade gehäutet. »Hören Sie doch, nein. Das ist eine Falle. Sie rennen in eine Falle.«

»Ach ja?«

»Ja, ich kann es beweisen. Schauen Sie auf mein Telefon.«

»Was ist damit?«

»Es funktioniert nicht mehr, hab ich recht?«

Ich zog es aus meiner Hosentasche und sah auf das Display in meiner Hand.

»Nein, Sie irren sich. Es leuchtet, es hat Netz und …«

Der Monitor wurde schwarz in meinen Händen.

»Was zum Teufel …«, rief Cosmo aus. Frida, die es ebenfalls gesehen hatte, führte ängstlich eine Hand zum Mund.

»Es ist ausgeschaltet worden, richtig? Weil Sie zu nah dran sind«, kiekste Fish verzweifelt.

»Ausgeschaltet *worden*?«, fragte ich ungläubig.

»Großer Gott, Sie hätten niemals in die elektromagnetische Zone fahren dürfen.«

»Was denn für eine …«

»Die Zone, Herrgott.«

Fish rumpelte in seinem Gefängnis umher, es klang, als würde er um seine eigene Achse rotieren und dabei immer wieder mit dem Ellenbogen an die Decke stoßen.

»Sie blockieren auf der Insel alle elektronischen Geräte, die nicht ihre eigenen sind. Handys, Funkgeräte, Satellitensysteme, Zündungen.«

»Die Zündung?«

Als würde er von einer heißen Herdplatte aufspringen, setzte sich Cosmo in Bewegung, hangelte sich die Treppe nach oben, stapfte mit schweren Schritten über das Deck und schrie, nach einer kurzen Pause, laut und deutlich: »Scheiße! Gottverdammter Mist!«

Eine Sekunde später war er wieder bei uns und fuhr sich aufgeregt durch die Haare. »Er hat recht. Der Motor lässt sich nicht mehr starten.«

Ganz im Gegensatz zu dem, der plötzlich wie eine Nähmaschine aufheulte und der sich so anhörte, als wäre das Boot, das er antrieb, nur noch wenige Meter von uns entfernt.

59. Kapitel

Sie wünschte, sie hätte ihre leibliche Mutter gesehen. Ein einziges Mal wenigstens. Kim natürlich auch, logisch. Kim war ihre Mama, ihre *echte* Mama, keine Frage. Sie war eine Million Mal mehr Mutter als diese Fremde, die sie nur von einem vergrößerten Führerscheinfoto kannte, das Papa ihr einmal gezeigt hatte. Und dennoch, oder gerade deshalb, hätte sie gerne noch einmal die Gelegenheit gehabt, mit dieser Fremden zu sprechen; ohne den Schlamm im Mund, den sie bald nicht mehr länger würde ausspucken können, sollte sie noch tiefer versinken, wonach es gerade aussah.

Versteh mich nicht falsch, dachte Jola, nun nicht mehr an Sila gewandt. Sila hatte sich schon lange von ihr verabschiedet. Hier gab es nichts mehr zu helfen. Nichts mehr zu trösten.

Ich liebe dich, Mama. Doch wenn ich die Wahl hätte, würde ich jetzt lieber Arielle etwas fragen, bevor es zu Ende ist.

Sie konnte es nicht erklären, aber dürfte sie nur einen letzten Gast bestimmen, der sich an ihr sumpfiges Totenbett setzen dürfte, dann wäre dieser Platz nicht für Papa bestimmt. Und auch nicht für Kim. Nicht für die Menschen, die sie gewickelt und gefüttert, gebadet und ihr die Knötchen aus dem Haar »rapunzelt« hatten. Nicht für ihre wahren Eltern, die einst geklatscht hatten, wenn sie es aufs Töpfchen geschafft hatte, und ihre Tränen trocknete, wenn doch mal wieder was ins Bett gegangen war. Die überall dabei gewesen waren, beim Laternenumzug im Kindergarten, beim ersten Schultag und während des Schwimmkurses bei Meister Wolke. Bei der Kastration von

Mr. Tripps und beim ersten Mal im 3-D-Kino (Shrek). An nichts von alledem hatte die Frau Anteil genommen, in deren Bauch sie gewesen war und von der sie nicht viel mehr als ihren bescheuerten Disney-Namen kannte. *Arielle.* Was für ein blödes Märchen von einer Meerjungfrau, die ihre Stimme verkaufte. Wie doof muss man sein?

Und dennoch wollte sie genau diese Arielle jetzt noch einmal sehen, um eine Antwort zu bekommen, ohne die sie nicht von dieser Welt gehen wollte. Eine Antwort auf die Frage: »Warum?«

Warum hast du dich neun Monate mit mir abgeschleppt, hast gesehen, wie dein Bauch dick und rissig wird. Hast dir die Seele aus dem Leib gekotzt (vielleicht), dich schwer atmend und schwitzend die Treppen hochgeschleppt (wahrscheinlich) und nach Stunden voller Schmerz meinen viel zu großen Körper durch eine viel zu kleine, viel zu empfindliche Stelle gepresst (ganz bestimmt)? Nur, um mich kurz danach wegzuschmeißen? Mich zu verkaufen?

Jola riss den Kopf in den Nacken. Ihre Hände versuchten zum hundertsten Mal Halt zu finden, zum hundertsten Mal rutschten sie ab.

Wieso hast du das getan? Ich versteh's nicht.

Sie weinte mit geschlossenen Augen. Um sich. Um alles, was sie jetzt nicht mehr wiedersehen würde: Papas Arbeitszimmer, Steffens bescheuerte Igelfrisur, Frau Jaspers albernes Kreuztattoo. Und auch darum, dass sie wohl niemals eine Antwort auf diese Frage bekommen würde.

»Jola?«

Sie nickte stumm. Spürte, wie das Moor ihre Ohren füllte und alle Geräusche verfremdete. Durch den Morast gefiltert hörte Sila sich jetzt anders an. Dumpfer. Leiser. Älter.

»Gib mir deine Hand«, sagte ihre Freundin mit ihrer komischen neuen Stimme.

Gute Idee, dachte Jola. Ihr war kalt. Im Religionsunterricht hatten sie vom letzten Weg erzählt, den ein Mensch ginge. Eine letzte Reise.

Puh, dazu hatte sie nun wirklich keine Kraft. Wenn es so etwas tatsächlich gab, ein Licht, auf das man zugehen sollte, dann konnte es nichts schaden, wenn Sila ihr da hinüberhalf.

Sie versuchte, die Hand auszustrecken, und war sich nicht sicher, ob es ihr gelang. In ihren tiefgefrorenen Fingern spürte sie nichts mehr.

»Hier«, hörte sie Sila ein letztes Mal, und sie wollte sie schon fragen, ob sie krank war, weil sie sich so seltsam anhörte, dann spürte sie einen Ruck durch ihren Körper gehen, und ein noch nie gefühlter Schmerz stieß sie in das undurchdringlichste Schwarz, das sie jemals vereinnahmt hatte.

60. Kapitel

Entweder das Boot war wieder abgedreht oder hielt sich mit abgestelltem Motor noch immer in unserer Nähe auf. Ein Blick in das Dunkel hinter den Bullaugen gab keinen Aufschluss. Vielleicht lag seine Besatzung nur eine Schlauchbootlänge von uns entfernt am Pier auf der Lauer?

Ich hatte keine Ahnung. Vielleicht gehörte das Boot mit dem Nähmaschinenmotor zu den Männern, die Jola töten wollten, oder es war der Besitz eines harmlosen Ausflüglers, eines romantischen Liebespaars etwa, oder es gehörte zu einem betrunkenen Zehlendorf-Kid, das seinen nichtsnutzigen Freunden seine Wohlstandsverwahrlosung demonstrierte, indem es mit dem eigenen Schnellboot vor einer naturgeschützten Insel auf- und abjagte, was wusste ich denn?

Unschlüssig diskutierten wir unter Deck unsere Optionen.

»Ich geh jetzt da raus.« Meine Meinung.

»Wir warten ab.« Cosmos Vorschlag.

»Lasst uns erst den Kerl da wieder rausholen!« Fridas Antrag, der lautstark von unserem Gefangenen im Laderaum unterstützt wurde.

»Kommt schon, Leute. Ich kann euch helfen!«

»Und wie?« Cosmo brüllte den Boden an.

Fish schrie gedämpft zurück: »Ich weiß, wie wir den Motor wieder starten und Hilfe holen können. Nachtsichtgeräte, Waffen. Mann, ihr wollt da doch nicht nackt aufschlagen?«

»Wir haben keine Zeit, Verstärkung zu holen.«

»Falsch. Sie haben keine Zeit zu sterben. Und das werden Sie, wenn Sie da jetzt einfach rausmarschieren. Kommen Sie, machen Sie die Klappe auf! Wir haben wenig Zeit, die Joshua-Freaks können jederzeit kommen, und dann brauchen Sie mich, um hier wieder abzuhauen.«

»Wir können uns schon sehr gut alleine helfen«, sagte ich und tastete nach der Waffe, die mir Fish gegeben hatte. Ich trug sie in meinem Rücken zwischen Körper und Hosenbund.

»Mit einer einzigen Pistole?«, schrie Fish, als ob er mich sehen könnte. Er schlug gegen die Klappe. Vielleicht trat er auch mit den Füßen dagegen, so heftig, wie sie erzitterte.

»Eine Waffe reicht mir«, sagte ich so leise, dass Fish mich unter Garantie nicht hören konnte. *Das ist besser als nichts.*

Ohne mich mit den anderen abzusprechen, schnappte ich mir die Taschenlampe, die Frida aufgestöbert hatte, und kletterte nach oben. An Deck.

In die dunkle Leere.

Ich hielt kurz inne, nicht weil Cosmo und Frida mir hinterherriefen, sondern weil ich nach Lichtern Ausschau hielt.

Doch die Stille gab kein Zeichen, kam mir eine Zeile aus meinem Lieblingsgedicht von Edgar Allan Poe in den Sinn. Abgesehen von den weit entfernten Lichtern am Spandauer Ufer herrschte Finsternis um und auf dem Wasser.

Dunkel dort, nichts weiter mehr!

Die Yacht war mangels einer Befestigung von den Wellen in Uferrichtung gedrückt worden und schwamm etwa einen halben Meter vom Steg entfernt, weshalb ich springen musste, um auf ihn zu gelangen.

Ich hörte Stimmen, die vermutlich von meinen Begleitern herrührten, aber ich war mir nicht sicher und rannte los.

Von den vierunddreißig namentlich benannten Inseln Berlins gab es mindestens zehn, die verlassen oder seit jeher unbewohnt waren. Moorwall war eine der größten von ihnen. Noch gestern hätte ich steif und fest behauptet, ich wüsste das von den Recherchen zu meinem Erstlingswerk »Die Blutschule«. Tatsächlich aber kannte ich die Insel aus eigener Anschauung. Jahrelang hatte ich die finsterste Episode meiner Kindheit verdrängt. Jetzt war der Schrecken wieder in mein Bewusstsein gerückt worden, weshalb ich ganz genau wusste, wohin ich rennen musste: den vergammelten, weil seit Jahren nicht mehr gewarteten Steg hinab, über die zum Teil losen Bretter auf die Insel zu, dann den kleinen, versandeten Hügel hinauf zu einer Gabelung, von der ein schmaler, mittlerweile komplett zugewachsener Rundweg hinter der Baumgrenze einmal um die Insel führte. Doch von dieser Gabelung durfte man sich nicht täuschen lassen. Um die Hütte zu erreichen, musste man geradeaus weiterlaufen, auch wenn es auf den ersten Blick nicht so aussah, als ob da ein Weg zwischen den Nadelbäumen hindurchführte. Sobald man jedoch die dicht stehenden Tannenzweige auseinanderdrückte, befand man sich auf einem Trampelpfad. Diesen schlug ich ein. Die Taschenlampe in meiner Hand wischte über Moos, Wurzeln und Steine. Hindernisse vor meinen Füßen, denen ich auszuweichen versuchte, nicht sehr geschickt, denn schon bald knickte ich in einer Mulde um und musste mit verstauchtem Knöchel weiterrennen.

»Jooola!«

Ich war versucht, ihren Namen zu rufen, zügelte mich aber. Es gab Tausende von Möglichkeiten, wo sich ihre Entführer hier in der Dunkelheit verstecken konnten. Sicher wussten sie genau, wo ich war. Sahen mich auf ihren Nachtsichtgeräten oder als wandernden Punkt auf ihren Bildschirmen. Ich musste es ihnen nicht noch leichter machen, indem ich akustische Hinweise gab.

Zehn Meter weiter, und der Duft kalter Asche stieg mir in die Nase. Es roch nach einem ausgebrannten Lagerfeuer.

Und der Geruch wurde intensiver, je weiter ich den kleinen Hügel nach oben kraxelte.

Sie liegt in einer Senke, fiel mir die Lage der Hütte wieder ein. Ich erinnerte mich daran, wie kurzatmig wir gewesen waren, weil wir die gesamte Ausrüstung für den Wochenendausflug auf die Anhöhe hatten schleppen müssen, und wie froh wir waren, als wir die Spitze des »Berges« erreicht hatten, wie wir den Hügel genannt hatten, als wir von oben hinab in das »Tal« sahen, auf den braunen, gemütlich wirkenden Plankenbau hinab. Der jetzt verschwunden war!

Herr im Himmel ...

Dort, wo die Hütte hätte stehen müssen (wo sie vor fünfundzwanzig Jahren zumindest noch gestanden hatte), befand sich ein Schlachtfeld: Holzsparren, Metallteile, Töpfe, Steine und Möbel lagen quer durcheinander. Bis auf eine einzelne Wand, die senkrecht wie die Hand eines Toten aus dem Erdreich ragte und vor der zu meinem Entsetzen ein Lehrerpult stand, wie ich es aus Jolas Schule kannte.

Nach und nach machte ich auch unter den anderen Gegenständen zahlreiche Schulmöbel aus. Der Schein meiner Taschenlampe traf auf eine umgestürzte Tafel und Stühle mit angeschraubter Arbeitsfläche.

»Jooooola?«

Nun schrie ich doch ihren Namen.

Ich eilte die Senke hinab und stolperte über einen schweren Holzbalken, der mich an das verfluchte Ding erinnerte, an das Cosmo einst von meinem Vater gekettet worden war.

Ich stöhnte auf und hörte ein Echo, was Hoffnung in mir nährte, denn hier unten, in der von Sträuchern und Bäumen umrahmten Senke konnte es eigentlich kein Echo geben, und doch hörte ich es laut und deutlich: ein menschliches Stöhnen. Ein Wimmern, wie im Schlaf.

Ich wandte mich nach links, stakste in die Richtung, wo ich die Laute verortet hatte. Der Geruch veränderte sich. Zu der feuchten Asche gesellte sich etwas, was in Romanen gerne als »kupferhaltig« beschrieben wird, in Wahrheit aber nach Eisen stank, denn Blut enthielt gar kein Kupfer.

Ich drehte am Kopf meiner Taschenlampe und vergrößerte den Lichtradius. Meine Umgebung war jetzt nicht mehr so hell, dafür weitläufiger ausgeleuchtet, und am Rande des Lichtkegels sah ich den Tod.

Er streckte mir die Schuhe entgegen und lag rücklings auf einem Laubbett. Langsam näher tretend hörte ich Fliegen um meinen Kopf summen, doch das war nur Einbildung. Der Mann zu meinen Füßen war erst seit wenigen Stunden tot, die beginnende Leichenfäulnis machte sich noch nicht durch Gerüche oder Insektenbefall bemerkbar.

»Gott sei Dank!«, stieß ich aus, was in Anbetracht des Anblicks etwas makaber war, denn die Leiche, über die ich gestolpert war, hatte kein Gesicht mehr. Große Teile des Schädels fehlten, der Kopf sah aus, als wäre er explodiert.

Aber der Kopf gehörte nicht zu meiner Tochter, und das war im Moment alles, was zählte.

»Jola?«, rief ich erneut. Und wieder bekam ich, diesmal mit einiger Zeitverzögerung, dieses Wimmern als Antwort.

Einen grausamen Moment lang fürchtete ich, die gequälten Laute könnten aus dem Körper des Toten vor mir entweichen, aber dafür waren sie zu weit entfernt.

Ich drehte meine Taschenlampe in die Richtung, aus der ich sie vermutete. Zur Wand!

Ein heftiger Wind rauschte durch die Baumwipfel am Rande der Senke, und gleich darauf setzte der Regen wieder ein. Eine Vielzahl seidiger Fäden glänzten im Lichte meiner Lampe.

Tropfen prasselten wie Reiskörner auf die Wandruine, auf die ich direkt zulief. Schließlich machte ich einen Bogen, spähte vorsichtig um die Ecke. Um die Wandruine herum.

Und da war sie: Jola.

Sie ist tot!, dachte ich, anders als die Eltern in meinen Büchern, die die Wahrheit nicht wahrhaben wollen und mit aller Macht versuchen, ihrem Gehirn den Befehl zu geben, das Offensichtliche zu ignorieren: den vorgeneigten Kopf, den reglosen Oberkörper ohne Zeichen einer Atmung. Das unnatürlich abgewinkelte linke Bein mit dem Knochen, der durch die Hose stach, als wäre er ein zerbrochener Mikadostab.

Mein Herz war so schwer, meine Augen so voller Tränen, dass ich die Fesseln im ersten Moment übersah.

Erst als ich das Rascheln von Stiefeln, die einen Zweig zertraten, in meinem Rücken hörte, sah ich das dünne Seil, mit dem Jola an ihren Stuhl gebunden war, die Arme auf dem Rücken, *was bei einer Toten keinen Sinn ergibt!*

»Das wurde aber auch Zeit!«, hörte ich die Stimme hinter mir. Tief, mit einem mir unbekannten Akzent. Kanadisch, südafrikanisch, australisch vielleicht?

Ich drehte mich nicht um. Kniete mich lieber vor Jola, vor meiner Tochter hin, strich ihr das Haar zurück, hob ihr Kinn, streichelte ihre Wange (ihre *warme* Wange!), schob ihr Augenlid nach hinten (nur weiß!), suchte mit meinen Fingern nach der Stelle, wo sich die Halsschlagader befand, viel zu aufgeregt, um einen Puls zu finden, und hörte endlich das erlösende Geräusch: das Stöhnen. Aus ihrem Mund. Aus ihrem tiefsten Innersten.

»Sie hat auf Sie gewartet!«, sagte der Fremde hinter mir.

Langsam, ohne mich zu erheben, drehte ich mich zu ihm um. Der Schein unserer Taschenlampen blendete uns gegenseitig.

»Gewartet?«, fragte ich die gesichtslose Stimme. Meine rechte Hand glitt langsam hinter meinen Rücken.

»Damit Sie gemeinsam sterben können«, sagte der Mann.

Wir zogen unsere Waffen gleichzeitig.

61. Kapitel

»Sie funktioniert nicht!!!«

Ihr Gefangener hatte aufgehört, sich mit Händen und Füßen zu verständigen. Fish legte jetzt alle Kraft in seine Stimme.

Dabei hatte er sich längst heiser gebrüllt, wodurch seine Warnungen, Bitten und Drohungen von Satz zu Satz immer panischer klangen.

»Was funktioniert nicht?«, fragte Frida. Cosmo unterhielt sich schon lange nicht mehr mit dem Killer. Mit dem Befehl, »den Mörder« unter gar keinen Umständen freizulassen, war er an Deck gegangen und versuchte, entweder den Motor zu starten oder das Mobiltelefon wieder in Gang zu bekommen. Vielleicht war er auch seinem Bruder gefolgt. Frida konnte es von hier unten nicht sagen.

»Die Pistole.«

»Was ist mit der?«

»SIE FUNKTIONIERT NICHT!!!«

Fishs Stimme überschlug sich.

Auch Frida begann jetzt zu schreien. »Was soll das heißen, sie funktioniert nicht? Ich stand daneben, als Sie Ihrem Kumpel damit den Kopf durchlöchert haben!«

»Trotzdem. Max wird damit keinen Schuss abgeben können.«

Sie hörte Fish vor Überanstrengung husten. Als er sich wieder im Griff hatte, sagte er etwas leiser, aber nicht minder aufgeregt: »Das Ding hat einen Fingerabdrucksensor. Dachtet ihr wirklich, ich überlasse euch eine tödliche Waffe?«

Einen Fingerabdrucksensor?

»Soll das heißen, sie kann nur von ganz bestimmten Personen benutzt werden?«

»Kluges Mädchen. Ganz genau. Sie ist exakt für zwei Personen zugelassen. Eine davon ist tot, und die andere haben Sie gerade bei den Rettungswesten eingesperrt.«

62. Kapitel

Nichts.

Nicht einmal ein Klicken. Mein Finger krümmte sich um den Abzug, aber die Wirkung blieb aus. Kein Knall, kein Rückstoß, kein Einschlag im Oberkörper des Gegners, auf den ich zielte.

Die Waffe war nur nutzloser Ballast in meinen Händen. Der Mann, der mir wie zum Duell gegenüberstand, konnte das nicht wissen. In der Dunkelheit hatte er bestimmt nicht gesehen, wie ich versucht hatte, den Abzug zu betätigen. Trotzdem schien er nicht im Geringsten davon beeindruckt, dass ich ebenfalls bewaffnet war.

»James?«, fragte ich ihn, um Zeit zu gewinnen. »James Edwards?«

»Gut geraten!«

Er senkte seine Taschenlampe, und ich sah einen hochgewachsenen, schlanken Mann mit markanten Gesichtszügen. In seinem dunkelgrauen Businessanzug sah er aus wie ein Unternehmensberater, kurz davor, dem Vorstand die neuesten Marktforschungsergebnisse zu präsentieren. Nicht wie ein fanatischer Killer.

Mit nahezu gelassener Stimme befahl er mir, die Pistole fallen zu lassen. Und er hatte ein übermächtiges Druckmittel gegen mich in der Hand.

Seine Taschenlampe leuchtete auf den Stuhl direkt neben mir. Jolas Haut war so bleich wie die eines Gespenstes. Ihre Haare waren klatschnass durch den Regen.

»Runter mit der Waffe. Sonst schieß ich Jola in den Mund!«

Edwards hatte ganz bewusst nicht »in den Kopf« gesagt, da er wusste, dass ich ein Autor war und ich mir Dinge bildhafter vorstellen konnte, als andere es taten. Ich hörte den Schuss, sah, wie die Zähne zersplitterten und sich das Projektil durch die Mundhöhle ins Gehirn fräste, wo es das unbändige Leben auslöschte, das in Jola einst getobt hatte.

Aus diesem Grund tat ich das Einzige, was mir übrig blieb.

Ich senkte den Arm, ließ die Pistole mit dem Lauf voran in meine Hand gleiten. Und während ich ihm weiterhin mit meiner Taschenlampe die Sicht nahm, schleuderte ich die Waffe wie ein Beil auf den Kopf des Killers.

Ich rechnete nicht damit, ihn zu treffen. Aber wie erwartet konnte Edwards seine angeborenen Reflexe nicht unterdrücken und duckte sich. Und dann noch einmal, als er die Taschenlampe auf sich zufliegen sah.

Diese Reaktion voraussehend war ich nach vorne gesprintet, mit lautem Geheul, was ihn zusätzlich irritierte. Ich hatte den dringenden Verdacht, dass Edwards uns aus irgendeinem Grund lebend gefangen nehmen wollte, sonst hätte er Jola nicht gefesselt und mich schon längst aus dem Hinterhalt erledigen können. *Er wird nicht schießen!* In der Hoffnung, mich in diesem überlebenswichtigen Punkt nicht zu täuschen, senkte ich meinen Kopf wie ein Stier nach unten und rannte rammbockgleich auf ihn zu.

Meine Rechnung ging auf.

Edwards drehte sich in dem Versuch, mir auszuweichen, zur Seite; bereit, die Waffe in seiner Hand von oben auf meinen Schädel zu dreschen. Auch das hatte ich vorausgesehen, weshalb ich mich in letzter Sekunde auf die andere Seite fallen ließ, auf den vom Regen aufgeweichten Boden, und ihm dabei mit aller Gewalt die Beine weggrätschte.

»Ummph.«

Er knallte direkt neben mir auf, und seine Taschenlampe erlosch. Sofort war ich über ihm und ließ meine Faust in sein Gesicht krachen. Damit schien er nun wieder gerechnet zu haben, denn er hatte sich rechtzeitig abgedreht, weshalb ich nur seine Stirn traf. Schmerzhaft, aber in erster Linie für meine eigene Hand.

Die gesamte Szenerie fand in nahezu vollständiger Dunkelheit statt, begleitet von einem stetigen, immer stärker anschwellenden Rauschen des Waldes. Meine Taschenlampe brannte zwar noch, aber sie lag gut zwei Meter entfernt und strahlte in die von uns entgegengesetzte Richtung, in den Regen zur Anhöhe hinauf, von wo ich gekommen war.

Edwards war so stark, wie ich ihn eingeschätzt hatte. Er rammte mir den Ellenbogen gegen das Kinn und schaffte es so, mich abzuschütteln. Dann war er über mir, allerdings ohne seine Waffe.

Die muss er verloren haben!

Ich sah mich um, drehte mich nach links, was ein Glück war, weil Edwards nächster Schlag meine gebrochene Nase verfehlte, dafür aber meinen Unterkiefer streifte.

Ich schmeckte Blut und meinte schon die sprichwörtlichen Sterne vor den Augen zu sehen, dabei war es mehr ein Funkeln. Etwa in Hüfthöhe, einen Meter neben mir im feuchten Gras. Vom Mondlicht beschienen erkannte ich den Lauf einer Pistole. Edwards Pistole! Meine musste sehr viel weiter entfernt liegen, in einer ganz anderen Richtung.

Hoffentlich hat die nicht auch eine Ladehemmung!

Ich rammte dem Killer, der gerade mit beiden Händen meine Haare gepackt hatte, ein Knie in die Körpermitte, hörte ihn abermals stöhnen und robbte dann auf das funkelnde Stück Metall zu.

Edwards schien zu ahnen, was ich vorhatte, und setzte sich ebenfalls in Bewegung, doch es war ein ungleicher Wettlauf. Mit einer gebrochenen Nase war ich weniger eingeschränkt als er mit gequetschten Hoden.

Ich jubelte innerlich, als sich meine Finger um die Pistole schlossen, die sehr viel schwerer war als die Waffe, die ich eben nach dem Stück Dreck geworfen hatte.

Ich jubelte zu früh.

Edwards war gar nicht in meine Richtung gekrochen. Sondern zu meiner Taschenlampe. Und die hatte er einfach ausgeschaltet, weshalb ich jetzt zwar bewaffnet, aber ohne sichtbaren Gegner dastand. Die Finsternis hatte ihr dunkles Maul aufgerissen und ihn einfach verschluckt.

Hilflos drehte ich mich im Kreis, die Hand vor den Augen, in dem untauglichen Versuch, die dicken Tropfen, die meinen Blick zusätzlich verschleierten, abzuwehren.

Und dann zeigte er sich mir.

Mit einem heftigen Schlag, einem Körperkonter direkt unter den Rippenbogen, der mir zweierlei zeigte: dass mein Gegner kampferprobt war. Und dass er wusste, wo es wehtat.

Ich riss die Ellenbogen nach unten, krümmte mich so stark, dass ich meine Fäuste noch vor dem Gesicht hatte, in der klassischen Abwehrhaltung, Bauch und Kopf geschützt.

Dann geschah etwas, was ich mir nicht erklären konnte, denn auf einmal wurde es hell. Edwards war der Einzige mit einer Taschenlampe, also war ich der Einzige, der nichts mehr sehen konnte, insofern war er im Vorteil. Aber nun wusste ich ja, wo er stand. Und nur ich allein war bewaffnet.

»Fehler!«, schrie ich und richtete meine Waffe auf die Lichtquelle. In diesem Moment schlug jemand mir mit etwas, was sich wie ein Ziegelstein anfühlte, von hinten über den Kopf.

Ich verlor das Bewusstsein, aber nicht vollständig. Während

ich auf dem Boden lag, sah ich, wie Edwards über mir schwebte – *Edwards? Wie zum Teufel …* –, einen gewaltigen, quaderförmigen Stein in beiden Händen haltend, bereit, ihn auf meinem Kopf zu zerschmettern.

Ich schloss die Augen, das Einzige, wozu ich noch in der Lage war, und betete, dass es schnell ging. Dass es nicht so schrecklich wehtat, wie ich es mir vorstellte. Dabei konnte ich plötzlich Stimmen hören, dumpf und leise, wie eine Unterhaltung, die aus einer dürftig isolierten Nachbarwohnung durch die Wände dringt.

Sie riefen wild durcheinander. Aufgeregt, beschwörend, nervös. »Nein!«, schrie ein Mann. »Du Mistkerl!«, ein anderer.

Der Erste war Fish, der Zweite mein Bruder. Ihre Rufe wurden untermalt von einem wütenden Dauerton, der aus Fridas Mund stammte.

Das Gewicht, das sich in meine Schultern gebohrt hatte, war plötzlich nicht mehr da.

Ich öffnete die Augen, und der Stein war weg. Auch Edwards hing nicht mehr über mir. Das Einzige, was ich wahrnahm, war das Lachen in meinem Rücken:

»Na, das nenn ich mal Rettung in letzter Sekunde!«

63. Kapitel

Benommen richtete ich mich auf und suchte die Person, die das gesagt hatte. Sah Cosmo, der hinter Edwards saß und ihn vermutlich zu Boden gerungen hatte. Frida, die mit geballten Fäusten vor dem Killer stand. Und Fish, der mit der Taschenlampe die Umgebung ausleuchtete, in der mir beinahe der Schädel eingeschlagen worden wäre.

Dann war er es also, der mir ins Gesicht geleuchtet hatte.

»Um ein Haar hätte ich Sie erschossen«, nuschelte ich.

Ich hatte das Trio nicht kommen hören, aber jetzt, da sie mich vor dem sicheren Tod bewahrt hatten, war ich glücklich, dass sie sich entschlossen hatten, Fish aus seinem Gefängnis zu befreien. Um Jola von der Insel und in Sicherheit zu bringen, würden wir jede Hand gebrauchen können. Ich sah nach hinten zur Ruinenwand, wo man meine Tochter nur erkennen konnte, wenn man wusste, dass sie dort reglos in der Finsternis saß, und hörte Fish sagen: »Oh, das hätten Sie nicht gekonnt!« Es dauerte eine Weile, bis ich mit meiner Matschbirne begriff, worauf sich seine Antwort bezog.

Um ein Haar hätte ich Sie erschossen.

Ich sah auf die Waffe. Sie steckte noch immer in meiner rechten Hand. Während des Kampfes hatte ich keine Sekunde lang den Griff um sie gelockert.

»Das ist nicht die Pistole, die Sie mir gegeben haben«, klärte ich Fish auf. »Die hier habe ich Edwards abgenommen.«

Er lächelte mit einem altersmilden Gesichtsausdruck, der mich beinahe vergessen ließ, dass auch er ein entschlossener Killer war, wenn es darauf ankam.

»Das mag sein, aber ich fürchte, die Joshua-Waffen sind

ebenso wie unsere mit einem biometrischen Sicherheitssystem ausgerüstet. Zugelassen nur für ausgewählte Personen. Hab ich recht, James?«

»Stimmt genau«, hörte ich eine bekannte Stimme hinter uns rufen, dann löste sich ein Schuss.

Fish hörte auf zu lächeln, stattdessen formten seine Lippen jetzt ein erstauntes O. Er griff sich an die Brust, löste die Hand von seinem Hemd und betrachtete erstaunt das Blut an seinen Fingern.

Ich schnellte zur Seite. Zielte auf die Person, die sich vom Hügel langsam näherte. Zog am Abzug. Nichts.

Fish stöhnte ein letztes Mal, dann sackte er neben mir zusammen.

»Das wurde ja auch langsam Zeit«, rief Edwards dem Neuankömmling zu, gänzlich unbeeindruckt von der Tatsache, dass er immer noch von Cosmo auf dem Boden hockend im Polizeigriff gehalten wurde.

»Verdammt noch eins, wo hast du denn die ganze Zeit gesteckt, Vigo?«

»Ist 'ne lange Geschichte. Aber Hauptsache, sie geht gut aus.«

Die Frau, die ich erst als Sandra Oschatzky und dann als Viola kennengelernt hatte, bückte sich und hob die zweite Pistole auf, die ich als Wurfgeschoss benutzt hatte.

Cosmo sah den Lauf ihrer Waffe auf seinen Kopf gerichtet und gab Edwards frei. Er hatte keine Wahl.

Wir alle hatten keine Wahl mehr. Und hoben die Arme.

Cosmo, Frida, ich. Entsetzen spiegelte sich in unseren Blicken. Verrat. Und Erkenntnis.

Fish hatte recht mit dem Maulwurf gehabt. Er hatte allerdings den Falschen getötet.

Ich ließ meine Waffe fallen, aber auch das nutzte nichts mehr.

Viola, Vigo oder wie immer sie sich auch nannte, zögerte keinen Wimpernschlag und drosch Frida die Faust ins Gesicht. Nahezu gleichzeitig spürte ich einen Lufthauch, der mir einen Schlag ankündigte, den ich nicht mehr abwehren konnte. Edwards' Handkante traf mich frontal an der Schläfe. Ich dachte: »*Wenigstens töten sie uns nicht sofort*«, doch kurz bevor bei mir die Lichter ausgingen, erkannte ich noch meinen Irrtum.

»Neeeeein!«, wollte ich schreien, als ich den Schuss hörte.

»Neeeeeeeeeein!«, als ich die Eintrittswunde in Cosmos Bauch aufreißen sah.

Aber kein Laut entwich meinem Mund.

Ich war bewusstlos, bevor mein Bruder auf dem Boden aufschlug.

64. Kapitel

Toffi schloss die Tür und war froh, dem Sterben keine Sekunde länger zusehen zu müssen. Die Heimleitung hatte recht gehabt: Es war sinnlos gewesen. Max' Mutter, Magdalena Rhode, stand dem Tode weitaus näher als dem Leben, und wenn es einen Gott gab, dann flehte Toffi ihn an, dass ihm dieses Schicksal erspart blieb: als atmendes Skelett mit stumpfen, weit aufgerissenen Augen in einem kargen Pflegezimmer zu liegen, mit einem Katheter in der Blase und einem Schlauch im künstlichen Darmausgang.

Er hatte nicht eine Frage gestellt. Nur ein Idiot hätte versucht, Magdalenas Lippen etwas anderes zu entlocken als den rasselnden, abgestandenen Atem, den sie durch den gebisslosen Mund presste.

»Hart, was?«

Toffi sah zu dem Pfleger auf, der eine mit einer durchsichtigen Hygienefolie umwickelte Krankenliege an ihm vorbeischob.

Der breitschultrige, rothaarige Mann hatte schlechte, schief stehende Zähne und roch nach seiner Zigarettenpause. Sein Kittel sah aus, als wäre ihm der halbe Kaffee auf die Knopfleiste geschwappt, doch mit seinem gewinnenden Lächeln machte er sein ungepflegtes Äußeres wett.

»Sind Sie für sie zuständig?«, fragte Toffi und zeigte auf Magdalena Rhodes Zimmertür.

»Na ja, was heißt zuständig? Wir arbeiten hier zu zehnt, aber ich kenne sie von uns ganz sicher am längsten.«

Toffi lächelte breit, las den Namen des Pflegers von seinem Kittel ab und streckte ihm die Hand entgegen.

»Tut mir leid, Thorsten, ich hab mich noch gar nicht vorgestellt, ich bin …«

»Christoph Marx, ich weiß. Ich hab Sie eben im Fernsehen gesehen.«

Toffi nickte. Man hatte ihn gefilmt, als er heute Morgen aus dem Westend-Krankenhaus gekommen war. Solange die Medien keine Bilder von Toten und Verletzten hatten, musste eben der kauzige »Staranwalt« herhalten, der das Mandat des »psychopathischen Entführervaters« übernommen hatte.

»Schön, dann wissen Sie ja, weshalb ich meinen Schönheitsschlaf unterbrochen und meinen Alabasterkörper in Ihre heiligen Hallen getragen habe, Thorsten. Können Sie mir sagen, ob Frau Rhode in letzter Zeit von irgendjemandem besucht wurde?«

»Sie meinen von Verwandten oder Freunden? Nee. Die Einzigen, die sich für sie interessieren, sind Sie und die Polizei, und das auch erst seit heute. Wundert mich auch nicht besonders.«

»Wieso?«

»Magda ist nicht gerade das, was man eine liebenswürdige alte Dame nennen würde.«

Der Pfleger setzte sich und die Liege wieder in Bewegung.

»Hat sie Schwierigkeiten gemacht?«, fragte Toffi, während er Thorsten hinterherwatschelte. Seine Flip-Flops quietschten laut auf dem Linoleum.

»Nicht mir. Aber ihren Söhnen, wenn ich es richtig verstanden habe.«

»Wer hat Ihnen das gesagt?«

Sie passierten einen graumelierten älteren Herrn mit Kordsakko und Einstecktuch, der sich mit seinem Rollator zu einem Tischchen mit Kaffeetassen und Thermoskannen schleppte.

»Sie selbst. Vor einigen Wochen noch hatte Magda hin und wieder lichte Momente. Meistens war nur die Lampe an, aber niemand zu Hause, wenn Sie verstehen, was ich meine, doch manchmal, wenn auch selten, hat sie ein Gespräch mit mir führen können.«

»Und dabei was gesagt?«

Sie hatten die Glastür erreicht, die die Station vom Treppenhaus trennte. Der Pfleger betätigte einen automatischen Türöffner.

»Das Übliche«, sagte er. »Das, was man meistens hört, wenn es zu Ende geht. Reue, Vorwürfe, Selbstmitleid. Was man falsch gemacht hat und was man hätte anders machen sollen.«

»Das wäre?«

Toffi folgte ihm zu den Fahrstühlen.

»Schwer zu sagen. Nicht alles, was sie vom Stapel ließ, ergab einen Sinn. Wenn ich mich nicht irre, hat sie wohl nichts gegen den Vater unternommen, der die Söhne ziemlich hart rangenommen haben muss. Sie sagte immer: ›Ich hätte sie nicht mit dem Monster alleine lassen dürfen. Ich hätte nicht wegsehen dürfen.‹ Aber meistens war das …«

Das Handy des Pflegers summte, und er warf einen kurzen Blick auf das in seiner Hand vibrierende Display.

»Sorry, war nett, mit Ihnen zu plaudern, aber den Anruf hier muss ich annehmen.«

»Warten Sie.« Toffi berührte ihn sanft am Ärmel.

»Was war meistens?«

Thorsten kratzte sich am Hinterkopf. Ließ sein Telefon weitersummen.

»Ach nichts, unzusammenhängendes Zeug eben. Sie sagte dann oft so etwas wie: ›Ich hätte mitgehen müssen.‹«

Die Fahrstuhltüren öffneten sich. Ein gestresst wirkendes Ehepaar stieg aus. Er trug einen Blumenstrauß, sie einen kleinen Jungen auf dem Arm.

»Mitgehen?«, wiederholte Toffi.

»Ja.«

»Sie wissen nicht zufällig, wohin?«

Thorsten zuckte bedauernd mit den Achseln, nahm endlich das Gespräch an und entschuldigte sich bei dem Anrufer, dass er ihn so lange hatte warten lassen.

»Ja, Dr. Hansen. Ich weiß, ich bin spät dran. Und ich …«

»… geb 'nen feuchten Furz darauf, was Sie wollen!«, vervollständigte Toffi den Satz des Pflegers, nachdem er ihm das Telefon aus der Hand geschnappt hatte. »Stecken Sie sich einen Finger in den Po, Hansen. Jetzt rede ich mit Thorsten.«

Damit drückte er den Anrufer weg und gab dem entgeisterten Pfleger das Handy mit den Worten zurück: »Also schön, weil es uns allen so viel Spaß macht, hier noch mal meine Frage: Wohin hatte Magdalena Rhode ihre Söhne damals begleiten wollen?«

65. Kapitel

Einer Laune der Natur wegen können wir Menschen nicht von Gerüchen geweckt werden. Und so war es auch bei mir nicht der beißende Gestank, der mich in die Realität zurück katapultierte, sondern der kalte Schwall, der mir über den Kopf und damit über den Rest meines sitzenden Körpers geschüttet wurde.

Dann aber, gleich nach dem Erwachen, reagierte mein Gehirn auf den »Duft der Angst«, wie ich ihn seit meiner Jugend nannte, und ich stellte zu meinem Grauen fest, dass es kein Wasser war, das meine Haare und Anziehsachen tränkte, sondern: Benzin!

Ich schüttelte den Kopf, und das war in mehrfacher Hinsicht ein Fehler: Einmal verstärkte es meine Schmerzen und damit meine Übelkeit. Zudem perlten dadurch einige Benzintropfen von den Brauen in meine Augen, was höllisch brannte, wogegen ich jedoch nichts unternehmen konnte. Meine Hände, mit denen ich mir über das Gesicht hatte wischen wollen, waren hinter meinem Rücken zusammengebunden, mit demselben Tau vielleicht, mit dem auch meine Beine und mein Oberkörper an den Stuhl gefesselt waren.

Die Benzinwolke, die mich umhüllte, ließ mich nach Luft schnappen, und auch das war keine gute Idee. Wer immer mir gerade die Krebs erregende Soße über den Kopf goss, hatte mir einen Nachschlag gegönnt, und ein Teil des Zeugs landete jetzt in meinem Mund. Ich würgte und spuckte es wieder aus. Meine Zunge schien sofort zu reagieren und auf das Doppelte ihrer normalen Größe anzuschwellen.

Ich hatte einen ekelhaft bitteren, pelzigen Geschmack im Mund. Über das Rauschen des Windes hinweg (der Regen, so schien es, pausierte gerade) hörte ich ein Gluckern, als ob in einem Metallkanister ein halber Liter Restflüssigkeit zurückschwappte, dann zwei Stimmen, die sich einige Schritte von mir entfernt auf Englisch unterhielten:

»Und der Trottel hat sie selbst auf die Insel gebracht?«, fragte Edwards.

»Ich bin ihnen nur mit dem Schlauchboot gefolgt. Ich musste überhaupt nichts tun«, antwortete Vigo. »Und das Beste: Fish hat Spook sogar ganz alleine ausgeschaltet, nachdem ich im Clubhaus den Alarm ausgelöst habe. Das hättest du sehen sollen, James. Es gab keine Verfolger, aber der Alte war vollkommen paranoid.«

Der Mann kicherte. »Glücklicherweise hat er dir vertraut, Vigo.«

»Ich kann sehr überzeugend sein. Musste Max einfach nur den Peilsender wieder in seine Jacke zurückstecken.«

»Also ist es, wenn auch auf Umwegen, am Ende doch genau so gekommen, wie ich es vorhergesagt habe: Die ganze Welt glaubt, dass der Autor seine eigene Tochter entführt hat, und es gibt bald keine Zeugen mehr, die das Gegenteil beweisen können.«

Ich versuchte noch einmal zu blinzeln, und wenigstens mein rechtes Auge sah jetzt etwas mehr als nur einen Schleier. Direkt neben mir saß Frida, ebenfalls auf einem für ihre Körpergröße zu niedrigen Schülerstuhl; neben ihr hing Jola und vervollständigte den bizarren Anblick eines eingeschläferten Klassenzimmers im Freien, denn auch sie war, wie Frida, gefesselt und bewusstlos.

Mein gesamtes Blickfeld flackerte, als ob Vigo und Edwards ein Lagerfeuer angemacht hätten, was ich in Anbetracht der Umstände nicht hoffte. Zudem war es dafür viel zu kalt. Ich zitterte, nicht allein vor Angst.

»Halt mal!«

»Was denn?«, fragte James.

»Ist es nicht auffällig, wenn hier so viele Leichen auf der Insel gefunden werden? Fish, Cosmo, diese Frida? Joshua hat ja nur vorhergesehen, dass Max seiner Tochter etwas antun will.«

Ich schloss die Augen, stellte mich weiter bewusstlos. Dabei zerrte ich langsam und so unauffällig wie möglich an meinen Fesseln. Nichts zu machen. Sie zogen sich nur noch fester um meine Handgelenke, je mehr ich mich bemühte, sie zu lösen.

»Cosmo und Fish versinken im Moor, ziemlich unwahrscheinlich, dass die so schnell wieder auftauchen«, sagte Edwards nachdenklich. »Aber selbst wenn, ich kann es jetzt nicht mehr ändern. Glaub mir, Vigo, mir wäre es auch lieber gewesen, es wäre anders gelaufen, doch nachdem Bigvoice versagt hat, wurde es kompliziert, wie du weißt.«

Ich roch frisches Benzin und hörte, wie ein neuer Schwapp aus dem Kanister gegossen wurde. Nicht auf mich, sondern auf Frida neben mir.

»Und dann hat diese Schlampe hier zu allem Überfluss das Headset gefunden und darüber mit Jola gesprochen. Hätten wir die Kleine danach noch getötet, hätte Frida gewusst, dass Max nicht der Mörder sein kann.«

Ich hörte ein Klonk, als würde der Kanister auf einem harten Untergrund abgestellt.

»Na schön, wer von uns zieht es jetzt durch?«, fragte Vigo.

»Ich. Du nimmst dir das Schlauchboot und fährst vor. Joy ist in der Wohnung. Hol sie ab, pack unsere Sachen und wartet auf mich am Flughafen.«

»Wie lange brauchst du?«

»Eine Weile. Ich muss später noch Max' Fesseln verschwinden lassen. Es soll nach Selbstmord aussehen. Bei Braunschweig wäre es ja fast schiefgegangen. Gib mir die Fackel, Vigo.«

Die Frau gab zu bedenken, dass mehrere Hände bei drei Opfern schneller arbeiten könnten, und über die Frage, ob sie nicht lieber vor Ort bleiben sollte, entbrannte eine kurze Diskussion, doch ich hörte mittlerweile nur noch ein einziges Wort in meinem Kopf widerhallen:

Fackel?

Jetzt wusste ich, woher das Flackern kam.

Ich versuchte zu schlucken und hatte das widerliche Gefühl, als ob sich der bitter-eklige Geschmack des Benzins in meinem gesamten Körper ausbreitete. Ich dachte an Jola, die einen sinnlosen Tod sterben musste, vor dem ich sie nun nicht mehr bewahren konnte. An Cosmo, der vermutlich schon nicht mehr atmete und der recht gehabt hatte, als er meinte, »Die Blutschule« wäre authentisch gewesen, weil ich darin meine verdrängten Kindheitserlebnisse aufgearbeitet hatte. Das Erlebnis etwa, als mein Vater mich zwingen wollte, meinen mit Benzin übergossenen Bruder anzuzünden. In der »Blutschule« war es allerdings keine Fackel, sondern ein Streichholz, mit dem der kleine Held des Romans seinen Tyrannen in Brand setzte. Den Vater, der seine Söhne das Töten hatte lehren wollen und gegen den seine Jungs am Ende ihr Wissen selbst einsetzen wollten, um sich von ihm und seinen Quälereien zu befreien.

Ich hörte ein Rascheln, direkt neben mir. Ein kurzer Blick zeigte mir, dass Frida aufgewacht war. Ihr Stuhl stand etwa zehn Zentimeter vor meinem. Vigo und Edwards hatten sich unterdessen einige Schritte von uns abgesondert, und ich wagte einen zweiten Blick. Sah, wie Frida mit den Fingern wackelte.

»Hey«, flüsterte ich. Sie schüttelte den Kopf. Wollte keine Kommunikation. Mir war das gleichgültig, ich wusste, wir hatten ohnehin keine Chance, wieso sollte ich dann nicht mit ihr reden? Ihre Finger wackelten wieder. Gab sie mir ein Zeichen?

Im bewegten Licht der Fackel konnte ich kaum etwas erkennen. Allerdings, wenn mich nicht alles täuschte, hielt sie etwas in ihren Händen. Ein …?

»Messer!«, zischte sie, kaum hörbar.

War das möglich? Wir waren doch alle gefilzt worden?

Vielleicht hatte sie es vom Boot mitgenommen?

Ja, das konnte sein!

Aber im Grunde war es völlig egal, wie die Klinge in Fridas Hände gelangt war, zudem war sie völlig nutzlos. Selbst wenn es ihr gelingen sollte, die Fesseln um ihre Handgelenke zu lösen, wären wir geliefert, spätestens wenn sie sich nach vorne beugte, um ihre Füße zu befreien.

Ich schloss die Augen, atmete flach und hatte das Gefühl, mich übergeben zu müssen. Wegen des Gestanks. Wegen der brüllenden Schmerzen meines garantiert mehrfach erschütterten Gehirns. Wegen der Tatsache, dass es wieder hell um mich herum wurde. Und flackerte.

Ich hob den Kopf. Riss die Augen auf und sah, dass Vigo noch nicht gegangen war. Sie und Edwards starrten gemeinsam in unsere Richtung. Und kamen wieder näher. Vigo mit der Fackel in der Hand. Edwards, einen Schritt hinter ihr, mit nachdenklicher Miene, als würde ihn etwas an dem Arrangement stören, wie er uns platziert hatte.

»Nein!«, schrie ich, ohne jede Hoffnung, den Lauf der Dinge verändern zu können. Ich war gefesselt. Mit Benzin durchtränkt. Und die Fackel war nicht mehr weit entfernt.

»Jola!«, brüllte ich nun laut, in dem verzweifelten Wunschdenken, wenigstens noch ein letztes Mal die Stimme meiner Tochter hören zu können, *bevor … oh Gott*, ich wollte es gar nicht denken.

Ich tauschte einen Abschiedsblick mit Frida, dann fing ich an zu beten. Ich bin nicht gläubig, nicht besonders zumindest, aber in diesem Moment flehte ich eine höhere Macht an, uns einen

Schutzengel zu senden. Wenn nicht mir oder Frida, dann wenigstens Jola, der ich noch so viel hatte zeigen wollen: den Sonnenuntergang über der Heilandskirche in Sacrow, eine alte Aufnahme von mir als Sänger einer hundsmiserablen Schülerband als Beweis dafür, dass man sich auch lächerlich machen darf, wenn man seine Träume verwirklichen will, den Blick in Rom durch das schönste Schlüsselloch der Welt, die Stimme von Ulrich Pleitgen, während er den Raben zitiert, den verstecken Geist in einer Von-Hassel-Fotografie, *den man nur sehen kann, wenn man mit so viel Phantasie ausgestattet ist wie du, Jola. Ich will mit dir Sitcoms schauen, mir die Tür vor der Nase zuschlagen lassen, weil ich dich vor deinen Freundinnen lächerlich machte, wach bleiben, während du Party machst, und deinen ersten Freund in Gedanken erwürgen. Scheiße, ich will dich leben sehen, lachen, atmen, flüstern hören …*

Flüstern?

Tatsächlich war da eine Stimme, direkt neben meinem Ohr.

»Hast du das gehört?«, hauchte Vigo, und für einen Moment meinte ich, sie spielte einen sadistischen Scherz mit mir, aber dann öffnete ich die Augen einen Spalt weit und erkannte, dass Edwards zwei Schritte hinter ihr stand. Den Benzinkanister zu seinen Füßen.

»Was denn?«, fragte er, und jetzt hörte ich es auch durch das Rauschen des Fackelfeuers hinweg: das trockene Knacken zerbrechender Zweige hinter mir, etwa drei Meter von unseren Stühlen entfernt. Pflanzen knickten um. Sträucher raschelten.

»Cosmo?«, fragte Edwards. »Lebt dieser Schweinehund etwa noch?«

66. Kapitel

Ich machte nicht länger den Fehler, mich zu auffällig zu bewegen, sondern stellte mich wieder träge und benommen, während ich an der Hitzewelle spürte, wie Vigo mit der Fackel zwischen meinem und Fridas Stuhl hindurchschritt.

In einem ersten Anflug verzweifelter Hoffnung hatte ich mir ebenfalls gewünscht, meinen Bruder wie durch ein Wunder von den Toten wiederauferstanden aus dem Gebüsch springen zu hören. Doch im Unterschied zu Vigo wusste ich früher als sie, um wen es sich bei dem unerwarteten Gast in Wahrheit handelte. Ein Gast, der keinesfalls gekommen war, um uns zu helfen.

Ich wusste es, weil ich es roch!

Würzig, ranzig, wild.

»Siehst du da was?«, hörte ich Edwards sagen, und dann brach das Chaos aus.

Mit einem lauten, an den Trommelfellen zerrenden Grunzen stieß das Wildschwein aus dem Unterholz.

Zu Tode erschrocken hastete Vigo zurück und stolperte, ohne von dem Tier überhaupt berührt worden zu sein. Ganz einfach, weil sie beim Zurückweichen mit dem Fuß an meinem Stuhl hängen geblieben war.

Um den unvermeidlichen Sturz mit den Händen abfedern zu können, ließ sie die Fackel fallen. Reflexartig griff Edwards mit beiden Händen nach Vigo.

Und das war meine Chance, meine einzige Chance, nachdem die Fackel mich nicht erwischt hatte, sondern etwa einen Meter von mir entfernt auf dem Boden aufgeschlagen war.

Ich sprang hoch, hüpfte mit aller Kraft nach vorne und ließ mich seitlich mit dem Stuhl auf die Erde krachen.

Krack.

Der Stuhl war unzerstörbar. Meine Rippen nicht. Ich war auf einer Bodenwurzel gelandet, die wie eine Fußangel aus dem Untergrund stach.

Verblüfft sah Edwards zu mir herüber, einen Arm um Vigo gelegt, vor ihr auf dem Boden kniend, also mit mir beinahe auf Augenhöhe. Ich war nicht einmal fünfzig Zentimeter von den beiden entfernt und dennoch außerhalb jeder Reichweite, die ihnen gefährlich werden konnte. An einen Stuhl geschnürt, zur Unbeweglichkeit verdammt. Unfähig, meine Mörder auch nur zu berühren. Weder die Frau noch Edwards, noch die Fackel, die Vigo gerade wieder zu sich heranzog.

»*Was soll das werden?*«, las ich in den Augen des Joshua-Killers, der sich nicht vorstellen konnte, was ich ihm und seiner Komplizin anhaben konnte.

Aber noch hatte er nicht bemerkt, was ich gesehen hatte.

Den Kanister!

Edwards hatte ihn versehentlich umgestoßen, als er Vigo auf-zufangen versuchte, und jetzt lag er ganz in der Nähe meiner Füße.

»Ahhhhhhh!«

Ich schlang meine Finger um das Holz der Bodenwurzel, hielt mich an ihr fest und riss mit aller Gewalt meinen Körper im Uhrzeigersinn herum. Meine gefesselten Beine schnellten wie eine Spielfigur beim Tischkicker gegen den Unterboden des umgekippten Kanisters, der nicht sehr weit flog. Nur etwa fünf-zig Zentimeter. Genau auf die Fackel zu. Auf das Gesicht da-hinter, das einen Teil des Kanisterinhalts abbekam, der aus der Öffnung schwappte. Und der die Fackel mit Nahrung ver-sorgte.

»Wassss …«, hörte ich Vigo noch schreien. Es war der letzte verständliche Laut aus ihrem Mund, bevor die Flammen sich in ihre Lippen, Wangen und Haare verbissen. Auf ihre Kleidung übersprangen und auf die Haut darunter, bis sie selbst zu einer Fackel geworden war, nur heller und größer als die, die mit ihr verschmolzen war.

Es gab einen kurzen Moment der Stille, als ob ihre Stimmbänder verdampft wären, dann wurden ihre Schreie wieder lauter und hatten nichts Menschliches mehr an sich.

Auch nicht die von Edwards, der allerdings noch immer unversehrt war. Den das Benzin nicht getroffen hatte. Der rechtzeitig von Vigo abgerückt war und nach seiner Pistole gegriffen hatte, die er jetzt mit dem Ausdruck des Wahnsinns im Blick auf mich richtete. Bereit, das Schwein, das seine Partnerin erledigt und ihm den Strich durch all seine Pläne gemacht hatte, zu töten.

Er zögerte einen kurzen Moment, in dem – da bin ich mir sicher – er sich überlegte, ob eine Kugel nicht zu gnädig wäre, dann aber wollte er kein Risiko mehr eingehen.

Und schoss.

Ich spürte einen Windhauch, dann einen dumpfen Schmerz an der Schläfe, den ich mir irgendwie anders vorgestellt hatte. Spitzer, brennender. Und wesentlich tödlicher. Schmeckte Blut, weil ich mir auf die Zunge gebissen hatte, und wunderte mich darüber, dass ich noch die Augen öffnen konnte und neben mir einen Kopf liegen sah, mit spröden Lippen, die sich wie bei einem erstickenden Fisch langsam öffneten und wieder schlossen.

Als Nächstes spürte ich einen weiteren Windhauch. Sah, wie ein Stuhl, der zwischen mir und dem Kopf gestanden hatte, sich wie von Geisterhand bewegt wieder in die Luft erhob, und hörte es krachen. Ein Geräusch, als ob eine Melone auf einen Steinfußboden knallte, nur dass es die Metallkufe des Schülerstuhls war, die auf den Kopf vor mir sauste und dafür sorgte, dass Edwards das Blut aus dem Mund schoss und er die Augen schloss.

Dann blickte ich schräg nach oben, so gut es mir meine Position erlaubte, und blickte in Fridas hassverzerrtes Gesicht.

67. Kapitel

Es war tatsächlich ein Obstmesser aus der Kombüse. Frida hatte es gebraucht, um Fish die Fesseln zu lösen, die ich ihm angelegt hatte. Danach hatte sie es eingesteckt, bevor sie das Boot verließ. Und sich mit ihm befreit, während Vigo verbrannte.

Mit ihrem Stuhl hatte sie nicht nur Edwards Hinterkopf, sondern auch meine Schläfe erwischt, als er ihr beim ersten Schlag aus der Hand gerutscht war. Aber sie hatte dafür gesorgt, dass sich sein Schuss verzog und irgendwo hinter mir in die Bäume gegangen war.

»Danke«, sagte ich. Noch nie hatte sich dieses Wort so unzureichend angehört wie jetzt.

Sie weinte, während sie mir die Fesseln durchschnitt, und ich merkte, dass auch ich es tat.

Schluchzend, völlig übermüdet und gleichzeitig von der Tatsache aufgeputscht, noch am Leben zu sein, ging ich zu Edwards und fühlte seinen Puls. Er war schwach, aber er lebte im Gegensatz zu Vigo; die Gefahr war für uns also nicht gebannt, weswegen wir ihm rasch mit den Resten unserer eigenen Fesseln die Hände und Füße zusammenschnürten. Am liebsten hätte ich den Dreckskerl getötet, aber ein lebender Beweis war wahrscheinlich besser als eine erfüllte Rache.

Immer noch schluchzend, taumelte ich zu Jola. Während Frida das Seil hinter ihrem Rücken zerschnitt, nahm ich sie schon in die Arme. Sie war kalt, schrecklich kalt, aber ich spürte ihren Atem an meinem Ohrläppchen, fühlte, wie sich ihre Brust hob und senkte, und das war mehr, als ich vom Leben erhofft hatte.

Doch ihr Puls ging schwach, und ich durfte keine Zeit mehr verlieren.

»Sieh nach, ob du ein Handy findest!«, bat ich Frida. »Das von Fish lässt sich mit seinem Fingerabdruck aktivieren. Vielleicht ist der Störsender jetzt abgeschaltet!«

Sie schüttelte den Kopf.

»Wieso nicht?«, schrie ich sie an, dann hörte ich es selbst.

Den Hubschrauber.

Ich sah nach oben, sah die Lichtfinger, die das Wasser abtasteten und sich näherten.

Hörte das Megaphon: »*Achtung, Achtung, hier spricht die Polizei.*«

Lachend fiel ich Frida in die Arme. Wartete ab, bis die Baumkronen sich unter dem Druck der Rotorwinde nach unten beugten. Bat Frida, Jola in den Arm zu nehmen. Zu ihr zu sprechen, auch wenn sie gerade bewusstlos war und der Lärm des Helikopters jedes andere Geräusch zerfetzte.

Sie versprach es mir, und ich rannte los.

68. Kapitel

Die wenigsten Berliner wissen von den natürlichen Gefahren in ihrer Heimat, doch immer wieder müssen Menschen, meistens im Umland, aus Sumpfgebieten gerettet werden. Und auch ich hätte es wohl für ein Märchen gehalten, dass es Verlandungsmoore auf Berliner Inseln gibt, hätte mein Vater mir nicht jene Lektion erteilt, damals bei unserem »Ausflug«, als er uns erläuterte, woher der Name Berlin stammte: »*Vom altslawischen berlo = Sumpfgebiet!*«

Während ich aus der Senke den Hügel hinauflief, wurden meine Beine kürzer. Zumindest kam es mir so vor, und ich fühlte mich auf einmal auch sehr viel leichter. Meine Schmerzen waren verschwunden. Mein Körper war von einer unglaublichen Energie erfüllt. Aber auch von panischer Angst. Ich fühlte mich so, als wäre ich dreizehn Jahre alt, zurückversetzt in meine Kindheit, an den Tag, an dem ich genau denselben Hügel hinauflief auf derselben Insel – vor fünfundzwanzig Jahren. Mit der Panik im Nacken, mein Vater würde mir folgen. Und mich schlagen. Weil ich es nicht getan hatte. Weil ich mich widersetzt hatte und das Streichholz, das er mir in die Hände legte, nicht hatte fallen lassen. Auf meinen Bruder, der …

… direkt vor mir liegt?

Ohne meine Umgebung wahrzunehmen, war ich wie in Trance die Senke wieder hinabgelaufen und stand jetzt selbst bis zu den Knöcheln im Matsch. Und vor mir lag …

»Coooosmo!!!«

Ich schrie seinen Namen. Nur noch sein Mund und seine Nase ragten aus dem Schlamm. Der Rest war bereits eingesunken.

Vielleicht riskierte ich schon wieder mein Leben. Ich wusste es nicht. Ich dachte nicht darüber nach. Ich stakste weiter nach vorne, sank selbst tiefer weg. Packte ihn an den Haaren, schob meinen Ellenbogen unter seinen Nacken und zog ihn zu mir ran.

Dabei starrte ich in das bleiche Gesicht eines Toten.

So schwer, er wog bestimmt das Dreifache, und dennoch machte ich Boden gut. Hatte einen ungewöhnlich sicheren Stand, so nah am Abhang. Ich tauchte meine Hand in den eisigen Morast (die Kälte schnitt wie ein Messer in meine Finger), erinnerte mich an die Worte meines Vaters – *»Die meisten Menschen ertrinken nicht im Moor. Sie erfrieren!«* – und bekam ein Stück Stoff zu fassen. Cosmos Hemd.

Es riss der Länge nach auf, und dennoch hielt es wenigstens so lange, bis ich meinen Bruder zu mir auf die sichere Seite gehievt hatte. Der Mond über uns tauchte ihn in ein gespenstisches Zwielicht.

Ich sah in sein schlammverschmiertes Gesicht in der wahnwitzigen Hoffnung, einen Funken Leben darin erkennen zu können.

Nichts. Keine Regung. Nicht einmal ein unbewusstes Zucken.

Ich schrie auf.

Nicht, weil mich sein lebloser Anblick so schockiert hätte.

Sondern weil ich in dem matten Schein des Mondes auf seiner freigelegten Brust etwas entdeckte, das noch sehr viel schlimmer war als der Tod.

Nämlich die Wahrheit.

Ich starrte auf Cosmos Oberkörper, auf die Narben, die sich auf ihm abzeichneten, und hatte eine so grauenhaft intensive Selbsterkenntnis, dass ich mich für einen Moment zu meinem Bruder ins Moor legen wollte.

Es waren vier Hände, die mich davon abhielten:

Fridas und die eines Polizisten, der aus dem Hubschrauber geklettert war, um uns zu retten.

69. Kapitel

Ihre Hand.

Ich hatte mir so fest vorgenommen, sie nie wieder loszulassen, auch nicht im Schlaf, aber dann, irgendwann, gegen sechs Uhr morgens, war es doch passiert. Mein Kopf war nach vorne gesackt, meine Muskulatur erschlafft, und sie glitt mir aus den Fingern. Die Verbindung zu Jola.

Als ich die Augen öffnete, war mir so kalt, dass ich glaubte, meine Gliedmaßen wären zu Eis gefroren und würden zersplittern, sobald ich mich bewegte.

Ich sah nach rechts, zu dem Bett neben meinem Stuhl, und allein der Anblick wärmte mich mehr als tausend Sonnen.

Jola. Atmend. Lebend. Und wach.

»Hallo, Papa!«, sagte sie. Es war mehr ein Hauchen als ein gesprochener Satz, aber es waren die schönsten Worte, die ich je gehört hatte.

Ich stand auf und rieb mir die Augen. Schlaf und Tränen vermischten sich.

»Hallo, Kleines.«

Ich berührte ihre Haare, strich ihr sanft eine Locke aus der Stirn und küsste den Leberfleck auf ihrer Wange.

Mein Blick fiel auf das hochgelagerte Bein, in dem eine schmerzhaft wirkende Stangenapparatur steckte, die in ihrem Unterschenkel verschraubt zu sein schien.

»Wie geht es dir?«

»Na, wie geht's ihr wohl? Super! Einsame Spitzenklasse.«

Toffi, den ich ganz vergessen hatte, erhob sich gähnend von

seinem Platz in der Zimmerecke und trat an ein Waschbecken, das an der Wand neben der Tür hing.

»Am liebsten hätte sie sich auch das zweite Bein noch gebrochen, was, Jola?«

Er spritzte sich Wasser ins Gesicht und drehte den Hahn wieder zu. »Und falls es euch interessiert: Ich fühl mich auch wie neugeboren. Geht doch nichts über eine Nacht auf einem Klappstuhl im Krankenhaus.«

Jola lächelte matt, und die Sonnen strahlten noch wärmer.

»Seh ich auch so kaputt aus wie du?«, fragte sie mich.

Ich griff mir an meine geschwollene Nase und schüttelte den Kopf. »Hässlicher!« Ich grinste. »Viel hässlicher!«

Meine Augen tränten, nicht nur vor Freude. Mein Kopf fühlte sich an wie ein geschwollener Kürbis, in dem ein Presslufthammer tanzte, und ich hatte mich noch nie so sehr über Schmerzen gefreut wie über diese.

Sie reichte mir ihre Hand, und ich griff danach.

»Es tut mir so leid, Liebes.«

»Ja, ja, ja. Diesmal kommst du mir nicht mit fünf Euro davon.«

Unser Gelächter hatte man unter Garantie bis ins Schwesternzimmer hören können.

Jolas Lachen ging schnell in ein Husten über, dann gähnte sie. Die Schmerzmittel in ihrem Blut wirkten immer noch sehr gut, was mich freute.

Ich beugte mich über sie und drückte sie, nicht so fest, wie ich es wollte, aber doch intensiv genug, um ihren Herzschlag zu spüren. Das wichtigste Geräusch meines Lebens.

»Hey, ich bin auch noch da«, maulte Toffi, und auch ihm gab ich die Umarmung, die er verdiente.

»Ja, ja, ist ja gut«, keuchte er, als ich ihn an seinen Hüften umschlungen in die Luft hob.

Nur seinetwegen waren wir so schnell entdeckt worden. Er hatte meine Mutter in ihrem Pflegeheim ausfindig gemacht und dort von einem Pfleger den Namen der Insel erfahren, auf die unser Vater uns früher zu seinen »Ausflügen« mitgenommen hatte.

Diese Information teilte er sofort Kommissar Stoya mit, der nach einer kurzen Überprüfung der Adresse auf zwei Anwohnerbeschwerden stieß, die von ihren Wassergrundstücken in Kladow und Zehlendorf aus gegen Mittag angeblich eine Explosion gehört und eine Rauchentwicklung auf der Insel gesehen hätten. Wegen des chronischen Personalmangels war man dem nicht sofort nachgegangen. Stoya aber hatte nicht lange gezögert und einen Aufklärungshubschrauber losgeschickt. Da die Handys wegen eines von Edwards installierten Störsenders auf der Insel tatsächlich nicht funktionierten, hätten wir sonst selbst an Land rudern müssen, und ich bin mir nicht sicher, ob wir das in unserem Zustand geschafft hätten.

»Es war eine Frau.«

»Was sagst du, Liebes?«

Ich drehte mich zu Jola und nahm wieder ihre Hand in meine.

»Damals, auf dem Krankenhausparkplatz«, sagte sie. »Ich hab mich im Traum an sie erinnert.«

Sie versuchte, ein Gähnen zu unterdrücken, schaffte es aber nicht.

»Ich konnte ihr Namensschild am Kittel nicht lesen. Sie sagte, du hättest dir das Bein gebrochen, Papa, und ich solle mitkommen. Und dann hab ich einen Stich am Oberarm gespürt.«

»Vigo«, sagte ich.

Die Kurzform von Viola Gohrmann, wie mir Stoya bei einer ersten Vernehmung gestern erklärt hatte.

»Wer?«, wollte Jola wissen. Sie blinzelte schläfrig.

Ich winkte ab. »Nur eine Vermutung. Ist nicht mehr wichtig.«

Das war das Gute an Jolas bewusstlosem Zustand während der letzten Stunden auf der Insel. Dass sie nicht hatte mit ansehen müssen, wie Vigo verbrannt war.

Es ist besser, du ruhst dich jetzt aus, wollte ich noch sagen, da war Jola bereits wieder eingeschlafen.

Ich beobachtete eine Zeit lang die gleichmäßigen Bewegungen ihres Brustkorbs, zog ihr vorsichtig die Decke hoch, dann ging ich zu Toffi und starrte mit ihm aus dem Fenster auf den Krankenhaushof.

»Alles okay?«, fragte ich meinen Freund, der sich mit verdüsterter Miene nachdenklich am Kinn kratzte.

Zwei Stockwerke unter uns hielt ein verdreckter Kombi, der mir bekannt vorkam. Aus ihm stieg eine Frau mit blonden Haaren und marineblauem Kostüm.

Mir kam ein Gedanke, den ich aber nicht greifen konnte. Der durch mich durchrutschte wie die Münze in einem Automaten, die man mehrfach einwerfen muss, weil sie beim ersten Versuch einfach nicht hängen bleiben will. Schließlich aber, als ich die Frau als meine eigene erkannte, wurde mir klar, weswegen mir diese so alltägliche Szene einen Stich versetzte.

»Ich wünschte, du hättest es anders erfahren«, sagte Toffi.

Der Stich bohrte sich tiefer in mein Herz.

»Du wusstest es?«

Er nickte, während meine Frau sich gerade von ihrem Chauffeur verabschiedete. Erst zögernd, wie es gute Freunde tun. Dann, in einem zweiten Anlauf, eng umschlungen, mit einem Kuss, so innig und intensiv, wie ich ihn aus den Anfangstagen unserer Beziehung kannte.

Toffi seufzte. »Wie heißt es so schön: Man kriegt etwas, man verliert etwas.«

Ich beobachtete, wie Kim ihrem Liebhaber ein letztes Mal

durchs Haar fuhr, bevor Dennis, der Student aus der Wohnung unter uns, zurück in seinen Wagen stieg.

Dann sah ich zu Jola, die im Traum leise zu lächeln schien.

»Mach dir um mich keine Sorgen«, sagte ich zu Toffi und meinte es so. »Ich hab alles, was ich je wollte.«

Zwei Monate später

70. Kapitel

Das Audimax der Freien Universität in der Garystraße war bis auf den letzten Klappsessel gefüllt. Knapp tausend Zuhörer verteilten sich im Saal und auf den Sitzen oben auf der Brüstung, und es hätten noch einige mehr Platz gefunden, hätten nicht zahlreiche Kcamerateams und Reporter mit ihrer Ausrüstung die ersten Reihen belegt.

»Glauben Sie, dass das Predictive Policing, also die Verbrechensvorhersage, wie sie in einigen Ländern dieser Erde bereits praktiziert wird, nun Geschichte ist?«

Die Frage kam von einer jungen Blondine aus der dritten Reihe. Sie trug eine schwarze Männerbrille und streckte mir ihr Handy entgegen, wahrscheinlich nahm sie die Diskussionsrunde für ihren Blog auf. Die Hälfte der hier Anwesenden hatten einen YouTube-Channel oder bloggten für ein unabhängiges Netzwerk. Das Interesse der sogenannten »etablierten« Medien an meinem Fall war längst abgeflaut.

»Sie fragen, ob mein Fall eine abschreckende Wirkung hat?«, wiederholte ich die Frage für alle anderen Zuhörer im Saal. Ich schüttelte den Kopf. »Nein, das glaube ich nicht. Die Verlockung, mithilfe eines Programms ein Verbrechen verhindern zu wollen, *bevor* es geschieht, ist einfach zu groß. Und in vielen Fällen funktioniert es ja auch. Es ist nicht von der Hand zu weisen, dass in Ländern, in denen zum Beispiel Blue CRUSH eingesetzt wird, die Verbrechensrate um bis zu dreißig Prozent gefallen ist.«

»Aber dann hat es doch auch sein Gutes?«, wollte ein vollbärtiger Student wissen, dessen Gesicht ich kaum erkennen konnte. Er brüllte seine Frage von den oberen Rängen zu mir herab.

Ich nickte. Es war eine Frage, die mir in den letzten Wochen immer und immer wieder gestellt worden war. Ich drehte mich von meinem Pult, an dem ich mich festhielt, nach hinten und ließ meinen Blick über die Leinwand gleiten, auf die ein Beamer das Motto der heutigen Gesprächsrunde warf: »*Big Data. Haben wir noch die Kontrolle über unser Leben?*«

»Ich weiß, dass einige hier im Raum das denken«, sagte ich und wandte mich wieder zu meinen Zuhörern. Meine Stimme knarrte in den billigen Lautsprechern. Vielleicht hätte ich doch etwas pünktlicher kommen sollen, um einen Soundcheck zu machen, aber Kim und ich hatten einen Termin beim Anwalt gehabt. Wir wollten, dass die Scheidung problemlos und einvernehmlich über die Bühne ging.

»Sie meinen, mein Fall wäre nur eine bedauerliche Ausnahme. Und zugegeben, er ist in der Tat so außergewöhnlich, dass ich ihn mir selbst als Autor nicht besser hätte ausdenken können.« Verhaltenes Gelächter.

»Aber woher wissen Sie, dass die Ausnahme nicht zur Regel wird? Dass vielleicht gerade in diesem Moment jemand durch Ihr Notizbuch, Ihren elektronischen Kalender geht und sich anschaut, mit wem Sie sich treffen wollen?«

»Aber ich habe doch nichts zu verbergen!«, rief jemand aus der ersten Reihe. Der Kameramann eines lokalen Fernsehsenders.

»Das hatte ich auch nicht«, antwortete ich ihm. »Auch ich hatte niemanden belästigt, nichts Verbotenes getan. Und dennoch drang man in meinen Computer ein, fälschte Suchanfragen und Chatverläufe, legte zahlreiche Datenspuren, die mich diskreditieren sollten. Vielleicht ergeht es Ihnen in der Zukunft nicht so schlimm wie mir. Aber stellen Sie sich doch einmal vor, Sie haben zum Beispiel einen kleinen Sohn, etwa vier Jahre alt. Und Sie sind besorgt über seine Phimose.«

»Seine was?« Wieder der Kameramann.

»Vorhautverengung«, klärte ich ihn auf. »Gut für Sie, dass Sie das Wort nicht kennen.«

Das Gelächter wurde lauter.

»Sie googeln also Phimose und schauen sich Bilder im Netz an, um festzustellen, ob die Vorhaut Ihres kleinen Jungen noch normal entwickelt ist oder ob er beschnitten werden müsste. Vor wenigen Wochen erst haben Sie ein Online-Angebot angenommen und sich gesagt; ›Was soll's, es ist zwar noch nicht Weihnachten, aber das Paketklebeband ist so günstig, da kauf ich gleich einen ganzen Vorrat.‹ Und zu guter Letzt hat Ihr bester Freund Sie zum Zelten mit den alten Abikumpels eingeladen. Sie besorgen sich also alles, was man für einen Ausflug in die Wildnis so braucht, und suchen mit dem Kartendienst in Ihrem Handy vor lauter Vorfreude schon mal ein einsames Plätzchen, wo Sie ungestört von der nervenden Familie Ihr Lager aufschlagen wollen: Kinderpenis, Paketklebeband, Versteck im Wald. Verstehen Sie, worauf ich hinauswill? Sie haben nichts Unrechtes vor, passen aber auf einmal ins Profil. Plötzlich sind Sie im Fadenkreuz eines Programms, das niemand kontrolliert. Alle denken immer, Datenschutz ist ein Problem Staat versus Bürger. Ich bin mir da nicht so sicher«, sagte ich. »Vielleicht ist es sogar besser, wenn ein Staat diese Algorithmen kontrolliert, als wenn sie, wie bei Joshua, in den Händen von skrupellosen, privaten Geschäftemachern landen.«

Das war eine gewagte These, und ich erwartete heftigen Protest, gerade unter den Anhängern von Edward Snowden und der Anti-NSA-Fraktion, die es mit Sicherheit unter den Anwesenden gab. Aber der ältere Mann im Anzug in der zweiten Reihe ganz rechts wollte zunächst etwas ganz anderes wissen: »Ich verstehe nicht, wo das Geschäftsmodell liegen soll? Wie kann man denn mit der Verbrechensvorhersage Geld verdienen?«

»Ganz einfach. Sie müssen nur einen Schritt weiter denken.«

Ich nahm einen Schluck aus dem bereitstehenden Wasserglas und fuhr fort: »Wenn Sie im Besitz eines Programms sind wie Joshua, dann haben Sie zwei Möglichkeiten. Sie können die Daten teuer an die zuständigen Behörden verkaufen. Ganz besonders lukrativ sind dabei Märkte, in denen die Wiederwahl des Polizeichefs von der Aufklärungsrate abhängt, wie zum Beispiel in den USA. Aber auch ein heimischer Innenminister kann punkten, wenn er sein Wahlversprechen einhält und die Verbrechensrate tatsächlich halbiert.«

Ich legte eine Kunstpause ein, um meinen nachfolgenden Worten mehr Gewicht zu verleihen.

»Oder aber, Sie haben Joshua aus einem ganz anderen Zweck programmiert. Sie wollen gar keine Verbrechen verhindern.«

Ein Raunen ging durch die Menge. Erstaunte Blicke richteten sich auf mich. Hatten sich einige der nervös auf ihren Sitzen herumrutschenden Gäste anfangs noch gefragt, ob es wirklich eine gute Idee gewesen war, auf Einladung des Datenschutzbeauftragten der Freien Universität den vorlesungsfreien Samstag mit dem Vortrag eines »Internet-Kritikers« zu verbringen (wie ich mittlerweile genannt wurde), hatte ich nunmehr die gesamte, ungeteilte Aufmerksamkeit eines jeden im Saal.

»Stellen Sie sich doch einfach vor, alle großen Nationen dieser Welt arbeiten irgendwann heimlich oder ganz offiziell mit einem Programm wie Joshua. Die Verhinderungsquote steigt, das Programm wird immer beliebter, die Leute vertrauen dem Algorithmus bald mehr als ihrem Bauchgefühl. Und Sie als Programmierer haben jetzt die Macht. Sie können eine Hintertür in der Software öffnen und bestimmte lukrative Verbrechen, an denen Sie sich beteiligen wollen, auf unsichtbar schalten.«

»Reden Sie jetzt von Mittäterschaft?«

Der junge Mann, der die Frage in den Raum rief, war so höflich und stand auf, damit ich ihn besser sehen konnte. Wie die meisten im Saal trug er dicke Winterklamotten und hatte seine Daunenjacke nicht ausgezogen. Seit gestern waren die Temperaturen durchgängig unter null, doch leider hatte jemand vergessen, den Wochenendmodus der Heizanlage auszuschalten. Man konnte zwar nicht seinen Atem sehen, aber viel fehlte nicht.

»Ganz genau«, antwortete ich. »Ich gebe Ihnen ein simples Beispiel: Joshua erkennt einen Bankraub. Mehrere Millionen sollen entwendet werden. Sie veranlassen, dass die Vorhersage nicht ausgespuckt wird, und werden zum Komplizen.«

»Und das fällt nicht auf?«, fragte der junge Mann, setzte sich aber dabei.

Ich schüttelte den Kopf. »Niemand erwartet von Joshua, dass es *alle* Verbrechen erkennt. Auffallen würde es nur, wenn Joshuas Vorhersagen nicht stimmen. Aber das tun sie ja meistens.«

Ich hörte ein Piepen unter meinem Pult. Jemand hatte eine Stoppuhr geschaltet, damit ich wusste, wann ich zum Schluss kommen sollte. Ich packte meine Notizzettel zusammen und lächelte bei meinen Abschiedsworten: »Also schön, ich bedanke mich sehr, dass Sie sich heute die Zeit genommen haben. Wenn Sie noch weitere Fragen haben, schicken Sie mir lieber einen Brief als eine E-Mail.« Gerade als ich »auf Wiedersehen« sagen wollte, sah ich, wie eine Frau in der zweiten Reihe mir wild gestikulierend zuwinkte und sich damit meine Aufmerksamkeit sicherte.

»Ja?«, machte ich den Fehler, auf sie zu reagieren. Die Frau war zu alt für eine Studentin und zu sehr geschminkt für einen inoffiziellen Anlass. Ihre frisch gestylten Haare, die halb offene Bluse, das Zahnpastawerbung-Lächeln – alles an ihr schrie nach Reporterin.

»Herr Rhode, wie geht es Ihrer Tochter?«, fragte sie mit betont unschuldiger Miene.

In der ersten Reihe, direkt vor meinem Pult, schnellte Toffi hoch, als wäre die Frage ein posthypnotischer Befehl, der ihn aus dem Tiefschlaf gerissen hatte. Tatsächlich hatte er bislang nur regungslos auf seine Flip-Flops gestarrt. Jetzt war auf einmal Leben in seinen 90-Kilo-Körper geraten.

»Keine privaten Fragen«, schrie er, als wäre er nicht nur mein Freund und Anwalt, sondern neuerdings auch mein Presseagent.

Ich gab ihm ein beschwichtigendes Handzeichen. Solange wir es verhindern konnten, dass ein Bild von Jola in den Medien auftauchte, war es vielleicht sogar ganz gut, wenn wir ein öffentliches Statement abgaben, damit nicht irgendwann ein Paparazzo auf dem Schulweg auf der Lauer lag.

»Danke der Nachfrage, es geht ihr gut«, antwortete ich der Frau. Toffi griff sich an den Kopf und sah mich an, als ob ich gerade mein gesamtes Vermögen der Wohlfahrt gespendet hätte.

»Sobald der Gips ab ist, wird sie auch wieder in die Schule gehen.«

In Wahrheit trug Jola keinen Gips, sondern einen elastischen Verband, hatte aber schon seit letzter Woche keine Lust mehr auf ihre Krücken.

»Es war die sprichwörtliche Rettung in letzter Sekunde«, ergänzte ich noch, wieder an alle gewandt. »Dabei hat ihr auch die Kälte auf der Insel geholfen. Im Moor, dicht unter der Oberfläche schon, herrschen selbst bei warmen Außentemperaturen oft nicht mehr als acht Grad Celsius. Meine Tochter war so etwas wie schockgefrostet, kann man sagen. Dadurch waren ihre Vitalfunktionen herabgesetzt, was ihr womöglich das Leben rettete.«

Zumindest war es das, was mir die Leute, die den Rettungshubschrauber flogen, gesagt hatten.

»Und war das bei Ihrem Bruder genauso?«

Mein Blick schnellte nach rechts. Eine andere Frau war aufgestanden. Ebenfalls eine Reporterin. Sie hielt ein Mikro in der Hand. Neben ihr eine Kamera mit dem Logo eines reißerischen

Internet-Boulevard-Magazins. Ich konnte förmlich sehen, wie ihr Bild den Schweiß einfing, der mir plötzlich die Schläfe hinablief.

»Ich sagte doch, keine weiteren Fragen«, rief Toffi und machte mit seinen Händen ein Time-out-Zeichen in meine Richtung.

»Hat er deshalb die Schusswunde überlebt?«, setzte die Reporterin nach. »Haben Sie überhaupt noch Kontakt zu ihm?«

Ich öffnete den Mund, um ihr zu antworten, doch Toffi war schneller. Mit einem Sprung zu mir nach oben gehechtet, griff er nach dem Schwanenhalsmikrophon, zog es zu sich und brüllte hinein: »Alles klar, das war's für heute. Hopp, hopp, hopp, Essen ist fertig, alle schön nach Hause zu Mami. Und wen's interessiert: Dem Wildschwein geht's auch wieder gut.«

Was gelogen war.

Tatsächlich hatten die Tierärzte und Jäger es nicht mehr gefunden. Mein Lebensretter war verschwunden.

So wie Cosmo auch.

71. Kapitel

»Wohin fahren wir?«

»Wenn ich es dir sage, steigst du sofort wieder aus.«

Der Mercedes von Toffi glitt wie auf Schienen über die frisch verschneite Straße, die wir hier in Zehlendorf fast für uns alleine hatten. Die meisten, die in diesem vornehmen Bezirk wohnten, hatten zwar einen geländefähigen SUV-Panzer vor ihren Garagen stehen, doch beim ersten Schneefall trauten sie sich damit nicht mehr auf die Straße.

»Ein Er oder eine Sie?«, fragte ich und massierte mir den Nacken. In letzter Zeit war die Migräne schlimmer geworden, was auch daran lag, dass ich einfach zu wenig Wasser trank. Das hatte ich früher auch getan, aber früher war ich auch nicht im Auftrag einer verbrecherischen Organisation beinahe verbrannt worden.

»Ein Er. Du kennst ihn.«

Gut. Dann konnte es sich zumindest nicht um eines dieser Blind Dates handeln, zu denen mich Toffi in letzter Zeit immer wieder überreden wollte. Ständig redete er auf mich ein:

»Du bist Single und berühmt. Das ist deine Zeit, Junge. Nutze die Karten, die das Leben dir austeilt!«

Tatsächlich war ich eher ein armes Würstchen, das mit sehr viel Glück den Hals aus der Schlinge gezogen hatte und jetzt vor den Trümmern seines Privatlebens stand. Kim war nun schon seit sechs Wochen ausgezogen, allerdings nicht zu ihrem studentischen Toy Boy, deren On-Off-Beziehung angeblich gerade mal wieder auf Eis lag. Ich lief noch täglich Gefahr, Dennis im Hausflur oder an den Mülleimern zu begegnen, aber nur noch so lange, bis ich für mich und Jola ein bezahlbares Appartement in der Nähe ihrer Schule gefunden hatte, was bei meinem Einkommen ungefähr so aussichtsreich war, wie in Berlin auf einen Bürgersteig ohne Hundekacke zu stoßen. Die einzig tröstliche Nachricht – abgesehen von der Tatsache, dass wir alle überlebt hatten – war, dass das Jugendamt den Antrag auf Rückführung von Jola zurückgezogen hatte, nachdem wir beweisen konnten, dass Harald Oschatzky für sein Gutachten bestochen worden war. So wie Melanie Pfeiffers angeblicher Lottogewinn, mit der man sich ihre Mittäterschaft erkauft hatte, aus der Portokasse des Joshua-Projekts stammte, hatte man auch den überschuldeten Psychiater mit Geld geschmiert, das ihm die Krebsbehandlung in seinen eigenen vier Wänden ermöglichte.

Und da schließlich auch die Sache mit den K. o.-Tropfen geklärt war, erwog niemand mehr, mir die Pflegschaft zu entziehen, nur weil mir die Frau weggelaufen war. Lediglich für eine Adoption wünschte man sich dann doch etwas geordnetere Familienverhältnisse.

»Okay, ein letztes Mal. Wie heißt der Typ, zu dem du mich gerade kutschierst?«

Wir bogen aus einer Seitenstraße seitlich vom Botanischen Garten und fuhren Unter den Eichen Richtung Stadtautobahn.

»Ätms«, murmelte Toffi. Solche Spielchen spielte er gerne, auch im Gerichtssaal, wenn er beim Gespräch mit der Staatsanwaltschaft ein »Hurensohn« in einem vorgetäuschten »Haaatschi« versteckte.

»Lass die Kindereien!«, sagte ich. »Sprich deutlich!«

»Ätmars.«

»EDWARDS?«, rief ich aus.

Mein Kopf schnellte zur Seite.

»Ja, sag ich doch. Nun krieg mal deinen Puls wieder ein.«

Toffi gab mir einen Klaps aufs Knie.

»Du schleppst mich zu dem Mann, der Jola töten wollte?«, fragte ich entgeistert.

»Und dich sowie die Paketbotin und Cosmo, ganz genau.«

Hinter uns stieg ein Smart in die Bremse, weil Toffi ohne zu blinken die Spur gewechselt hatte. Mein Anwalt quittierte das Gehupe hinter uns mit einem ausgestreckten Mittelfinger.

»Sie werden ihn laufen lassen.«

»Edwards?« Ich konnte nicht glauben, was er gerade gesagt hatte.

»Nicht einfach so, natürlich.« Toffi öffnete die Mittelkonsole und fingerte einen Kaugummi aus einer Plastikdose. Mir bot er keinen an.

»Er ist Australier. Gab ein langes Hickhack hinter den Kulissen. Jetzt wird er ausgeliefert. Heute Abend geht die Maschine. Aber ich kann mir nicht vorstellen, dass sie jemals in Sydney ankommt.«

»Du meinst …?«

»Ich meine, dass wir in einer Welt leben, in der Flugzeuge für immer im Ozean verschwinden – und das auf Nimmerwiedersehen. Da ist alles möglich, oder?«

Toffi schmatzte beim Sprechen, und normalerweise hätte ich ihn gezwungen, den Kaugummi wieder aus dem Fenster zu spucken, doch momentan hatte ich andere Sorgen.

»Sitzt der noch in Moabit ein?«

»Nein. Er ist in einem sicheren Haus. Von einem halben Dutzend Männer bewacht, im Vergleich zu denen schaut die GSG 9 wie ein studentischer Debattierklub aus.«

Toffi steuerte seine Limousine nach links Richtung Schlossstraße. Von weitem konnte ich den roten Klinkerbau des Rathauses Steglitz sehen.

»Edwards hat mich kontaktiert, vor drei Wochen schon. Wollte, dass ich ihm helfe. Aber ich habe abgelehnt.«

»Oh, danke. Muss dir schwergefallen sein.«

»Nur ein wenig.« Toffi lächelte sein »Nur ein Scherz«-

Lächeln. »Aber der listige Hund wollte mich ködern. Wollte mich mit einer Information über dich dazu bewegen, meine Freundschaft und mein Mandat auf Eis zu legen.«

»Was hat er gesagt?«

Toffis Lächeln verschwand. »Ich denke, das solltest du dir besser selbst anhören.«

»Nein danke, kein Interesse. Den Kerl will ich nie wiedersehen.«

»Aber Cosmo, oder?«

Ich sah ihn fragend an. »Wie meinst du das?«

»Edwards behauptet, er weiß, was dein Bruder gerade macht.«

Toffi scherte scharf rechts ein, und die automatisch anspringenden Scheinwerfer leuchteten eine Parkhauszufahrt aus, die eigentlich gar nicht mehr in Betrieb sein durfte, denn sie gehörte zum Bürokomplex des Steglitzer Kreisels. Ein seit Jahren wegen Asbestverseuchung leerstehendes Hochhaus im Herzen der Stadt.

Wenig später befand ich mich im 23. Stock dieses Abriss-Wolkenkratzers und saß Auge in Auge einem Mann gegenüber, der, wenn er die Wahl zwischen seiner Freiheit und meinem Tod gehabt hätte, sich für Letzteres entschieden hätte. Das konnte ich in seinen Augen lesen.

Jeder konnte das.

72. Kapitel

Das Treffen musste von langer Hand arrangiert worden sein. Mein Name stand auf mehreren Listen, die zuerst von einem schwarz maskierten Polizisten ohne Rang- und Namenszeichen am Fahrstuhl unten im Parkhaus kontrolliert wurden, ein zweites Mal, als ich den Lift wieder verlassen wollte, und dann noch einmal, direkt vor dem Eingang zu der entkernten Etage, ebenfalls von einem paramilitärisch aussehenden Hünen, dessen Hüftgürtel die vielen Gegenstände kaum halten konnte, die an ihm hingen: Pistole, Handschellen, Schlagstock, Reizgas, Messer.

Toffi war unten im Wagen geblieben, und auch sonst hatte anscheinend niemand Lust, mir bei meiner Begegnung mit dem Entführer meiner Tochter Gesellschaft zu leisten.

An dem Metalltisch, an den sie Edwards mit einer Hand und einem Fuß gekettet hatten, hätte gut die Mannschaft der Hertha Platz nehmen können, doch wir waren die Einzigen, die einander gegenübersaßen.

Er mit nordöstlicher Blickrichtung nach Tempelhof. Ich konnte hinter ihm durch die über die Jahre stumpf gewordenen Fassadenfenster den Südwesten Berlins erforschen und fragte mich, ob das Arrangement zufällig gewählt war oder ich mit Absicht in Richtung Wannsee und Moorwall schauen sollte.

»Na, wie fühlen Sie sich jetzt?«, fragte Edwards. Da ich ihn beim Betreten der Etage nicht gegrüßt hatte, waren es die ersten Worte, die gesprochen wurden. Er redete deutsch mit australischem Akzent. Seine Stimme hatte ein metallisches Echo, kein Wunder angesichts unserer Umgebung. Es gab keine Möbel, keinen Fußbodenbelag, nur den kargen Estrich und nackte

Wände. Über unseren Köpfen waren Dutzende Kabelschächte geöffnet, Deckenplatten einfach rausgerissen. Eine Glühbirne baumelte an einem dicken Stromkabel und spendete ein kaltes Industrielicht.

»Sind Sie stolz auf sich?«

Edwards kniff beim Sprechen in unregelmäßigen Abständen die Augen zusammen. Ein unkontrollierter Tick, den ich mir mit seiner Kopfverletzung erklärte. Es hieß, die Ärzte hatten ihn in ein künstliches Koma versetzen müssen, um die Hirnschwellungen in den Griff zu bekommen. Frida hatte mit ihrem Stuhl ganze Arbeit geleistet.

»Ich bin nicht gekommen, um Smalltalk zu halten«, entgegnete ich ihm und hoffte, mein Lächeln würde selbstsicherer wirken, als meine Stimme klang.

»Sie behaupten zu wissen, wo mein Bruder ist?«

Edwards schüttelte kaum merklich den Kopf. Die Bewegung schien ihm Schmerzen zu bereiten.

»Ich habe Ihrem Anwalt gesagt, ich weiß, was Cosmo gerade *macht*, nicht, wo er *steckt*. Das ist ein gewaltiger Unterschied.«

Ich rollte mit den Augen.

»Schön, dann sagen Sie mir jetzt, was er *macht*, und dann war's das hier.«

Er hob mahnend den Zeigefinger. »Nicht, bevor Sie meine Frage beantwortet haben.«

»Ob ich stolz bin?«

Ich dachte kurz darüber nach. Hatte ich etwas bewirkt? Ja. Waren Köpfe gerollt? Jein. Offiziell hatte es das geheime Madeira-Treffen der Innenminister der sieben wichtigsten Industrienationen, auf der mein Name ausgewählt worden war, nie gegeben, selbst wenn die Satellitenbildauswertung unabhängiger Nichtregierungsorganisationen die Zusammenkunft eindeutig belegen konnte. Man einigte sich im politischen Sprachgebrauch darauf, dass es bei diesem informellen Treffen nur um den Austausch bilateraler Erfahrungswerte im Kampf gegen den Terrorismus gegangen sei. Nicht um den Ankauf eines illegalen Programms zur Verbrechensvorhersage. Inoffiziell wusste natürlich jeder, was der wahre Zweck gewesen war. Aber das Programm war nicht gekauft worden, und das war die Hauptsache, also sagte ich zu Edwards: »Joshua ist gestoppt. Sie sitzen in Haft. Ihre Handlanger sind tot, liegen wie Oschatzky im Sterben oder befinden sich wie Melanie Pfeiffer auf der Flucht und werden sicher bald gefasst werden. Stolz ist das falsche Wort. Genugtuung trifft es besser.«

»Genugtuung«, wiederholte Edwards mit einem Gesichtsausdruck, als hätte er gerade eine neue Vokabel gelernt, die er sich unbedingt merken wollte. Mit einer unbewussten Bewegung tastete er nach der Stelle über seiner Schläfe, wo die Haare auf der OP-Narbe nicht wieder nachwachsen wollten.

»Ich habe Sie eben nicht nach Ihrem Stolz gefragt, weil Sie mein Unternehmen und damit mein Lebenswerk zerstört haben.«

»Sondern?«

»Weil Sie mit einem Verbrechen davongekommen sind.«

Er unterbrach sich, dann fügte er hinzu: »Vorerst davongekommen.«

»Bitte?« Ich lachte.

Edwards hingegen verzog keine Miene. Mit eindringlich wachen Augen fixierte er mich und fragte: »Wann planen Sie, es zu tun?«

»Was zu tun?«

»Ihre Tochter. Wann wollen Sie Jola das erste Mal vergewaltigen?«

73. Kapitel

Cosmo krümmte sich. Er lag seitwärts in dem mit einem schweren Vorhang verhangenen Zimmer, die Beine bis unter das Kinn gezogen, wie ein Embryo im Mutterleib.

Die Schmerzen, die ihn von innen auffraßen, brachten ihn noch um den Verstand, aber das konnte niemand wissen. Sollte niemand wissen.

Er hatte sie alle angelogen.

Die Ärzte, die Schwestern, Max. Hatte ihnen erzählt, dass die Wunde entgegen allen Prognosen kaum noch wehtat. Und alle hatten sich über das zweite Wunder in Folge gefreut.

Das erste war schon so unglaublich gewesen, dass die Presse sein Krankenbett belagert hatte.

Mann überlebt Bauchschuss im Moor!

Die Schlagzeile hatte es sogar auf Seite eins der größten Berliner Tageszeitung gebracht. Noch vor den Berichten über die Joshua-Verschwörung, wie sie den Angriff auf Jola, Frida, Max und auf die Freiheit eines jeden Einzelnen genannt hatten. Musste eine ziemlich dünne Nachrichtenwoche gewesen sein.

Als die Medien dann dahinterstiegen, wer er war – ein verurteilter Pädophiler! –, war die Berichterstattung schlagartig verstummt.

Selbst seine Flucht aus dem Virchow-Klinikum hatte es kaum mehr in den Lokalteil gebracht. Eigentlich hätte er in die Sicherungsverwahrung nach Brandenburg zurückkehren sollen, aber er hatte die Schnauze voll von Gestalttherapie, Seelenstriptease und Spritzen.

Die halfen ihm so wenig wie die Klinikpackung Ibuprofen. Die Achthunderter, von denen man maximal drei am Tag schlucken durfte und von denen er sich gerade erst wieder eine Handvoll in den Mund geschoben hatte.

Es rumorte in seinem Bauch, ein Gefühl, als ob er dringend auf die Toilette müsste, aber er wusste: Würde er jetzt aufstehen und sich in der möblierten Altbauwohnung über den Flur in dieses eklig weiß gekachelte Badezimmer schleppen, bei dem er immer das Gefühl hatte, er würde in einem Schlachthaus hocken, wenn er auf der Brille saß, würde nichts aus seinem ruinierten Körper herauskommen. Er litt seit Tagen unter Verstopfung.

Trotzdem stand er auf. Schob sich langsam von dem nach Dönerzwiebeln und Pizza stinkenden Sofa (die Studenten, die es ihm auf Zeit vermietet hatten und gerade ein Semester in Südafrika verbrachten, waren anscheinend Fastfoodfans) und presste mit aller Gewalt die Handballen gegen beide Schläfen. Er hatte herausgefunden, dass der Gegendruck wirkte. Wie bei einer Akupressur. Vielleicht lag da irgend so ein Punkt, keine Ahnung. Der Schmerz im Kopf lockerte den Krampf im Magen. Ein wenig zumindest. So viel, dass er aufstehen konnte, um die Vorbereitungen zu treffen.

»Scheiße, Max, hättest du mich nicht einfach liegen lassen können?«, dachte er auf seinem Weg zum Fenster.

Nur noch eine Minute länger im Moor, *eine verdammte Minute*, und der Blutverlust wäre zu heftig gewesen. Aber Max, dieser verdammte »Held«, hatte ihn wieder aus dem Schlamm ins Leben zurückgezogen. Er hasste ihn dafür, so wie er die Rettungsärzte und Chirurgen hasste, die ihn erst wiederbelebt und später operiert hatten.

Seine Füße patschten barfuß auf den Dielen vor dem großen Doppelglasfenster zur Straße.

Er nahm den Vorhang zur Seite. Nackt, wie er sich früher immer am wohlsten gefühlt hatte, stand er vor der Scheibe und griff sich das kleine mausgraue Fernglas, das er auf die Heizkörperverkleidung gelegt hatte.

»Da bist du ja«, flüsterte er, und der Schmerz in seinem Magen löste sich noch ein kleines bisschen mehr.

Mit einem unbewussten Lächeln beobachtete er das kleine Mädchen auf der gegenüberliegenden Seite.

Schloss die Augen.

Öffnete sie wieder und blinzelte die Tränen weg. Stellte das Fernglas wieder scharf, um der Kleinen dabei zuzusehen, wie sie im Wohnzimmer nach der Fernbedienung griff, ohne sich dabei groß zu bewegen, damit sie die Katze nicht von ihrem Schoß schubste.

»Jola«, flüsterte Cosmo. »Meine liebe kleine Jola.«

Er spürte, wie er eine Erektion bekam.

74. Kapitel

Ich lachte und entspannte mich ein wenig dabei. Edwards'
Anschuldigungen waren so absurd, dass ich ernsthaft davon ausging, er habe den Verstand verloren.

»Sie können die Leier so oft wiederholen, wie Sie wollen. Ich
weiß nicht, was für ein Zeug Sie und Vigo früher geraucht haben, aber ich bin genauso wenig ein pädophiler Verbrecher, wie
Sie nächstes Jahr für den Friedensnobelpreis vorgeschlagen werden.«

Edwards fuhr damit fort, was er anscheinend am besten
konnte. Er schüttelte stur den Kopf und versuchte mich mit seinen Blicken zu hypnotisieren. »Joshua irrt sich nicht.«

»Das sagten Sie bereits. Wussten Sie, dass es ein Kennzeichen
des Wahnsinns ist, Dinge immer und immer zu wiederholen, in
der Hoffnung, ein anderes Ergebnis zu erhalten?«

»Mein Programm irrt sich nicht«, beharrte er. »Es sind die
Menschen, die die Fehler machen. Trottel wie wir, die dachten,
wir könnten Ihnen einfach ein Verbrechen anhängen und damit
durchkommen. Aber Joshua? Nein.«

»Tja, ich will ja Ihren Glauben nicht in den Grundfesten er-
schüttern, aber bei mir lag der Rechner leider falsch.«

»Blödsinn. Goldrichtig lag er. Sie haben doch Ihre Tochter
entführt, oder nicht?«

Ich blinzelte irritiert. »Meinen Sie meine Flucht vor dem
Jugendamt, das Sie manipuliert und gegen uns aufgehetzt haben?«

»Ganz genau. Joshua hatte Ihr Persönlichkeitsprofil genau erkannt. Ihr Helfersyndrom, gekoppelt mit einem unkontrollierbaren und leicht zu reizenden Hitzkopf.«

»Das hätte doch jeder Vater gemacht«, sagte ich. Noch während ich mich sprechen hörte, dachte ich über die Aussage bereits nach, weswegen mein nachgeschobener Satz *»Jeder Vater hätte versucht zu verhindern, dass sein Kind seine Familie verliert und in die Hände von Junkies kommt«* etwas lahm daherkam.

»Das ist Quatsch, und das wissen Sie«, sagte Edwards. Man konnte ihm ansehen, dass er aufgesprungen wäre, wenn ihn die Fesseln nicht daran hindern würden.

»Jeder *normale* Vater hätte die Polizei verständigt und zu Hause auf seinen Anwalt gewartet. Sie haben Hals über Kopf die Flucht nach vorn angetreten. Und Jola gekidnappt. So wie Joshua es vorhersah.«

Ich zeigte ihm einen Vogel. »Gut, ich handele vielleicht manchmal etwas impulsiv. Aber das heißt doch nicht, dass ich meiner Tochter etwas antun würde.«

Zu meinem Erstaunen sah ich ihn lächeln, beinahe liebevoll. Wie ein Vater, der seinen Sohn in die Arme nehmen will, weil er etwas Dummes, aber Liebenswürdiges gesagt hatte.

»Kann es sein, dass Sie es verdrängt haben?«, fragte er.

In meinem Magen öffnete sich eine Faust und zog sich sofort wieder zusammen.

»Ob Sie es glauben oder nicht, aber Joshua ist so gut, es kennt die meisten Menschen besser als die sich selbst.«

Ich nickte. Diese Worte hatte ich sinngemäß schon einmal gehört. Sie waren aus dem Mund eines Mannes gekommen, der jetzt tot war. Theodor Braunschweig. Anthropologe und Programmierer von Joshua. Verbrannt wie Vigo. Geopfert für ein übergeordnetes Ziel.

»Kommen wir bitte zu meinem Bruder.«

Edwards zwinkerte heftig mit den Augen. »Ja, kommen wir

zu Cosmo. Die Auswertung seiner öffentlich zugänglichen Profile ergibt eindeutig, dass er wieder rückfällig wird.«

»Er ist in Therapie«, widersprach ich lahm. In Wahrheit war er seit kurzem von der Bildfläche verschwunden. War aus dem Krankenhausfenster geklettert und aus dem Virchow getürmt, bevor er in die geschlossene Anstalt nach Brandenburg zurückgebracht werden konnte.

»Ich bezweifle die Wirksamkeit einer Therapie bei ihm«, sagte Edwards. »Joshua hat errechnet, dass er sie abbrechen wird, um sich wieder an einem Kind zu vergehen. Die Zeichen sind eindeutig. So wie bei Ihnen.«

»Zeichen?« Ich lachte künstlich auf. »Was denn für Zeichen?«

Edwards sah für einen Moment durch mich hindurch.

»Sie haben ein großes Interesse für Rechtswissenschaften?«, fragte er.

Ich hob die Schultern. »Nicht mehr, als es für meine Bücher notwendig ist.«

»Sie treiben sich gerne in Erotikchats herum!«

»Das ist gelogen«, protestierte ich.

»Natürlich leugnen Sie es, und vielleicht glauben Sie Ihre eigenen Lügen sogar, so krank, wie Sie sind.«

»Krank?« Ich sah über Edwards' Kopf hinweg durch die Scheiben des Hochhauses. Der Schneefall war sehr viel dichter geworden. Hier oben hatte man jetzt das Gefühl, mitten in einer Wolkendecke zu stehen, die sich über die Lichter der Großstadt legte.

»Waren Sie ein Bettnässer?«, wollte Edwards allen Ernstes wissen.

»Wer nicht?«

»Haben Sie Tiere gequält?«

Ich schloss die Augen. Hörte das Wort »verdrängt« als Echo in meinem Kopf umherirren. Sah meinen Vater, wie er Cosmo zwang, eine Katze zu töten, um ihm damit eine »Lektion« zu erteilen, dass man nicht einfach Geld aus der Marmeladenbüchse stehlen durfte.

»Gezündelt?«, setzte Edwards seine Inquisition fort.

Meine Knie wurden wackelig. Zitterten. Schlugen unter dem Tisch gegeneinander.

Gezündelt?

Die Frage hatte eine weitere Erinnerung getriggert. *Das Streichholz in meiner Hand. Cosmo gefesselt vor mir. Mein Vater, der mich anschrie: »Tu es!«*

Rote Hektikflecken zeigten sich an Edwards' Hals, dafür hatte das Augenkneifen aufgehört.

»Joshua ist Ihnen näher als Sie sich selbst. Es hat Zugang zu Ihrer Wohnung, zu Ihrem Arbeitszimmer, zu Ihrem Gehirn.«

»Nein«, brüllte ich Edwards an und schlug mit den flachen Händen auf den Metalltisch. Er schien sich über die Heftigkeit meines Ausbruchs zu amüsieren.

»Und wieso haben Sie sich im Internet so intensiv nach einem gebrauchten Wagen mit großem Kofferraum umgeschaut? Wollen Sie damit Ihr Opfer transportieren?«

»NEEEEEIN!«, schrie ich schon wieder und stand auf.

Und in dieser Bewegung, noch mitten im Schrei, hatte ich auf einmal eine Eingebung.

Der Auslöser war mir in diesem Moment weniger klar als die damit verbundene Erkenntnis. Heute meine ich, es war das Wort »Kofferraum«, das bei mir einen Geistesblitz auslöste, so hell wie die Fackel, mit der mich Edwards und Vigo hatten in Brand setzen wollen. Das mich daran erinnerte, wer außer Joshua noch Zugang zu meinen Gedanken haben konnte.

Gottverdammt, nein!

Ich schlug die Hände über dem Kopf zusammen, dann drehte ich mich zur Tür, rannte zum Ausgang und begann wie ein Irrer auf das Aluminiumblatt zu hämmern.

»Raus!«, schrie ich. »Ich muss hier raus!«

Und mein Handy wiederbekommen, das man mir unten am Fahrstuhl abgenommen hatte.

In der Hoffnung, dass es noch nicht zu spät war.

Dass ich Jola ein zweites Mal retten konnte.

75. Kapitel

Er hatte versucht, sich abzulenken. Mit den abgegriffenen Heften, die er mitgenommen hatte, hierher in die möblierte Wohnung, direkt gegenüber von seinem Bruder.

Magazine, deren Besitz strafbar war und die es in Deutschland nicht einmal unter dem Ladentisch gab.

Aber keines der in den Schmuddelheften abgelichteten Mädchen war so schön wie sie. Keines reizte ihn so wie Jola. Cosmo nahm das Fernglas vom Gesicht. Die Okulare hatten einen ringförmigen Abdruck rund um die Augen hinterlassen.

Er stand im Dunkeln vor dem Fenster. Nackt und schwitzend.

Licht wagte er nicht zu machen, auch wenn er nicht glaubte, dass Jola ihn aus der Distanz von der Wohnung gegenüber erkennen würde. Selbst wenn sie zufällig nach oben blickte, über die Straße hinweg, würde sie in ihm nur einen weiteren Rentner vermuten, der das Treiben auf der Koenigsallee vom Fenster aus beobachtete.

Viel war da allerdings nicht zu sehen.

Der erste Schnee des Jahres brach das Licht der mattgelben Straßenlaternen. Jola, ohne Vergrößerung aus der Entfernung auf Puppengröße geschrumpft, sah durch den Flockenwirbel aus wie mit einem Weichzeichner gemalt. Sie lag noch immer auf dem Sofa. Unschuldig und unberührt.

Cosmo seufzte vor ungestilltem Verlangen.

Schön, klug und stark war sie. Mann, war sie stark.

Wie sie die Entführung überstanden hatte und so schnell wieder auf den Beinen war.

Auf dem einen Bein, korrigierte er sich.

Nein, sie war kein Kind mehr, eine Erwachsene schon. Wie sonst hätte sie die Torturen überleben sollen?

Cosmo fühlte das Blut in seinen Lenden pulsieren, spürte das fast schmerzhafte Ziehen in der Leistengegend wie immer, wenn er diese schrecklichen Gedanken hatte, und beschloss, dass es heute sein sollte. Er konnte nicht mehr länger warten. Er konnte so nicht weiterleben. Er MUSSTE es tun.

Ein letztes Mal gönnte er sich einen Blick durch das Fernglas; ein letztes Mal, bevor er seine Sehnsucht stillen würde. Er sah, wie Jola den Kater auf ihrem Schoß streichelte und dabei über irgendetwas lachte. Dieses wunderhübsche, erregende Kinderlachen.

Er zoomte so dicht an ihr Gesicht heran, dass er direkt bei ihr im Wohnzimmer saß und beinahe das Klingeln des Handys zu hören glaubte, das sie sich jetzt an ihr Ohr hielt, um den ankommenden Anruf entgegenzunehmen.

76. Kapitel

»Papa?«

Sie griff nach der Fernbedienung und machte die Musik des iPods leiser, die sie über das Soundsystem des Fernsehers hörte.

»Sag jetzt nicht, du hast schon wieder vergessen, was ich wollte.«

Salami mit Zwiebeln, aber ohne Peperoni. Sie hatten ausgemacht, dass er nach seinem Vortrag bei Donello vorbeifuhr und Pizza zum Abendessen mitbrachte.

»Wo bist du?«

Verdammt.

Ihr Herz wurde schwer. Papa war verärgert. Zu Recht. Er und Mama hatten nie offen darüber geredet, aber sie wusste natürlich, dass es auch an Dennis lag, dass die beiden sich getrennt hatten. Und genau darüber wollten sie reden. Zumindest hatte Dennis das gesagt, als er sie bat, kurz auf eine Tasse Schokolade zu bleiben; dass er ihr erklären wollte, wie es zu all dem Emotionschaos hatte kommen können. Und erst war sie ja auch neugierig gewesen, zumal Dennis meinte, er könne das alles vielleicht wieder geradebiegen, doch jetzt kam es ihr wie ein Verrat an ihrem Vater vor, dass sie eingewilligt hatte …

»Wo?«

Einen Moment lang überlegte Jola, ihn mit einer Notlüge abzuspeisen, doch sie hatte ihren Vater noch nie angeschwindelt.

»Bei Dennis, sei mir nicht böse, Papa. Mr. Tripps ist wieder abgehauen, und dann …«

»Ich bin nicht böse. Du musst mir jetzt gut zuhören!«

Ihr Vater hatte die Stimme gesenkt, zischte fast.

»Wieso denn, was ist …«

»Sag kein Wort! Du bist in Gefahr.«

Ihr wurde kalt. Sie bekam Gänsehaut am gesamten Körper. Zitterte. Die wenigen Worte ihres Vaters hatten gereicht, um sie wieder das fühlen zu lassen, was sie auf der Insel gefühlt hatte: Todesangst.

Ohne eine weitere Frage zu stellen, setzte sie den Kater auf das Parkett, griff nach der Krücke, die an das Sofa gelehnt war, und stand auf. Sie wusste, nach allem, was sie durchgemacht hatte, würde Papa am Telefon nicht solche Scherze machen.

»Geh sofort nach oben«, hörte sie ihn sagen. Im Hintergrund rauschte es gewaltig. Verkehrslärm, er war also auf dem Weg.

»Geh in unsere Wohnung, Süße. Schließ ab. Lass keinen …«

Jola humpelte in den Flur.

»Was ist denn los?«, wollte sie am liebsten brüllen, doch sie hielt sich zurück.

Jemand anderes stellte die Frage an ihrer Stelle.

»Was ist denn los?« Sie drehte sich zur Seite. Dennis stand im Flur. Sein Blick hatte sich verändert. Und in seinen Händen waren auch nicht die zwei Tassen Schokolade, die er aus der Küche hatte holen wollen.

»War das Dennis?«, fragte Papa. Unüberhörbar panisch.

»Ja.«

»Lauf!«, schrie ihr Vater. »Lauf!«

Und Jola gehorchte sofort. Es waren ja nur noch zwei Schritte bis zur Tür. Und der Schlüssel baumelte im Schloss.

Doch mit einem Bein im Verband sind zwei Schritte eine große Hürde. Jola kam nicht weit.

Dennis hatte sie erreicht, bevor sie die Tür aufreißen konnte. Und ihr das süßlich riechende Tuch, mit dem er aus der Küche gekommen war, von hinten mit aller Gewalt auf den Mund gepresst.

77. Kapitel

Max

Eins musste man Toffi lassen. Er wusste, wann es Zeit war, mit den dummen Sprüchen aufzuhören und zu handeln. Ohne ein einziges »Wie?«, »Was?« oder »Warum?« lotste er mich an Edwards Wachen vorbei zum Auto und überließ mir das Steuer, indem er sich in seinem eigenen Wagen auf den Beifahrersitz setzte.

Und jetzt, nachdem wir endlich das Funkloch im Parkhaus unter dem Kreisel verlassen hatten und am Rathaus vorbei mit mindestens hundert Sachen durch eine Dreißiger-Zone die Grunewaldstraße hinaufjagten, hatte er auch keinen Grund mehr, meine Panik in Frage zu stellen. Mein Telefon hatte sich automatisch in seine Freisprechanlage eingeloggt. Er hatte mitgehört: Jolas Schreie. Ihr erstickter Hilferuf. Das Stöhnen. Das Rumpeln. Ein Geräusch, als ob eine Tür ins Schloss fiele. Dann nichts mehr. Die Leitung … Tot.

»Nein, nein, nein, nein!« Mein Herz schlug im Doppeltakt, das Blut rauschte in meinen Ohren lauter als der Verkehr auf der Avus.

Mit einem zweiten Anruf hatte ich die Polizei informiert, aber so schnell, wie wir fuhren, war es unmöglich, dass sie vor uns eintrafen.

»Joshua ist Ihnen näher als Sie sich selbst. Es hat Zugang zu Ihrer Wohnung, zu Ihrem Arbeitszimmer …«

Edwards' Worte trafen nicht nur auf das Programm zu. Sondern auf einen Menschen aus Fleisch und Blut. Gut möglich, dass Kim sich mit Dennis auch in unserer Wohnung getroffen

371

hatte, zum Beispiel, wenn ich auf einer Lesung war und Jola bei einer Freundin übernachtete.

Hat er sich nach dem Sex in mein Arbeitszimmer geschlichen? Mit dem Schlüssel, den er Kim zuvor entwendete? Hat sie ihn vielleicht sogar selbst hineingeführt? Um die verbotene Beziehung an einem verbotenen Ort zu intensivieren?

Meine Gedanken schraubten sich in einer Abwärtsspirale in den Bodensatz meines Verstands.

Vielleicht hatte es aber auch schon genügt, sich ein Stockwerk tiefer in unser WLAN-Netz zu hacken, um meinen Computer zu kapern und mir die Identität zu stehlen?

Himmel, wie hatte ich so naiv sein können?

Deshalb also hatte das Joshua-Programm mich auserwählt. Nicht allein wegen meiner Suchanfragen als Thrillerautor, sondern weil mein Computer von Dennis kontrolliert worden war. Edwards und seine Leute hatten sich erst sehr viel später in meinen Rechner gehackt, um die Ausführung eines Verbrechens zu beschleunigen, dessen Spuren der Nachbar unter mir gelegt hatte.

»Und wieso haben Sie sich im Internet so intensiv nach einem gebrauchten Wagen mit großem Kofferraum umgeschaut?«

Dennis hatte einen Kombi. Seine ockerfarbene Dreckschleuder mit einem dämlichen Aufkleber, auf dem irgendetwas von Ungerechtigkeit stand, die gerechterweise jeden trifft. *Schwachsinn.* Wieso hatte ich nie darüber nachgedacht, wozu ein Jurastudent ein so großes Auto benötigt? In meiner verletzten Eitelkeit hatte ich mich immer nur gefragt, wieso ein so junger Kerl mit einer sechzehn Jahre älteren Frau zusammen sein will. Auch diese Antwort wusste ich jetzt. Es war ihm nie um Kim gegangen, sondern um die Nähe zu Jola.

Ich drosch mit der linken Hand auf das Lederlenkrad und gab weiter Gas. Laut Google Maps braucht man für die Strecke vom Rathaus Steglitz bis zu uns nach Hause glatte zwölf Minuten. Wir schafften es in sieben.

Ich fiel beinahe aus dem Wagen, der mit laufendem Motor weiterrollte, während ich in der Zufahrt ausstieg.

Von Dennis' Kombi war weit und breit nichts zu sehen. Dafür klaffte eine große Parklücke direkt vor unserem Haus. Dunkel glänzend im Licht der Straßenlaterne. Kaum eine Schneeflocke auf dem Asphalt.

Ich versuchte mir einzureden, dass das nichts zu bedeuten hatte, und rannte zum Haus.

Für den Vortrag hatte ich Lederschuhe angezogen, weswegen ich mich beinahe der Länge nach hingelegt hätte. Natürlich hatte niemand den Gehweg gestreut.

Dafür war der Eingang ordentlich verschlossen. Am frühen Nachmittag, was für ein Schwachsinn. Fieberhaft suchte ich nach dem richtigen Schlüssel am Bund, riss mir die Tür gegen die eigenen Füße, stolperte die Treppe hoch, bis in den dritten Stock. Stand vor Dennis' Wohnung. Klingelte, klopfte und trat gleichzeitig gegen die verschlossene Haustür. Dann warf ich mich mit der Schulter dagegen, aber das Ding war aus starkem Eichenholz und von innen mit einem Querriegelschloss gesichert. Keine Chance. Und dennoch gab ich nicht auf. Warf mich wieder dagegen. Völlig wahnsinnig.

»Was ist denn hier los?«

Ich drehte mich um, rieb mir die Schulter und sah in das verblüffte Gesicht von Frau Mertens, einer Rentnerin und Nachbarin von Dennis auf demselben Stockwerk. Sie hielt eine Leine in ihrer Hand. Der dazu passende Hund stand zwischen ihren stets geschwollenen Beinen.

»Sind denn heute alle wie von der Tarantel gestochen?«, fragte sie mich.

Alle?

»Was meinen Sie mit ›alle‹?«

Sie schüttelte verärgert den Kopf. »Sie sind jetzt schon der Zweite, der durch das Treppenhaus poltert.«

»Wer noch?« Ich ging auf sie zu. Mein Anblick konnte nicht sehr vertrauenerweckend gewesen sein, denn sie wich einen Schritt zurück, und der Cockerspaniel zu ihren Füßen begann zu knurren.

»Na, dieser Student, zu dem Sie wohl wollen. Schlug mit dem Teppich gegen meine Tür und weckte Lissy auf.« Sie zeigte auf ihren gähnenden Hund.

»Teppich?«, fragte ich.

»Ja. Wollte ihn zur Reinigung bringen.«

Vor meinem Auge sah ich Dennis mit einer Rolle über der Schulter. *Und in ihm eingewickelt meine ...*

»Was ist denn los? Wo wollen Sie hin?«, hörte ich Frau Mertens verwundert hinter mir herrufen.

Ich rannte nach draußen, die Einfahrt herunter, über den Bürgersteig auf die verlassene Straße, in der noch immer keine Polizei zu sehen war, und antwortete nicht. Weder der Rentnerin noch Toffi, der ausgestiegen war und mich fragend ansah.

Einfach, weil ich keine Ahnung hatte, was ich jetzt tun sollte.

Nicht die geringste.

78. Kapitel

Er vibrierte. Ja, ein gutes Wort. Besser ließ es sich nicht beschreiben, was in ihm vorging.

Dennis hatte das Gefühl, als wäre er ein einziger Resonanzkörper, den die jüngsten Ereignisse in Schwingungen versetzt hatten.

Positive wie negative. Das wollte er nicht leugnen. Denn *so* war es eigentlich nicht geplant gewesen. Nicht heute und nicht so überhastet. Er hatte noch abwarten wollen, zwei Wochen mindestens noch. Bis der Verband ab war, der ihn an Jola störte, weil er ein Makel war auf dem ansonsten so makellosen Wesen.

Wäre es allein um die Vorbereitung gegangen, hätte er schon längst zuschlagen können. Alles, was er über seine kleine Freundin wissen musste, hatte er von ihr selbst oder von Kim erfahren. Für das große Ziel hatte er die abartige Beziehung mit der Alten leider in Kauf nehmen müssen, die ihm in blindverliebter Zuneigung nicht nur die Katze, sondern auch die Tochter anvertrauen würde.

Seit Wochen bereitete er sich voller Vorfreude auf den Tag der Tage vor, und er war sich sicher, an alles gedacht zu haben: an die Vorräte (Ravioli, die würzige Sorte, die Jola so gerne aß), die bunte Bettwäsche und die Nadeln, die in seiner Phantasie eine sehr große Rolle spielten, fast so eine große Rolle wie das Teppichmesser, das in dem Karton unter dem Bett lag. Ihr Liebeszimmer war perfekt eingerichtet. Allein das Ausklappbett mit den Ösen zum Befestigen der Gewichte war eine Augenweide.

Wie alles andere hatte er auch sein Spielzeug über den

WLAN-Zugang von Max Rhode mit dessen gehacktem Computer gekauft: ganz simpel mit einer gestohlenen Kreditkarte bestellt und dann zu einem Friedrichshainer Jugendhostel liefern lassen, dessen Empfang gerne Post für seine täglich wechselnden Gäste entgegennahm.

Nachdem Kim ihm das WLAN-Passwort verraten hatte (damit er als armer Student kostenlos surfen konnte), war die feindliche Übernahme des Rechners ein Kinderspiel gewesen.

Besonders stolz aber war er über die Teppiche. Zwei identische Rollen. Nur weil er selbst daran gedacht hatte, flog ihm jetzt nicht alles um die Ohren. Nur deshalb war es ihm möglich, den Plan so schnell zu ändern.

Zwar hatte er noch immer ein schlechtes Gefühl, weil er nicht wusste, wie das hatte geschehen können. Wieso Max Verdacht geschöpft hatte. Aber Verdacht war nicht Beweis, und jetzt musste er eben improvisieren.

»Intensiv oder normal?«

Dennis, bis eben noch in Gedanken versunken, grüßte freundlich den grobschlächtigen Mann mit dem Kieferkotelettenbart und wuchtete den Teppich auf den Tresen der Reinigung. Den *zweiten* Teppich, der genauso aussah wie der, mit dem er Jola aus dem Haus geschafft hatte, und der die ganze letzte Woche über schon in seinem Kombi gelegen hatte.

Dennis konnte nicht anders, als zu lächeln. Am liebsten hätte er sich selbst für den genialen Einfall auf die Schulter geklopft. Die olle Mertens würde aussagen, er wäre mit einer roten Teppichrolle an ihr vorbei die Treppe hinuntergegangen, und sein Anwalt, wenn es überhaupt so weit kam, würde breit grinsend den Abholschein präsentieren. Ohne nachweisbare DNA-Spuren. Die verfingen sich gerade in dem anderen Stoff, in dem Jola immer noch bewusstlos und eingewickelt in seinem Kofferraum lag.

»Normal«, sagte Dennis, weil auch das unverfänglicher war. Würde jemand, der gerade einen Teppich zur Reinigung schleppte, mit dem er kurz zuvor ein Opfer transportiert hatte, sich gegen das Intensivprogramm entscheiden? Wohl kaum.

»Ist's Ihnen Montag in einer Woche recht?«, fragte der Mann.

»Klar«, antwortete Dennis gönnerhaft und bezahlte die Vorkasse.

»Na dann, eine schöne Restwoche«, bedankte sich der Mann für das großzügige Trinkgeld, das ihn mit Sicherheit an den Studenten erinnern würde. »Viel Spaß noch.«

»Den werde ich haben«, erwiderte Dennis grinsend beim Verlassen des Flachdachbaus der Einkaufspassagen am S-Bahnhof Grunewald.

Den werde ich haben.

79. Kapitel

Zwanzig Minuten später hatte er sein Ziel erreicht. Er hätte es in der Hälfte der Zeit geschafft, aber er war langsam und mehrere Umwege durch die Einbahnstraßensiedlung an der Heerstraße gefahren, um sicherzugehen, dass ihm niemand folgte.

Kein Fahrzeug, das ihm im Nacken saß. Niemand, der langsamer wurde, wenn er sich zurückfallen ließ, oder beschleunigte, wenn er aufs Gas trat.

Wie auch?

Niemand wusste, was für einen Ort er schon vor Wochen ausgewählt hatte. Ideal gelegen. Am Wald und dennoch nur einen Katzensprung von der Innenstadt entfernt. Abgeschieden, aber nicht auffällig. Tausende von Berlinern nutzten derartige Anlagen, die wenigsten natürlich im Winter, aber auch dann war es nicht unüblich, ein Auto davor parken zu sehen. Jemand musste ja schließlich nach dem Rechten sehen.

Dennis hatte die kleine Hütte mit dem Plastikvordach für ein ganzes Jahr gepachtet. Über ein Ferienhausportal im Internet, ohne jeglichen persönlichen Kontakt. Mit einer Barzahlung, eingetütet in einen ganz normalen Briefumschlag. Die beste Möglichkeit heutzutage, wenn man Geheimnisse bewahren wollte.

Heute, beim ersten Wintereinbruch, war niemand auf dem Gelände. Dennis konnte unbemerkt den Weg bis zum Carport nehmen, in den er rückwärts einparkte.

Die Zufahrtsstraße lag hundert Meter weit entfernt, sein Auto außerhalb jeder Sichtweite.

Er stellte den Motor ab, zog den Zündschlüssel und lauschte dem Knacken unter der Motorhaube. Sonst hörte er nichts. Kein Knirschen im Schnee, keine Reifen, die sich in den Weg der Zufahrt gruben. Kein Verfolger. Auch Jola lag noch stumm in ihren Teppich gehüllt auf der Ladefläche.

Als sein Atem von innen die Scheibe beschlug, stieg er aus.

Sog die kalte, klärende Luft ein und roch den ersten Schnee des Jahres. Die Sinneseindrücke belebten ihn.

Voller Vorfreude dachte er an die Videokamera, die neben dem Bett stand und die bald der dritte Mitspieler im Bunde sein würde. Zu schade, dass er die Aufnahmen nie jemandem würde zeigen können.

Er öffnete die Heckklappe. Vorsichtig rollte er die schlafende Jola aus dem Teppich. Er hatte lange überlegt, ob er das besser drinnen erledigen sollte, aber da war so wenig Platz, und so, wie er jetzt stand, in dem Carport von der Klappe verdeckt, konnte ihn kein Nachbar beobachten, falls es denn heute überhaupt einen Nachbarn gab.

Außerdem, wie sah das denn aus? Die Braut trug man doch nicht in einem Teppich über die Schwelle!

Er packte Jola unter Armen und Beinen und trug das federleichte Ding in die Laube. Sie war so warm und friedlich, dass er sie am liebsten gar nicht mehr aus den Händen gegeben hätte und sehr viel länger als notwendig mit ihr vor dem Bett stand.

Wie ein Vater, der seine vor dem Fernseher eingeschlafene Tochter in ihr Zimmer trägt.

»Du bist so schön!«, flüsterte er ihr ins Ohr und legte sie auf die Matratze, die er erst gestern mit einem nach Lavendel duftenden Spannbezug überzogen hatte. Jolas Lieblingsduft.

Dann entschied er, sich ein Appetithäppchen zu gestatten, ein Amuse-Gueule sozusagen. Er liebte den Klang dieses Wortes, *Amüsgöl*, weil es nach einem erotisch kulinarischen Geschmackserlebnis klang, und genau darauf war Dennis jetzt aus, als er sich zu Jola hinunterbeugte, mit beiden Händen die obersten Knöpfe ihrer Bluse löste und ihr einen Kuss gab.

»Du bist so schön!«, sagte er noch einmal, erregt und beinahe wie von Sinnen, und beugte sich wieder hinunter, diesmal bereit, seine Zunge zwischen ihre roten Lippen gleiten zu lassen.

»Und du so was von tot!«, hörte er eine Stimme hinter sich.

Dann hatte er das Gefühl, als ob ihm bei lebendigem Leibe die Haare vom Kopf gerissen würden.

80. Kapitel

Es gibt zwei Dinge, über die ich bis heute in meinem Leben nur sehr ungern spreche.

Bei dem einen handelt es sich um den Fakt, dass nicht ich es war, der Jola gerettet hat, auch nicht die Polizei, sondern ausgerechnet das Joshua-Programm.

Und das andere ist die Tatsache, dass ich Dennis ganz sicher getötet hätte, wenn meine Tochter es nicht verhindert hätte.

Ich, ein vehementer Gegner von Selbstjustiz und Todesstrafe, hätte immer und immer wieder auf die aufgeplatzte Visage dieses Perversen eingeprügelt, bis sein Gehirn durch den Raum gespritzt wäre.

Doch wie durch einen teuflischen Dornröschenkuss erweckt, hatte Jola die Augen aufgeschlagen, just in dem Moment, in dem der Dreckskerl sich ein zweites Mal zu ihr runterbeugte.

Bis zu diesem Zeitpunkt hatte ich etwa fünf Minuten lang in der Dunkelheit gehockt, hinter der angelehnten Tür des Plumpsklos. Hatte den Nachtsichtmodus meines nagelneuen Handys aktiviert, und zwar für den späteren Beweis, damit der Perverse nicht nur wegen Entführung, sondern wenigstens wegen versuchter Vergewaltigung drankam. Hin- und hergerissen zwischen der Hoffnung, am richtigen Ort zu sein, und dem Bangen, aus der Erinnerung heraus die falschen Schlüsse gezogen zu haben.

Vorhin, als ich hilflos auf der Straße vor meinem Haus stand und die Arme dem Himmel entgegenstreckte, hatte ich wirklich nicht gewusst, was ich tun sollte.

All der Schrecken, die wahnwitzigen Ereignisse, das Leid, das unserer Familie in den Wochen zuvor widerfahren war, lief noch einmal wie ein Film vor meinem geistigen Auge ab, und dabei hörte ich wie in einer Endlosschleife die Worte von James Edwards in meinem Ohr, wie er gerade eben erst im Abriss-Hochhaus zu mir gesagt hatte:

»Mein Programm irrt sich nicht. Es sind die Menschen, die die Fehler machen.«

In der Tat. Hätte jemand die Auswertung des Profils noch einmal überprüft, bevor mein Name auf jener Liste stand, von der er ausgewählt wurde, um an mir ein Exempel zu statuieren, hätte man sehr schnell gemerkt, dass nicht ich es war, der in das Profil passte, sondern der Psychopath ein Stockwerk unter mir.

»Verdammt, ihr hattet doch selbst Zweifel?«, hatte ich wie irre in den Schneeregen geschrien, und Toffi hatte mich angesehen, als hätte ich den Verstand verloren.

Weinend war ich auf der Straße neben seinem Auto zusammengesackt, immer wieder den Satz wiederholend. »Ihr hattet doch selbst Zweifel, ob ich der Richtige bin. Wieso habt ihr nicht noch einmal genauer hingeschaut? Als ob ich mich in Erotikchats rumtreiben würde oder auf Auto- und Immobilienportalen, um für mich nach Kombis, Hütten, Kellergebäuden oder Lauben zu suchen.«

»LAUBEN!«

Es war dieses eine Wort, das alles änderte. Das mich vom Asphalt wieder aufstehen ließ und verhinderte, dass ich abwartete, bis die Polizei bei uns war.

Ich sprang wieder in Toffis Auto. Diesmal ohne ihn mitzunehmen und ohne ihm eine Erklärung zu geben.

LAUBEN!

Natürlich. In der Akte, die Cosmo in dem grauen Transporter gefunden hatte, war in einem angeblich von mir verfassten Chat-Beitrag davon die Rede gewesen: »*Die Kleine würde ich gerne mal in meiner Laube vernaschen. Hab mir gerade eine gemietet und sie schalldicht gemacht!*«

Und was hatte Fish auf dem Boot noch gesagt?

»*Unsere ersten Auswertungen Ihrer Netzaktivitäten und Datenspuren führten uns zu dieser Kleingartenkolonie in der Harbigstraße.*«

Der genaue Wortlaut war mir nicht mehr eingefallen, wohl aber die Hausnummer der Parzelle auf der Karte, auf die er mit seinen Wurstfingern gepocht hatte: *1310.*

Joshua hatte den Ort des Verbrechens vorhergesagt!

Heute weiß ich, dass ich früher als Dennis bei den Schrebergärten eintraf, weil er zuvor noch einen Teppich in der Reinigung abgegeben hatte.

Es waren nur fünf Minuten, die ich in dieser ungewissen Schwebe hing. Fünf Minuten, die ich Dennis zuvorgekommen war. Fünf Minuten, die sich wie der Rest meines Lebens anfühlten. Die Zeit, die ich in der Dunkelheit auf ihn im Ungewissen hatte warten müssen, hatte meine Angst und Wut unerträglich werden lassen. Als die sechste Minute anbrach und ich schon fest damit rechnete, mich geirrt und Fish falsch verstanden zu haben, hörte ich den Wagen. Den rasselnden Motor des Kombis. Dann endlich, eine halbe Ewigkeit später, kam er durch die Tür. Mit Jola auf den Armen.

Und bei diesem Anblick vergaß ich alle meine zivilisierten Vorsätze. Eine halbe Minute lang schaffte ich es noch, das Beweismaterial zu sichern, den Pädophilen zu filmen, der sich in den letzten Monaten das Vertrauen unserer ganzen Familie erschlichen hatte. Doch als er sich an Jolas Bluse zu schaffen machte, brannten mir die Sicherungen durch.

Ich trat aus dem Klo, wünschte dem Kerl den Tod und riss

ihm seine Haare so hart nach hinten, dass ich die Kopfhaut reißen hören konnte.

Dann schlug ich zu.

Einmal. Zweimal. Immer wieder. Im Blutrausch.

Bis ich ihre Stimme hörte. Ihr Schreien.

Und ihr Gesicht sah. Verzweifelt. Verängstigt. Aber lebendig.

Jola.

Sie hatte ihren Mund weit offen, sagte nichts, aber in ihren Augen las ich, was sie mir sagen wollte: dass es genug war. Dass sie schon zu viel Schmerz gesehen und erlebt hatte. Dass sie nicht auch noch ihren Vater verlieren wollte.

Und so war es am Ende nicht ich, der Jola rettete, sondern umgekehrt Jola mich.

Dennis überlebte.

Ich ließ von ihm ab, gerade noch rechtzeitig. Löste mich von dem Mann, dessen Gesicht ich in einen blutigen Klumpen verwandelt hatte, und fiel meiner Tochter in die Arme.

Drückte sie an mich. Hob sie hoch. Umschlang das Leben, das ich hatte retten wollen und das nun mich gerettet hatte, einfach indem es mich davor bewahrte, für einen sinnlosen Racheakt ins Gefängnis zu wandern.

Ich trug sie nach draußen, raus aus dieser Hütte des Grauens, fort von dem düsteren Platz, der ihr letzter Ort auf Erden hätte werden können, trug sie den ganzen Weg zurück bis zum Parkplatz an der Harbigstraße, wo ich Toffis Wagen geparkt hatte, in dem es noch immer schön warm war.

Gemeinsam setzten wir uns auf die Rückbank. Hielten uns aneinandergeklammert, ich mit dem sicheren Vorsatz, sie nie, nie wieder loszulassen, und dabei ignorierte ich das Summen in meiner Hosentasche.

Wir weinten beide, und ich küsste ihre Tränen weg. »Ich liebe dich«, flüsterte ich ihr ins Ohr, und sie bedankte sich bei mir, was mir noch einmal das Herz brach, denn eigentlich hätte sie mir ins Gesicht schlagen müssen, dafür dass ich als Vater versagt und es so weit hatte kommen lassen.

»Jetzt ist alles gut«, sagte ich in der festen Überzeugung, dass es die Wahrheit war. Und störte mich erneut an dem Summen in meiner Hosentasche. Eine SMS. Sie würde nicht aufhören, Alarm zu schlagen. Mein Handy war so eingestellt, dass es erst Ruhe gab, wenn ich sie mir ansah.

Also griff ich nach dem Telefon, wollte die Nachricht wegdrücken, doch sie war nur eine Zeile lang. Ich brauchte sie nicht zu öffnen, um den gesamten schrecklichen Inhalt zu erfahren.

»Was ist?«, fragte Jola. Sie musste gemerkt haben, wie ich in ihren Armen erstarrt war.

Ich schwöre, ich habe es versucht. Ich wollte es ihr nicht sagen, um den Moment nicht zu zerstören, doch sie war zu schlau, um sich etwas vormachen zu lassen. Jola nahm mir das Telefon aus der Hand, las selbst und schrie dann den Schrei, den ich am liebsten selbst ausgestoßen hätte.

Die Nachricht?

Sie war von Frida und bestand nur aus vier Wörtern.

»Cosmo hat sich erhängt!«

81. Kapitel

Als ich im Krankenhaus eintraf, war sie schon da.

Frida saß neben einem Getränkeautomaten in dem ansonsten leeren Wartesaal vor der chirurgischen Intensivstation und nippte aus einem braunen Plastikbecher an einer dampfenden Flüssigkeit, die nach Kaffee roch.

Sie stand auf, als sie mich kommen sah. Wir hatten uns die erste Zeit, kurz nach unserer Rettung, häufiger gesehen, allein wegen der vielen Interviews, die wir gemeinsam gegeben hatten. Und natürlich wegen der Zeugenaussagen, die wir über mehrere Tage verteilt hatten machen müssen und mit deren Hilfe nicht nur Edwards und weitere Drahtzieher hinter dem Joshua-Projekt verhaftet werden konnten, sondern auch die Hintermänner und -frauen von Fishs »Club« enttarnt wurden. Ihre Bunkerzentrale in Heckeshorn war bei der Ankunft der Polizei zwar längst gesäubert gewesen, aber die Ermittlungen gegen die anonyme Hackerbande, die mit illegalen Mitteln gegen Joshua gekämpft hatte, liefen auf Hochtouren.

Das alles war vor drei Wochen gewesen. Nach unserer letzten Aussage hatten Frida und ich uns die Hand gereicht. Ich hatte mich für alles, was ich ihr angetan hatte, entschuldigt, und sie hatte meine Entschuldigung akzeptiert. Sie sagte, sie wäre mir nicht mehr böse, dass ich sie in diesen Irrsinn gewaltsam hineingezogen hätte, und ich hatte mich für diese Lüge bedankt. Dann hatten wir einander versprochen, uns niemals wiederzusehen.

Tja, der Mensch plant. Und Gott lacht.

»Da bist du ja endlich«, sagte sie und strich sich eine Ponysträhne aus den Augen.

Unschlüssig, wie wir uns begrüßen sollten, führten wir eine

Weile den Verlegenheitstanz auf, unruhig von einem Bein auf das andere wippend, bis ich sie zu mir heranzog und sie in die Arme schloss.

»Es tut mir so leid«, sagte sie unter Tränen. Dabei ließ sie den Becher fallen. Er knallte auf das Linoleum, die braune Brühe ergoss sich über den Boden und unsere Hosenbeine, aber das war uns egal.

»Ich hab ihn gefunden«, schluchzte sie.

»Ich weiß«, sagte ich.

Die Rettungssanitäter, die Jola und mich ins Martin-Luther-Krankenhaus gefahren hatten, waren im Bilde gewesen und hatten es mir erklärt, wenn auch nur andeutungsweise.

Angeblich hatte sich Cosmo eine Wohnung in der Koenigsallee bei uns direkt gegenüber genommen, weshalb auch immer. Frida hatte ihn im Schlafzimmer entdeckt, mit dem Gürtel um den Hals an der Türklinke.

»Wie hast du, ich meine …?«

Sie löste sich aus meiner Umarmung, schnäuzte sich in ein Taschentuch, das sie schon seit längerer Zeit in ihrer Hand zerknäult haben musste, und fragte: »Du willst wissen, woher ich wusste, wo er war?«

Ich nickte.

Wir hatten meinen Bruder überall gesucht. Toffi und ich. Seitdem er nicht in die Geschlossene zurückgekehrt war, war er sogar offiziell zur Fahndung ausgeschrieben gewesen.

»Hier.«

Frida griff sich in die Innentasche ihrer Lederjacke und reichte mir ein Blatt Papier. Den Ausdruck einer E-Mail. Ich musste ihn mit meiner Linken greifen. Die geschwollenen Finger meiner rechten Schlaghand sahen aus wie nach einem 15-Runden-Kampf.

»Ich nehme an, er hat in der Aufregung den Automailer falsch eingestellt, und seine E-Mail sollte so früh noch gar nicht rausgehen.«

Sie wischte sich mit dem Ärmel übers Gesicht. Ihr Kajal verwandelte sich in Kriegsbemalung.

»Du müsstest sie auch bekommen haben. Er hat sie an uns beide verschickt. Mit der Adresse, wo wir ihn finden, und dem Hinweis, dass er die Tür offen gelassen hat.«

Frida tippte auf die Empfängerzeile, in der tatsächlich meine AOL-Adresse stand. Ein Relikt aus alten Tagen. Ich checkte sie nur unregelmäßig. Wer weiß, wann ich den Abschiedsbrief meines Bruders gelesen hätte?

»Max Rhode?«

Bevor ich auch nur den ersten Satz gelesen hatte, schrak ich zusammen. Auch Frida hatte den Arzt nicht kommen hören, der auf weißen Gesundheitsschuhen scheinbar lautlos aus der Intensivstation zu uns herübergekommen war.

»Ja?«

Er schüttelte bedauernd den Kopf, und ich rechnete fest damit, dass der durchschnittlich große Arzt mit den durchschnittlich schütteren Haaren und dem durchschnittlichen Maß an Übermüdung im Blick uns das Schlimmste bestätigen würde, aber anscheinend wusste er nicht, was es für einen Eindruck machte, wenn er kopfschüttelnd auf Menschen zulief, die im Wartezimmer einer Rettungsstation saßen und um das Leben ihrer nahen Angehörigen bangten.

»Er hat ernste Verletzungen«, klärte er uns auf. *Ach was.*

»Sie kamen in letzter Minute, wenn ich es so sagen darf«, lobte er Frida, dann drehte er sich wieder zu mir. »Aber die Sauerstoffzufuhr zum Gehirn war für etwa neunzig Sekunden unterbrochen, was unter neurologischen Gesichtspunkten eine ziemlich lange Zeit darstellt. Zusätzlich hat er zuvor eine ganze Menge an Schmerzmitteln geschluckt, was seinen Allgemeinzustand nochmals destabilisierte. Dass er vor kurzem erst wegen einer Schusswunde operiert wurde, macht die Sache auch nicht viel besser für seinen Kreislauf. Kurz und gut …«

»Wird er durchkommen?«, fragte Frida.

Diesmal passte sein zweifelndes Kopfschütteln.

»Das kann ich Ihnen noch nicht sagen. Dr. Salm ist noch wegen eines anderen Notfalls im OP, er wird, sobald er fertig ist, zu Ihnen kommen. Er ist der Chefarzt.«

»Und Sie?«, fragte ich etwas zu barsch. »Weshalb sind Sie zu uns gekommen, wenn Sie uns nichts Genaueres sagen können?«

Wenn ich den Mann verärgert hatte, ließ er es sich nicht anmerken. Aufgebrachte Angehörige in der Notaufnahme waren wohl eher die Regel als die Ausnahme.

»Ich habe mir erhofft, Sie könnten mich über die Verletzungen auf der Brust aufklären, Herr Rhode. Die Brandwunden sind schon älter, aber wir wollen bei seiner Behandlung nichts übersehen. Wissen Sie, wie er sich die zugezogen hat?«

Ja, dachte ich, während ich Angst hatte, mich zu bewegen, um nicht in den Graben der Erinnerung zu fallen, der sich hinter mir aufgetan hatte.

Das weiß ich nur zu gut. Leider. Ich hatte es verdrängt, aber dann fiel es mir wieder ein, als ich ihn aus dem Moor zog und dabei sein Hemd zerstörte.

Jahrelang hatte ich mir vorgemacht, dass ich mich erfolgreich gewehrt hätte und davongelaufen war. Damals, als mein Vater auf der Insel wissen wollte, wer das Geld aus dem Marmeladenglas gestohlen hatte. Als er Cosmo an den Pfahl band, ihn mit Benzin übergoss und mir befahl, ich solle ihn anzünden, wenn ich es nicht gewesen wäre. Denn dann könne es ja nur Cosmo gewesen sein. Verdammt, ich dachte wirklich, ich hätte es nicht getan. Wäre stark geblieben. Aber so war es nicht. Ich war schwach.

Ich weinte damals, zog die Rotze hoch, flehte und bettelte. Aber bevor das lange Streichholz abgebrannt war, bevor es meine Finger-kuppen versengte, entschied ich mich zum Verrat. Ich hatte zu große Angst vor den Schlägen. Vor der Lektion, die Papa mir erteilen würde, denn, verdammt, hätte ich das Streichholz nicht fallen las-sen, wäre es das Eingeständnis meiner eigenen Schuld gewesen. Dass ich das Geld geklaut hatte. Und so tat ich es.

Ließ es fallen und steckte meinen Bruder in Brand.

Heute höre ich in meinen Träumen wieder das Lachen meines Vaters, der mit einer Decke die Flammen ausschlug, die so schnell um sich griffen und an Cosmo leckten.

Heute höre ich das Lachen und die Schreie. Cosmos Schreie.

Von diesem Tag an veränderte sich alles. Mein Bruder musste den Verband ein halbes Jahr lang tragen, und als er ihn endlich wie-der abnehmen konnte, wickelte er mit den Schlaufen auch die see-lische Verbindung ab, die zwischen uns bestanden hatte.

Nicht, dass die brüderliche Liebe, die bis dahin zwischen uns ge-herrscht hatte und die uns bisweilen unzertrennlich gemacht hatte, gänzlich erloschen war. Das Feuer brannte noch, aber hinter einer geschwärzten Scheibe. Und es wurde immer schwächer. Selbst spä-ter, als wir gemeinsam bei Kalle das Boxen lernten, eine Fähig-keit, die zwar nicht unsere Albträume, wohl aber unseren Vater in Schach halten sollte, wollte es nicht wieder aufflackern.

Seit jener Nacht auf der Insel hatten wir begonnen, uns zu ent-fremden. Schleichend, aber endgültig.

Ich wünschte, ich könnte meinem Vater allein die Schuld daran geben, diesem Drecksack, der viel zu schmerzfrei im Altenheim ein-geschlafen ist, aber ganz so billig komme ich nicht davon.

Cosmo haben die Flammen erst seine Haut, dann seine Seele ver-brüht. Ihn abgestumpft und vielleicht zu dem gemacht, was er heute ist. Ich hab es auf die andere Seite des Lichts geschafft, und noch heute fühle ich mich schuldig, wann immer ich mein Leben genieße. Denn es war nicht nur das Streichholz, das ich fallen ließ an jenem

Abend auf der Insel, im Alter von dreizehn Jahren. Es war die
Wahrheit, die ich verbrannte. Ich hatte es nämlich getan. Das Geld
aus dem Marmeladenglas. Ich hatte es wirklich genommen. Und
mein Vater hatte es die ganze Zeit gewusst. Ich war der Dieb. Als ich
das Streichholz fallen ließ, habe ich Cosmo doppelt verraten.

Ich fragte mich gerade, wie viel ich davon diesem unbekannten Arzt anvertrauen sollte, als mir klar wurde, dass ich in ein betreten dreinblickendes Gesicht starrte. Auch Frida hatte ihre tränengefüllten Augen weit aufgerissen und führte eine Hand zum Mund. Offensichtlich musste ich mir nicht mehr überlegen, was ich antwortete.

Ich hatte all meine Gedanken bereits ausgesprochen.

»Entschuldigung«, sagte ich, obwohl ich nicht wusste, wofür. Kraftlos ließ ich mich auf den harten Plastikstuhl sinken, und nach einer Weile, als der Arzt mit verlegener Miene zurück in sein Reich hinter den Milchglasscheiben gekehrt war, begann ich Cosmos Brief zu lesen.

82. Kapitel

Lieber Max!

(Ich sende diesen Brief auch an Frida, falls deine alte Mail-adresse nicht mehr aktiv ist, Bruderherz. Spricht irgendwie für sich, dass ich sonst keinen kenne, den ich mit meinen Worten behelligen kann:-))

Hey, Kleiner. Wenn du das liest, mache ich dir keine Probleme mehr. Ich weiß, ich wäre besser von einer Brücke gesprungen, mein Anblick war sicher nicht sehr schön für dich, aber ich bin froh, dass ich überhaupt die Kraft dazu gefunden habe, es zu tun. Die meisten Menschen denken, jemand, der sich das Leben nimmt, wünscht sich den Tod. Das ist falsch. Ich wünsche mir das Leben. Oh Mann, wie sehr ich mir das wünsche: ein ganz normales Leben. Aber das ist mir nicht vergönnt.
Die Dämonen in mir sind einfach zu stark. Ich schwöre, ich hab versucht, dagegen anzukämpfen. Aber ich schaffe es nicht.
Der Tod ist für mich nur das geringere Übel, aber eben ein Übel. Ich fühle mich wie ein Mensch, der aus einem brennenden Hochhaus springt. Ich will das nicht tun, aber ich hab keine andere Wahl, weil mir jeder andere Fluchtweg versperrt ist.
Vielleicht hat das niemand. Eine Wahl.
Ich meine, vielleicht ist unser Schicksal ja wirklich vorher-

bestimmt. Die Psychiater in Brandenburg waren immer der Meinung, meine schreckliche Kindheit wäre für meinen Zustand verantwortlich. Aber das ist ja Quatsch. Sieh dich an, Max. Du bist das beste Beispiel dafür, dass es keine Gesetzmäßigkeit gibt, so zu enden wie ich. Wir hatten beide denselben geistesgestörten Mistkerl als Vater. Er hat uns beide »geformt«, wie er es immer sagte. Mich zu einem Perversen. Dich zu einem tollen Menschen, wenn auch mit Helfersyndrom. (Oder was glaubst du, weshalb du bei dir zu Hause ein Pflegekind aufgenommen hast, das du mit deinem Leben verteidigst?)

Wir sind die zwei Seiten der sprichwörtlichen Medaille. Leider liegt meine immer im Dunkeln.

Das schreibe ich jetzt nicht, um dir ein schlechtes Gewissen zu machen. Ich weiß, du hast es verdrängt. Deshalb wollte ich mit dir über »Die Blutschule« sprechen, das ich für ein geniales Buch halte. Kein anderes deiner Werke war so authentisch. Und vermutlich kam deshalb auch kein weiteres an deinen Erstlingserfolg heran. Du hast darin alles verarbeitet, was uns widerfahren ist. Tolle Leistung, ehrlich.

Tief in deinem Innersten hast du dir gewünscht, dieses Streichholz nie fallen gelassen zu haben. Man liest, wie sehr du dir wünschst, die Zeit zurückdrehen zu können, um wie dein Held Simon zu handeln, der sich in deinem Thriller gegen seinen Vater aufgelehnt hat.

Aber weißt du was? Das ist egal. Das Streichholz machte nicht den Unterschied. Ich war schon früher zerbrochen.

Das sollst du wissen. Und noch etwas:

Ich wünschte, ich wäre so wie du. Wirklich.

Du bist toll. Warst schon immer der Bessere von uns beiden. Ich bin nur Dreck. Abschaum.

Du weißt das, auch wenn du es nicht wahrhaben willst, wie

man übrigens auch aus der »Blutschule« herauslesen kann,
denn du hast bei »Stotter-Peter« an mich gedacht, oder? Aber
anders als deine Romanfigur bin ich ein hoffnungsloser Fall.
Ich schäme mich so. Und ich halte es nicht mehr aus. Ich habe
weiterhin diese Gefühle. Wenn du jetzt Mitleid mit mir hast,
dann stell dir bitte vor, wie ich mit dem Schwanz in meiner
Hand vor deiner Tochter stehe. Wie ich sie … Scheiße, ich
kann es nicht schreiben, dabei ist es das, was ich WILL! Ver-
stehst du das? Ich bin krank. Für mich gibt es keine Rettung,
weil ich die Pillen, die ich nehmen müsste, nicht schlucke.
Weil ich die Therapien, die ich machen müsste, immer wie-
der abbreche.
Ich kann nicht mehr. Und ich kann so nicht mehr. Es tut mir
leid. Unten steht die Adresse, wo du mich findest. Lass dir
Zeit. Es ist nicht mehr wichtig.
Ach ja, ich schlag unserem Vater, wenn ich ihn sehe, eine von
dir mit rein, okay?
Ich liebe dich.
Dein Cosmo

83. Kapitel

»Herr Rhode?«

Eine andere Stimme. Ein neuer Arzt.

Ich hatte den Brief zum dritten Mal gelesen, und wie bei den Malen zuvor hatten sich meine Augen mit neuen Tränen gefüllt, von denen ich nicht wusste, wo sie noch herkamen.

Ich sah auf. Frida, die mir die ganze Zeit über die Schulter gesehen hatte, tat es mir gleich.

»Ja?«

Der Mann, der uns als Chefarzt und Professor Salm angekündigt worden war, hatte ein professionelles Pokerface, das er hinter einer kantigen Brille versteckte. Ich schätzte ihn auf Anfang sechzig, allein wegen der vielen Altersflecken auf seiner Glatze.

»Ich habe gute Nachrichten«, sagte er mit einer Stimme, mit der er auch eine Krebsdiagnose verkünden könnte. »Ihr Bruder ist noch nicht über den Berg, aber so wie es aussieht, wird er durchkommen.«

Wir nickten. Frida. Ich. Langsam wie Spielzeugroboter, denen die Energie ausging.

»Freut Sie das denn gar nicht?«, fragte der Chefarzt erstaunt.

»Das fragen Sie den Falschen«, hörte ich mich sagen. Meine Stimme hatte sich selbstständig gemacht, wie ein Auto am Abhang, bei dem man vergessen hat, die Handbremse zu ziehen.

Wir verabschiedeten uns mit einem stummen Nicken, dann gingen wir nach draußen. An die frische Luft, die nach Schnee schmeckte und die unsere Gemüter nicht so stark abzukühlen vermochte, wie wir es uns gewünscht hätten.

Ohne ein Wort zu sagen, in stiller Übereinkunft, setzten wir uns vor den Toren des Martin-Luther-Krankenhauses auf eine

Parkbank und starrten auf die uns gegenüber der Straße liegenden Mietshäuser. Oben Wohnungen, unten Geschäfte. Ein Café, Blumen und natürlich das obligatorische Bestattungsinstitut.

Mit den Füßen in den Kippen der Patienten, deren Raucherbank wir gerade blockierten, dachten wir nach. Jeder für sich im gebührenden Abstand, ohne uns zu berühren, und dennoch, so dachte ich zumindest, in geistiger Nähe.

»So wie es aussieht, wird er durchkommen.«

Ich war mir fast sicher, Frida stellte sich die gleichen Fragen wie ich.

Ob wir Cosmo weiterhin die Daumen drücken sollten.

Und wenn ja, wofür?

»Meinst du, das gilt auch für uns?«, fragte sie mich und blickte zu mir.

»Was meinst du?«

Der Dampf unserer beider Atem traf sich zwischen unseren Mündern. Es war erst kurz nach siebzehn Uhr, und es fühlte sich schon an wie Mitternacht. Die Straßenlampe drei Schritte entfernt beleuchtete uns beide wie ein dreckiger Scheinwerfer.

»Ich meine, werden wir auch durchkommen?«, fragte sie.

»Du meinst ohne bleibende Schäden?«

Sie nickte.

»Ich habe keine Ahnung.«

Wir wandten uns wieder voneinander ab. Lauschten dem Rauschen des Windes und den Motoren der Fahrzeuge, die hin und wieder die Caspar-Theyß-Straße passierten.

Ich dachte an meinen Bruder, an die Zeit, in der wir glücklich gewesen waren, trotz der Schläge. Vor der Insel. Und ich wusste, ich würde die Uhr nie wieder auf das Datum zurückstellen können, an dem unsere Seelen noch zu retten gewesen waren. Es brachte nichts, in die Vergangenheit zu starren wie in ein dunkles Loch. Und es ergab auch keinen Sinn, die Zukunft bestimmen zu wollen.

Wie hatte einer meiner Romanhelden einmal so schön gesagt: »Es ist noch nie etwas in der Vergangenheit geschehen. Und es wird auch nie etwas in der Zukunft passieren. Alles, was sich ereignet, geschieht immer nur JETZT!«

Und jetzt?

Jetzt zog sich mir gerade der Magen zusammen.

»Komm«, sagte ich zu Frida und reichte ihr die Hand, damit sie beim Aufstehen nicht ausrutschte. Der Weg über die Straße war nicht gestreut, und der Schnee überdeckte bestimmt einige glatte Stellen.

»Wohin?«, wollte sie wissen.

»Pizza«, sagte ich.

»Pizza?« Sie stand auf, ohne meine Hilfe in Anspruch zu nehmen. Und lachte. »Ist das dein Ernst?

Ich zuckte mit den Achseln und zeigte hoch zum Krankenhaus, auf das Stockwerk, in dem ich Jolas Einzelzimmer vermutete.

»Salami mit Zwiebeln, aber ohne Peperoni. Ich hab's ihr versprochen.«

Und wenn mir auch sonst nicht mehr viel zu tun übrig blieb, heute, an diesem ersten Schneetag im Dezember, wenigstens dieses eine Versprechen würde ich halten.

Wenigstens das.

Nachwort

Ich weiß nicht, wie es Ihnen geht, aber einige meiner engsten Vertrauten, die einen frühen Entwurf von »Das Joshua-Profil« lesen durften, sagten mir danach: »Ich hasse dich, Fitzek!« Und auf meine Frage, weshalb, konkretisierten sie: »Weil du mich dazu gebracht hast, einen Pädophilen zu mögen.«

Wenn Sie das Buch noch nicht bis zum Ende gelesen haben, weil sie zu der merkwürdigen Spezies der »Vorblätterer« gehören, dann sollten Sie ab hier nicht weiterlesen.

Allen anderen sei gesagt: Auch mir lag Cosmo mit jeder Zeile, die ich über ihn schrieb, mehr und mehr am Herzen.

Der Tag, an dem ich mich entschloss, ihm mehr Raum in diesem Thriller zu geben als ursprünglich geplant, war der, als vor mir auf der Autobahn ein Wagen mit einem Aufkleber am Heck fuhr, auf dem stand: »*Todesstrafe für Kinderschänder!*«

Abgesehen davon, dass man den Begriff »Kinderschänder« vermeiden sollte (wie ich durch eine Leserzuschrift gelernt habe, vielen Dank @Linda Most), weil diese schrecklichen Taten keine »Schande« über das Kind bringen, sondern extremes körperliches und seelisches Leid, ist dieses Statement noch in einer ganz anderen Hinsicht falsch.

Im Zuge meiner Recherchen habe ich mich in den letzten Jahren viel mit Kindesmissbrauch beschäftigt und weiß daher, dass es in unserem Land die unvorstellbar hohe Anzahl von etwa 250 000 Pädophilen gibt.

Ich weiß aber auch, dass die in der Öffentlichkeit oft getroffene Gleichsetzung »Pädophiler = Straftäter« falsch ist. Nicht jeder Pädophile vergeht sich an Kindern oder konsumiert strafbare Pornographie.

Studien zeigen, dass die meisten von ihnen am liebsten von diesen Neigungen befreit werden würden. Allerdings: Nach allem, was die Forschung heute weiß, ist Pädophilie leider nicht heilbar. Wohl aber können Betroffene lernen, ihr Verhalten zu kontrollieren. Voraussetzung ist jedoch, sich so früh wie möglich in professionelle Hände zu begeben. Hat der Pädophile erst einmal eine Schwelle überschritten und seinen abstrakten Phantasien bereits konkrete Taten folgen lassen, ist es zu spät.

Für die Mehrheit derer aber, die unter ihren Neigungen leiden, ohne sie auszuleben, gibt es eine hervorragende Institution, deren Website Sie unter www.kein-taeter-werden.de erreichen. Hier gibt es professionelle Therapieangebote für Menschen, die sich von Kindern angezogen fühlen.

Ich gebe zu, mir als Familienvater fällt es schwer, solche Personen als Patienten und nicht als Monster zu betrachten. Und der Fahrer des Wagens mit dem besagten Aufkleber würde vermutlich alle, die sich bei »Kein Täter werden« melden, am liebsten sofort auf den elektrischen Stuhl setzen. Doch diese radikale Meinung ist natürlich Unsinn, schon weil sie impliziert, dass es sich hier um wenige Ausnahmefälle handelt, derer man mit der Todesstrafe Herr werden könnte, und nicht um ein Massendelikt.

Dabei muss ich an dieser Stelle etwas vermutlich politisch sehr Unkorrektes gestehen: Ich kann jede Mutter und jeden Vater verstehen, der einen Menschen, der sein Kind misshandelt, missbraucht oder gar getötet hat, ebenfalls sterben sehen will. Meine oft erklärte, abgrundtiefe Abneigung gegen die Todesstrafe wäre vermutlich vergessen, sobald meine eigene Familie betroffen wäre.

Allerdings weiß ich aus Gesprächen mit Rechtsmedizinern,

Staatsanwälten und Richtern, wie leicht man sich irren kann. Selbst wenn der Fall eindeutig scheint, besteht immer noch das Restrisiko, den Falschen zu bestrafen. Wie im Fall des Saarländers Norbert K., der acht Jahre lang unschuldig wegen Kindesmissbrauchs in Haft saß, bis herauskam, dass die Vorwürfe alle erfunden und die Gutachten fehlerhaft waren. Wäre die Forderung auf dem Autoaufkleber geltendes Gesetz, wäre 2004 ein Unschuldiger hingerichtet worden. Nur ein Beispiel von zahlreichen Justizirrtümern.

Meine Anmerkungen zu diesem Buch sollen jetzt nicht in einen Grundsatzessay zum Für und Wider der Todesstrafe ausufern. Ich will auf etwas ganz anderes hinaus: Es muss uns gerade bei diesem emotionalen Thema gelingen, das Problem so nüchtern wie möglich zu betrachten. Nicht um der Täter, sondern um der Opfer willen! Ganz besonders der *zukünftigen* Opfer wegen.

Stellen Sie sich vor, nicht ich wäre hinter dem Wagen mit dem Aufkleber gefahren, sondern ein Mann, der gerade mit dem Gedanken spielt, sich bei »Kein Täter werden« zu melden. Er hat sogar bereits einen Termin ausgemacht, weil er ungesunde Neigungen bei sich festgestellt hat, unter denen er leidet. Aus großer Angst vor sich selbst und in Sorge, anderen Schaden zufügen zu können, will er medizinische und psychologische Hilfe in Anspruch nehmen. Er fühlt sich ohnehin schon wie der letzte Dreck, und nun liest er den Spruch am Heck des Fahrzeugs.

Stellen Sie sich weiter vor, der Mann sagt jetzt seinen Termin in der Klinik wieder ab. Die Angst, als Pädophiler öffentlich stigmatisiert zu werden, ist ihm am Ende doch zu groß geworden. Außerdem denkt er sich: *Noch habe ich ja nichts getan, ich komme damit schon alleine klar!* Aber das wird er nicht. Aus Angst vor öffentlicher Brandmarkung, dem Verlust jeglichen Ansehens, seines Arbeitsplatzes, seiner gesamten Zukunft, wird er stumm bleiben und alleine versuchen »zurechtzukommen«. Doch das geht in aller Regel ohne Hilfe nicht lange gut. Die Chancen, dass irgendwann ein Kind zu Schaden kommt, sind extrem gestiegen.

Was ich damit sagen will: So verständlich unsere Reaktionen sind, diesen Menschen mit Abscheu und Verachtung zu begegnen, so sehr verpflichtet uns die Gabe der Vernunft, einen Schritt weiter zu denken: an unsere Kinder!

Ich lebe lieber in einem Land, in dem ein Klima herrscht, in dem Pädophile sich trauen, professionelle Hilfe aufzusuchen, als in einem Land, in dem Kinder zu Schaden kommen, weil Menschen aus Angst vor einer Stigmatisierung wertvolle Hilfe ausschlagen.

Dabei behaupte ich nicht, dass jeder Pädophile, der rechtzeitig Hilfe in Anspruch nimmt, garantiert straffrei bleiben wird. Aber die Chancen sind wesentlich höher, als wenn er sich isoliert. Denn zu wem hat der Pädophile in der Isolation denn Kontakt, wenn nicht zu Gleichgesinnten?

Wenn Sie mir und unseren Kindern also einen Gefallen tun wollen, dann pappen Sie sich bitte keinen »Todesstrafe für Kinderschänder«-Aufkleber ans Heck. Liken Sie Artikel dieses Tenors nicht auf Facebook. Geben Sie lieber die Seite www.kein-taeter-werden.de in Ihrem Freundes-, Bekannten- und Verwandtenkreis weiter, oder – verzeihen Sie mir, wenn ich das hier so offen anspreche – melden Sie sich dort selbst, wenn Sie glauben, Hilfe zu benötigen.

Bei einer Viertelmillion Menschen ist die Wahrscheinlichkeit groß, dass einige Betroffene auch unter den Lesern meiner Bücher zu finden sind. Und nicht bei allen ist es, so wie bei Cosmo, zu spät.

Ich werde häufig gefragt, weshalb Gewalt gegen Kinder wie kein zweites Thema den Inhalt meiner Bücher bestimmt. Hin und wieder muss ich mich mit dem Vorwurf auseinandersetzen, so etwas hätte in einem Unterhaltungsroman nichts zu suchen. Hier bin ich, unschwer erkennbar, anderer Meinung.

Zunächst muss ich vorwegnehmen, dass ich mir meine Themen nicht suche, im Gegenteil: Die Themen, über die ich schreibe, suchen mich.

Seit meinem Erstling »Die Therapie« verarbeite ich buchstäblich meine Sorgen und Ängste, von denen ich zahlreiche in mir trage. Ich vertrete ja den Standpunkt, dass Thrillerautoren Weicheier sein müssen, wie sonst könnten wir anderen Angst einjagen, wenn wir sie selbst nicht empfänden?

Ich zumindest bin ein solches Weichei, und ich vermute, daran ist die Sendung »Aktenzeichen XY« schuld, die mich schon in frühester Kindheit traumatisierte.

Wann immer ich mit meinem Fahrrad nach Anbruch der Dunkelheit an einem leeren Parkplatz vorbeifuhr, hörte ich die sonore Off-Stimme des Fernsehsprechers im Ohr, die sagte: »Sebastian F. wurde das letzte Mal am Parkplatz Waldschulallee, Ecke Harbigstraße gesehen …«

Jetzt, Jahrzehnte später, sind meine Ängste konkreter und realer geworden, und natürlich haben sie sich mit jedem Kind, das meine Frau zur Welt brachte, intensiviert. Als emotionale Wesen haben wir Menschen eigentlich nur zwei Möglichkeiten: Wir können uns unseren Ängsten stellen – oder sie verdrängen. Ich persönlich habe mich dazu entschlossen, mich mit diesen Themen auseinanderzusetzen, in dem meist untauglichen Versuch, den Horror aus meinem Kopf zu schreiben.

Ich kann aber jeden verstehen, der sagt, er wolle nichts lesen, was sich mit Gewalt gegen Kinder beschäftigt. So wie ich mir nur schwer Filmaufnahmen ansehen kann, in denen Tierquälereien dokumentiert werden. Allerdings weiß ich: Weder die Gewalt gegen Tiere noch die gegen Kinder wird verschwinden, nur weil ich wegschaue. Im Gegenteil: Die Täter profitieren geradezu davon, wenn man Themen wie Missbrauch und Misshandlung tabuisiert. Sie profitieren von dem Mantel des Schweigens, unter dem sie sich verstecken können.

Im Grunde schreibe ich daher über diese Themen, weil sie mich bewegen. Und weil sie relevant sind. Jährlich werden allein in Deutschland etwa zweihunderttausend Kinder misshandelt. Missbrauch und Misshandlung sind Massendelikte, und es wäre geradezu absurd, sie im Medium Buch, das Hunderttausende von Menschen erreicht, zu ignorieren und stattdessen über den Mord an einer Millionärswitwe in einer Grunewalder Villa zu schreiben, der statistisch gesehen kaum vorkommt.

Allerdings, dessen bin ich mir selbstverständlich auch bewusst, reicht es nicht aus, nur darüber zu schreiben, weshalb ich mich darüber freue, mich seit Jahresbeginn als Botschafter des Deutschen Kindervereins gegen Kindesmisshandlung engagieren zu dürfen.

Pflegefamilien

Vor einigen Jahren führte ich ein bewegendes Gespräch mit einem guten Freund, der gemeinsam mit seiner Frau ein kleines Baby in Pflege genommen hatte. Dieses Baby stammte, wie Jola, aus prekären Verhältnissen. Seine Eltern waren drogenabhängig, es gab Anzeichen von Missbrauch und Misshandlung. Als das Jugendamt das Baby in die Hände der Familie meines Freundes übergab, tat es das mit den Worten: »*Gehen Sie davon aus, dass*

Sie dieses Kind aus der Hölle gerettet haben und es nie wieder zu seinen leiblichen Eltern zurückmuss!« Sie gingen davon aus, doch leider irrtümlich. Als der Kleine zwei Jahre alt wurde, wollte das Amt den Jungen zum ersten Mal aus der Pflegefamilie nehmen, obwohl die leiblichen Eltern noch immer mit starken Problemen wegen ihres Drogenkonsums zu kämpfen hatten und die Vorwürfe der Misshandlung keineswegs entkräftet waren. Mein Freund war verzweifelt. Und er sagte zu mir einen Satz, der die Initialzündung für den vorliegenden Thriller lieferte: »*Eher fliehe ich mit unserem Sohn außer Landes, als dass ich ihn wieder zurück in die Hölle führe.*«

Es war wieder einmal eine »Was wäre, wenn?«-Frage, der ich auf den Grund gehen wollte. Wie würde ich selbst reagieren, sollte man mir mein geliebtes Kind wieder entreißen und zu einer Person geben wollen, die – wenn auch vor Jahren – dieses kleine Lebewesen aufs Schlimmste misshandelt hat? Natürlich weiß ich, dass das elterliche Sorgerecht hohe Priorität hat. Und dass auf den Schultern von Richtern und Mitarbeitern des Jugendamts eine große Last und Verantwortung liegen, wenn sie über den Verbleib oder die Rückführung von Kindern entscheiden müssen.

Doch in dem Fall meines Freundes war die Lage eindeutig. So eindeutig, dass sich das Gericht mehrfach für einen Verbleib des Jungen in der Pflegefamilie aussprach, weil die Zustände bei den leiblichen Eltern für das Kind unzumutbar waren. Diese Entscheidung wurde mittlerweile mehrfach bekräftigt, denn die Familie meines Freundes muss sich jedes Jahr einem Gerichtsverfahren stellen, da in Deutschland leibliche Eltern immer wieder die Rückführung der von ihnen misshandelten Kinder beantragen können. Laut Saskia Etzold, Rechtsmedizinerin an der Charité in Berlin und Co-Autorin der gemeinsam mit meinem Freund Michael Tsokos verfassten, sehr lesenswerten

Streitschrift »Deutschland misshandelt seine Kinder«, stirbt in Deutschland an jedem zweiten Tag ein Kind an den Folgen von Misshandlungen. Viel zu häufig seien darunter Kinder, die von den Jugendämtern zurück zu ihren leiblichen Eltern gegeben wurden. »Es darf einfach nicht sein, dass die Kinder bei mir auf dem Obduktionstisch landen, weil das Recht der Eltern wichtiger war«, sagte Etzold in einem Spiegel-Interview.

Obwohl mein Freund und seine Frau panische Angst hatten, dass der Kleine durch die Rückführung körperliche und seelische Schäden sowie Retraumatisierungen erleidet, die zahlreiche Gutachter prophezeit hatten, sind sie damals nicht abgehauen. Mein Freund hat sein Pflegekind nicht entführt. Anders als Max Rhode hat er auf die Gerechtigkeit des Justizsystems vertraut, allerdings war er nahe dran gewesen, die Koffer zu packen.

Es sind diese kaum lösbaren existenziellen Konflikte, die einen Autor wie mich interessieren. Extreme emotionale Ausnahmesituationen, nicht nur für die Eltern, sondern natürlich auch für das Jugendamt und die Richter. In erster Linie aber natürlich für das Pflegekind, über dessen Zukunft ihm oftmals völlig fremde Personen entscheiden müssen.

Predictive Policing

Während ich mit dem »Nachtwandler« auf Lesereise war (ein Buch von mir, keine Beleidigung meiner Begleitung), witzelte ich gerne vor Publikum, dass mich garantiert das BKA schon lange im Visier habe und bei denen in Wiesbaden ständig eine rote Lampe angehe, sobald ich im Internet surfe.

Allein die Liste meiner Suchanfragen! Würde man sie zur Grundlage der Erstellung eines psychologischen Profils nehmen, müsste man unweigerlich zu der Erkenntnis kommen, dass ich unter einer sehr seltenen psychopathologischen Erkrankung leide, die höchstwahrscheinlich gemeingefährlich ist.

So finden sich in meiner Google-Suchleiste allein zu diesem Roman Begriffe wie:

- K. o.-Tropfen
- Unbewohnte Inseln in Berlin und Brandenburg
- Leichen in Sümpfen versenken
- Medikamente nach Zwangssterilisierung
- Psychiatrische Sicherheitsverwahrung
- Flucht bei Freigang
- Sexualkundeunterricht in der Grundschule
- Elektronische Fußfesseln für Kinder

Letzteres habe ich übrigens – kein Witz – aus privaten Gründen nachgeschlagen. Ein Bekannter von mir hatte uns in sein Haus am See eingeladen, zu einer Feier auf einem Wassergrundstück, das leider nicht durch einen Zaun gesichert ist. Da unsere drei Kinder noch nicht schwimmen konnten, war mir das zu gefährlich (das ist der Nachteil, einen Thrillerautor zum Vater zu haben, ich kann mir so ziemlich das Schlimmste ausmalen, was einem im Leben zustoßen kann), daher wollte ich eigentlich schon absagen, bis ich zufällig den Spielfilm »Disturbia« im Fernsehen sah. In diesem Thriller steht ein Jugendlicher unter gerichtlich angeordnetem Hausarrest. Natürlich beobachtet er im Haus gegenüber ein Verbrechen, aber was mich viel mehr interessierte, war die elektronische Fußfessel, mit der sichergestellt wurde, dass Shia LaBeouf nicht über den Grundstückszaun steigen konnte. Wann immer er die festgelegte Zone verließ, rückte die Polizei an. Ich dachte mir: »So etwas brauch ich auch!« Eine Art elektronische Fußfessel für meine Kinder, die sofort Alarm schlägt, sobald die Kleinen dem Wasser zu nahe kommen. Tatsächlich gibt es so etwas in Form einer Uhr, und ich habe drei Stück bestellt, aber nie ausprobiert, da die Feier abgesagt wurde.

Ich amüsierte mich auf Lesungen also über die Vorstellung, irgendjemand, der meine Daten ausspäht, würde mich spätestens nach meiner Anfrage nach »elektronischen Fußfesseln für Kinder« auf eine rote Liste setzen.

Was damals als Witz formuliert war, entpuppte sich mit den ersten Nachrichten um Edward Snowden als reale Möglichkeit. Mittlerweile ist bekannt, dass sämtlicher Daten- und Mailverkehr gescannt wird oder zumindest werden kann. Selbst das Handy der Kanzlerin ist nicht sicher. Big Data, NSA, Abhöraffäre … – wir haben so oft und so viel davon gehört, dass uns die Nachrichten längst wieder kaltlassen. Offen gestanden: Ich gehörte auch lange zu der Fraktion, die sich sagte: »Okay, schön ist das nicht, wenn mir jemand beim Surfen über die Schulter schaut, aber ich hab ja nichts zu verbergen.« Wenn die bei der NSA so scharf drauf sind, mich in einem Fetisch-Chat zu erwischen, meine Güte, dann ist das eben so. In so einem Fetisch-Chat war ich tatsächlich einmal, weil ich als hyperbesorgter Erstvater große Angst hatte, es könnte etwas mit dem Windelinhalt unseres Babys nicht in Ordnung sein. Der war nämlich auf einmal kaum noch vorhanden. Ich wollte wissen, wie viel Stuhlgang für ein vier Wochen altes Baby normal wäre, und googelte nach Windelinhalt und Gewicht, fand aber nur Einträge über die Anzahl der Windeln pro Tag, nicht aber über Gramm pro Windel! Bis ich dann in einem Forum auf eine Diskussion stieß, in der exakt dieses Thema besprochen wurde. Ich wollte mir schon ein Profil anlegen und mich bei dem Thread-Ersteller bedanken – bis ich merkte, dass »Paul 38« nicht 38 *Monate*, sondern *Jahre* alt war und www.windelerziehung.de alles andere ist als ein Diskussionsportal für aufmerksame Eltern. Ja, ja, ich weiß, wie das klingt. Wie der Ehemann, der in seinem Büro auf der nackten Sekretärin liegt und sagt: »Schatz, ich bin gestolpert!«

Und nun überlegen Sie mal, auf welcher Liste die NSA meinen Namen abgespeichert hat, wenn *Sie* mir schon nicht glauben …

Zurück zum Thema: dass das Thema Predictive Policing/Verbrechensvorhersage Stoff für einen Thriller hergibt, ist spätestens seit »Minority Report« bekannt. Dass es – anders als in dem Tom-Cruise-Film – längst keine Science-Fiction mehr ist, auch. Die Geschwindigkeit, mit der sich die Programme zur Verbrechensvorhersage allerdings aktuell verbreiten, überraschte mich beim Schreiben dann aber doch.

Im Oktober 2014 berichtete die FAZ darüber, dass die Londoner Metropolitan Police mit einer solchen Software einen zwanzigwöchigen Testlauf beendet hat. »Dabei macht sich der Algorithmus gewissermaßen die Perspektive des potentiellen Täters zu eigen, der abschätzt, zu welcher Zeit und an welchen Orten eine Straftat zu begehen am wenigsten riskant wäre – und kehrt sie um. (…) Ein Sprecher der Londoner Polizei schränkte ein, man habe sie nicht eingesetzt, um Einzelpersonen zu identifizieren, sondern Untergruppen krimineller Banden. Er bezeichnete das Experiment als Erfolg. Die Kriterien, nach denen die Software arbeitet, blieben jedoch unter Verschluss.« (Lea Beiermann, Verbrechen von morgen, FAZ v. 31. 10. 2014, S. 17.)

Am 1. Dezember 2014 schrieb Constanze Kurz auf S. 14 ebenfalls in der FAZ unter dem Titel »Big Data erobert die Polizeiarbeit«:

»Die Probleme (…) berühren nicht selten ethische Fragen: Denn wie die Systeme genau funktionieren, welche Informationen sie gewichten und ob sie tatsächlich effizient sind, lässt sich – wie so oft (…) kaum unabhängig überprüfen. Werden bestimmte

Regionen, Menschengruppen oder einzelne Personen durch die Software benachteiligt oder bevorzugt? Werden ethnische Kriterien aus Täterprofilen herangezogen? Wie lange dauert es, bis etwa Wohnungseinbrecher ganz intuitiv verstehen, was die ›typischen‹ Gegenden für stärkere Bestreifung sind, und ihr Verhalten anpassen? Nicht überall hält man sich lange mit solchen Fragen auf: Aus Bayern wurde gerade vermeldet, durch die neue Software ›Precobs‹ gesteuerte Polizeistreifen seien in drei Fällen erfolgreich gewesen.«

In Berlin wird, während ich diese Zeilen schreibe, gerade über die Einführung von »Precobs« im Innenausschuss des Abgeordnetenhauses beraten.

Fluch oder Segen? Die Folgen dieser umwälzenden Veränderungen, die uns in der Polizeiarbeit bevorstehen, sind noch lange nicht absehbar. Und wie so oft hat eine Erfindung, die unser Leben verbessern soll, auch das Potential, es in eine Katastrophe zu verwandeln.

Wenn Sie mich kennen, dann wissen Sie, dass ich nie mit dem erhobenen Zeigefinger schreibe, und auch monatelange Recherchen machen mich nicht zu einem Experten auf einem derart komplexen Gebiet, weswegen ich mir schon deshalb nicht anmaßen kann, hier als Meinungs- und Moralapostel aufzutreten.

Wenn die Lektüre allerdings dazu führt, dass sich die eine oder der andere näher mit dem Thema beschäftigen will, dann ist das ein durchaus gewünschter Nebeneffekt.

Wir leben in einer immer komplizierter werdenden Welt.

Alle angesprochenen Themen lassen sich in einem Roman nicht abschließend analysieren, weil sie viel zu komplex sind. Aber eben auch viel zu wichtig, um sie zu ignorieren.

Ob eine fünfundsechzigjährige Frau Vierlinge zur Welt bringen darf, wird in der Öffentlichkeit intensiver und emotionaler diskutiert als Predictive Policing. Aber das geschieht nicht, wie oft behauptet wird, weil die Menschen immer oberflächlicher und desinteressierter werden, sondern weil die Welt, in der wir leben, immer komplexer ist und wir uns alle nach Themen sehnen, zu denen man schnell und klar Stellung beziehen kann.

Nur leider sind derartige Themen, bei denen wir das problemlos können, gesellschaftlich meistens so relevant wie das neue Instagram-Foto von Heidi Klum.

Wenn ich es mir überhaupt erlauben darf, mit diesem Buch eine vorsichtige Empfehlung auszusprechen, dann wäre es die, sich zu den in »Das Joshua-Profil« angesprochenen Themen eine eigene Meinung zu bilden.

Bezogen auf Big Data: Wollen Sie, dass die Polizei mit den modernsten Mitteln der Technik arbeitet, oder nehmen wir lieber in Kauf, einige Verbrechen nicht vorab verhindern zu können, weil die Risiken, dass die Software missbraucht wird, deren Chancen überwiegen?

Diese Kernfrage des Thrillers ist nicht leicht zu beantworten. Hier gibt es keine einfache Lösung, und wie immer bei komplexen Themen sollten Sie sich vor Menschen hüten, die Ihnen einfache Lösungen anbieten wollen.

Selbst der Entschluss, sich vollkommen von den digitalen Medien fernzuhalten, greift übrigens zu kurz. So machte jüngst die Geschichte von zwei Angestellten in den USA die Runde, die bei derselben Firma arbeiteten, bei gleichem Alter mit identischem Gehalt. Dennoch zahlte einer von beiden sehr viel höhere Krankenkassenbeiträge. Auf Nachfrage erklärte die Kasse dem Mehrzahler ganz unverblümt: »Sie sind nicht auf Facebook. Wir können nicht nachvollziehen, ob Sie nicht vielleicht ein gefährliches Hobby haben oder am Wochenende verstärkt Alkohol trinken!«

Und was vertrete ich selbst für eine Meinung?

Zum Thema Missbrauch und Misshandlung habe ich das oben ausführlich dargelegt. Und beim Thema Predictive Policing halte ich es mit Max Rhode, der am Ende dieses Romans sagt, er habe weniger Angst vor einer staatlichen als vor einer privaten Überwachung. Natürlich besteht die Gefahr, dass Daten, die heute in einer Demokratie erhoben werden, später einmal gegen die eigene Bevölkerung verwendet werden könnten, sollte sich aus irgendeinem Grund das politische System zum Schlechteren ändern. Aber selbst wenn es beispielsweise zu einem Putsch kommen und die Gewaltenteilung aufgehoben werden sollte, glauben Sie wirklich, dass ein zukünftiger Diktator davon abhängig sein wird, ob die Überwachungskameras bereits hängen? Im schlimmsten aller anzunehmenden Fälle schafft das totalitäre Regime sich seine menschenverachtende Infrastruktur einfach selbst, unabhängig davon, wie sensibel wir heute mit der Technik umgehen.

Die orwellsche Überwachungsvision hat sich in den meisten Ländern der Welt nicht durch eine staatliche Intervention erfüllt, sondern durch das Verhalten der Menschen, Daten freiwillig von sich preiszugeben.

Vielleicht bin ich naiv, aber im Moment habe ich eine größere Sorge davor, dass private Firmen unkontrolliert falsche und/oder nachteilige Schlüsse aus den ihnen zur Verfügung stehenden Datenmengen ziehen, als dass ich damit rechne, im nächsten Folterflugzeug zu sitzen oder wegen eines falschen Verdachts verhaftet zu werden.

Private Firmen müssen ja nicht gleich so kriminell agieren wie in diesem Buch. Es reicht aber schon aus, dass Sie beim Bewerbungsgespräch abgelehnt werden, weil der Computer irgendetwas vermeintlich Verdächtiges in der digitalen Datenspur gefunden hat, die Sie seit Ihrer Geburt hinter sich herziehen.

Danksagung

2006 wurde mein erstes Buch in einer Kleinstauflage veröffent-licht. Viertausend Stück, was ich damals für eine gewaltige Menge hielt, bis man mir sagte, dass es allein in Deutschland über fünftausendfünfhundert Buchhandlungen gibt. Diese Anzahl ist leider mit den Jahren drastisch gesunken, aber damals standen statistisch gesehen nur 0,73 Ausgaben von »Die Therapie« pro Buchhandlung in den Regalen, und mir war klar: Mit weniger als einem Dreiviertelbuch pro Geschäft kannst du keinen Blumentopf gewinnen.

Dass ich dennoch Erfolg hatte und meine Karriere nach »Die Therapie« nicht vorbei war, habe ich jemandem zu verdanken, den Sie sehr gut kennen: Ihnen!

Die Leserin und der Leser hält stets die Poleposition in meiner Danksagung, das wird sich nie ändern, ebenso wenig, wie ich stets meine Mail-Adresse angebe. Als ich das 2006 tat, dachte ich allerdings, bei einer Auflage von viertausend Stück bekäme ich maximal vierzig Zuschriften. Dass es mittlerweile über vierzigtausend sind, ändert nichts an der Tatsache, dass ich jede einzelne davon mit großer Freude in meiner Mailbox begrüße. Wohl aber an meinem Antwort-Tempo. Ich hoffe, Sie sehen es mir nach, wenn es – gerade in Schreibzeiten und während Lesereisen – zu gewaltigen Verzögerungen kommt. Ach ja, die Adresse für positive Kritik lautet: fitzek@sebastianfitzek.de

Sollte Ihnen das Buch nicht gefallen, wenden Sie sich bitte an eine der nachfolgenden Personen, denen ich viel Geld dafür zahlen musste, damit sie als Sündenbock herhalten.

Vom Lübbe-Verlag wären das:

Marco Schneiders (Wahnsinns-Lektor, der einst Dan Brown entdeckte, als er noch völlig unbekannt war! Ich meine Dan, nicht Marco), Klaus Kluge (Marketing-Genie), Barbara Fischer (Presse-Wunderwoman), Felix Rudloff (Visionärs-Manager) und Ricarda Witte-Masuhr (Ideen-Power-Frau) sowie alle anderen im Lübbe-Team, allen voran Birgit Lübbe, der ich ganz besonders danken will und der ich alle Kraft und Zuversicht dieser Welt wünsche.

Regine Weisbrod, dein Name steht viel zu versteckt vorne im Buch, das müssen wir in Zukunft mal ändern. Deine wunderbare Lektoratsarbeit kann gar nicht prominent genug gewürdigt werden, auch wenn ich jedes Mal in Angstschweiß ausbreche, sobald ich eine Mail von dir erhalte mit dem Betreff: »Anmerkungen zum ersten Entwurf!« Dann weiß ich: Jetzt beginnt die verdammte Arbeit, und ich werde wieder wochenlang an den Schreibtisch zurück müssen.

Ich danke meiner Familie, zu der ich nicht nur meine wundervolle Frau Sandra zähle, deren Macken ich stets geduldig ertrage, wenn sie sich mal wieder für Monate zurückzieht oder nur geistig beim Abendessen anwesend ist, weil sie mal wieder gedanklich in anderen Sphären schwebt ... ähhh, oder war das umgekehrt ...? Egal, zu der großen Fitzek-Family zählt auch der gesamte Raschke-Clan, allen voran Manuela, die mir alles vom Leib hält, was mich vom Schreiben ablenken könnte, und der ich so sehr vertraue, dass ich ihr ohne Bedenken eine Generalvollmacht ausgestellt habe. Manuela, wo immer du gerade steckst, melde dich mal kurz! Wenn ich dich anrufe, lande ich in einer Warteschleife auf den Cayman-Inseln, und aus irgendeinem Grund hat der EC-Automat heute meine Karte nicht mehr ausgespuckt.

Ich danke Sally (Lesereiseorganisation), Karl (Freund und Ideengeber, niemand erzählt so tolle True-Life-Geschichten wie du), Barbara Herrmann und Achim Behrend (Archiv und Büro) und meinem treuer Weggefährten Christian Meyer von C&M Sicherheit. Auf Lesereisen sind wir mittlerweile so eingespielt wie ein altes Ehepaar, wobei ich natürlich der Mann in der Beziehung bin. Ich leide bei Erkältungen unterwegs deutlich stärker.

Ich danke Ela und Micha sowie Petra Rode, der wir zum Dank für ihre wunderbare Arbeit eine Fortbildung in Terrorabwehr und Katastrophenhandling ermöglicht haben – indem wir ihr einmal pro Woche die Kinder zum Babysitten vorbeibringen.

Franz, danke fürs Vorablesen! Wenn du wirklich schon zweiundfünfzig Jahre alt bist, wie du behauptest, dann spar dir doch in Zukunft bitte deine klugen Anmerkungen zu meinem Roman und verrate mir lieber die Adresse deines Schönheitschirurgen. Aber vielleicht bist du ja in denselben Jungbrunnen wie Zsolt Bács gefallen, den ich für seine beflügelnden Ideen liebe und für seinen Waschbrettbauch hasse. Ich denke, ab dreißig nimmt man jedes Jahr ein Kilo zu und nicht ab?

Thomas Zorbach und Marcus Meier danke ich für den kreativen, aber auch technischen Input. Gerade du, Thomas, hast mir in einem Punkt die Augen geöffnet, da könnte sich der Augenjäger Zarin Suker eine Scheibe von dir abschneiden.

Ich danke dem belesensten Mann der Welt, einst Schulleiter eines der besten Gymnasien Berlins, dessen Liebe zur Literatur Tausende seiner Schüler im Deutschunterricht geprägt hat – und mich daheim: Danke, Papa!

Sabine und Clemens Fitzek – ihr habt mal wieder bei medizinischen Fragen Rede und Antwort gestanden, und alles, was ihr als Gegenleistung akzeptiert, ist ein Essen im *Big Window*. Gut für mich!

Natürlich stehe ich in der Schuld von Michael Treutler und Simon Jäger, das Hörbuch/Hörspiel-Dreamteam, das mich von Anfang an begleitet, sowie bei zahlreichen Freunden, die mich mit Rat und Tat unterstützen, wie Arno Müller, Jochen Trus, Thomas Koschwitz und Stephan Schmitter.

Sollten Sie sich mit dem Gedanken tragen, ein Buch veröffentlichen zu wollen, schicken Sie es besser nicht zu einem Verlag. In deren Briefkästen landen täglich mehr Manuskripte als Flugzeuge in Frankfurt. Besser, Sie suchen sich einen Literaturagenten, aber nicht Roman Hocke, der gehört mir. Er und das gesamte Team der AVA-International (Claudia von Hornstein, Claudia Bachmann, Gudrun Strutzenberger und Markus Michalek) sind für alle anderen Autoren tabu, haben wir uns in diesem Punkt verstanden?

Das gilt auch für meine private Presseagentin, Sabrina Rabow. Tausend Dank für alles! Und natürlich auch Dir, Tanja Howarth, beste Kämpferin für deutsche Literatur in England und das einzige orangefarbene Goldstück der Welt.

Ich hoffe, wir sehen uns mal auf einer Messe oder bei einer Lesung, was mich zum Schluss dieser mal wieder viel zu lang gewordenen Danksagung bringt – aber hey, Sie werden ja wohl kaum gezwungen, das hier alles zu lesen! Es sei denn, Sie sind mit mir verwandt, dann könnte es passieren, dass ich mit einer Schusswaffe hinter Ihnen stehe. Diese Methode hat bis jetzt die besten Resultate erzielt, wenn ich positive Kritiken hören wollte.

Ich darf wie immer nicht vergessen, den unzähligen Buchhändlerinnen und -händlern, den helfenden Händen im Vertrieb, den Bibliothekarinnen und Bibliothekaren und Organisatoren von Lesungen, Festivals und Messen zu danken.

Das ist doch ein gutes Teamwork von uns: Sie halten das Interesse an Büchern am Leben, damit ich in ihnen weiter töten kann.

Auf Wiederlesen

Ihr

Sebastian Fitzek
Berlin, im Mai 2015

Max Rhode

DIE BLUTSCHULE

Thriller

Bastei Lübbe
Taschenbuch

Patiententagebuch – Anfang

Na schön, dann beginne ich mal damit, den ganzen Irrsinn aufzuschreiben, so wie Dr. Frobes es mir empfohlen hat, obwohl ich bezweifle, dass es irgendeinen therapeutischen Nutzen haben wird, noch einmal dorthin zurückzukehren, wo die Angst wohnt, wenn auch nur gedanklich; zurück in das Baumhaus etwa oder in das Klassenzimmer, *ach herrje,* das Klassenzimmer, verdammt.

Egal, ich hab ja Zeit hier drinnen. Und vielleicht, wenn ich mich gut führe, wenn ich meinem Seelenklempner den schwachsinnigen Wunsch mit dem Erinnerungstagebuch erfülle, vielleicht darf ich dann ja wieder nach draußen; wenigstens für eine halbe Stunde. Nur in den Hof, mal wieder einen Baum sehen, einen beschissenen Vogel oder einfach nur das Tageslicht. Mann, Freigang, so wie damals in der Jugendpsychiatrie, das wär's.

Also gut, wo fang ich an? Vielleicht mit dem schönsten Tag meines Lebens, als der Teufel einem Seelenverwandten seine Haustür öffnete. Wieso nicht? Beginne ich mit dem Todestag meines Vaters. Und ich meine den endgültigen. Nicht den, an dem wir ihm das erste Mal das Leben nahmen, aber dazu später.

Am Ende, seinem *wirklichen Ende,* starb Vitus Zambrowski so, wie er gelebt hatte: allein und qualvoll. Wobei *allein* sich natürlich nur auf die letzten Jahre bezieht, in denen er die meiste Zeit des Tages zornig auf seinen Fernseher gestarrt hatte, immer einen Fluch parat, sobald ein Schwarzer im Programm auftauchte, oder eine Nutte, die er in jeder geschminkten Frau vermutete. In den Neunzigerjahren, die Schattenzeit, wie ich sie nenne, hatten einige Menschen das Pech gehabt, mit ihm unter einem Dach leben zu müssen. Ich zum Beispiel – nennen Sie mich Simon –, mein Bruder Mark und dann natürlich unsere liebe Mutter, deren Schicksal ich meinem ärgsten Feind nicht wünschen würde. Dabei traf sie doch keine Schuld an allem, was geschehen war. Oder doch?

Nein, ich denke, schuld war der See, auch wenn sich das jetzt lächerlich anhören mag, aber Sie werden wissen, was ich meine, sobald ich Ihnen von dem Tag erzähle, an dem das Mädchen fast ertrunken wäre, wenn mein Vater es nicht gerettet hätte. Ja, Papa war nicht immer nur böse, ganz im Gegenteil. Er hatte auch liebenswerte Seiten, eine sanfte, humorvolle und großzügige Ader, jedenfalls bevor er den »Kontakt« hatte, wie Stotter-Peter es in unserer Gegenwart genannt hatte, kurz bevor man ihn im Einkaufswagen die Brücke hinunterstürzte.

Aber Stotter-Peter hatte recht, und bis heute habe ich kein besseres Wort dafür gefunden, was damals am Storkower See passiert war. Ich meine, was *wirklich* geschah.

Mein Vater hatte Kontakt, und dieser Kontakt veränderte sein Wesen, tötete alles Liebenswerte an ihm und um ihn herum ab, bis ihm am Ende nur noch die Glotze blieb, die nach unserem Auszug aus dem Elternhaus in Wendisch Rietz zu seinem Familienersatz wurde – nur dass er auf sie nicht ganz so oft einprügelte wie auf uns.

Auch an dem Tag, als der Tod ihn endlich fand, hatte Vitus zuvor stundenlang stur auf die Mattscheibe geglotzt, die Zigarette einer Billigmarke aus dem Supermarkt im Mund, die Zähne so gelb wie seine verpilzten Zehennägel. Erstickt, qualvoll. An einem verdammten Stück Toastbrot, kann man das fassen? Der alte Idiot hatte zu viel auf einmal reingestopft, es runtergeschluckt und den Brei in die falsche Röhre bekommen. Sein Todeskampf soll lange gedauert haben, sagte zumindest der Arzt, der den Totenschein ausstellte, und ich wette, es geschah bei »Wer wird Millionär?«, als an diesem Tag die Asiatin es bis zur 500 000-Euro-Frage schaffte.

Bestimmt hatte mein Vater sich vor Wut das ganze Toastbrot auf einmal in den Mund gepresst, weil eine … (entschuldigen Sie, aber ich muss ihn wörtlich zitieren, wenn Sie ihn wirklich kennenlernen wollen), also aus Wut darüber, dass eine »Schlitzaugenfotze« eine halbe Million abräumte. Dass er selbst den Staat dank seiner arbeitsscheuen Einstellung die letzten Jahre über nicht sehr viel weniger gekostet hatte, kam ihm nie in seinen verblendeten Sinn.

Das Begräbnis, zu dem ich gegangen war, einfach weil ich sichergehen wollte, dass der alte Bastard nicht wieder aufersteht, so wie zuvor, war kurz und schmerzlos.

Mein Vater hatte keine Freunde, nur eine vom Staat bezahlte Pflegerin und einen Gerichtsvollzieher, der hin und wieder bei ihm vorbeisah, ob es nicht doch noch irgendetwas gab, das er pfänden konnte. Beide ließen sich natürlich nicht blicken, als Vitus zu den Würmern gesenkt wurde, und so war ich der Einzige, der den Lügen des Pfarrers zuhören durfte, à la: »Wir haben ein treues Gemeindemitglied verloren«, »er war ein liebender Vater« (an dieser Stelle hätte ich mich beinah auf den Sarg übergeben) und – jetzt kommt die beste Plattitüde aus dem Handbuch *Trauerreden für Dummies* – »er ist viel zu früh von uns gegangen«.

So ein Quatsch. Zu spät war es.

Viel zu spät.

Meister Tod hätte mal den Finger aus dem Po nehmen und sehr viel eher bei uns vorbeischauen können, mindestens zwanzig Jahre früher etwa, als ich dreizehn und Mark ein Jahr älter gewesen war. Kinder, die nicht mehr an den Weihnachtsmann glaubten, wohl aber an den Seelenspiegel am Grunde des Storkower Sees, der damals, in der schlimmen Zeit, am Ende die einzige Hoffnung war, die wir Brüder noch hatten.

Natürlich weiß ich, dass mir die Geschichte hier niemand abkaufen wird (*nicht für drei Groschen*, wie Vater immer lachend kommentiert hatte, wenn ihm jemand einen akkubetriebenen Rasenmäher andrehen wollte, einen beleuchteten Werkzeugkoffer oder irgendein anderes neumodisches Gerät, das er angeblich für seine Arbeit gebrauchen konnte). Und ich meine hier nicht mal den Teil meiner Geschichte, den ich selbst kaum glauben mag, weil er noch immer mein geistiges Vorstellungsvermögen sprengt – und das, obwohl ich selbst dabei gewesen bin! Nein, ich rede von den realen Dingen – von dem, was mein Vater uns angetan hat –, und die Sie daheim auf Ihren Lesesesseln, das schwöre ich Ihnen, nicht wahrhaben werden wollen. Einfach weil Sie denken, dass Eltern *so etwas* nicht tun.

Ich kann Sie verstehen, ehrlich.

Würden Sie akzeptieren, dass ich Ihnen hier die Wahrheit erzähle, müssten Sie auch akzeptieren, dass es das Böse gibt und dass das Böse am Ende immer überlebt, wie eine Kakerlake nach dem Atomkrieg. Tja, tut mir leid, aber ich fürchte, genauso ist es.

Ich habe kein Problem damit, für einen Lügner gehalten zu werden. Oder für einen Schwachkopf, wie Dr. Frobes hier in der Geschlossenen es tut, dieses schmalgesichtige Frettchen, das heute übrigens noch genauso aussieht wie auf dem gerahmten Abschlussfoto von der Freien Universität vor über zwanzig Jahren, als er sein drittes Examen bestanden hatte. Nicht dass er jung geblieben wäre, nein. Dr. Fabian Frobes (ich hasse Eltern, die ihren Kindern Alliterationsnamen verpassen) sah schon damals aus wie achtundfünfzig. Vielleicht sogar noch älter.

Aber ich schweife ab. Kommen wir zurück zur eigentlichen Geschichte. Springen wir in die Vergangenheit, zum 2. Juli 1993. Der letzte Tag, bevor ein Bluthund namens Terror Witterung aufnahm, die Nase fest auf den Boden gepresst, einer unsichtbaren Spur folgend, den ganzen Weg von der Hölle bis direkt zu uns nach Hause.

* * *

Wenn uns das Wetter zeigen wollte, was es von unserem Einzug hielt, dann war das Votum eindeutig: Der folgende Tag begann Punkt Mitternacht mit einem Wolkenbruch, der den ganzen Samstag lang mit wenigen Unterbrechungen anhalten sollte.

Hatten wir gestern noch bei neunundzwanzig Grad geschuftet und bis in die späten Abendstunden hinein unseren ganzen Krempel aus dem Anhänger ins Haus geschafft, musste Papa heute früh den Kachelofen in Gang bringen, damit wir nicht anfingen, mit den Zähnen zu klappern.

Der plötzliche Temperatursturz löste bei meiner Mutter einen Migräneschub aus. Vielleicht waren es auch die mit Papa bis tief in die Nacht geführten Gespräche über Stotter-Peter und die Gefahren, die von ihm ausgehen könnten, von denen ihr der Kopf dröhnte. Eigentlich wäre es auch für uns Kinder ratsam gewesen, bei dem Mistwetter zu Hause zu bleiben, doch erzählen Sie mal zwei sich unverwundbar fühlenden Angebern etwas von Sommererkältungen und herabfallenden Ästen im Wald.

»Lass sie nur gehen, wenn sie sich unbedingt den Tod holen wollen«, sagte mein Vater, als wir (natürlich ohne Regenjacke) die Haustür öffneten. Mutter protestierte nicht, was vermutlich an dem Presslufthammer lag, der hinter ihren Augen den Putz von den Nervenbahnen klopfte.

Der Sound des Waldes war ohrenbetäubend, so stark rauschte der Wind vom See her durch die Blätter. Ich fror schon bei den ersten Schritten, war aber zu stolz, um noch einmal umzukehren und mir ein »*Na siehste*« abzuholen, wenn ich mir doch den Kapuzenpulli über mein langärmeliges T-Shirt zog.

Nach einem langen Schlaf und einem späten Frühstück war es mittlerweile kurz nach ein Uhr mittags, über siebenundzwanzig Stunden noch bis zu meinem ersten Date mit dem geheimnisvoll hübschen Mädchen, dessen Namen ich jetzt kannte (Sandy), aber es fühlte sich an, als ob wir kurz vor Sonnenuntergang losmarschiert wären.

Es schien, als hätte irgendwer der Welt eine betongraue Wolkenmütze über die Augen gezogen, durch deren Fasern alles trüb und deprimierend aussah. Der erste richtig eklige Tag des Sommers, und ich wertete das als ein schlechtes Omen.

»Meinst du, die packt es?«, fragte ich Mark.

»Klar. Hat sie doch immer.«

Wir hatten noch keinen Fernseher, jedenfalls keinen, der funktionierte. Papa wollte sich am Montag um die Antenne auf dem Dach kümmern, doch dann war Wimbledon längst gelaufen. Heute spielte Steffi gegen Jana Novotna. Nachdem Boris diesmal schon im Halbfinale raus war, interessierte mich das Endspiel der Herren morgen nicht mehr die Bohne, aber wenn die Graf in zwei Stunden, um vierzehn Uhr Ortszeit, in London loslegte, war es für meinen Bruder und mich Ehrensache, vor dem Fernseher zu hocken. Und genau den hofften wir in einer Kneipe oder einem Café hier am Arsch der Welt zu finden.

Es dauerte nicht lang, und wie hatten die B 246 erreicht, die Landstraße, die in östlicher Richtung nach Glienicke führte, in westlicher Richtung zum Bahnhof. Wir waren erst zehn Minuten unterwegs, aber unsere Haare waren schon völlig durchnässt, und ich spürte, wie meine Füße immer kälter wurden. Dabei regnete es nicht mehr in Strömen. Es war ein feiner, unablässiger Nieselnebel, der uns einhüllte und jeden einzelnen Quadratzentimeter unserer Kleidung durchfeuchtete.

Als ich die Einfahrt nicht mehr sehen konnte, die hinter uns zu der kleinen Waldsiedlung und damit zu unserem Haus führte, blieb Mark abrupt stehen.

»Was ist denn?« Ich wäre beinahe in ihn hineingelaufen.

»Da.« Er zeigte nach vorne.

»Was ist denn mit dem?« Ich blieb einen Schritt hinter meinem Bruder. »Ist der tot?«

Mark schüttelte den Kopf. »Keine Ahnung. Sieht nicht so aus.«

Er ging in die Knie, zeitgleich hob das sandfarbene Zottelknäuel den Kopf.

»Hey, Kumpel. Was machst du denn hier?«

Der Hund lag vor uns auf der Straße, halb auf dem Asphalt, halb auf der weißen Begrenzungslinie; wie ein angefahrener Fuchs, nur ohne aufgeplatzten Bauch und mit regelmäßiger Atmung. Über die linke Brustseite, direkt auf dem Rippenbogen, zog sich ein s-förmiger, schwarzer Fellstreifen, der an ein gespiegeltes Fragezeichen erinnerte.

Mark streckte die Hand nach dem Hund aus, der sofort an seinen Fingern zu lecken begann.

»Vielleicht wurde er angefahren?«, fragte ich über seine Schulter gebeugt.

Von hinten näherte sich ein VW Polo, der Lichthupe gab, aber, ohne langsamer zu werden, an uns vorbeijagte.

»Glaub ich nicht«, sagte Mark. »Schau mal.«

Tatsächlich stand das Tier völlig problemlos auf, reckte und streckte sich und schien nicht die geringsten Schmerzen zu empfinden. Sein Fell war nass wie eine Pfütze, was wir zu unserem Leidwesen erfuhren, als es sich schüttelte.

»Alter, du kannst doch hier nicht einfach so auf der Straße pennen.« Mark lachte und wischte sich einige Spritzer aus dem Gesicht.

Ich hatte das unheimliche Gefühl, als würde der Hund meinem Bruder zunicken, auf jeden Fall senkte er seine Schnauze, dann trollte er sich einige Schritte zur Seite, gerade einmal so viele, wie nötig waren, um von der Fahrbahn runterzukommen.

»Er hat kein Halsband«, bemerkte ich. Neben mir, im Wald, hörte ich ein Knacken, dann eine Stimme:

»Bitte, tut ihm nichts.«

Erschrocken drehten wir uns herum. Einige Schritte entfernt, zwischen zwei Nadelbäumen, stand ein so unglaublich dünner Mann, dass sein Anblick in mir die unheimliche Vision von einer Vogelscheuche auslöste, die sich selbstständig gemacht hatte. Er trug aufgeplatzte Turnschuhe, einen armeegrünen, ziemlich zerschlissenen Parka und hatte den größten Teil seiner kinnlangen, speckigen Haare unter einer Baseballkappe mit dem Logo von Energie Cottbus versteckt.

»Es tut mir leid, tut mir leid«, entschuldigte er sich. Ich kannte seinen Gesichtsausdruck, hatte ihn aber in dieser Intensität noch nie bei jemandem gesehen, der älter war als ich selbst: Der Mann hatte Angst vor mir. Vor uns.

Das verrieten seine flackernden Augen, die hochgezogenen Schultern, zwischen denen er den ovalen Kopf versteckte. Mit seiner gesamten unterwürfigen Körperhaltung war er bemüht, einem möglichen Angreifer keine Angriffsfläche zu bieten. Er atmete gepresst durch einen spitzen, halb geöffneten Mund, und allein an den kurzen Schritten, mit denen er sich uns näherte, konnte man den Widerwillen erkennen. Der Unbekannte hätte sich sehr viel lieber umgedreht und wäre zurück in den Wald verschwunden, wenn ihn nicht etwas dazu gezwungen hätte, seinen Standort aufzugeben. Und das war, wie wir sehr schnell lernen sollten, der Hund.

»Was ist denn mit dir los?«, fragte Mark. Mittlerweile standen wir nicht mehr auf der Fahrbahn, sondern auf einem handtuchbreiten Grünstreifen zwischen der Landstraße und dem Unterholz. Mein Bruder rümpfte die Nase, obwohl dazu gar kein Anlass bestand. Zwar sah der Mann wie ein Penner aus, aber das nasse Tier, das Mark eben noch gestreichelt hatte, roch sehr viel strenger nach Wald und Dreck als der Fremde vor uns.

»Keinen Ärger. Ich mach euch keinen Ärger, Jungs, wirklich nicht. Ich will nur Gismo holen, dann bin ich wieder weg.«

Er rief nach dem Hund, und ein scheues Lächeln zitterte über seine Lippen, als das Tier seinen Kopf nach ihm drehte.

»Ist das deiner?«, fragte ich.

Der Mann nickte stumm.

Dachte er wirklich, wir hätten ihm etwas antun wollen?

Ich streichelte Gismo, als er etwas träge an mir vorbeischritt, um dem Mann zu zeigen, das wir alles andere als Tierquäler waren. Ganz im Gegenteil. In unserer Schule hatten einmal zwei Jungs aus der Nachbarklasse damit geprahlt, in der Kiesgrube am Teufelsberg mit Druckluftpistolen auf Frösche zu schießen. Beide sind ziemlich übel vom Fahrrad geflogen und konnten sich beim besten Willen nicht erinnern, wer ihnen den Stock in die Speichen gerammt hatte, als Eltern und Lehrer sie danach fragten.

»Du solltest etwas besser auf ihn aufpassen. Der lag mitten auf der Straße. Hätte sonst was passieren können.«

Noch beim Sprechen merkte ich, wie neunmalklug und unangemessen überheblich ich mich anhörte. Okay, der Waldschrat sah merkwürdig aus, aber er war immerhin erwachsen, und er hatte mir nichts getan, wieso also duzte ich ihn dann, mit einem Tonfall, als wäre ich ihm überlegen oder was Besseres?

Allerdings schien der Mann es mir nicht übel zu nehmen. Er entspannte sich sogar etwas und lächelte.

»Ja, ich weiß, das macht Gismo oft.«

»Oft?«

Mark sah erst nach rechts, dann nach links, ernsthaft, wie ein Vorschulkind vor dem Überqueren der Straße. Von Osten aus näherte sich ein Lkw, der garantiert schneller als hundert Stundenkilometer fuhr. Mark wartete ab, bis das Baufahrzeug an uns vorbeigeschossen war, dann sagte er mit Blick auf Gismo: »Irgendwann geht das schief, wenn er so gerne auf dem Asphalt pennt.«

Das Grinsen der Vogelscheuche wurde breiter. »Nein, das geht nicht schief.«

»Ach ja? Ist er unsterblich?«

»Ganz genau.«

Mark und mir erstarb das Lachen im Mund.

»Wie bitte?«

»Ihr habt schon richtig gehört. Gismo kann Schmerzen empfinden, er kann leiden, deshalb wollte ich nicht, dass ihr ihm etwas tut, weil es immer so lange dauert, bis seine Knochen verheilen oder die Brandwunden, die er sich einfängt, wenn die anderen Kinder ihre Zigaretten auf ihm ausdrücken, aber …«

Er schob sich seine Baseballmütze nach oben, kratzte sich eine juckende Stelle am Haaransatz.

»… aber sterben? Nein.« Er schüttelte den Kopf. »Das geht nicht. Gismo kann man nicht töten. Er hatte doch den Kontakt, wisst ihr?«

Und so lernten wir Stotter-Peter kennen.

Ihr habt nie gelernt zu töten. Dieses Versäumnis werden wir jetzt nachholen

Max Rhode
DIE BLUTSCHULE
Thriller
256 Seiten
ISBN 978-3-404-17502-4

Eine unbewohnte Insel im Storkower See - Eine Holzhütte, eingerichtet wie ein Klassenzimmer - Eine Schule mit den Fächern: Fallen stellen. Opfer jagen. Menschen töten. Die Teenager Simon und Mark können sich keinen größeren Horror vorstellen, als aus der Metropole Berlin in die Einöde Brandenburgs zu ziehen. Das Einzige, worauf sie sich freuen, sind sechs Wochen Sommerferien, doch auch hier macht ihnen ihr Vater einen Strich durch die Rechnung. Er nimmt sie mit auf einen Ausflug zu einer ganz besonderen Schule. Gelegen mitten im Wald auf einer einsamen Insel. Mit einem grausamen Lehrplan, nach dem sonst nur in der Hölle unterrichtet wird ...

Bastei Lübbe